慈禧全傳典藏版 6

母子君臣

高陽——著

〈代序〉神交高陽

二月河

《康熙大帝》四卷書出齊時，我已小有名氣。有一天，一位讀者問我：『先生讀沒讀過高陽的書？』我一下子笑起來，高陽的書豈但『讀過』，且是見一本買一本，買一本讀一本。我自家作品中頗多技巧性的做法，還是拜賜了老先生的作品啓發。他的前後慈禧傳、《玉座珠簾》，以及後來才讀到的《乾隆韻事》，其中對皇帝對后妃的心理及行爲的描摹，和我所讀史的印證，也有頗多的溝通。我算是高陽先生不錯的一位神交呢！次後的日子裏，台灣一家文學機構多次邀我赴台一訪。就我的心情，即使見一見高陽，去一趟也是值得的，卻因俗事冗繁未能成行。忽然有一天，台灣『二月河讀友會』的盧淦金先生來電話，說『高陽先生今天去世了……』一驚之下一陣悵然，轉思人世緣分無常，心中又復悲淒。從茲失一神交，無法彌補渴見情懷了……

辛亥革命清室鼎謝。當時的口號裡有『驅逐韃虜，光復中華』的話頭。其實這口號還可以按時序上溯，直至皇明甲申之變。滿洲人入關殺漢人，入主中央執天下太阿，漢人幾百年沒有服氣過，也沒有停止過這種民族反抗。盤踞台灣的鄭家政權，朱三太子，還有吳三桂興的『三藩之亂』以及次後難以數計的小大起義，義軍會口號都和這個話頭差不多。錯話說幾百年說一千遍，似乎成了對話。其實只要靜心一想就明白了。『韃虜』也好、『夷狄』也好，難道不是『中華』之一部分？這口號自相矛盾了。實際這只是漢人極狹隘的情緒弘揚——也不能說全然沒道理，畢竟滿人入關嘉定三屠、揚州十日殺戮慘烈，眞的仇深似海。但從歷史的角度，從整個文明的角度審視，這口號是大可挑剔的。由於後來的革命變遷、人事轉換，人們又去想更新的事了，所以這口號的毛病也不大有人提起了。

然而當下的文化徵候還在繼續流播。反滿的文化傳統並未受到傷損。這種傳統影響到史學界，雖無法迴避這二百多年的『正統』，但對其研究中帶了『排滿』便言語失卻公允。這還只是少數人的事，帶到文學界，帶進民間口傳文學，這個因喪權辱國給民族帶來奇恥大辱的清室統緒，簡直是『洪桐縣中無好人』了。

高陽的多部作品都是反映晚清風貌風情的，連同近來三聯書店推出的《大野龍蛇》，風格都是那麼一致，那麼『如實』，不事誇飾，那麼娓娓綿綿情懷寬博和平，讀來如同剪燭良宵對友長談，就我的經驗，如無絕寬的襟懷，無絕大的學問作底蘊，無論怎樣的才華橫溢都是決計做不來的。

文學當然是觀念形態的東西，是人本位的張揚，每一個作者自己的政治、理想形態肯定要在他的作品中自覺或不自覺地流露。我以爲：既然如此，何必故意做張做智？比如說極峰之作《紅樓夢》，裡頭如果串上一段黃世仁楊白勞的情節，況味若何？一些非常了不起的作家，因了力氣去圖解自家的意識形態立場，結果如何？我常笑讀，心中想『這寫的眞是聲嘶力竭，氣急敗壞』。

看遍高陽的書，沒有這樣的玩藝。即使寫很慘酷、很壯烈激切的情事，也沒有張牙舞爪、歇斯底里的『作家意識』。我很疑這先生是舊八旗子弟，那份聰穎從容學不來。後來盧洤金先生告訴我，居然這是眞的。他的書讀起來平中有奇，有的處則窩平於奇，有點像與作者牽手而行於山陰道，由他指點譬話，評說侃語——這不是寫作的本事，這是天分了。

淦金先生和高陽是朋友，和我也是朋友，他曾約我到台北和高陽『一道兒喝老燒刀子』，可惜了沒這緣分。但高陽的書還在，不是麼？還可以侃下去的。

二〇〇一年五月下浣

光緒十一年五月初九，欲雨不雨，是個鬱熱得令人很不舒服的日子；然而慈禧太后的心情，卻開朗得很。

頭一天就由長春宮總管太監李蓮英傳諭：單獨召見醇王。不但單獨召見，而且看樣子他們叔嫂之間還有一番長談。這可以從例行召見軍機時間之短促這一點上，窺知端倪；幾乎不等軍機領袖禮王世鐸陳奏完畢，她就搶著說了句：『我都知道了。你們跪安吧！』

全班軍機大臣跪安退下，剛走出養心殿宮門，就遇見醇王；包括禮王在內，一起止步，退到一邊，垂手肅立，讓他先走。

『各位晚走一會兒！回頭怕有許多話交代。』

這是說慈禧太后會有許多話交代。世鐸答一聲：『是！我們聽信兒。』

醇王又往前走，走不數步，聽得後面有人喊道：『王爺請留步，請留步。』

轉身一看，但見有人氣喘吁吁地正趕了來；到近前方始看出，是工部尚書兼步軍統領、總管內務府大臣、總理大臣的福錕；雖然汗流滿面，形色匆遽，卻不廢應有的禮數，先給醇王請了個端端正正的安，然後遞上一個封套。

『是甚麼？』

『北洋的電報。』福錕說：『剛到不久，特意給王爺送了來。』

醇王打開封套，抽出電報來看；入目便喜動眉梢，『我就在等這個電報。』說著，他的步履益見輕快了。

『王爺，』福錕趕緊又喚住他：『還有個消息，八成兒不假；孤拔死在澎湖了。』

『喔，』醇王驚喜地問：『怎麼死的？』

『得病死的。』福錕又說：『照我看，是氣死的。中法訂立和約，化干戈為玉帛；惟恐天下不亂的孤拔，何能不氣？』

醇王點點頭，沒有工夫跟福錕細談；急著要將手裡的電報，奏達御前。

看完李鴻章的電報：法軍準定在這一天退出基隆，慈禧太后長長地舒了口氣。

『中法的糾紛算是了掉了。前事不忘，後事之師，咱們得要從頭來過，切切實實辦一兩件大事。』她指著桌上說：『李鴻章的這個奏摺，你看過了？』

『是！臣已經仔細看過。』醇王答說：『李鴻章打算在天津創設武備學堂，聘請德國兵官，作為教師；挑選各營弁兵，入堂學習，期滿發回各營，量材授職。這是大興海軍的根基，請太后准他的奏。』

『這當然要准。』慈禧太后說：『我今天找你來，就是要跟你商量，怎麼樣大興海軍？錢在哪裡，人在哪裡？都要預先有個籌劃。』

『臣跟李鴻章談過好幾回了。人才自然要加強培植；經費只要能切實整頓關務、釐金，不怕籌不出來；只怕各省督撫，不肯實心奉公。』醇王停了一下說：『這是件大事，臣想請旨飭下北洋、南洋、沿海各省督撫，各抒所見，船廠該如何擴大；炮台該如何安設；槍械該如何多造，切切實實講求，務必辦出個樣子來，才不負太后的期望。』

『就是這話。』慈禧太后說：『皇帝今年十五歲了。』

醇王不知道她忽然冒出來這句話，有何含義；他一向謹愼，不敢自作聰明去做揣測，只毫無表情地答一聲：『是。』

『親政也快了。我總得將祖宗留下來的基業，治理得好好兒的交給皇帝，才算對得起列祖列宗，天下百姓。』

『太后這樣子用心，天下臣民，無不感戴。不過，皇帝年紀還輕，典學未成；上賴太后的覆育，親政一事，現在言之過早。』

『不是這話。垂簾到底不算甚麼正當的辦法；我辛苦了一輩子，也該爲我自己打算打算。我不能落個名聲，說到了該皇帝親政的年紀，我把持不放。其實，我這麼操心，爲的是誰？還不是爲了爭一口氣嗎？要說到危難的時候，沒有我拿大主意，眞還不成；如今中法和約訂成了，基隆的法國兵也撤退了。中國跟日本爲朝鮮鬧得失和，如今有李鴻章跟伊藤博文講解開了，一時也可保得無事。往後大家同心協力，拿海軍好好辦起來，自然可以不至於再讓洋人欺侮咱們。古人說的是「急流勇退」；我不趁這個時候見好就收，豈不太傻了嗎？』

『太后聖明！眼前和局雖定，海防不可鬆弛；正要上賴太后聖德，切實整頓。親政之說，臣不敢奉詔。』說完，醇王取下寶石頂，三眼花翎的涼帽，放著磚地上；重重地碰了個響頭。

這番表現，使得慈禧太后深爲滿意；然而表面卻有遺憾之色：『唉！』她嘆口氣，『你起來！我也知道大家還饒不過我。』

『太后這麼說，臣等置身無地。』老實的醇王，眞以爲慈禧太后在發牢騷，所以惶恐得很。

『話雖如此，我也不過再苦個兩三年。』慈禧太后又說：『我今年五十一了；也不知道還有幾年？歸政以後，總該有我一個養老的地方吧！』

這話早就有人提過了，說慈禧太后想修萬壽山下，昆明湖畔的清漪園。醇王一直不置可否，而心中已有成算，所以這時候不等她再往下說，趕緊接口答奏：『臣等早就打算過了。只等經費稍稍充裕，拿三海好好修一修，作爲皇帝頤養太后天年之處。』

慈禧太后不動聲色地點點頭：『我也是這麼在想。修三海的上諭，跟大興海軍的上諭，一起發吧！讓天下都有個數，我該歸政，享幾天清福了。』

『是！』醇王問道：『修三海的工程，請旨派人踏勘。』

『你瞧著辦吧！』慈禧太后又說：『最好先不要派內務府的人。』

這不是慈禧太后不信任內務府大臣；相反地，是維護他們。因爲凡有大工程出現，言路上一定睜大了眼看內務府；現在沒有內務府大臣參與勘估，就不會太引人注目。而且，大工程的進行，依照例規，必是先派勘估大臣，再派承修大臣，勘估不讓內務府插手，正是爲了派他們承修預留地步。

醇王奉旨唯謹。由養心殿退到內務府朝房，將全班軍機請了來，下達懿旨——軍機大臣一共六人，禮親王世鐸，向無主張；額勒和布與張之萬伴食而已；常說話的是閻敬銘，許庚身與孫毓汶。只是閻敬銘的話，在醇王聽來，常覺話中有刺，鯁喉難下。

『修南北海的工程，是同治十三年八月初一，就有上諭的。』閻敬銘閉著眼唸當時的諭旨：『我還記得，上諭是：「現在時値艱難，何忍重勞民力？所有三海工程，該管大臣務實核實勘估，力杜浮冒，次昭撙節，而恤民艱。」以今視昔，時世越發艱難；況且還要大興海軍。從古以來，帝皇大喪天下元氣的，無非三事：好大喜功、大治武備；巡觀遊幸、大興土木；佞神信佛、祠禱之事。本朝開國，盡懲前明之失，康雍兩朝，眞可以媲美文景之治；純皇帝天縱聖明，雄才大略，不殊漢武，然而所失亦與漢武相仿。盛世如此，而況如今？如果又要大興海軍，又要大興土木，只怕不待外敵欺凌，危亡立見！』

這番侃侃而談，聽在醇王耳朵裡，很不是滋味；他的性情有時很和易，有時很褊急，總而言之，心裡想說甚麼，都擺在臉上。所以，不待閻敬銘話畢，神色就很難看了。

孫毓汶在這樣的場合，總是耳聽別人，眼看醇王；見此光景，一馬當先替醇王招架，『丹翁失言了！』他說：『今昔異勢，外敵環伺，非極力整頓海防，不足以立國；中法、中日交涉，委曲求全，原就是亟圖自強之計。至於勘修三海，爲皇太后頤養天年之計，理所當然；本朝以孝治天下，此舉萬不可省。至於時世艱難，一切從儉，當然亦在慈聖明見之中；談不到甚麼大興土木。』

『但願如此。』閻敬銘慢條斯理地說：『大興海軍，戶部勉力以赴；大興土木，不知款從何出？』

『本就不是大興土木。』許庚身接口說道：『不過工程規模雖不大，辦事的規制不可不隆重；才是皇上孝養尊崇之道。踏勘一事，得要請七王爺主持。』

『可以。』醇王同意他的看法，『御前，軍機一起去看；省得事後有人說閒話。』

很明顯，所謂『說閒話』是指閻敬銘；看樣子要流於意氣，禮王世鐸亦很不安，便有意打岔，拉長了嗓子喊：『來啊！』

等將蘇拉喊了來，世鐸吩咐請軍機章京領班錢應溥來寫旨——這道上諭很簡單，用『欽奉懿旨』

的字樣，三海應修工程，派御前大臣、軍機大臣，以及專管離宮別苑的『奉宸苑卿』，會同醇王踏勘修飾，一切事宜，隨時查明具奏。

另外一道大興水師的上諭，眞正是軍國大計，關係甚重；所以字斟句酌，頗費經營，花了整整一個時辰，方始定稿，醇王接來一看，寫的是：

諭軍機大臣等：現在和局雖定，海防不可稍弛，亟宜切實籌辦善後，爲久遠可恃之計。前據左宗棠奏：『請旨飭議拓增船炮大廠』；昨據李鴻章奏：『仿照西法，創設武備學堂』各一摺，規劃周詳，均爲當務之急。自海上有事以來，法國恃其船堅炮利，縱橫無敵；我之籌劃備禦，亦嘗開設船廠，創立水師，而造船不堅，製器不備，選將不精，籌費不廣，上年法人尋釁，迭次開仗，陸路各軍，屢獲大勝，尙能張我軍威；如果水師得力，互相援應，何至處處掣肘？當此事定之時，懲前毖後，自以大治水師爲主。

接下來便是指定朝廷倚爲柱石的一班疆臣將帥，『確切籌議，迅速具奏』；第一個自是北洋大臣直隸總督李鴻章；第二個是左宗棠，以下是彭玉麟、穆圖善、曾國荃、張之洞、楊昌濬，一共是七個人。

最後是一段鄭重其事的告誡：

總之，海防籌辦多年，糜費業已不貲，迄今尙無實濟，由於奉行不力，事過輒忘，幾成錮習。該督等俱爲朝廷倚任之人，務當廣籌方略，行之以漸，持之以久。毋得蹈常襲故，摭拾從前敷衍之詞，一奏塞責。

醇王看罷，提筆改動了一、兩個字，隨即便由錢應溥再寫一個『奏片』，遞到內奏事處，用黃匣捧送長春宮，讓慈禧太后核可以後，分繕『廷寄』，交兵部專差寄遞七處。

這天晚上，福錕特設盛饌，專請孫毓汶一個人；杯盤之間，有宮中傳來的密旨相商。

『上諭是下來了。』福錕低聲說道：『上頭的意思，你是知道的；此後該如何著手，李總管有話傳出來，說要請你出主意。』

『上頭的意思』是孫毓汶早就知道的，修三海不過是一個障眼法；其實是想修清漪園。經費如何籌措，工程如何進行，大致也有了成議。但空言容易；以空言見諸實際，就不那麼簡單了。所以孫毓汶沉吟不語，只是一杯又一杯地喝酒。

孫毓汶是好量，酒越多思路越敏銳；因而福錕並不催他。直到十來杯酒下肚，孫毓汶方始開口。

『此中有個關鍵人物；這個人敷衍好了，大事已成一半。』

『你是說朝邑？』

『嗯。』福錕深深點頭，『怎麼個敷衍？』

閻敬銘是陝西朝邑人；他當然也是關鍵人物，但是，『他還在其次。』孫毓汶說：『是李相。』

『自然是格外假以詞色，要讓他們知道，慈眷特隆；然後感恩圖報，旨出必遵。』

『中堂！』孫毓汶忽然顧而言他地問：『你看近來言路上如何？』

『馬江一役，清流鎩羽；比從前消沉得多了。』福錕舉杯相敬，『萊山，這是你的功勳！』

孫毓汶坦然不辭地接受了他的敬酒。如果說打擊清流亦算功勳；那麼，孫毓汶所建的眞是奇勳。當年他劃策將翰林四諫中的張佩綸、陳寶琛及清流中的吳大澂，派爲福建及南北洋軍務會辦，讓大言炎炎，紙上談兵的書生，去總領師干；無異拿他們送入雲端，等著看他們摔得粉身碎骨。果然，馬江一敗，接著追論保薦喪師辱國的唐炯、徐延旭的責任，張陳二人，都獲嚴譴。清流箝口結舌，噤若寒蟬；而吃過清流苦頭的人，無不拍手稱快，因而有副刻薄的對子，上聯叫作：『三洋會辦，且先看侯官革職，豐潤充軍』，說陳寶琛革職，張佩綸充軍用『且先看』的字樣，意思中還要等著看吳大澂的『好看』。

下聯是拿清流中最得意的張之洞做個陪襯。張之洞由內閣學士外放山西巡撫，謝摺中一句『敢忘八表經營』，久成話柄；這裡少不得再挖苦一番：『八表經營，也不過山西禁煙，廣東開賭。』禁煙自是好事；廣東的『闈姓』復開，是爲了籌餉，在張之洞是萬不得已之舉，而出以『也不過』三字，鄙薄之意，十分明顯。

不過一年多工夫，翰林四諫爲孫毓汶收拾了一半。再有個鄧承修；孫毓汶仿照當年恭王應付倭仁反對設置同文館的辦法，攛掇醇王請旨，將鄧承修派到總理各國事務衙門行走，讓他無法再抨擊洋務。但話雖如此，只要『鐵漢』在京，還得要處處防他。

『言路自然不如以前囂張了。不過，一半也是沒有題目的緣故；修園一事，雖可以不明發上諭，到底不能一手遮盡天下人耳目。中堂，』孫毓汶問道：『倘或有人像同治十三年那樣，交相起鬨，請停工的摺子一個接一個上，請問如何應付？』

『我擔心的就是這個。盛伯熙算是清流後起的領袖，不過鋒芒已不如前；加以慈聖優遇，翁叔平也籠絡得住他，大概不會多嘴。此外就很難說了。』福錕接著又說：『我看鄧鐵香就絕不肯緘默。』

『鄧鐵香的事好辦。天造地設有個差使在等著他。』孫毓汶說：『幾時你不妨跟七爺提一提。』

『喔！』福錕很注意地問：『你是說讓我保薦鄧鐵香一個差使。是甚麼？』

『中國跟法國，馬上要會勘中越的邊界了；鄧鐵香很可以去得。』

『著啊！』福錕擊節稱賞，『他既是總理大臣，又是廣東人，人地相宜，眞正是天造地設的一個差使。萊山，你眞想得到。不過，深入蠻荒煙瘴之地，比充軍山海關外還苦；只怕他不肯去。』

『這是甚麼話！』孫毓汶作色答道：『食君之祿，忠君之事；何能容他規避？這一層，你放心；倒是翰林中頗有些少不更事的得要殺雞駭猴，找一兩個來開刀。』

福錕秉性和易，知道孫毓汶手段陰險毒辣，便覺於心不忍；所以勸著他說：『能找人疏通一下，規誡他們識得利害輕重，也就是了。』

『此輩年少氣盛，目空一切，肯聽誰的話？』孫毓汶乾了一杯酒，沉吟著說：『倒有個人，正好拿他來替李相炮製一服開心順氣丸。』

『萊山，你意中想到的是誰？』

『梁星海。』

梁星海名叫鼎芬，廣州人。七歲喪母，十二歲喪父，由姑母撫養成人。生得頭大身矮，鬚眉如戟，相貌一點不秀氣；但筆下不凡，在粵中大儒陳蘭甫的『東塾』讀過書。

那時廣州將軍名叫長善，他家在八旗大族中算是書香門第。廣州將軍署的後花園，題名壺園；亭館極美，好客的長善，大開幕府，延請年少名士，陪他的子姪志鋭、志鈞一起用功。其中以梁鼎芬年紀最輕，其次是廣西賀縣的于式枚、與江西萍鄉的文廷式；這兩個人也是東塾的高弟，所以跟梁鼎芬是同窗而又同事，兼以年齡相仿，交情更見親密；據說，親密到居然同室狎妓——梁鼎芬與于式枚都是天閹；只有既高且胖的文廷式，獨逞大王之雄風，梁鼎芬與于式枚做壁上觀而已。

梁鼎芬科名早發，光緒六年二十二歲就點了翰林，與李慈銘同年。這年的房考官有國子監祭酒王先謙與宗人府主事龔鎮湘；龔主事是梁鼎芬鄉試的房師，而王祭酒是他這一次會試的房師；王龔兩人又是至親；而梁鼎芬從小隨父宦遊湖南，以此重重淵源，促成了梁鼎芬的一頭姻緣。

龔鎮湘有個姪女，是王先謙嫡親的外甥女兒。龔小姐從小父母雙亡，由舅母撫養長大；這時長得亭亭玉立，美而能詩，無論做叔叔的，還是做舅舅的，當然都希望她嫁一個翰林。難得梁鼎芬尚未娶妻，現成的一頭好姻緣，俯拾即是。於是春風得意大登科；秋風得意小登科，這年八月裡在京成親，才子佳人，傳爲美談。

梁鼎芬看起來當然志得意滿，將新居題名『棲鳳苑』。但雙棲不多時，便即請假歸葬；第二年春天才回京。臨行誓墓，立志要做個骨鯁之臣；這也是從傷心人的懷抱中激出來的，閨房之中徒有虛名，只好別尋寄託了。

三年散館，梁鼎芬留館授職編修。以他的文采，自然是紅翰林之一；往來的多是名流，其中走得最勤的是，他的同鄉前輩，南書房翰林李文田家。

有一天李文田爲梁鼎芬排八字，說他活不過二十七歲。李文田的星相之學是有名的，許多人都相信他眞能斷人生死；所以梁鼎芬大爲驚恐，急忙求教可有化解之方。

李文田研究了好半天，回答他說，只有遭遇一樁奇禍；方始可以免死。然而甚麼叫奇禍；禍從何來？這就大費思量了。

其時中法交涉正將破裂之際，清議抨擊李鴻章，慷慨激烈，但都止於口頭，上奏章彈劾的，卻還不多；就有，措詞亦比較和緩含蓄。只有四川藩司易佩紳的兒子，爲王湘綺稱作『仙童』的易順鼎，寫了一道奏摺，說李鴻章有『十可殺』。其實，這是易順鼎口誅筆伐，聊且快意的遊戲筆墨；因爲易順鼎並無言責，也犯不著無緣無故得罪勢燄薰天的李鴻章。然而別有會心的梁鼎芬，一看觸發了靈感；將這篇稿子要了去，隨即謄正，請翰林院掌院學士代奏。

慈禧太后看到奏摺，勃然大怒，召見軍機要嚴辦梁鼎芬。閻敬銘極力爲他說情，才得無事。

孫毓汶在梁鼎芬身上打主意，要炮製一服專爲李鴻章服用的『開心順氣丸』，就是要翻這件案子；慈禧太后對清流本就厭了，也怕將來修清漪園的時候，言官會冒昧諫阻，覺得『殺雞駭猴』一番，亦是高明的手法，因而同意醇王的奏請，頒發了一道上諭：

國家廣開言路，原期各抒忠讜，俾得集思廣益，上有補於國計，下有裨於民生。諸臣建言，自應審時度勢，悉泯偏私，以至誠剴切之心，平情敷奏，庶幾切中事理，言必可行。

上年用兵以來，章奏不爲不多，其中言之得宜，或立見施行，或量爲節取，無不虛衷採納，並一一默識其人，以備隨時器使。至措詞失當，從不苛求；即陳奏迂謬，語涉鄙俚者，亦未加以斥責。若挾私妄奏，信口譏彈，既失恭敬之義，兼開攻訐之風，於人心政治，大有關係。

恭讀高宗純皇帝聖諭：『中外大臣，皆經朕簡用，苟其事不干大戾，即朕亦不遽加以斥詈；御史雖欲自著風力，肆爲詆訕，可乎？』又恭讀仁宗睿皇帝聖諭：『內自王公大臣，外自督撫藩臬，以至百職庶司，如有營私玩法，辜恩溺職者，言官據實糾彈，即嚴究重懲。若以毫無影響之談，誣人名節，天鑑難逃，國法具在。』等因；欽此，訓諭煌煌，允宜遵守。

如上年御史吳峋，參劾閻敬銘，目爲漢奸；編修梁鼎芬參劾李鴻章，摭拾多款，深文周內，竟至指爲『可殺』。誣謗大臣，至於此極，不能不示以懲儆。吳峋、梁鼎芬均著交部嚴加議處。總之，朝廷聽言行政，一秉大公；博訪周諮，惟期實事求是，非徒博納諫之虛名。爾諸臣務當精白乃心，竭誠獻替，毋負諄諄告誡之意，勉之！愼之！

吏部奉到上諭，立刻議奏，吳峋、梁鼎芬應降五級調用。這是『私罪』，所以過去如有『加級』、『紀錄』等等獎勵，則不能抵銷。

這個結果，惹得清議大譁。言官論罪，本就有閉塞言路之嫌，絕非好事；而況律法不咎既往，已經過去的事，翻出來重新追論，不但對身受者有失公平，而且開一惡例，以後當政者如果想入人於罪，隨時可以翻案，豈不搞得人人自危？

話雖如此，但此時言官的風骨，已大不如前，看上諭中有高宗和仁宗兩頂大帽子壓在那裡，嚇得不敢動彈；同時認爲吳峋和梁鼎芬當時持論過於偏激，亦有自取其咎，要爲他們申辯，很難著筆，便越發逡巡卻步了。

不過，私下去慰問吳、梁二人的卻很多。吳峋不免有悲戚之色，而梁鼎芬的表情，大異其趣，頗有『無官一身輕』的模樣；因爲這年正是他二十七歲，想起李文田的論斷，一顆心便擰絞得痛，而現在冷鑊裡爆出個熱栗子，忽得嚴譴，算是過了一道難關，性命可保，如何不喜？

只是性命可保，生計堪虞。編修的官階正七品，降五級調用，只好當一個僅勝於『未入流』的從九官末官；在本衙門只有職掌與謄錄生相仿的待詔是從九品，從來就沒有一個翰林做過這樣的官。所以這個降五級調用的處分，對梁鼎芬來說，等於勒令休致，比革職還重；革職的處分，只要風頭一過，有大有力的人出面，爲他找個勞績或者軍功的理由，一下子便可以奏請開復。降官調用就非得循資爬升不可了。

因此，接奉嚴旨之日，應付完了登門道惱的訪客；到晚來梁鼎芬要跟一個至交商量今後的出處。這個人就是文廷式。

文廷式此番是第四次到京城。上一次入都在光緒八年，下榻棲鳳苑中；北闈得意，中了順天鄉試第三名，才名傾動公卿，都說他第二年春闈聯捷，是必然之事。哪知到了冬天丁憂，奔喪回廣東；如今服制已滿，提早進京，預備明年丙戌科會試，仍舊以棲鳳苑爲居停。在梁家的聽差和丫頭、老媽子眼中，他的身分像舅老爺，因爲穿房入戶，連龔夫人都不需避忌的。

是這樣的交情，所以文廷式在梁鼎芬交卸議處之際，就替他捏了一把汗；及至嚴譴一下，便如當頭一個焦雷，震得他魂飛魄散。雖然梁鼎芬本人反覺得是樁『喜事』，無奈他那位龔氏夫人，頓時玉容憔悴，清淚婆娑；文廷式看在眼裡，不知怎麼，竟是疼在心頭的光景。

白天還要幫著梁鼎芬在客人面前做出瀟脫的樣子；此時燈下會食，就再也不需掩飾了，『星海！』他抑鬱地問：『來日大難，要早早做個打算。』

『正是。我就是要跟你商量；京裡自然不能住了。』

『那麼，』文廷式說：『回廣東。』

梁鼎芬默然。如果不願在京等候調用，自然是攜眷回鄉；這是必然的兩條路。然而梁鼎芬另有苦衷，從小孤寒，家鄉毫無基業；兩手空空回去，莫非告貸度日。

這些苦衷，文廷式當然知道：他建議梁鼎芬回廣東，當然已替他想出了一條路子。長善雖已罷職回京，張之洞在那裡當總督，可以求取照應。

『盛伯熙跟張香濤的交誼極厚，請他出一封切切實實的信；張香帥自然羅致你在幕府中！』文廷式說：『我想，你只有這麼辦，只有這麼一條出路。』

梁鼎芬搖搖頭，『乞食大府，情何以堪？』他問：『到他幕府裡去仰承顏色，不太委曲了我？』

多少名臣出於督撫幕府；就算罷官相就，亦不見得辱沒了他翰林的身分。不過梁鼎芬向來有些矯情，尤其此刻的心境，說起來多少有些偏激。文廷式相知有素，覺得不宜跟他辯論；因爲越辯越僵。

就在這時候，有兩位熟客連袂來訪，一個是于式枚、一個是志銳，跟梁鼎芬是庚辰會試的同年，也都點了翰林；如今志銳仍舊在翰林院，于式枚散館以後，當了兵部主事。他們白天已經來過，此時不速而至，也是關心梁鼎芬的出處，想來跟他談談。

於是洗杯更酌，文廷式將他的建議，與梁鼎芬的態度，說了給他們聽；于式枚與志銳都認爲先回廣州是正辦，跟張之洞打交道是上策。

『星海如果不願入幕府，可以任教。』于式枚說：『彷彿王湘綺爲丁稚帥禮聘入川，出掌尊長書院那樣，就不礙星海的清高了。』

聽得這話，梁鼎芬欣然色喜：『這倒是我的一個歸宿。不過……』

他沒有再說下去，志銳卻很快地猜到了他的心事，王湘綺乃是丁寶楨所『禮聘』；他如果持八行去干求，便有失身分了。

『我想可以這麼辦，』他說：『星海儘管回籍；我託盛伯熙直接寫信給張香帥薦賢，讓張香帥登門求教。』

『能這樣辦，自然再好不過。可是，』文廷式問道：『盛伯熙的力量辦得到嗎？』

『他們的交情夠。』志銳答說：『如果怕靠不住，我們再找人；譬如託翁老師。』翁老師是指翁同龢；庚辰會試的副主考。張之洞跟翁家的『小狀元』是同年，兩家的交誼本來不壞；但近年來因爲南北之爭，分道揚鑣，已經面和而心不和；因此，于式枚大搖其頭：『不行，不行！託翁老師反而僨事。照我看，最好託令親謨貝子，轉託李蘭公出信，那就如響斯應了。』

貝子奕謨是志銳的姊夫，由他去託李鴻藻，面子當然夠了；而李鴻藻的話，在張之洞是非聽不可的。這樣作法，雖然迂迴費事，卻是踏踏實實，可期必成，所以都贊成此議。

大家這樣盡心盡力爲梁鼎芬打算，在身受者自是一大安慰；但交情太深，無需言謝，梁鼎芬只不斷點頭而已。

『現在要談怎麼走法了。』志銳問道：『星海，你在京裡有多少帳？』

帳實在是債。京裡專門有人放債給京官，名爲『放京債』，利息雖高，期限甚長，京官如果不外放，只付息，不還本；一外放了，約期本利俱清。而像梁鼎芬這樣的情形最尷尬，不還不行，要還還不起，正是他的一大心事。此刻聽志銳問起，老實答道：『沒有仔細算過；總得四、五百兩銀子。』

『四、五百兩銀子不算多；大家湊一湊，總可以湊得出來，這件事也交給我了。』志銳又說：『此外還得湊一筆川資。星海，你看要多少？』

這就很難說了。僅僅川資，倒還有限；只是到了廣州，不能馬上有收入，也不能靦顏向親友告貸，如果一年半載地賦閒，這筆澆裹，爲數不少。倘或帶著妻子回去，立一個家又不能太寒酸，那就更費周章了。

他的爲難，是可以猜想得到的；所以志銳又問：『嫂夫人如何？是留在京裡，還是伴著你一起走？星海，我說句話，你可別誤會！』

『是何言歟？儘請直言。』

『我認爲你這時候不能拖著家累；嫂夫人不妨回娘家暫住。這樣作法還有個好處；兩三年以後，有親政，大婚兩盛典，覃恩普敷，起復有望，我們大家想辦法，幫你重回翰林院；一往一來，豈不省了兩次移家之勞？如果此行順利，三、五個月以後，再派人來接眷，亦還不遲。』

這是爲好朋友打算，像爲自己打算一樣地實在，梁鼎芬衷心感動，拱拱手說：『謹受教！』

帶著三分酒意，回到臥室，龔夫人正對鏡垂淚。梁鼎芬的微醺的樂趣，立刻消失無餘。

『又爲甚麼難過？』他低聲下氣地說：『船到橋門自會直。剛才他們替我劃策，都商量好了；由志伯去活動，讓張香濤聘我去主持書院。不過，有件事，我覺得對不起妳。』

『甚麼事？』龔夫人拭一拭淚痕，看著鏡子問。

『一時不能帶妳回廣州。』

『我也不想去。』龔夫人毫無表情地答說：『言語不通，天氣又熱。』

『妳既然不想去，那就好極了。』梁鼎芬有著如釋重負之感，『我倒問妳，妳想住舅舅家，還是叔叔家？』

『爲甚麼？』龔夫人倏然轉臉，急促地問：『爲甚麼要住到別人家裡去？』

『別人家裡？』梁鼎芬愕然，『兩處不都是妳的娘家嗎？』

『娘家！我沒有娘家！』龔夫人冷笑，『就爲我爹娘死得早了；才害我一輩子。』最後這句話，就如當心一拳；搗得梁鼎芬頭昏眼黑，好半天才問出一句話來：『那麼，妳說怎麼辦呢？』

『我還住在這裡！我總得有個家。』

『妳一個人住在家裡，沒有人照應；叫我怎麼放心得下？』

『怎麼說沒有人照應？你的好朋友不是多得很嗎？』

這話不錯啊！梁鼎芬默默地在心裡盤算了好一會兒，起身出屋，到跨院去看文廷式。天氣熱，文廷式光著脊梁在院子裡納涼；梁鼎芬進門便說：『三哥，你不用往會館裡搬了。』

這也是剛才四個人談出來的結論之一，龔夫人回娘家，房屋退租；文廷式搬到江西會館去住。此時聽得梁鼎芬的話，文廷式自不免詫異：『不住會館搬，住哪裡？』

『仍舊住在這裡！』梁鼎芬說：『我拿弟婦託給你了。』

就這一句話，忽然使得文廷式的心亂了；隱隱約約有無數綺想在心湖中翻騰，但卻無從細辨，也是他不敢細辨，只極力想拿一顆跳盪不停的心，壓平服下來。

『敬謝不敏！』他終於找到了自己該說的話，『雖說託妻寄子，是知交常事；無奈內人不在這裡，這樣作法，於禮不合。』

『禮豈爲你我而設？』

文廷式是亦儒亦俠亦風流一型的人物，聽了梁鼎芬的話，倒有些慚愧，自覺不如他灑脫，便不再峻拒；但事情卻要弄個清楚，『說得好好的，何以好一下子變了卦？』他問。

『弟婦不肯回娘家。』

『爲甚麼呢？』

梁鼎芬不答。即令在知交面前，這亦是難言之隱；唯有黯然深喟：『說來說去總是我對不起她。』

這句話就盡在不言中了。文廷式不忍再問；回頭再想自己的責任——接受了梁鼎芬的委託，便等於新立一個家；而且對這位美而能詩，別有隱痛的龔夫人，要代梁鼎芬彌補極深的內疚，縱非香花供養，起居服御，不能讓她受半點委曲。這一來，每月的家用可觀，是不是自己的力量所能負擔，不得不先考慮。

『三哥，明年春天，你闈中得意，是可以寫包票的；館選亦十拿九穩，至不濟也得用爲部曹。照這樣子說，你不妨做一久長的打算。』

這話在文廷式只聽懂了一半，梁鼎芬是說成進士、點翰林，或者分發六部做司員，他的京官是當定了；然而何謂『久長的打算』？這一半他卻弄不明白。

梁鼎芬另一半的意思是，勸他將娶了才三年的夫人接進京來。但文廷式沒有表示，他不便再往下說，不然倒像不放心將妻子託給他似地；既然如此，何必多此一舉？

文廷式是眞的沒有猜到他的意思，這也是夫婦感情淡薄，根本想不到接眷。他本來就在籌劃未來如何過日子，所以對所謂『久長的打算』，自然而然地就往這方面去想；心想梁鼎芬的話不錯，明年春闈得意，必然之事。而且只要中了進士，就不愁不點翰林；多少有資格掌文衡的大老，像翁同龢、潘祖蔭、許庚身、祁世長等人，希望這年的所謂『四大公車』——福山王懿榮、南通張謇、常熟曾三撰和他，出於自己門下。如果運氣好，鼎甲亦在意中；那一來用不著三年散館，在兩年以後的鄉試，就會放出去當主考，可以還債了。

想到這裡，欣然說道：『星海，不要緊！你放心回廣州吧！但願你一年半載，就能接眷；如或不然，我在京裡總可以支持得下去。』

梁鼎芬無話可說，唯有拱手稱謝：『累三哥了！』

從第二天起，梁鼎芬就開始打點行囊；於是，送程儀的送程儀，餞行的餞行。由於是彈劾權貴落職，一時聲名大起；梁鼎芬亦頗爲興頭，刻了一方閒章：『二十七歲罷官』。

這天是他的同鄉，也是翰林院同僚的姚禮泰約他看荷花，聊當話別。地點是在崇文門內偏東的泡子河，前有長溪，後有大湖；東南兩面，雉堞環抱，北面一台雄峙，就是欽天監的觀象台；兩岸高槐垂柳，圍繞著一片紅白荷花，是東城有名的勝地。

主客只得三人；唯一的陪客就是文廷式。午後先在梁家會齊；梁家的棲鳳苑就座落在東單牌樓的棲鳳樓胡同，離泡子河不遠，所以安步當車，從容走來。姚家的聽差早就攜著食盒，雇好了船在等待；但是，驕陽正盛，雖下了船，卻只泊在柳蔭下，品茗閒話。

『星海，』姚禮泰問道：『聽說寶眷留在京裡可有這話？』

『有啊！』梁鼎芬指著文廷式說：『我已經拜託芸閣代爲照料。三五個月以後，看情形再說。』

『還是早日接了去的好。』姚禮泰說：『西關我有一所房子；前兩天舍弟來信，說房客到十月間滿期，決定退租。你到了廣州不妨去看看，如果合適，就不必另外費事找房子了。』

梁鼎芬自然連連稱謝，但心頭卻隱隱作痛；連日與龔氏夫人閒談，她已經一再表示，絕不願回廣州，所以姚禮泰的盛情，只有心領，卻未便明言。

『兩位近來的詩興如何？』姚禮泰又問。

『天熱，懶得費心思。』文廷式答說：『倒是星海，頗有些纏綿悱惻的傷別之作。』

『以你們的交情，該有幾首好詩送星海？』

『這自然不能免俗。』文廷式說：『打算塡一兩首長調；不過也還早。』

『對了！今日不可無詞。我們拈韻分詠，』姚禮泰指著荷花問說：『就以此爲題。如何？』

『好！』梁鼎芬興致勃勃地，『這兩天正想做詞。你們看，用甚麼牌子？』

『不現成的？』文廷式指著城牆下說：『「台城路」。』

名士雅集，聽差都攜著紙筆墨盒、詩譜詞牌；當時拈韻，梁鼎芬拈著『梗』字；脫口吟道：『片雲吹墜遊仙影，涼風一池初定。』

『好捷才！』姚禮泰誇讚一聲，取筆在手，『我來謄錄。』

梁鼎芬點點頭，凝望著柳外斜陽，悄悄唸著：『秋意蕭疏，花枝眷戀，別有幽懷誰省？』

『好！』姚禮泰一面錄詞，一面又讚：『宛然白石！』

『我何敢望姜白石？』梁鼎芬又唸：『斜陽正永，看水際盈盈，素衣齊整；絕笑蓮娃，歌聲亂落到煙艇。』

『該「換頭」了。上半闋寫景，下半闋該寫人了。』

『這是出題目考我。』梁鼎芬微笑著說：『本來想寫景到底；你這一說，害我要重起爐灶。』

說罷，他掉轉臉去，剝著指甲，口中輕聲吟哦。文廷式看著詞稿，卻在心中唸著：『秋意蕭疏，花枝眷戀，別有幽懷誰省？』

文廷式在玩味梁鼎芬的『幽懷』；姚禮泰亦在凝神構思，一船默默，只聽『波、波』的輕響，緊包著的蓮瓣，一朵一朵開放；展露嬌黃的粉蕊，飄送微遠的清香，隨風暗度，沁人心脾，助人文思。

『我都有了！』梁鼎芬說：『我自己來寫。』

從姚禮泰手中接過紙筆，一揮而就；他自己又重讀一遍，鉤抹添註了幾個字，然後擱筆，將身子往後一靠，是頗感輕快的神態。

於是姚禮泰與文廷式俯身同看；那下半闋『台城路』寫的是：

詞人酒夢乍醒，愛芳華未歇，攏手相贈。夜月微明，寒霜細下，珍重今番光景。紅香自領，任漂沒江潭，不曾淒冷；只是相思，淚痕苔滿徑。

『這寫的是殘荷。』姚禮泰低聲讚歎：『低徊悱惻，一往情深。』

梁鼎芬當然有得意之色，將手一伸：『你們的呢？』

『我要曳白了。』文廷式搖搖頭，大有自責的意味。

『我也是。』姚禮泰接口，『珠玉在前，望而卻步；我也只好擱筆了。』

『何至於如此？』梁鼎芬矜持地，『我這首東西實在也不好；前面還抓得住題目；換頭恐怕不免敷衍成篇之譏。』

『上半闋雖好，他人也還到得了這個境界；不可及的倒是下半闋，寫的眞性情，眞面目。』姚禮泰轉臉問道：『芸閣，你以爲我這番議論如何？』

『自然是知音之言。』略停一下，文廷式提高了聲音說：『「任漂沒江潭，不曾淒冷」，星海，「夜月微明，寒霜細下，珍重那番光景。』」

原作是『今番光景』；何以易『今』爲『那』，姚禮泰不解所謂，隨即追問：『那番光景是甚麼？』

曖昧朦朧的情致，只可意會，說破了就沒有意味了——梁星海是了解的，五年前的九月下弦，正合著『夜月微明，寒霜細下』的『那番光景』；文廷式是勸自己記取洞房花燭之夜，『珍重』姻緣。盛意雖然可感；然而世無女媧，何術補天？看來相思都是多餘的了。

挑定長行的吉日，頭一天將行李都裝了車；忙到黃昏告一段落。龔夫人將門上喚進來有話交代。『老爺明天要走了；今天不出門。飯局早都辭謝了；如果有人臨時來請，不用來回報，說心領謝謝就是。』

『是了。』門上轉身要走。

『你回來！我還有話。』龔夫人說：『從明天起，有事你們都要先跟文老爺請示，不准自作主張！』

交代完了，龔夫人親自下廚做了好些菜，爲丈夫餞行；但夫婦的離筵中，夾雜了一位外客，席次很不容易安排，梁鼎芬要請『三哥』上坐；而文廷式卻說是專爲梁鼎芬餞行，自己是陪客，只能旁坐。

『每天吃飯，都是三哥坐上面；今天情形不同，你就不要客氣了吧！』

由於龔夫人的一句話，才能坐定下來。梁鼎芬居中面南，文廷式和龔夫人左右相陪。彼此皆有些話，但離愁鯁塞喉頭，都覺得艱難於出口；直到幾杯酒下肚，方有說話的興致。

『星海，有句話我悶在心裡好久了，今天不能不說。你刻「二十七歲罷官」那方閒章，彷彿從此高蹈，不再出山似地。這個想法要不得！』

梁鼎芬無可奈何地苦笑，『不如此，又如何？』他問：『莫非去奔競鑽營；還是痛哭流涕？』

出語就有憤激之意，文廷式越發搖頭：『星海，遇到這種地方，是見修養的時候，有時候故示閒豫，反顯悻悻之態。你最好持行雲流水，付之泰然的態度。』

『我本來就是這樣子。』梁鼎芬說：『「白眼看他世上人」，是我的故態，亦不必去改他。莫非一道嚴旨，眞的就教訓了我，連脾氣都改過了。』

看兩人談話有些格格不入的模樣，龔夫人便來打岔，『梁順，人是靠得住的；就有一樣不好，說話跟他的名字相反，不和不順。』她嘆口氣說：『你的脾氣又急。主僕倆像一個模子裡出來的，眞教我不能放心。』

『不要緊的。』梁鼎芬安慰她說：『我總記著妳的話，不跟他生氣就是。』

『到了天津就寫信來。』龔夫人又說：『海船風浪大，自己小心。』

『我上船就睡；睡到上海。』

『洋人有種暈船的藥，很有效驗；你不妨試一試。』

『喔，』梁鼎芬問：『叫甚麼名字？』

『藥名就說不上來了。』文廷式說：『到了天津，你不妨住紫竹林的佛照樓；那家棧房乾淨，人也不雜。你找那裡的夥計，他知道這種藥。』

『好，我知道了。』

『有件事，我倒要問你。』文廷式放下筷子，兩肘靠在桌上，顯得很鄭重似地，『你一到天津，北洋衙門就知道了……』

『知道了又怎麼樣？』梁鼎芬氣急敗壞地說：『難道還能拿我「遞解回籍」不成？』

『你看你！』龔夫人埋怨他說：『三哥的話還沒有完，你就急成這個樣子！』

『對了，你得先聽完我的話。我是說，北洋衙門知道你到天津，當然會盡地主之誼。你受是不受？』

『不受！』梁鼎芬斷然決然地回答。

『李相致贈程儀呢？』

『不受！』

『下帖子請你吃飯呢？』

『也不受！』

『他到棧房裡來拜你呢？』

這就說不出『擋駕』二字來了；梁鼎芬搖搖頭：『不會的！他何必降尊紆貴來看我這個貶斥了的七品官？』

『「宰相肚裡好撑船」，如果眞有此舉呢？』

文廷式這樣逼著問，使梁鼎芬深感苦惱；但平心靜氣想一想，也不難回答：『他是道光丁未，我是光緒庚辰，』他扳著手指數一數會試的科分，『時歷四朝，相隔十五科。十三科以前稱爲『老前輩』；我只拿翰苑的禮節待他就是。』

『你果然想通了！』文廷式撫掌而笑，顯得極欣慰地；接下來正色說道：『星海，我爲甚麼要咄咄逼人，非問出個結果不可？就是希望你曉然於應接之道。我輩志在四海，小節之處，稍稍委曲，亦自不妨。』

『是啊，』龔夫人一旁幫腔，『你的脾氣太偏、太倔；總要聽三哥的勸，吃虧就是便宜。』

龔夫人說完了，文廷式又說；兩人更番叮嚀，無非勸他此去明哲保身，自加珍重。愛妻良朋的殷殷情意，梁鼎芬不能不接受；但不知怎麼，越來越覺得自己身處局外，像是在聽朋友夫婦規勸似地。

送行回城，文廷式心裡很亂，又想回家，又不想回家。一直等車子進了棲鳳樓胡同，他才斷然決然地吩咐車伕：『上蔴線胡同。』

盛昱的意園在蔴線胡同，相去不遠，是文廷式常到之處。門上一見他，笑著說道：『眞巧了！我們家大爺一回來就問，文三爺來過沒有？正惦著你吶，請進去吧！大概在書房裡。』

聽差引入院中，只見盛昱穿一身夏布短衫褲，趿著涼鞋，正在曬書；抬頭看到文廷式，只招呼一聲『屋裡坐！』依然在烈日下埋頭檢書——文廷式知道，那部書在盛昱視如性命；是宋版的《禮記》，與蘇黃谷璧的《寒食帖》，刁作胤的《牡丹圖》，合稱『意園三友』。因此這時他連朋友都顧不得接待了。

直待攤檢妥貼，盛昱方始掀簾入屋，『星海走了？』他問。

『是的。』文廷式答說：『我剛送他回來。』

『今天署裡考官學生。』盛昱指的是國子監；他是國子監的祭酒，『我不能不去；竟不能跟星海臨歧一別。』

『彼此至好，原不在這些禮節上頭講究。』文廷式說：『其實免去這一別也好；省得徒然傷感。』

『怎麼樣？』盛昱問道：『星海頗有戀戀之意？』

『當然。他也是多情的人。』

這所謂『情』，當然是指友情；盛昱嘆口氣說：『人生會少離多，最是無可奈何之事。何況星海又是踽踽獨行！』

文廷式沒有答話；內心深深悔恨，自己做了一件極錯的事，當初應該勸龔夫人隨夫同歸；即令做不到這一層，亦不應該接受梁鼎芬託妻之請。

『今天沒有事吧？找幾個人來敘敘如何？』

文廷式當然表示同意。於是盛昱坐書桌後面，吮毫伸紙，正在作簡邀客時，聽差來報有客。

這也是個熟客；名叫立山，字豫甫，是蒙古人，但隸屬於內務府，因而能夠放到蘇州當織造。

『織造』是個差使，向例一年一任；立山卻一連幹了四任。這當然因為他是李蓮英的好朋友，但也由於他本人能幹。織造衙門專管宮中所用的綢緞；『上用』衣料，花樣古板，亙數十百年不改，立山卻能獨出心裁，繡成新樣。有一種團花，青松白鶴梅花鹿，顏色搭配得非常好，尤其是鶴頂一點丹紅，格外顯得鮮豔而富麗；同時錫以嘉名，用鹿鶴的諧音，稱為『六合同春』。這一款衣料，進奉慈禧太后專用；果然大蒙獎許。加以李蓮英的吹噓照應，所以能由蘇州調京，派為奉宸苑的郎中；修理三海工程，由他一手經辦，是內務府司員中一等一的紅人。

立山雖是意園的常客，但文廷式卻並不熟，又怕他們有甚麼不足為外人道的話說，因而便問主人：『我該避一避吧？』

『避甚麼？』盛昱答說：『此人還不俗，你不妨見見。』

立山的儀表，卻眞不俗；穿一件藍紡綢大褂，白襪黑鞋，瀟瀟灑灑地走了進來，看見盛昱，一甩衣袖，搶上兩步請個安；步履輕快，衣幅不動，彷彿唱戲的『身段』似地，漂亮極了。

『豫甫！』盛昱指著文廷式說：『見過吧？萍鄉文三哥。』

『久仰，久仰！』立山抱著扇子，連連作揖。

於是彼此通了姓名；立山很敷衍了一陣，才向盛昱談到來意。

『熙大爺！』他問：『有件事非請教你不可。「北堂」是怎麼個來歷？』

『你是說蠶池口的天主教堂？』

『對了。』

盛昱熟於掌故，但提到這個位於西苑金鰲玉蝀橋以西，出西三座門，位於西安門大街路南，俗稱『北堂』的天主教堂，卻一時無以爲答；略想一想，又檢出一本《康熙實錄》來翻了翻，才點點頭說：『我想起來了。是康熙四十二年的事……』

康熙四十二年，聖祖仁皇帝生了一場傷寒病；由傷寒轉爲瘧疾，三日兩頭，寒熱大作，頗感困頓。因此降旨徵藥；不論何人，皆可應徵，特派御前大臣索額圖，大學士明珠及以後爲世宗公然尊稱爲『舅舅』的隆科多，還有一位宗室，負責考查。

應徵的人不少，然而所進的藥物，讓患瘧的病人服用以後，全無效驗；最後有兩名法國天主教士，呈進一種白色的藥粉，說是剛從本國寄到，名爲『金雞拏』；專治瘧疾。四大臣詢明來歷、製法，認爲不妨一試。

於是找了三名正在打擺子的太監來試驗，第一個是病發以後服用；第二個正發病時服用；第三個未發即服，結果都是一服而癒。

聖祖本來就相信西洋的一切；他自己亦深通西洋的天算之學，所以一聽四大臣奏報試驗結果，立即便要服用『金雞拏』。

可是皇太子卻大不以爲然；責備四大臣冒昧，萬一異方之藥，無益有害，這個責任誰擔得起？自古以來，遇到這樣的疑難，有個最直截了當的辦法，就是親嘗湯藥；而且四大臣聽法國教士說過，金雞拏不但能治瘧疾，亦是補藥，所以四個人各取一劑，用酒吞服。一夜安眠，精神十足；見此光景，皇太子的疑慮消失無餘。

聖祖亦由近侍口中，得知有嘗藥之事；所以一早召見索額圖，問明經過，深爲欣慰；當時便服用了一劑。到了下午三點鐘，照算應是發病的時刻，居然未發；於是天語褒獎，群臣稱頌，論功當然要行賞，聖祖決定在皇城內賞給進藥教士第宅一區，以爲酬庸。

賜第是由聖祖親自檢閱皇城輿圖所選定的，就在三座門外街南的蠶池口。三座門內，西苑的西北一隅，在明朝是世宗玄修之地的仁壽宮；宮側則是皇后親蠶之處，有先蠶壇、採桑壇、具服殿、蠶室等等建築。洗桑浴蠶有池；由宮牆外引西山之水入池的口子，即名爲蠶池口，那裡有一座雲機廟，是明朝宮人織錦的工場。入清之初，大半廢棄，但卻留下好些當年側近之臣的賜第；聖祖挑了一座最好的，賞給法國教士，而且指派工部的司官和工匠，照教士的意思，修改成天主教堂的式樣，題名『仁慈堂』，表示感戴聖祖的仁慈。

到了第二年，法國教士因爲仁慈堂西側有一段三十丈長，二十丈寬的空地，起意修建大教堂；上奏說道：『蒙賞房屋，感激特甚；惟尙無大天主堂，以崇規制。現住房屋，固已美善；而堂爲天主式憑，尤宜壯麗嚴肅。用敢再求恩賜，俾得起建大堂。』聖祖接奏，並不嫌教士得寸進尺，指派大臣勘察，將那塊空地恩賞了一半；等起建大堂開工，又賞了一塊金字石匾：『敕建天主堂』。此堂就是所謂『北堂』。

盛昱娓娓言來，恍如目睹；講完始末，接下來便問：『豫甫，你怎麼忽然打聽這段掌故？必有所謂吧！』

『自然。』立山答道：『修理三海的工程動工了；皇太后的興致好得很，三天兩頭，親臨巡視。每一次望見北堂就皺眉；北堂太高，俯視禁苑，實在不大合適。太后的意思，想拿北堂拆掉。』

『這可得愼重！』盛昱正色說道：『中法交涉，好不容易才了結；一波甫平，一波又起，未免太划不來！』

『是的。這當然要請總署諸公去交涉。』立山皺眉說道：『北堂的來歷如此，只怕交涉會很棘手；聖祖仁皇帝敕建的天主堂，如果現在管堂的教士，硬不肯拆，還眞拿他沒辦法。』

『洋人並非不可理喻的。』文廷式插嘴說道：『如果善言情商，另外覓一塊適當的空地，讓他們拆遷；照情理說，亦沒有堅持不拆的道理。』

『見教得是！』立山連連拱手，很高興地說：『今天眞不虛此行了。』

『豫甫！』盛昱問道：『修三海的工款多少？』

這是問到機密之處，也是觸及忌諱之處；立山略想一想答道：『還沒有準數目，看錢辦事。』

立山對於修三海的工程費數目，始終不肯明說。盛昱知趣，不再往下追問；文廷式當然更不便插嘴，所以這個話題，並無結果。

爲了敷衍盛昱，立山雖是個大忙人，卻好整以暇地一直陪著主人閒談——盛昱不好聲色，立山便談字畫古玩，這恰恰中了他之所好，談得非常起勁。然後話鋒突地一轉，談到近來爲憂時傷國之士所關注的大辦海軍一事。

『這件大事，』立山毫不經意地說：『照我看，因人成事而已。』

『因人成事這四個字很有味。』盛昱看著文廷式，『你以爲如何？』

文廷式笑笑不答。他要引出立山的話來，不肯胡亂附議；如果表示同意，則一切盡在不言，沒有甚麼消息好聽了。

『聽說張制軍預備大張旗鼓幹一下子。』立山說道：『我跟張制軍不熟，不敢瞎批評；只覺得他是熱心人。』

張制軍自是指張之洞。聽立山話中有因，盛昱便即問道：『你是說他不切實際，還是紙上談兵？』

『我不敢這麼說……』

『但說無妨。』

『那我就信口雌黃了。』立山慢吞吞地說：『不但不切實際，不但紙上談兵；是兩者兼而有之。』

『你說因人成事，自然是指大辦海軍，必得依仗北洋李相；然而，何以張制軍就不能有所主張？』

這有點爲張之洞辯護的意味，立山很機警地笑笑：『我原是信口雌黃。』

盛昱頗爲失悔，自己的語氣有咄咄逼人之勢，嚇得立山不敢再往下說；當時便放緩了語氣解釋：

『豫甫，你別誤會我是站在張制軍這面，有意迴護他；就事論事，不妨談談。你剛才所說的話，必是有所據而云然。上頭是怎麼樣一個意思？你總比我們清楚得多；試爲一道！』

『是！』立山放出平靜從容的詞色：『我先請問，張制軍奉旨「廣籌方略」，他是怎麼個主張，熙大爺知道不？』

『他好像還沒有覆奏。我不知道。』昱盛說道：『不過以他的爲人，就如你所說的，當然主張「大張旗鼓幹一下子」。』

『是的。我聽說張制軍已經先有信來了，他認爲我中華幅員遼闊，海軍不辦則已，一辦就要辦四支：北洋、南洋、閩洋、粵洋。每支設統領一員，或者名爲提督；由總理衙門統轄四支。光是這一層，就見得張制軍還沒有摸著門道。這四支海軍，即使設立了起來，也不能歸總理衙門統轄。』

『你是說預備另立衙門？』

立山又是笑笑，『這我就不敢瞎猜了。』他說：『再論經費，一條鐵甲兵輪兩三百萬銀子；熙大爺，你想想，四支海軍該要多少？』

說鐵甲船每艘要兩三百萬銀子，未免過甚其詞；向德國定造，即將駛來中華的『定遠』、『鎭遠』兩艦，每艘造價不過一百六十萬兩銀子。另外第三艘鋼面快艇『濟遠』，造價更低。但話雖如此，四洋並舉，也得千萬以外，一時哪裡去籌這筆巨款。

『然則上頭是怎麼個意思呢？』盛昱問道：『既謂之大辦海軍，總不能敷衍現成的局面啊！』

『我也是聽來的消息，不知眞假；上頭的意思，正就是敷衍現成的局面。』

『既然如此，又何必專設衙門。』

立山笑道：『熙大爺連這一層都不明白？不專設衙門，七爺怎麼辦事？』

『啊！』盛昱恍然大悟，『是在軍機、總署以外，另外搞一個有權的衙門。』他又蹙眉說道：『總署本來專辦通商事宜，後來變成辦洋務，軍機之權日削；現在再設一個衙門來削軍機、總署之權，這樣子政出多門，不要搞得一團糟嗎？』

『熙大爺，』立山低聲說道：『新設的衙門，不但削軍機、總署之權；還要削內務府之權。』

這話驟聽費解，仔細想去，意味深長。修理三海的工程，現在由醇王主持；有了新設衙門，此事必歸新衙門管理，豈不是削奪了內務府之權？

所謂大辦海軍，原來是這麼回事！盛昱和文廷式相顧無言；立山看著他們兩人的臉色，深感不安；便用很鄭重的神色叮囑：『這些話我沒有跟別人說過；不足爲外人道！』

『你放心好了，』盛昱答說：『我們絕不會洩漏消息來源。』

『請問，』文廷式接著問了句很切實的話：『這些打算，何時可以定局？』

『快了！各省奉旨籌議海軍的摺子，大致都遞到了；只等合肥陛見，必可定局。』

降旨命李鴻章陛見，是七月初的事。諭旨中說他『遵議海防事宜一摺，言多扼要。惟事關重大，當此創辦伊始，必須該督來京，與在事諸臣，熟思審計，將一切宏綱細目，規劃精詳，方能次第施行，漸收實效。』不必有所褒獎，而倚重之意，溢於言表；相形之下，十天以前左宗棠之被『傳旨申飭』，榮枯判然，益覺難堪。

左李二人，一直是冤家對頭。多少年來明爭暗鬥，到了這年五月間中法成立和議，外患暫息，內爭即起；終於到了算總帳的一天。

發難的是劉銘傳。防守基隆的一年，劉銘傳受夠了台灣道劉璈的骯髒氣——劉璈是左宗棠嫡系，駐紮台南，勒兵扣餉，處處跟在前敵的劉銘傳爲難。由於左宗棠督辦福建軍務，楊昌濬當閩浙總督，劉銘傳無可奈何。不過，他的委曲經由李鴻章的傳達，朝中完全明瞭；只以強敵當前，畢竟要靠左宗棠保障閩海，不便降旨整飭紀律，自亂陣腳。如今外敵已退，自然可以動手了。

當然，這也要怪劉璈太不知趣，稟請左宗棠在所借的洋款內撥發一百萬兩，辦理台灣善後；而且派委員到福州坐提。劉銘傳得到消息，一個電報打到北洋；隨即轉到京裡。醇王得報大怒；辦海軍要錢、修三海要錢、南漕預備恢復河運，治理運河要錢，而台南各地未經兵燹，並且劉璈巡收釐金，絕少接濟劉銘傳，庫中應有大筆款子，居然還要在借來的洋款中，提取百萬之數，簡直是毫無心肝了。

因此，發了一道電旨，嚴飭左宗棠不准擅發。這還罷了；壞的是還有一段告誡的文字：『左宗棠到閩後，每於調人差委，未經奏明，輒行派往，殊屬非是。嗣後遇有用人撥款等事，務當先行奏報候旨遵行；不得再涉輕率，致干專擅之咎！』接著又有一道電旨，命左宗棠和楊昌濬，查明所借洋款，還剩多少？『迅奏候旨，不得輕率撥用。』一葉落而知天下秋，明明見得左宗棠的簾眷已衰。

於是劉銘傳不客氣下手了，以『奸商呑匿釐金，道員通同作弊』的理由，運用福建巡撫的權力，將劉璈撤任查辦；同時飛章入奏。

手段雖狠，卻還是試探，所以對劉璈只是『撤任』；朝廷覆旨：『著即撤任，聽候查辦』，是充分支持的表示，那就更可以放心大膽地窮追猛砍了。劉銘傳緊接著便又狠狠參了劉璈一本，指他『貪污狡詐，不受節制，劣跡多端。開單列款，請革職查辦』。

結果，不僅『革職查辦』；竟是『革職查抄』。軍機處承旨，連發兩道『廷寄』，一道給劉銘傳：『劉璈革職拿問，交劉銘傳派員妥爲看守，聽候欽派大臣，到閩查辦。』劉璈在任所的資財，責成劉銘傳派廉幹委員，嚴密查抄。一道是給湖南巡撫，張佩綸的第二位老丈人卞寶第，去抄劉璈在原籍的家。

此外還有一道明發：『命刑部尚書錫珍，馳驛前往江蘇，會同衛榮光查辦事件。』向來欽差大員查辦要案，多用假地名隱飾，明明是往四川，偏說到湖北；像這樣的障眼法，原是瞞不住人的，明眼人一望而知是查辦劉璈。

左宗棠當然要展開反擊，上奏攻訐劉銘傳棄基隆的詳細情形，指他喪師辱國之罪，過於徐延旭、唐炯。不想碰了個大釘子，所奉到的覆旨是：『劉銘傳倉猝赴台，兵單糧絀，雖失基隆，尚能勉支危局，功過自不相掩。該大臣輒謂其「罪遠過徐延旭、唐炯」實屬意存周內，擬於不倫。左宗棠著傳旨申飭，原摺擲還。』

臥疾的左宗棠，受此羞辱，病勢劇變，不能不再一次奏請開缺。當然，一道溫旨是少不了的，准他交卸欽差大臣的差使，不必拘定假期，儘管回湖南安心靜養。又恭維他『夙著勳勤，於吏治戎機，久深閱歷。如有所見，隨時奏聞，用備採擇。』同時叮囑：病體稍痊，立刻回京當他的大學士。

這道惓惓於老臣的溫諭，寄到福州，左宗棠神明已衰，無從感念聖恩了。延到七月二十七子時，一瞑不視；當時由福州將軍穆圖善、閩浙總督楊昌濬會銜出奏。奏摺慢，電報快；福建營務處電致北洋衙門，到第二天中午，京裡就得到消息了。

這是意外，然而亦非意外。左宗棠到了福建，諸事不甚順手；他雖以諸葛武侯自命，只是『鞠躬盡瘁，死而後已』的志節，或者差相彷彿，但寧靜致遠的修養卻差得多。由於對法軍只好『望洋興嘆』，抑鬱難宣，因而肝火極旺，終於神智昏昏，經常在喊：『娃子們，出隊！』左右亦就順著他的話敷衍。這些情形，京中亦有所聞；料知他不久人世了。

不過不管怎麼樣，他總是國家的元勳，慈禧太后一向優禮老臣，自然傷感。而醇王回想左宗棠入京之初，臭味相投，論公，保他以大學士管理神機營；論私，以親王之尊，待以上賓之禮，並坐攝影，賦詩相贈。誰知這樣的交誼，竟致不終！回首前塵，眞所謂『感不絕於予心』；同時也覺得助李攻左，不免愧對故人。

因此，左宗棠的飾終之典極優。雖不如曾國藩，卻遠過於官文和沈葆楨。官文追贈太保，左宗棠追贈太傅；官文入祀賢良祠，左宗棠入祀昭忠祠、賢良祠，並准在原籍及立功省份建立專祠。謚法就更不相同了，官文謚文恭；這個恭字只對謹飭馴順的大臣用得著，不算美謚，而且於左宗棠的爲人亦不稱。

因此，擬謚便費周章──謚典照例由禮部奏准後，行文內閣撰擬；由侍讀二人，專司其事。照規則，凡第一字可以謚文的，只需擬八個字，由大學士選定四個字，奏請圈定。一二品大員，如果是翰林出身，照例得謚文字；但當到大學士，雖非來自翰苑，亦得謚文，因此舉人出身的左宗棠亦得援例辦理。

這第二個字就大有講究了。最高貴的是『正』字，定制出自特恩，非臣下所敢擬請。第二個是『忠』字，這亦非比等閒。左宗棠當然不能與曾國藩比肩，謚作文正；但與林則徐、文祥一樣，謚爲『文忠』，應該不算濫邀恩典。因此，由大學士額勒和布，協辦大學士閻敬銘、恩承會同選定的四個字，就有『忠』字在內。

呈達御前，慈禧太后覺得『忠』字，不足以盡左宗棠的生平；便垂詢軍機，除此以外，還有甚麼能夠表揚左宗棠平定西陲之功的好字眼？

禮王世鐸瞠目不知所對，便回頭看了看說：『請皇太后問許庚身，他的掌故記得多。』

『許庚身！』慈禧太后便問：『你看呢？』

『照謚法，左宗棠可謚「襄」字；襄贊的襄。乾隆年間，福康安就以武功謚文襄。不過咸豐三年，大學士卓秉恬，曾奉先帝面諭：文武大臣或陣亡、或軍營積勞病故而武功未成者，均不得擬用襄字。所以內閣不敢輕擬。左宗棠是否賜謚文襄？請皇太后聖裁。』

『本朝謚文襄的，倒是些甚麼人啊？』慈禧太后問說，『我只記得洪承疇跟靳輔；靳輔有武功嗎？』

『聖祖親政以後，以三藩、河福、漕運爲三大事，特爲寫下來，貼在乾清宮柱子上，朝乾夕惕，無時或忘。靳輔是治河名臣，自康熙十六年任河督，到四十六年病故任上，盡瘁河務三十年，襄贊聖功，與開疆闢土無異；所以特謚文襄。』

『要說開疆闢土，左宗棠也稱得上。就謚文襄吧！』慈禧太后又問：『左宗棠生前，有甚麼請旨辦理而未辦的大事沒有？』

這一下是由世鐸回奏：『上個月，左宗棠有二個摺子，一個是請設海防全政大臣，保薦曾紀澤能當海防重任；一個是請以福建巡撫移駐台灣。曾紀澤已奉懿旨，電召回國，閩撫駐台一層牽連的事項不少，一時還不能議奏請旨。』

慈禧太后對海防一事，胸有成竹，很快地答說：『曾紀澤當然有用他之處，可也絕不能拿海防全交給他。福建巡撫駐台灣，這件事你們問問醇親王跟李鴻章，最好照左宗棠的意思辦！』

『是！』世鐸答說：『李鴻章馬上就要到京了，到時候請醇親王主持會議，議定辦法再請旨。』

李鴻章是八月二十三日到京的，自開國以來，從無一個疆臣入覲，有他這次進京那樣重要，許許多多的軍國大計，要等他來當面商議，才能定奪。

這許許多多軍國大計，有的出自朝廷，要徵詢他的意見；有的是由李鴻章所奏請，必得他來當面解釋；出自朝廷的大計，當然是以醇王的意見爲主，第一件是籌議大辦海軍；第二件是旗營加餉——醇王重視此事，不下於大辦海軍。他畢生的志願，就是要練成一支八旗勁旅，而要八旗子弟用命，就得先加軍餉。因而早就授意刑部左侍郎薛允升，上了一個『將中外各旗營加餉訓練』的摺子作爲『妥議』的根據。

加餉之餉，從何而來？照薛允升的辦法，是裁減各省勇營。照戶部的計算，各省勇營的兵餉每年要支出一千四五百萬；此外糧秣、武器、營帳、被服等等所謂『養勇之數』更多，每年要花三千四百多萬；加上京裡旗營及各省駐防旗營的餉銀一千多萬，總計近六千萬之多。而每年歲入總數，不過七八千萬；竭天下十分之物力，以八分養兵，自然不是經久之道。

旗營加餉，依醇王的意思，至少要加四成；照此計算，僅是在京的旗餉，每年就要多支三百萬兩銀子，部庫實在不勝負擔。因而由醇王主持的會議中，商量出一個結論：各省營勇，裁減浮濫，每省每年要省出二三十萬兩，分批解部，作爲旗營加餉之用，同時咸豐年間因爲軍用浩繁，京官俸給減成發放，亦要恢復原數。

此訊一傳，京中文武大小官員，歡聲雷動，然而各省督撫，包括李鴻章在內，卻無不大起恐慌。因爲各省招募兵勇，設營支餉，其中有許多花樣，第一是吃空缺；第二是各項無法開支，無法報銷的爛帳，都可以在這裡面巧立名目；第三是安插私人，應付京中大老『八行』的舉薦；第四是用各器糧餉，安撫當地各路的『英雄好漢』。一旦公事公辦，就諸多不便了。

這些情形，在閻敬銘當然瞭如指掌，他雖不贊成旗兵加餉，但卻贊成裁勇，料想一定會招致各省督撫的反對，爲了先聲奪人，特意在疆臣領袖的李鴻章到京的前一天，請旨頒發了一道上諭，在引據薛允升的原奏以外，將各省軍需的積弊，統統都抖了出來，嚴飭切實整頓，限期在本年十一月內定議；而此時降旨，在希望首先打通李鴻章這一關的用意，是相當明顯的。

李鴻章這趟進京，多帶銀子多帶人。多帶銀子是爲了從軍機到六部小京官，略略扯得上寅、年、鄉、世誼的，都要致送紅包；多帶人是估計到待決的大事甚多，臨時必有好些奏摺文牘要辦。

一進京第一件要辦的大事，就是陛見。照定制：進了崇文門先馳往宮門請安。他穿的自是行裝；但一路八抬大轎，緩緩而來，並無半點風塵之色，簇新的寶藍貢緞長袍，外罩御賜的黃馬褂；頭上雙眼花翎的貂簷暖帽，襯著他那清癯的身材，紅潤的氣色和白多黑少的鬚眉，望之眞如神仙中人。

疆臣入覲，未曾見駕以前，照例不會客亦不拜客；所以宮門請了安，隨即回賢良寺行轅，早早歇息。半夜裡起身，紮束停當，進宮不過卯正時分；醇王已經派了人在東華門守候，招呼到內務府朝房，開了醇王專用的一間房子，請他休息。

剛坐定下來，只聽門外有人問道：『李中堂的請安摺子遞了沒有？』

一聽是醇王的聲音，李鴻章急忙起身往外迎。蘇拉掀開門簾，遇個正著，李鴻章便當門請了個安；醇王還以長揖，跨進門來，拉著他的手寒暄。

『你氣色很好哇！』醇王側著臉端詳，『精神倒像比去年還健旺些。』

『託王爺的福！王爺也比去年豐腴得多了。』

『唉！』醇王嘆口氣，『去年下半年的日子，哪是人過的？不死也剝層皮！』他又說道：『上頭一直在盼望你；昨兒還問起。如今中法的交涉，總算了結了，往後任重道遠，還得好好兒振刷一番。你這趟來，怕要多住些日子。』

『是！鴻章打算著半個月的工夫，跟王爺辦事；要請王爺教誨。』

『別客氣！咱們彼此商量著辦。少荃，你總得要幫我的忙才好。』

『王爺言重！只要棉力所及，鴻章無不如命。』

醇王點點頭，躊躇著欲言又止；最後吃力地說了句：『我的處境很難。我們慢慢兒再談吧！』

李鴻章心裡有數，醇王有些話，不便在這時候說；於是便談些不相干的事。約莫過了一個鐘頭，御前侍衛來傳懿旨：皇太后召見。

於是李鴻章隨著御前侍衛進了養心門；這天由領侍衛內大臣『六額駙』景壽帶班，領入養心殿東暖閣。朝陽滿室，和煦如春；慈禧太后穿一件洋紅緞子的旗袍，上罩玄緞小坎肩；兩把兒頭上簪一朵碩大無朋的絹花，豐容盛鬋，望去如三十許人，李鴻章覺得她比去年五旬萬壽時所見，更顯得後生了。

這也不過一瞥間事。數步行去，已近拜墊；下跪去冠，碰頭請過聖安，慈禧太后照例有一番行程如何；稼穡豐歉；民生疾苦，以及起居是否安適之類的問答。當然，這番君臣之間的『寒暄』，因人因時因地而繁簡不同，像丁寶楨遠在西蜀，數年難得入覲，一旦見了面自然溫言慰問，絮絮不休；李鴻章只不過十個月未見，而且京畿的情形，慈禧太后經常在打聽，就不必說那麼多的閒話了。

『這次找你來有好些大事要商量。』慈禧太后在談入正題以前，先表白心願，『皇帝快成年了，我的責任也可以卸一卸了。我時常在想，二十多年的辛苦，總要落點兒甚麼才好！你們做官的，講去思、講遺愛；我也就是這個意思，撤簾以後，能有人常常念著，記住我的好處。這二十多年辛苦，才算不白吃了！』

『皇太后的用心，天高地厚！』李鴻章突然激動了，『臣今年已過六十，去日無多；半生戎馬，從沒有一天安閒的日子，如果定要求皇太后、皇上賜臣一個閒差使養老，想來皇太后、皇上念臣微勞，也會全臣一個體面。然而臣從不敢起這個念頭，就因爲皇太后親自操勞，聖心睿慮，全在國富民強四個字；臣稍有人心，豈敢有此偷閒的想法？外面罵臣的很多，臣不敢說是付之一笑，只覺得與其爲此生閒氣，不如仰體聖心，多辦些事，才是報答深恩之道。』

『原是如此！你的功勞不比別人，我是知道的。』慈禧太后又說：『長毛、捻子平了二十年了；現在一班後輩，哪知道咱們君臣當年苦苦撐持的難處？昧著良心，信口胡說，實在可恨！前兩年的言路太囂張了，連王公大臣都不放在他們眼裡，這還成甚麼體統，還講甚麼紀綱？眞非好好兒整頓不可！』

李鴻章明白，這是指的懲罰梁鼎芬一事，便碰個頭說：『皇太后保全善類，臣唯有格外出力，勉圖報稱。』

『凡是實心出力的人，有我在就不必怕！』慈禧太后略停一下又說：『歸政之前，我有幾件大事要辦，全靠醇親王跟你幫著我，才能成功。』

『是！臣不敢不盡心。』

『第一件當然是大辦海軍。』慈禧太后問道：『各省的奏摺，你想來都看過了？』

『是！醇親王都抄給臣看過了。各省對設置海軍的規模，應大應小，見仁見智，互有出入；只是應該設立專責衙門，特簡親藩，綜攬全局這一層，大家的看法，並無不同。』李鴻章接下來提出他自己的意見，『臣以為今日之事，第一要平息浮議；而要平息浮議，又非先歸一事權不可。自古為政在人，上有皇太后、皇上的主持；下有沿海七省疆臣承旨辦事，只要中間樞紐得人，那就如臂使指，通盤靈活了。』

這是保舉醇王，綜持全局。但醇王以近支親貴而兼帝父之尊，或者恥於為人舉薦。李鴻章做了幾十年的官，甚麼人的閱歷都比不上他深；揣摩入微，所以不敢冒昧。

慈禧太后當然聽得出他的言外之意，卻先不談人而談事，『張之洞的摺子，前兩天才到。』她問：『不知道你看到了沒有？』

『臣看到了……』

原奏的抄件，是他在通州途次接到的。張之洞的奏摺，向來是惟恐言無不盡，動輒數千言；這個奏摺，自然更不會例外，『分條臚舉』，共有分地、購船、計費、籌款、定銀、養船、修船、練將、船廠、炮台、槍械十一大款，如立山所透露的，主張練南洋、北洋、閩洋、粵洋四支海軍，而統轄於總理衙門。說起來頭頭是道，但在李鴻章看，純為言大而誇的書生論兵。

不過，張之洞在中法戰爭中，大借洋債，接濟各處軍火，任事甚勇；是簾眷正隆的時候，李鴻章怕惹慈禧太后起反感，不敢批評得苛刻，只就計費、籌款兩端來駁他。

『張之洞仰荷皇太后特達之知，出任封疆，他的才氣是好的，銳意進取，頗能不負皇太后、皇上的期許。所惜者，境遇太順，看事不免太輕易。就以計費、籌款兩項來說，光是造船，每軍四百萬兩，四軍共需一千六百萬兩；如今庫藏未裕，開口就是一千六百萬，未免說得太容易了。』

提到錢，慈禧太后不由得嘆口氣：『中法開戰，各省軍需報銷了三千多萬；欠下許多洋債，怎麼得了？』

『正就是爲此。』李鴻章緊接著說：『且不論洋債要還本付息，就拿辦海軍來說，如果造船要一千六百多萬銀子；築炮台、造械彈、設學堂，以及海軍官兵伕役的糧餉供應，又該多少？照張之洞的籌款章程，拿五年洋藥進口的關稅，釐金之半來造船，還有一半如何抵得住各項開支。近年國家歲收，以洋藥關稅爲大宗，指定這個稅作的款收入的，不知道多少？別的不說，光是左宗棠、張之洞借的洋債，就多拿洋藥關稅做擔保；只怕要動用這筆款子，洋人先就不肯答應。』

『說得是！』慈禧太后深深點頭：『張之洞辦事，向來喜歡規模大，有點兒顧前不顧後。』

『借洋債絕非謀國的善策。』李鴻章乘機說道：『總要自己開源才好。臣這一次進京，帶了好幾個條陳來；這會兒也沒法子細奏。』

『我也聽醇親王說了，你的用心都是好的；只要能想法子多加收入，有錢來辦正事，我無有不贊成的。』慈禧太后略停一下，拉回話題：『海軍是無論如何要辦的，不過總得有個先後次序；北洋是先有了規模的。我看先辦一支，慢慢來擴充。你的意思怎麼樣？』

『皇太后聖明。』李鴻章答說：『這才是可大可久之道。』

『練兵不光是費錢，還得要人。你素來肯留心人才，有能在海軍效力的，儘管往裡保。』慈禧太后又問一句：『你看，有好將才沒有？』

李鴻章心想，慈禧太后此時物色人才，當然是預備大用；海軍既打算請醇王主持，自己就不便有所保薦；但慈禧太后這樣追著問，其勢又不容閃避。念頭多轉一轉，覺得有個兩全的辦法，保薦醇王的夾袋中人。

醇王在治兵方面最讚賞的人物，本來是榮祿；但其間一度發生誤會，交誼幾致不終。近年來醇王亦頗想修好，而榮祿不知如何，寧願韜光養晦；其中或許有甚麼特殊的曲折，李鴻章不敢冒昧舉薦。不得已而求其次，他想到了一個人。

『御前侍衛善慶，早年曾歸臣節制；當時剿西捻的時候，善慶的馬隊，頗為得力。與劉銘傳相處得亦很好。』李鴻章說：『臣素知其人，忠勇誠實，是好將才。』

『醇親王也跟我提過，善慶是能帶兵，會辦事的。』慈禧太后又說：『左宗棠生前保曾紀澤能當海防重任。你看怎麼樣？』

『曾紀澤與臣是世交。明敏通達，是洋務好人才；不過，他不曾帶過兵，臣亦不曾聽他談過軍務。這一次電召回國，如何用其所長？出自聖裁，臣不敢妄議。』

話雖如此，不認為曾紀澤如左宗棠所奏的，能當海防重任的意思，已很明顯。慈禧太后點點頭，不置可否；將話題轉到左宗棠身上。

『左宗棠可惜！朝廷原想用他的威望，坐鎮南邊；不想竟故在任上。』慈禧太后嘆口氣說：『他多年辛苦，我總想找個安閒的地方讓他養老；在京裡閒住，本來也很好，又哪知道他的脾氣倔，跟大家合不來。去年軍機面奏，說派他到福建最好；我想，福建是他極熟的地方，也算人地相宜，就答應了；特為又拿楊昌濬派了去，原意是叫他不用事事操心。不想他竟不能體會朝廷的苦心；年老多病，又是立了大功的，竟不能好好過幾年舒服日子，說起來倒像是朝廷對不起他！』

『皇太后、皇上深仁厚澤，這樣體恤老臣；左宗棠泉下有知，也一定感激涕零。不過左宗棠平生以諸葛亮自期，「鞠躬盡瘁，死而後已」，如今積勞病故任上，與疆場陣亡無異，在他亦可說是求仁得仁，死而無憾。』李鴻章要佔自己的身分，便又說道：『臣與左宗棠平日在公事上的意見，不盡相合，然而臣知左宗棠報國之誠，謀國之忠，與臣無異。回想當年在曾國藩那裡共事的光景，如在眼前；如今左宗棠已經去世，臣年逾六十，精力日衰，只怕犬馬之勞，也效力不到幾年了。』

『你不比他！精神健旺得很。』慈禧太后用樂觀的語氣勸慰，『朝廷著實還要靠你呢！』

『臣亦自知沒有幾年了，不敢一日偷閒；總想在有生之年替朝廷跟百姓多做點事。』

『只要你做，朝廷一定保全你。不過年紀大了，你也要節勞才好。』

李鴻章此來，有滿腹經綸，想要傾吐；本來打算先徵得醇王的同意，取得軍機及總署諸大臣的支持，有了成議，再奏請裁可，頒旨施行。現在聽得慈禧太后一再勉勵，便改了主意；覺得此時把握機會，說動了慈禧太后，便可以挾天子以令諸侯，協商之際，方便不少，豈非是辦事的一條捷徑？

打定主意，再無遲疑，首先將阻礙最多的造鐵路一事提了出來，『皇太后明見萬里。臣這幾年銳意興利，頗遭人忌；若非慈恩保全，臣縱有三頭六臂，亦必一事無成。』他一轉接入本題：『就拿造鐵路這件事來說，光緒六年劉銘傳入覲，上奏請造鐵路，他是看到鐵路一開，東西南北，呼吸相通，萬里之遙，數日可至；百萬之眾，一呼而集，十八省合爲一氣，一兵可抵十兵之用。這些話，實在是眞知灼見；上年對法用兵，王師備多力分，腹地招募之勇，一時派不到邊省禦敵，遷延日久，自誤戎機。加以軍需轉輸不便，豈有不敗之理？如果當時照劉銘傳所奏，先造「南路」，一由清江浦經山東；一由漢口經河南，都到京師，那時候調兵遣將，指揮如意，絕不容法軍如此猖狂。前事不忘，後事之師；如今大辦海軍，固爲抵禦外患的海防根本，造鐵路於軍政、京畿、民生、轉運、郵驛、礦務、招商、輪船、行旅有九大利，眞該急起直追！』

提到這件事，慈禧太后便記起言路上紛紛諫阻的奏議；皺著眉說：『都說開鐵路破風水，這件事可得好好核計。』

這個答覆，使得李鴻章有些氣沮；但話既說出口，不能不爭，『滄海桑田，哪有千年不變的陵谷？西洋各國當年講求各種新政，往往亦有教民反對；全在秉持毅力，不折不撓，才能克底於成。臣記得左宗棠亦曾上奏，贊成仿照鐵路，說外國「因商造路，因路治兵，轉運窮通，無往不利。其未建以前，阻撓固甚！一經告成，民因而富，國因而強，人物因而倍盛，有利無害，固有明徵。電報輪船，中國所無；一旦有之，則爲不可少之物。」這是閱歷有得的話，實在透徹不過。』說到這裡，他想起一個絕好的例子：『同治元年，臣由曾國藩保薦，蒙皇太后天恩，授爲江蘇巡撫；當時由安慶帶淮勇九千，坐英國輪船到上海。臣記得是三月初由安慶下船，第四天就到了上海。如果沒有輪船，間隔千里，就不知道哪一天才到得了？再如上年跟外國開仗，福建、雲貴與京師相距萬里，軍報朝發夕至；邊省將帥，得以稟承懿旨，迅赴事機。倘或未辦電報，個把月不通消息，臣眞不敢想像，今日之下會成怎麼樣一個局面？』

這番話說得慈禧太后悚然動容，『京官不明白外事的居多。鐵路能辦起來最好！』她做了一個概括的指示：『一切你都跟醇親王仔細商量，只要於國有利，於民無害，不論怎麼樣都要辦！』

奏對到此。時間已經不少；而且話也說到頭了。於是景壽便做個手勢，示意李鴻章跪安退下。

回到內務府朝房，正好醇王叫起；門前相遇，無暇深談，醇王只說得一句：『咱們晚上細細兒地談！』便隨著御前侍衛，匆匆往北而去。

李鴻章便不再在朝房裡坐了。爲了自尊首輔的身分，他也不到軍機處——軍機處雖有禮王世鐸在，李鴻章並不把這位王爺看在眼裡；逕自傳轎出宮。

出宮卻不回賢良寺，先去拜客。第一個拜的是惇王；他如今承繼了當年大家叫惠親王綿愉『老五太爺』的這個尊稱，年紀大了，也想得開了，不似從前動輒臉紅脖子粗地跟人抬槓。他的賦性向來簡易坦率；這天輕車簡從逛西山去了。李鴻章撲個空，反倒得其所哉；因爲他實在有點畏憚這位『老五太爺』的口沒遮攔，毫無忌諱，有時問出一句話來，令人啼笑皆非。

接下來便是拜謁恭王。李鴻章在轎中想起往事，感慨叢生，惻惻然爲恭王難過。一年多以來，連遭拂逆，去年爲了隨班祝嘏，碰那麼大一個釘子，已經難堪；今年又有喪明之痛，而且載澂之死，流言甚多，說他生的是楊梅惡瘡，遍體潰爛，不可救藥。還有一說，恭王久已棄絕這個長子；載澂病危之時，有人勸恭王去看他一次，以全父子之情。恭王聽勸而去，一進屋子，望到病榻，入眼是一件繡滿了花的黑綢長衫；當時掉頭就走，從牙縫裡擠出來兩個字：『該死！』

他是六月初病故的。宗人府奏報入宮，慈禧太后倒掉了些眼淚；在所有的姪子之中，她最喜愛載澂，不僅因爲他聰明英俊，而且也因爲穆宗的緣故。十年的歲月，沖淡了愛子夭逝的悲痛；她只記得二十年前，他們『小哥兒倆』賽如一母所出的兄弟那樣地親愛。就因爲這份又惆悵、又有味的記憶，使得她隱隱然視載澂如己所出；飾終之典，極其優隆，追加郡王銜、諡『果敏』。又因爲恭王對長子深惡痛絕，怕他身後草草；特派內務府大臣巴克坦布替載澂經紀喪事，照郡王的儀制治喪，一切費用都由內務府開支。

這在李鴻章看，是件耐人尋味的事，是不是慈禧太后對恭王懷著疚歉；借此表示彌補？而恭王又是不是領這份『盛情』？都難說得很。

就這樣一路想著，不知不覺到了鑑園；招帖上門，護衛先到轎前請安聲明：『王爺病了兩天了；這會兒剛服了藥睡下。是不是能見中堂，還不知道。中堂先請裡面坐，我馬上去回。』

『病了？不要緊吧？』

『是中了點兒暑。』

『那，我更得瞧瞧。』李鴻章說：『你跟王爺去回，請王爺不必起床，更不用換衣服；我到上房見好了。』

不一會兒，護衛傳話：『王爺說：彼此至好，恭敬不如從命。請中堂換了便衣；到上房裡坐。』於是李鴻章就在鑑園大廳上換上『福色』套一件玄色貢緞寧綢襯絨袍的馬褂，由護衛領著上樓。恭王在樓梯口相迎；拉住他的手不讓他行大禮。

李鴻章認爲禮不可廢；不是衣冠堂參，已覺簡慢，何能不行大禮？主人謙讓再三，卻無奈客人的道理大。於是隨行的跟班鋪上紅氈條；李鴻章下跪磕頭。既然如此，恭王亦就照禮而行；親王的儀制尊貴，跟唐朝宰相的『禮絕百僚』一樣，所以他是站著受了李鴻章磕頭。

等他起身，恭王才盡主人的道理，堅持著讓李鴻章坐在匟床上首。大理石面的匟几上，擺上四乾四濕八個高腳果盤；另有一個長身玉立，辮子垂到腰際的丫頭，獻上金托蓋碗茶；然後就捧著水煙袋，侍立在旁，預備裝煙。

『一年不見，你倒發福了！』恭王摸著他的瘦削的下巴說。

『託王爺的福。』李鴻章欠身答道：『世子不幸，實在可惜；只有請王爺看開一點兒。』

『我早就看開了！』恭王搖搖頭，『我慚愧得很。』

這是自道教子無方；李鴻章不知如何回答？就這微一僵持之際；善伺人意的那名青衣侍兒，將水煙袋伸了過來：『中堂請抽煙！』

等他『呼嚕嚕』吸完一袋水煙；恭王換了個話題：『見過上頭了？』

『是！從宮裡出來，先去見五王爺，說逛西山去了；跟著就來給王爺請安。』

『跟老七碰過面了？』

『就一早在朝房裡匆匆談了幾句。』李鴻章照實而陳：『七王爺約我晚上詳談。』

『也虧你！我早說過，「見人挑擔不吃力」；他早就嘗到滋味了。這副擔子非你幫他挑不可。少荃，』恭王停了一下，拉長了聲調說：『任重道遠啊！』

『王爺明鑑！』李鴻章略帶些惶恐的神態，『朝局如此，鴻章實在有苦難言；如今要辦的幾件事，也還是秉承王爺當年平定的大計而行。只是同樣一件事，此刻辦比從前辦，要吃力得多。王爺現在雖不問事；王爺的卓識，鴻章是最佩服的，總要請王爺常常教誨！』

『你太謙虛了。我如今要避嫌疑，不便多說話；而且也隔閡了，沒有話好說。』恭王忽生感慨，『清流一時俱盡；放言高論的人少了，能夠放手辦事，亦未始不佳。』

李鴻章一時不明他的用意何在，不敢附和；只答應一聲：『是！』

『幼樵怎麼樣？常通信吧？』

提起張佩綸，是李鴻章一大心事——馬江一役，張佩綸未獲重譴，是因爲軍機上投鼠忌器，怕一論戰敗的責任，牽涉太廣，難以收拾。但不辦張佩綸又不能平天下之憤；因此，孫毓汶定計，借唐炯、徐延旭一案，一併收拾清流。唐、徐二人以喪師辱國之罪，定的斬監候的罪名；在罪名未定之先，李鴻章、左宗棠、丁寶楨先後上疏救唐炯，都碰了釘子。罪名既定之後，追論舉薦之非；薦唐炯的有張之洞、陳寶琛、張佩綸，而結果不一樣，張之洞因爲在廣東『頗著勤勞，從寬察議』。其次是陳寶琛，因爲他『力舉唐、徐，貽誤非輕』，落得個革職的處分；再下來就是張佩綸，加上馬江一役，『調度乖方，棄師潛逃』的罪過，從重戍邊。這就是所謂『侯官革職，豐潤充軍』。

張佩綸是這年四月裡起解的，名爲『充軍』，其實是在張家口閉門讀書。李鴻章不但常有接濟，而且常有書信往來，談論軍國大計；但此時對恭王不必說實話，只這樣回答：『偶爾通問而已！』

『幼樵可惜！』恭王微喟著說：『張香濤雜，陳伯潛庸，吳清卿輕；清流當中，論才氣還是幼樵。』

李鴻章覺得恭王對張之洞、陳寶琛、吳大澂所下的一字之評，十分貼切；而對張佩綸有憐才之意，更感欣慰。恭王罷黜，張佩綸不能脫干係；原以爲他會記仇，不想反倒惋惜張佩綸的遭遇！既然如此，不妨稍說幾句實話。

『王爺的知人之明，實在佩服。如今預備大辦海軍，原是幼樵的創議；鴻章忝爲大臣，有爲國家育才舉賢之責，當初有個私底下的打算，如果海軍辦起來，保薦幼樵經紀其事，成效一定卓然可觀。經此蹉跌，一切都無從談起了。』

李鴻章的實話只說了一半。他對張佩綸的期望，不僅於在辦海軍；而是打算以衣鉢相傳，接管北洋。北洋的局面扯得甚大；他認爲他『老師』曾國藩的話：『辦大事以尋替手爲第一！』實在是至理名言。自己位極人臣，將逾六十，在北洋也沒有幾年了；一旦交出了關防，論公，承先啓後；論私，遮掩彌縫，都非得預先安排一個人在那裡不可。

這個人很不容易物色，資格不夠、才具不行、見解不同、關係不深，都難與其選。看來看去只有張佩綸最好，才具、見解、關係，樣樣合適；最難得的是翰苑班頭，清流領袖，這個資格是北洋嫡系人物中沒有一個夠得上的。而不是翰林出身，想當北洋大臣就很難了；像張佩綸，以張之洞為例，積資升到二品的內閣學士，外放巡撫或者內轉侍郎，立刻就可以大用。那時候奏調他會辦北洋軍務；歷練個兩三年，順理成章地接了自己的關防，豈不是為公為私最順心愜意的打算？

所以『經此蹉跌，一切無從談起』，也是違心之論。他的本心不但想設法將張佩綸弄回來；而且還想保他起復。不過眼前還『無從談起』而已。

恭王當然猜不到李鴻章的心思。他這時由張佩綸的遭遇，聯想到另一個人，『唐鄂生也可惜。』恭王說道：『相形之下，張幼樵還算是運氣的。』

鄂生是唐炯的號。論喪師辱國之罪，唐炯不比張佩綸重，然而革職拿問，竟判了斬監候的罪；轉眼冬至將到，如果『一筆勾銷』，那就會使得菜市口在殺肅順，殺何桂清以後，再一次水洩不通，轟動一時了。

『是！』李鴻章忍不住說了句：『薛雲階未免過分；聽說是有私怨在內。』

薛雲階就是刑部左侍郎薛允升，恭王很注意地問：『喔，是何私怨？』

李鴻章頗悔失言；無端道人長短，傳到薛允升耳中，自然會記恨，豈非平白得罪了一位有實權的京朝大員？

就這沉吟未答之際，恭王卻又好奇地催促了：『只當閒談。不妨事！』

不但催促，而且已看出他心中的為難；李鴻章不能不談了，『原是誤會；也是丁稚璜處事，稍欠周詳。』他說：『傳聞得之，不知其詳，約略給王爺說一說吧！』

李鴻章是得自四川來客的傳聞。唐薛結怨在七八年以前，那時的唐炯，在四川由捐班知縣，升到道員，丁寶楨一見，大為賞識，許為『國士』；更因為同鄉的關係，益加信任。說實在的，唐炯受命整理四川鹽務，亦確有勞績；無怪乎丁寶楨言聽計從，成為四川官場中的紅人。

就在這時候，薛允升由江西饒州知府，調升為四川成綿龍茂道；興匆匆攜眷到任，見過總督，談得亦很融洽，那知第二天『掛牌』出來，薛允升變了調署建昌上南道。

這兩個道缺，肥瘠大不相同。成綿龍茂道下轄成都、龍安兩府，綿州、茂州兩直隸州，衙門在成都，不但是四川的首道，而且因為兼管水利的緣故，入息甚厚。

建昌上南道下轄雅州、寧遠、嘉定三府，邛州一個直隸州，衙門在雅州，地當川藏交界之處，專責是撫治土司，地方又苦，差使又麻煩；這還罷了，最令人不平的是，各省駐防將軍都不管民政，與地方官只有體制上的尊卑，並無管轄上的統屬關係，唯有成都將軍可以管建昌道；這自是因為建昌道管土司，職掌特殊的緣故。

由於這一管，建昌道憑空多出來一個頂頭上司，每趟進省公幹，對將軍衙門要另有一番打點；將軍的『三節兩壽』，其他地方官的賀儀，不過點到為止，建昌道卻需比照孝敬總督的數目致送。因此薛允升萬分不悅；認定是唐炯搗的鬼。

談到這裡，恭王插嘴問道：『我記得唐鄂生那時候是建昌道；是不是對調了呢？唐鄂生似乎沒有當過成綿道啊！』

『是！王爺的記性好。那時候唐鄂生是建昌道，可也沒有當過成綿道。成綿道後來掛牌由丁价藩署理；不過丁价藩是由建昌道調過來的。』

『慢慢！少荃，你這筆帳沒有算錯吧？』

『王爺是說唐鄂生既是建昌道，何以丁价藩又從建昌調過來？這裡面有筆纏夾工的帳，我算給王爺聽……』

原來唐炯的本職是建昌道，但因督辦鹽務的緣故，經常駐在省城，因而又得另外派人署理建昌道；此人就是李鴻章所說的丁价藩，名叫丁士彬，河南人，生得瘦小閃爍，以才能自負，而實在是儇薄小人；不知怎麼亦爲丁寶楨所賞識？

『照此說來，唐鄂生無非佔個實缺而已；誰來署理他的缺，與他根本不生關係。』

『正是這話。』李鴻章答道：『是丁价藩想改署成綿道；稚璜也要他在身邊，所以硬作主張來了個對調。薛雲階不明內幕，張冠李戴，拿這筆帳記在唐鄂生頭上，一直耿耿於懷；如今是遇到了以直報怨的機會了。』

『恩怨難言！』恭王感歎著；接下來又問：『稚璜清風亮節，亦以能識人知名；這丁价藩必是能幹的？』

『能幹不能幹不說；稚璜受他的累是眞的。川人拿他跟稚璜並稱，號爲「眼中雙丁」。又有「四大天地」之說，詆毀稚璜，十分刻薄；當然也是丁价藩替他招的怨。』

『喔，』恭王問道：『何謂「四大天地」？』

『是罵稚璜的話：「聞公之名，驚天動地；見公之來，歡天喜地；睹公之政，昏天黑地；望公之去，謝天謝地！」四川菜麻辣酸，出語亦復如此！』

『好惡難言！』恭王又一次感歎：『稚璜督川，是上頭嘉惠四川的德政；想來清官必爲地方愛戴，哪知道亦有此惡聲。說稚璜爲政「昏天黑地」，我終不服；莫非他官聲也有可議之處嗎？』

『稚璜爲政，興利除弊，致力惟恐不銳，自難免招人怨尤，以致橫被惡聲；幸虧朝廷保全。不過，用丁价藩，卻是失策。』

『是非難言！』恭王問道：『稚璜用這姓丁的，必有他的道理；總不會假手於此人有所聚斂吧？』

『那是絕不會的。稚璜眞是一清如水；四川人都知道，總督常常窮得當當。』

『這，』恭王大爲詫異，『只怕言過其實了吧？』

『確有其事，我不止聽一個人說過。照例規……』

照例規，四川總督的收入，有夔州關的公費每年一萬二千兩；川鹽局的公費每年三萬兩。丁寶楨一概不取，只取奉旨核定的養廉銀一萬三千兩；自咸豐年間減成發給，每年實收一萬一千兩。分十二個月匀支，每月所入，不足一千；由藩司在月初解送。

這不足一千兩的廉俸，要開支幕僚的薪水飯食；分潤來告幫的親戚故舊，以至於常在窘鄉。每逢青黃不接的時候，丁寶楨便檢一箱舊衣服，命材官送到當舖當二百兩銀子；舊衣服當不足那麼多錢，便加上一張鈐印了總督部堂關防的封條，朝奉不便揭封開箱，只憑丁寶楨的身分，說當多少，就當多少。久而久之，這隻衣箱就不動它了，這個月贖回來，下個月原封不動送進當舖；朝奉一見，不必材官開口，連銀子帶當票，就都遞出來了。

恭王聽了大笑；笑完說道：『不有句俗語：「關老爺賣豆腐，人硬貨不硬。」有了總督的封條，貨不硬也不要緊了！這叫作：丁寶楨當當，認人不認貨！』

恭王的雋語，惹得那丫頭也忍俊不禁；趕緊掩住嘴忍笑，將一張粉臉脹得通紅，放下水煙袋，一溜煙似地閃了出去，在窗外格格地笑個不住。

恭王卻對丁寶楨大感興味，『既然如此，他那些額外花費哪裡來？』他舉例問道：『譬如進一趟京，各方面的應酬，少說也得三五弔銀子吧？』

『這話，王爺問到鴻章，還眞是問對了。換了別人，只怕無從奉答。記得那年是癸酉……』

癸酉——同治十二年冬天，丁寶楨還在山東巡撫任上；請假回貴州平遠原籍掃墓。船到漢口，李鴻章的長兄，湖廣總督李瀚章，派人將他接到武昌，把酒言歡；宴罷清談，李瀚章叫人捧出來好幾封銀子，很懇切地說：『我知道老兄一清如水。不過這一次回鄉，總有些貧乏的親友要資助；特備白銀三千兩，藉壯行色。老兄如果不收，就是看不起我。』

說到這樣的話，丁寶楨不能不收；收下來交了給他的舊部，其時在李瀚章幕府中的候補道張蔭桓代爲保管，將來再做處置。

第二年秋天銷假回任，仍舊經過湖北，便託張蔭桓將那三千兩銀子送還。張蔭桓認爲原封不拆，顯見得不曾動用；以彼此的交情而論，未免說不過去。不如拆封重封，總算領了李瀚章的人情。

『這是張樵野親口告訴我的。』李鴻章又說：『丙子冬天，稚璜奉旨督川，入京陛見，上諭「馳驛」，不過天津；鴻章先期派人在保定等著，邀他到天津相敘。就因爲知道稚璜的宦囊羞窘，京中這筆應酬花費，尙無著落，特爲湊了一萬銀子送他。這一次總算稚璜賞臉；比起家兄來，面子上要好看些。』說到這裡，他從靴頁子裡，掏出一個小紅封袋，隔著匟几，雙手奉上：『轉眼皇太后的萬壽，宮中必有些開銷；接下來是王爺的生日，更不能省。鴻章分北洋廉俸，預備王爺賞賜之用。』

恭王略微躊躇了一下，將封袋接了過來：袋口未封，抽出銀票一看，竟是四萬兩。

『太多了，太多了！少荃，受之有愧……』

『不！』李鴻章將雙手往外一封，做了個深閉固拒的姿態，『這裡面還有招商局的股息；是王爺分所應得的。』

當初籌辦招商局，有官股、有商股；使個化公為私的手段，官股不減而商股大增，無形中變成官股不值錢了。多出來的商股，李鴻章拿來應酬京中大老；名為『乾股』，有股息而無股本。恭王手裡也有些『乾股』；聽李鴻章這一說，也就不必再推辭了。

『話雖如此，還是受之有愧。多謝！』恭王接著又問：『最近收回招商局的船棧碼頭，這件事做得很好，大家都有了交代。』

提起此事，李鴻章心有餘悸，如果美商旗昌銀行來個翻臉不認帳；船棧碼頭收不回來，那個風波一鬧起來，身敗名裂而有餘。不過，這話卻不便在恭王面前說破；只輕鬆自如地答道：『原是照約行事。當初不曾做錯，如今自無麻煩。』

『我是看了邸抄才知道的。「倒賣」的交涉很棘手吧？』

恭王是作為閒談，而不經意的一句話，恰恰說中了李鴻章的心病。照去年夏天，李鴻章奉旨詰問而回覆的奏摺上說，招商局的輪船棧埠碼頭，其實是託美商旗昌洋行『代為經營，換用美國旗幟』；只是為了遮掩外人的耳目，在萬國公法上有個交代，不能不訂立合同，由旗昌出具並無銀行擔保的

『期票』與『收票』，作爲『認售』的代價。奏摺中說得明明白白：『該行以銀票如數抵給，他日事定，將銀票給還，收回船棧，權操自我。』所以招商局應該隨時可以收回；而按諸實際，大大不然。

依李鴻章這年六月初八的奏報，他是在中法和議已成，奉到飭令迅速收回招商局輪船的電旨，方指派馬建忠與盛宣懷，與旗昌行東士米德在天津『會同籌議』，結果是『磋磨月餘』，才能成議；士米德『願按原價倒賣與招商局』，已不提『代爲經管』的話，但能『按原價』收回，已是上上大吉，但衡諸實際，又是大大不然。

奏摺中有句話：『至旗昌代招商局墊付款項帳目，亦即分別核算清結。』這是個障眼法。欺侮慈禧太后、醇王與京中大老，不懂生意買賣；更不懂洋商經營的方法。旗昌接收了招商局的產業，照常營運，大發利市；一切開支，自然在營運收入中支出，何有『墊付』的名目？果眞是『代爲經管』，則旗昌除了開支及酬勞以外，應該將所有盈餘，全數交還給招商局才對。現在白白地讓旗昌做了一年生意以外，還得有以『墊付款項帳目』的名義，付給一筆賠償；並且還要大讚士米德『素講信義，此次保護招商局，力踐前言，殊於大局有益』，因而『與之議明，由招商局延充「總查董事」，每年送給薪水銀五千兩』。

這前言不符後語的情形，不能深談，否則一定破綻畢露，所以李鴻章很巧妙地將話扯了開去：『交涉雖然棘手，多虧馬眉叔能幹。回想去年秋冬之交，多說馬眉叔該死，罵他是漢奸。甚至還有謠言：說慈聖已降旨，立誅其人；菜市口的攤販，都收了攤子，預備刑部行刑。如今又不知何詞以解？』

這番略帶些憤激的感慨，恭王聽了卻無動於衷；不要說馬建忠，連他這樣一位近支的親貴，當年亦曾被詆爲漢奸，這從哪裡去講理去？

於是由馬建忠談到洋務人才;恭王和李鴻章都盛讚新任出使美國的欽差張蔭桓。正談得起勁,那個長辮子丫頭又回了進來,去到恭王身旁,悄悄問道:『請王爺的示,飯開在哪兒吃?』

李鴻章正苦於無法脫身,聽得這話便『啊』地一聲,彷彿談得出神,倏然驚覺似地:『陪王爺聊得忘了時候了!』他舉頭看了看鐘說:『快到午正,可眞得告辭了。』

恭王很體諒他:『你剛到京,不知多少人在等著看你!我就不留你了。哪一天有空?你說個日子,我約幾個人,咱們好好再聊!』

於是約定了日子,李鴻章告辭出府。回到賢良寺,果不其然,已有許多人在等著,一見轎子到來,肅立站班。李鴻章借一副墨鏡遮掩,視如不見;轎子直接抬到二廳,下了轎還未站定,戈什哈已經挾了一大疊手本,預備來回話了。

『進來!』李鴻章吩咐,『唸來聽。』

他一面更衣,一面聽戈什哈唸各帖及手本上的名字。在等候接見的客人中,他只留下一個張蔭桓;其餘統統『道乏』擋駕。

張蔭桓跟他是小別重逢——由直隸大廣順道奉命為出使美國欽差大臣,是六月間事;八月初交卸入京,算來不過睽違了二十天,所以一見面並無太多的寒暄;第一件事是換了便衣陪李鴻章吃午飯。

『哪一天召見的?』李鴻章在飯桌上問。

『十天以前。』

『太后怎麼說?』

『太后說:「你向來辦事認眞。能辦事的人,往往招忌。」我碰頭回奏:「臣不敢怨人;總是臣做人上頭有不到的地方，才會惹人議論。』

『嗯！嗯！』李鴻章說，『吃一次虧，學一次乖。你的鋒芒能夠收斂一點最好。你雖吃虧在不是科甲出身，可也沒有誰敢看你不起；不說別的，你的詩稿拿出來，就比那些靠寫大卷子點了翰林的人，不知高明幾許？既然如此，你心裡先不要存一個看不起科甲的成見；左季高一生行事乖戾，就因爲常有一個「我不是兩榜出身」的念頭，橫亙在胸的緣故。你的才氣絕不遜於人，就怕你恃才傲物。』

『是！』張蔭桓答道：『中堂說這話，我服。』

『你預備甚麼時候動身？』

『還早得很。因爲兼駐西班牙、祕魯的緣故，要等三國同意的照會；而且照規矩，一定要舊使臣離任，新使臣才能到任。這樣一周折，年內怕不能成行了。』

『那你這幾個月閒著幹甚麼？』

『想學一學洋文。辦交涉不能促膝密談；經過中間傳譯，總不免隔靴搔癢之感。』

『好！』李鴻章深爲嘉許，『我亦有志於此。無奈八十歲學吹鼓手，雖不自知其不量力，實在也沒有工夫。我常跟子姪輩說：少壯不努力，老大徒傷悲。現在他們要學洋文，機會再好不過。等我一離了北洋，哪裡去找這些洋人當老師？』他接著又問：『跟總署諸君談過了沒有？』

『談過幾次。』張蔭桓說：『如今對美交涉，最棘手的還是限制華工入境一事。究竟應該持何宗旨，總署諸公，毫無主張。竟不知該如何著手？』

接著，張蔭桓便細談此案——美國國會在光緒八年通過了一個『移民法』的法案，限制華工入境；是因爲歷年華工入美，不下十萬人之多，尤其是金山，土人深嫉吃苦耐勞的華人，剝奪了他們工作的機會，因而早就在這方面，準備有所限制。

不過『移民法』只能限制以後的華工入境；已在美國的華僑，遭受歧視，糾紛迭起，必得尋求一條和睦相處之道。所以張蔭桓此去，首先要跟美國政府交涉，保護華僑的生命財產；其次還要商議，如何放寬移民的限制。眞所謂任重道遠，張蔭桓當然要請這位洋務老前輩，傳授心法。

『說到這一層，我講個故事你聽。』李鴻章的眼中，閃露出迷茫而肅穆的神色，『十五年前，也是這個時候，我到天津接我老師的手——曾文正那時爲天津教案，心力交瘁，言路上還嫌他太軟弱；朝廷亦不甚諒解。只爲他的功勞太大了，不好意思調動，掃了他的面子；恰好馬穀山被刺，兩江的局面，非我老師回任，不足以平服。於是順水推舟，叫我接直督的關防；自然也接了天津教案，那是我第一次辦中外交涉。洋人我見得多，沒有甚麼好怕的；而且那時也正在壯年，氣盛得很。說實話，我心裡也嫌我老師太屈己從人了。』

這最後一句話，在張蔭桓還是初聞；原來李鴻章早年辦洋務的態度，與以後不同。這倒要仔細聽聽！便放下筷子，凝神看著。

『記得是八月廿五到天津的。』李鴻章從從容容地接著往下說：『一到自然先去看我老師。文正跟我說：「少荃，你接我的手，我只問你一件事；教案的交涉，你是怎麼個辦法？」我當時想都不想，便回他老人家一句：「洋人也有不對的地方，我只跟他打痞子腔。」你知道甚麼叫痞子腔？』

『想來是耍無賴的意思。』張蔭桓答說。

『對了！這是我們合肥的一句土話；我老師當然也知道，卻有意裝作不解，「哦，痞子腔，痞子腔！」他揸開手指，理理鬍子，「這痞子腔怎麼個打法？你倒打與我聽聽。」看他是這麼個神情，我倒也機警，趕緊陪個笑臉：「門生是瞎說的。以後跟法國的交涉，該怎麼辦？要請老師教誨。」文正聽我認了錯，才點點頭說：「跟洋人辦交涉，我想，還他一個誠字總是不錯的。有一份力量說一份話，我不怕他，我也不欺他。果然言信行忠，蠻貊之鄉亦可去得。」樵野！』李鴻章歸入正題，『你問心法，這就是心法！』

『是。』張蔭桓深深受教，複誦著曾國藩的話：『我不怕他，我也不欺他。有一份力量說一份話。』

『這才是。』李鴻章換了副請教的神情：『樵野，你看最近京裡的議論如何？』

張蔭桓懂他的意思，李鴻章此來有好些創議；而這些創議，大都不爲衛道之士所喜歡。如果阻力太大，得要預先設法消弭；甚至暫做罷論。他問到京裡的議論，就是這方面的議論。

『大辦海軍，是沒有人會說話的。此外就很難說了；尤其是造鐵路，連稍微開通些的，都不會贊成。』

『呃，』李鴻章很注意地問：『你說開通些的也反對；是哪些人？』

『譬如翁尙書，他就不以爲然。』

『甚麼道理呢？還是怕壞了風水？』

『這是其一；風水以外，還有大道理。』張蔭桓說：『這些道理，中堂也想得到的。』

這層大道理，李鴻章當然知道。說來說去，還是因爲修造鐵路，要在曠野之中，掘開許多墳墓。向來稱頌仁政至深至厚，說是澤及枯骨；同樣地，白骨暴露，即爲仁人所不忍。

發覺李鴻章有茫然之色，張蔭桓以爲他還不曾想到，便有意說道：『劉博泉最近曾有一個奏摺，我不妨講給中堂聽聽。』

『喔！』劉恩溥上摺言事，皮裡陽秋，別具一格，李鴻章很感興趣地問：『又是甚麼罵得人啼笑皆非的妙文？』

『是這麼回事，有個黃帶子，在皇城之中設局，抽頭聚賭；有一天爲了賭帳，打死了一個賭客。屍體暴露在皇城根十幾天，不曾收殮；地方官畏懼這個黃帶子的勢力，亦不敢過問。劉博泉上疏說道：「某甲託體天家，勢燄薰灼；某乙何人，而敢貿然往犯重威？攢毆致死，固由自取。某甲以天潢貴冑，區區殺一平人，理勢應爾，臣亦不敢干預。惟念聖朝怙冒之仁，草木鳥獸，咸沾恩澤；而某乙屍骸暴露，日飽烏鳶，揆以先王澤及枯骨之義，似非盛世所宜。君無飭下地方官檢視掩埋，似亦仁政之一端。」』

這意思就很明白了，而正也是李鴻章所想到，將來白骨暴露，必有言官上疏，痛切陳詞。然而，爲了這一層顧慮，鐵路就不辦了麼？他這時候倒眞有些困惑了。

『唉！』他嘆口氣說：『有子孫的人家，要顧全人家祖墳的風水；無主孤墳，恰又怕骸骨暴露，有傷天和。這樣說起來，重重束縛，豈非寸步難行。』

張蔭桓不即回答；過了一會兒才說：『中堂興利除弊，要辦的事也還多。』

『是啊！』李鴻章說：『不過眼前最急要，與國計民生最有關係，莫如在山東興造鐵路，接運南漕一事。我帶了個說帖來，你不妨看看。』

在聽差去取說帖的當兒，張蔭桓將山東運河的情勢，略略回想了一下。他的記憶過人，雖已離開山東好幾年。一想起淤塞的北運河，如在眼前——運河在山東境內有南北之分，是由於咸豐五年，黃河在銅瓦廂決口，奪大清河故道入海；於是在東阿、壽張之間，將運河沖成兩段，因此臨清以南至黃河北岸的這段運河，稱爲北運河。山東境內的運河，本以汶水爲源，在汶上縣的南旺口，一分爲二，北流臨清，南流濟寧；而自黃河改道後，汶水不能逾黃河而北，所以北運河唯有引黃河之水，以資挹注。而黃河挾泥沙以俱下，使得北運河河床逐漸淤高，不通舟楫已久。

想到這裡，張蔭桓便即問道：『接運南漕，自然是爲濟北運河之窮；這一段從濟寧到臨清，大概兩百里！』

『你眞行，樵野！』李鴻章握著他的手，『你非得好好替我看一看這個說帖不可。』

說帖出自李鴻章手下紅人盛宣懷的手筆。果不其然，他建議興造的這段鐵路，正是從濟寧到臨清。這兩百里鐵路的造價，估計要兩百萬銀子；如果部庫支絀，無法撥給，不妨借洋債興造。

倘借洋債興造，以後這條鐵路，就有雙重負擔，一是鐵路本身的維持費用；再是要拔還洋債的本息，因此，未造之前，先要籌劃營運之道。照盛宣懷的看法，此路一通，接運南北，等於全河皆通；商旅輻輳；於國計民生大有裨益，而鐵路本身的收入，亦必可觀。但營運之始，或者不如預期，所以必得要有一筆穩固可靠的生意。

這筆生意就是南漕的運費；鐵路爲接運南漕而建，則南邊各省的漕米，必須交由這條鐵路來接運，是天經地義之事。盛宣懷估計，南漕每年四十萬石，每石收運費三錢，全年有十二萬銀子的固定收入。此須預先請旨，飭令各省照辦。

除此以外，就是談興造鐵路的工程細節，一時亦無法細看；張蔭桓只覺得有一段有關運河的故實，倒可以補充。

『運河在元初本就缺這一段。當時運道，從杭州到長江有江南運河；江淮之間有邗溝；淮水到徐州有古泗水，就是以後的黃河；徐州到濟寧有泗水。臨清以上到天津有衛河，到通州有白河。以後到了至元年間，』張蔭桓凝神想了一下，極有把握地說：『是至元二十年間的濟州河，遏汶水入洸水；又在兗州做金口壩，遏泗水入府河，會流於濟寧，分注南北，由濟寧到東平算是通了。東平到臨清這一段的開鑿，是以後的事；不過能通到東平，南漕就可以由利津入海，直達天津；是南北運道上的一件大事。以後海口沙淤，又從東阿旱站陸運二百里，至臨清入御河；不正就是杏蓀說帖上所要造的這一段鐵路嗎？』

『於古有徵，好極了！樵野，索性煩你大筆，就在說帖上加這麼一段。』

說著，便命聽差取筆硯來，就在飯桌上推開碗碟安放；張蔭桓當仁不讓，文不加點地寫了下來，然後鉤注塗抹，片刻竣事。

李鴻章接到手裡，一面看，一面點頭；看完又問：『樵野，此事還有甚麼可以指點的？』

『杏蓀大才槃槃，何用他人費心代籌。』張蔭桓說：『不過兩百里長的鐵路，雖說沿北運河興建，少不得要拆許多房子，挖好些墳墓。這一層上頭，如果沒有一個妥善的處置辦法，只怕隨處會發生阻撓，甚至激起民變。』

『說得是！』李鴻章的笑容收斂了，『就是這一層難辦。唐山至胥各莊這一段鐵路，不過十八里長，當時已費了好些氣力。』

李鴻章所提到的這條鐵路，在中國是第三條。第一條出現在同治四年，有個英國商人爲了兜生意，特地在宣武門外造了一條一里多長的小鐵路，試行火車；『嗚嘟嘟、轟隆隆』，噴火而行。輦轂之下，出此怪物，群情駭異，言路上將上摺嚴劾；步軍統領衙門，趕緊勒令拆毀。

第二條是由英商怡和洋行發動的，在光緒二年造成一條由吳淞口到上海的淞滬鐵路，搭客載貨，生意相當不錯，但是依然有人認爲是『妖』。不久，發生火車撞死行人的慘案，輿論大譁；總理衙門不能不與英商交涉，以二十八萬五千銀子，買回這條鐵路；將鐵軌火車，一律拆毀，用輪船載運到高雄港外，沉入汪洋大海。

第三條就是這條唐胥鐵路，光緒三年由開平礦務局呈請修造；幾經周折，直到光緒六年，方准興工，自唐山煤井到胥各莊，全長十八里。但是，這條鐵路，不准用機車；只准用驢馬拖拉，所以洋人叫它『馬車鐵道』，視作世界交通奇觀，也傳爲中國的一個大笑話。

『唐胥鐵路之能興建，是因爲中堂兼領直督的緣故。此事督撫的關係不淺，』張蔭桓問道：『不知陳雋丞是不是熱心？』

『嗯，嗯！』李鴻章被提醒，『雋丞那裡，倒要先疏通一下。』

雋丞是山東巡撫陳士傑的別號。李鴻章跟他雖一起在曾國藩幕府中共過事；但面和心不和；所以提到這一層，心裡又不免嘀咕，怕疏通不下來。

正想再跟張蔭桓商量，可有甚麼辦法能取得陳士傑的協力；只見一名聽差，走到李鴻章身邊，彎腰低語：『醇王府派護衛來請；說請中堂早些過去。』

聽得這話，張蔭桓首先就說：『賞飯吧！時候也眞不早了。』

匆匆飯罷，喝過一杯茶，張蔭桓起身告辭；李鴻章招招手將他喚到一邊，有句要緊話要說。

『樵野！』他放低了聲音，『我有個難題，困擾已久，始終不知何以爲計？今天到了關鍵上，不容閃避了。你得指點我一條路。』

『中堂言重了。請吩咐！』

『你看我要不要揹海軍這個黑鍋？』

一聽這話，張蔭桓先就笑了：『我說他們的那套花樣瞞不過中堂；有人不信。到底是我看得準！』

『瞞是當然瞞不過我的；這一點，就是他們自己也知道，所以想出種種籠絡的法子，是打算用面子拘住我。』李鴻章說：『這幾年我挨了不少罵，倒還沒有人罵我窩囊的。如果明知是個吊死鬼圈套，伸長脖子往裡頭去鑽，不太窩囊了嗎？』

『是啊！中堂如果爲人罵一聲窩囊，那不是一世英名，付之流水？』

『然則計將安出？』

張蔭桓點點頭，緊閉著嘴唇想了一下，方始回答：『借他人的雞，孵自己的雞。』

李鴻章雙目倏張，眼珠一動不動地凝視著；剎那之間想通了，慈禧太后在李蓮英之流慫恿之下，指使醇王出面，想借大辦海軍的名義，聚斂鉅款，另作他用。北洋大臣將來儘替別人辦報銷；這個黑鍋揹得似乎太窩囊。但照張蔭桓的辦法，正不妨將計就計，擴充自己的勢力；慈禧太后如果別有所圖，就不能不委曲將順。這一著太高了！

『樵野！聽君一句話，勝讀十年書。我知我何以自處矣！』

到醇王府是下午三點鐘。雖說暮秋晝短，離天黑也還有兩個鐘頭；醇王特地親自帶路，陪李鴻章一覽樓台林木之勝。

這一座醇王府，已不是當年八旗女詞人西林太清春，與貝子奕繪吟詠酬唱之地的太平湖醇王府了。舊邸為當今皇帝誕育之地，自然而然地成為所謂『龍潛於淵』的『潛邸』，不宜再住。因此，醇王在光緒初年，物色到了一所巨宅；地址在織子胡同，本來是乾隆朝權臣和珅的一個親戚所有。一旦『和珅跌倒，嘉慶吃飽』，六親同運，這家人家也就很快地敗落下來。廢宅荒園，地方太大，沒有人敢買；因為買下來也修不起。

這對醇王來說正合適，他要的就是地方大；買下基址，只花了三千五百銀子，但重新營建，卻花了房價的十倍都不止。興工了兩三年，直到光緒八年春天才落成題名『適園』。

適園的正廳，宏敞非凡：『頤壽堂』三字，出於恭王的手筆。其中供奉一方匾額：『宣贊七德』，是先帝穆宗的御筆，特地由太平湖府邸中，移奉於此。

頤壽堂兩翼是兩座洋樓，就稱為『東樓』、『西樓』；西樓北窗之下，修竹萬竿，繞以一彎流水，水邊建一座亭子，叫作『修禊亭』。

沿著這一彎流水，曲折而東，是一帶假山。山上有『問源亭』；山下有『風月雙清樓』。繞過假山，一方極的平地，多植長松大；有一座茅檐的廳，題名『撫松草堂』。西面隔著一道小溪，渡過板橋，是一片梅林，中間隱著五楹精舍，名為『寒香館』。

『寒香館』後面有一條曲徑；粉牆掩映，紅樓一角，想來是內眷的住處；到得盡頭，向東一轉，有一道垂花門；推進門去，別有天地，是仿照西湖三潭印月構築的一座水榭，九曲闌干，四面可通。進門之處懸一塊醇王親筆的橫額，大書『退庵』二字；其實是醇王延見親密僚屬的一座『簽押房』。

在退庵歇腳進茶。然後又回到寒香館；再往西走，有一座『罨畫軒』，軒西便是適園盡處，花綺石癯，別有幽趣，茅亭有一塊匾，就題作『小幽趣處』。

此外還有題名『絢春』、『沁秋』、『梯雲』、『攬霞』的樓台之勝；李鴻章腰肢雖健，到底也是花甲老翁了，只能匆匆而過，或者遙遙一望而已。

遊罷全園，醇王在他的書齋『陶廬』設宴款待；這不是簡慢，而是體恤，因為在正廳安席，則親王儀制所關，少不得衣冠揖讓，豈不是讓客人受罪？書齋設座，只算便酌。陪客亦僅一位，是惠親王奕綿的小兒子貝子奕謨。園中匾額，大半出自他的手筆；他是醇王最親近的一個堂兄弟，特地邀了他來作陪，便有不拿李鴻章當外人的意思在內。

主客三人，圍著一張大理石面的紅木圓桌，成鼎峙之勢，無上下之分；談的自然是閒話，然而也不免月旦人物。醇王提到左宗棠，在惋惜中表示失望；李鴻章則是以直報怨，談左宗棠如何與曾國藩結怨，又如何與他的至親郭嵩燾結怨——左宗棠為了要爭廣東的地盤，不惜力攻廣東巡撫郭嵩燾，保他的部將蔣益澧接任的始末。

『原來是這段恩怨！』醇王是如夢初醒似的神態，『我聽人說，是湘陰文廟出了靈芝起的誤會。原來不是！』

『怎麼？』奕謨問道：『出靈芝是好事，怎麼起了誤會？』

『我怕說不完全了。』醇王說道：『少荃總知道這段公案？』

『是同治三年的事……』

同治三年，湘陰文廟，忽然發現五色靈芝一本；轟動遠近。不久郭嵩燾拜命受任為廣東巡撫；喜訊一到，郭嵩燾的胞弟崑燾，作家書致賀，說：『文廟產芝，殆吾家之祥。』這本是一時的戲言；誰知正以平洪楊之功封了一等恪靖伯的左宗棠，聽得這話，大為不悅。

他說：『湘陰果然有祥瑞，亦是因爲我封爵之故。跟他郭家有何相干？』他不但這樣發牢騷，還特爲以一千兩銀子作潤筆，請湖南的名士周壽昌寫了一篇〈瑞芝頌〉，稱述左宗棠的功績。

『對了！我聽到的就是如此。』醇王說道：『我當面問過左季高，他笑而不答，大有默認之意。』

『左季高常有英雄欺人的舉動。不便明言而已。』李鴻章下了一個斷語：『左郭交惡，其曲在左，是天下的公論。』

『爲來爲去爲爭餉！』酒量極宏的奕譞，陶然引杯，『究不如向此中討生活爲妙。』

『心泉貝子是福人；美祿琳瑯，文酒自娛。這份清福，實在令人羨慕。』李鴻章轉臉向醇王說道：『鴻章若是像左季高的性情；只怕十七省的督撫都得罪完了。』

『這話怎麼說？』

『還不是爲了餉！這瞞不過王爺；光緒元年戶部奏定，南北洋海防經費，每年各二百萬。其實呢，每年收不到四十萬。明明奉旨派定的關稅、釐金，各省偏要截留。咳！』李鴻章搖搖頭不願再說下去了。

提到這一層，醇王勾起無窮心事，要辦海軍，要加旗餉，要還洋債，還要興修供太后頤養的御苑，處處都要大把的銀子花出去；再過兩年皇帝大婚，又得籌集百萬銀子辦喜事，哪裡來？

他的性情比較率直誠樸，好勝心強而才具不免短絀，所以一想到這些棘手的事，立刻就會憂形於色；把杯閒話的興致也就減低了不少。

『少荃！』醇王想沉著而沉著不下來，原來預備飯後從容細商的正事，不能不提前來談：『萬事莫如籌餉急！如今興辦海軍，哪怕就先辦北洋一支，也得一筆鉅款；以後分年陸續增添，經費愈支愈多，這理財方面，如果沒有一個長治久安之策，可是件不得了事！』

『王爺見得是，鴻章也是這麼想。理財之道，無非節流開源；閻丹初綜核名實，力杜浮濫，節流這一層倒是付託有人了。至於開源之道，鴻章七月初二的那個摺子上，說得很清楚了，想來王爺總還記得？』

醇王當能記得。這一個多月以來，所有關於海軍方面的籌劃，就拿李鴻章的奏議作為根據；醇王念茲在茲，對原摺幾乎都背得出來了。

『你說，「開源之道，當效西法，開煤礦、創鐵路、興商政。礦鐵固多美富，鐵路實有遠利；但招商集股，官又無可助資；若以輕息借洋款為之，雖各國所恆有，為群情所駭詫。若非聖明主持於上，誰敢破眾議以冒不韙？」這倒不要緊；只要有益於國，上頭沒有不許的。不過遠水救不了近火，開礦、造鐵路，收利總在十年八年之後；眼前如何得能籌個幾百萬銀子？』

這一問，在李鴻章『正中下懷』，他想了一下，徐徐答道：『王爺總還記得原摺上有印鈔票一議。西洋各國，鈔票不但通行本國，他國亦有兌換行市；我們大清國又何嘗不可印？如果由戶部仿洋法精印鈔票，每年以一百萬為度，分年發交海防各省通用；最要緊的是出入如一，凡完糧納稅，都准照成數搭收，不折不扣，與現銀無異。等到信用一立，四海通行；其利不可勝言！』

『這……』醇王將信將疑地說：『這不就是歷朝發寶鈔的法子？這個法子，我跟好些人談過，都說從來不曾成功過。』

『是的，歷朝發寶鈔，都沒有成功過。然而，北方票號、南方錢莊的銀票，又何以行得開？京師「四恆」的票子，通都大邑，一律通行：其中的道理，就在我們的銀票是實在的，發一千兩銀票，就有一千兩現銀子擺在那裡；好比賭局中，先拿錢買籌碼一樣，籌碼值多少就是多少，誰也不會疑心賭完了拿籌碼換不到錢。發鈔票，如果也有現銀子擺在那裡，信用自然就好了。』

『少荃！』奕譞笑道：『你這一說，我倒想起一個典故，好比王介甫想化洞庭湖為良田一樣。』

李鴻章一楞，細想一想，才想起奕譞所說的典故；其實是劉貢父的故事。

這是宋人筆記中數數得見的故事，奕譞也誤記了；原來記載：王安石愛談為國家生利之事，有小人附和諂媚，說梁山泊八百里，決水成田，可生大利。王安石一聽這個建議，大為高興；但轉念想想，又不無疑問：決水何地可容？其時東方朔一流人物的劉貢父，正在客座，回答王安石的話說：『在梁山泊旁邊，另鑿八百里大的一片水泊，可容已決之水。』王安石大笑，不再談這個建議了。

奕譞引此典故的意思是問：既有現銀子在那裡，又何必再發鈔票？李鴻章當然明白；欣賞地答道：『心泉貝子問得好！銀行發鈔票，自然不是別鑿八百里泊以容梁山泊之水；發一萬兩銀子的鈔票，不必一萬兩銀子的準備，其中儘有騰挪的餘地。然而這又不是濫發鈔票，是一個錢化作兩個錢的用途；又是無息借債，於民無損，於國有益，最好不過的一把算盤。』

『少荃，』醇王很用心地，『你再說說！其中的道理，我還想不透徹。』

『王爺請想，發一兩銀子的鈔票，收進一兩現銀；這一兩現銀，可以用來兌成英鎊，跟外國訂船購炮之用，豈不是一個錢變作兩個錢用？這多出來的一個錢，等於是跟百姓借的；鈔票就像借據一樣，不過不必付利息。而百姓呢，拿這張鈔票又可以完糧納稅，又可以買柴買米，一兩銀子還是一兩銀子，分文不短，豈不是於民無損，於國有益？』

『啊！這個法子好！』醇王大為興奮，『如今借洋債很費周章，又要擔保，又要付利息；倘或發一千萬兩的鈔票，兌進一千萬現銀子，就是白白借到了一筆鉅數，那太妙了。』

『是！』李鴻章說，『不過這一千萬兩銀子，倘或浮支濫用，揮霍一盡，那就是欠下了一大筆債；若是拿來開礦造鐵路，做生利的資本，賺出錢來，再添作資本，這樣利上滾利，不消二三十年工夫，我大清國也就可以跟西洋各國一樣富強了！』

醇王聽得滿心歡喜，決定好好來談一談這一套理財妙計。李鴻章原就有一份說帖，是總稅務司赫德所擬；而且跟英國滙豐銀行的總理克米隆已經長談過好幾次，妙計都在錦囊中，這天說動醇王不過是第一步而已。

『少荃，』醇王最後做了一個結論：『我想邀軍機跟總署諸同仁，來一次會議，所談的就是三件大事：海軍、鐵路、銀行。你看如何？』

『悉聽王爺裁奪。』李鴻章說：『不過外商叫銀行；咱們還是叫官銀號好了。免得名稱雷同，混淆不清。』

這是爲了消除衛道之士的疑忌，有意不用洋人的名稱，醇王會意，連聲道『是』；接下來又問：『你這幾天總要先拜客，軍機跟總署也得預備預備。說不定上頭還要召見一次，我看會議的日期，倒不必太迫促。二十八好不好？』

『是！二十八。』李鴻章說：『會議是王爺主持，自然聽王爺定日子。』

等回到賢良寺，李鴻章不入臥室，逕自來到幕府聚會辦事的廳房，批閱文電。一面看，一面就做了裁決；幕府依照他的意旨，分頭擬稿發出。最後才看明天開始拜客的單子，長長一張紅箋，不下百人之多；李鴻章一見皺眉，提起筆來，大塗大抹，刪減了一半。

拜客的名單上，頭一名是武英殿大學士靈桂。他是曾國藩一榜的傳臚；道光二十七年丁未，以左副都御史充會試『知貢舉』，雖是『外簾官』，照例也算這一科進士的老師。李鴻章是丁未翰林；科甲中人，最重師門，所以第一個就拜靈桂，備了一千兩銀子的贄敬；附帶二百兩銀子的門包。

門生拜老師，照規矩進由邊門，出用中門，名爲『軟進硬出』。但李鴻章既有爵位，又是首輔，眞所謂『位極人臣』；靈桂家開中門迎接，而且先有管家到轎前回明，『不必降輿』，大轎一直抬到二堂滴水簷前，變成『硬進硬出』。

靈桂已經病得不能起床了。在轎前迎接的，是靈桂的兒子孚會，年輕還不大懂事；幸好有靈桂的女婿榮祿照料，周旋中節，井井有條。略做寒暄，李鴻章便問起老師的病情。

『家岳的病，原是氣喘宿侯，逢秋必發；只不過今年的來勢特兇，一發不可收拾。』

『喔，』李鴻章問道：『請誰看的？』

『請的薛撫屛。』榮祿搖搖頭，『他說：不救了！拖日子而已。』

『唉！』李鴻章微喟著說：『我看看老師去！』

『相見徒增傷感。中堂不必勞動吧！』

這是謙詞，李鴻章當然非看不可，『白頭師弟，』他說：『見得一面是一面。仲華，請引路。』

於是到了靈桂病榻前，白頭師弟，執手相看，都掉了眼淚；榮祿硬勸著將李鴻章請到客廳。本來可以就此告辭；況且拜客名單雖刪減了一半，也還有長長一串拖在後面，不容久坐。但李鴻章爲了榮祿的緣故，決定把握這個無意邂逅的機會，稍做盤桓。

『後事想來都預備了。』

『是！』榮祿從衣袋中取出一張紙來，『遺摺的稿子擬好了；請中堂斟酌。』

這也是一種『應酬』，而李鴻章因爲一生沒有當過考官，對於他人請看文章，最有興趣；居然戴起眼鏡，取來筆硯，伏案將靈桂的遺摺稿子，細細改定。這一下又花了半點鐘的工夫。

榮祿稱謝以後。提到李鴻章此行，少不得有一番很得體的恭維。李鴻章倒也居之不疑，不做謙虛的客套；等榮祿的話完，忽然問道：『仲華，你今年貴庚？』

『今年三十八。』

『可惜！』李鴻章大搖其頭，『我爲國家可惜，正在壯年，如何容你清閒？醇王處事，我樣樣佩服，就這件事上頭，可不敢恭維了。』

榮祿很灑脫地笑了一下，『被罪之身，理當閉門思過。』他說：『至於七爺對我，提攜之德，實在無話可說；將來補報也總有機會的。』

『眼前就是機會。』李鴻章說：『京營加餉，似乎勢在必行。加了餉自然要整頓；這個差使，仲華，依我看非你莫屬。』

榮祿聽出他的言外之意，只要自己有所表示，他樂意在醇王面前進言推薦；其實自己與醇王的關係，又何勞第三者費心？醇王的短處是不免多疑；果然李鴻章在他面前爲自己說了好話，他只以爲自己有倒向北洋之心，反而引起猜忌。

這樣一想，頗爲不安，怕李鴻章魯莽從事，好意變得不堪承受，因而接口答道：『這是中堂看得起我。如果七爺覺得我還可以效一時之馳驅，我又何敢崖岸自高？多承中堂指點，一兩天之內，我就去見七爺。』

這是暗示：有話他自己會說，無需旁人代勞。李鴻章是何等腳色？自然一聽就懂，『這才是！』他連連點頭，鼓勵他說：『醇王知人善任，篤念舊情；仲華，你眞不必自外於人。』

等李鴻章一走，榮祿又拿他的話細想了一遍；覺得適園之行，必不可少，而且愈快愈好。因此，這天午後，策馬逕往織子胡同。這幾年蹤跡雖疏，但畢竟不是泛泛的關係；所以醇王聽得門上一報，立即延見。

見了面，先問起靈桂的病情，榮祿是早就想好了的；不能無故謁見，要借他岳父的病，作個因頭，所以此時正好借話搭話。

『我岳父的病，是不中用了，一口氣拖著，只爲有心事放不下；特地叫我來求王爺。』

『喔，他有甚麼心事？』

『還不是身後之名！』榮祿說道：『我岳父平生最得意的事，就是蒙宣宗成皇帝硃筆親點爲傳臚；宗室照例不能得鼎甲，所以，這個傳臚，更爲可貴，將來的謚法上，要請七爺成全。』

旗人對謚法，特重一個『靖』字；因而醇王問道：『莫非他想謚文靖？』

『這倒不敢妄求。』

『那……』醇王想了一下說：『反正這會兒也還談不到此。將來內閣擬字的時候，你自己留意著，到時候說給我就是了！』

『是！』榮祿隨手請了個安：『我替我岳父給七爺道謝。』

『你來就是這件事嗎？』

『也不光是這件事。』榮祿答說：『這一陣子，很有些人在談旗營加餉的事。有人來問我，我說：旗營加餉是七爺多少年來的主張，只要部庫有餘，這件事，七爺一定會辦。不過現在大辦海軍也是要緊的；萬一一時辦不到，大家可別喪氣，反正有七爺在，就一定有指望。』

這最後一句話，是醇王頂愛聽的。他一生的志願，就是練成一支足以追步開國風烈的八旗勁旅；當年太祖皇帝的子姪，各張一軍，太宗英武過人，只兼領正黃、鑲黃兩旗，即令到了順治年間，睿親王多爾袞的正白旗收歸天子自將，亦未及八旗之半；自己能夠掌握全旗，又能重振入關的雄風，那是多麼快心之事！

醇王的這個心願，從肅順被誅，剛掌管神機營的時候，就已爲自己許下了。他讀過許多兵書和名將的史傳，也細心考查過僧王帶兵的手段，確信對部將士卒，唯有恩結，才能得其死力；能得其死力才能無間寒暑，勤加操練，成爲能攻善守，紀律嚴明的一支精兵。然而，二十年來，他始終只是在『恩結』二字上下工夫；勤加操練固然談不到，能不能『得其死力』亦沒有把握。說來說去都因爲他自己覺得恩結得還不夠深。

這一次醇王是下定決心了，要大刀闊斧地裁汰比『綠營』習氣過深的各省爛兵，省下軍費來『恩結』旗營。不過，『旗營加餉也不是白加的。』他說：『咱們得要想個法子，切切實實整頓一番！』用『咱們』的字樣，就意味著這整頓的事務，有榮祿的份；不過，他不願自告奮勇，毫無表情地答一聲：『原該切實整頓。』

『整頓得要有人。穆圖善是好的，不過一時還不能調進京；善慶，我想讓他幫著辦海軍。仲華，你告病得太久了，這一次得幫我的忙。』

『怎麼說是「幫忙」？七爺言重了！』榮祿問道：『七爺是讓我到神機營，還是回步軍統領衙門？』

『提到這上頭，咱們好好談一談。』醇王將身子湊過去，左肘斜倚著茶几，顯得很親密似地，『我久已有打算了。這兩年地面上不成樣子！福箴庭婆婆媽媽，壓根兒就不能當那個差使；上個月出了個大笑話，你聽說了沒有？』

這實在是個大笑話。只爲步軍統領福錕賦性庸懦，爲人所侮；竟有樑上君子偷了他的大帽子，掛在正陽門上，附著一張紙條，大書『步軍統領福大人之腦袋』。幸虧發覺得早，很少路人得見，但神機營的密探自然有報告。榮祿雖是在野之身，消息卻異常靈通；不過神機營的密探跟他常打交道，以瞞著醇王爲宜，所以他故意答道：『沒有聽說。』

『是這麼一回事……』醇王所談的大笑話，果然是這麼回事；『上頭很賞識福箴庭，我亦不便多說。不過步軍統領衙門，非得有個能頂得住的人不可。我想，你還是回那裡；另外我再奏請，派你兼一個神機營專操大臣的差使。這不是兩全其美！』

『多謝七爺栽培。』榮祿平靜地答道：『我回步軍統領衙門去當翼尉。』

怎麼是當翼尉？醇王細想一想，才知道他是有意這樣子說——榮祿由於沈桂芬和寶鋆的合力排擠，因爲失察之罪，在工部尚書兼步軍統領任內降二級調用，一直告病不就實缺；此刻如果派缺，只能派一個從二品的職位。

而步軍統領屬下，左右翼總兵是正二品，他亦不夠資格充任；那就只好當正三品的翼尉了。所以他那樣說法，可以看作牢騷，也不妨說是提醒醇王，如果要用他，就得先讓他官復原職，否則無法重用。

這一層，醇王當然早就想過，『仲華，你放心好了，我已經替你打算過了。』他說：『只等年下，入覲的蒙古王公一到，你那件事就可以辦了。』

『喔，』榮祿實在想不明白，自己的事，怎麼樣也跟蒙古王公扯不上關係，因而說道：『請七爺明示。』

『皇帝開春就得練騎射了。我想用你的名義，進八匹好馬；一等賞收，自然有恩典。』

這不用說，這八匹好馬，是託蒙古王公採辦，在年下循例入覲時帶到。醇王這樣曲意綢繆，盛情倒著實可感。

榮祿正在思索該如何表示謝意時，只聽醇王喊道：『來啊！看額駙在不在？』

額駙是指他的女婿，伯彥訥謨詁的長子那爾蘇；正好在府，一喚就到。榮祿跟他也極熟，一見了面，拉著手問長問短，就像對自己鍾愛的一個小兄弟那樣親熱。

等他們談得告一段落，醇王問道：『那八匹馬怎麼說？』

『早就挑好了。全是菊花青；個頭兒一寸不差。如今正在調教；十一月初就可以到京了。』

『你聽見了吧？』醇王看著榮祿說。

榮祿立刻甩一甩袖子，請了個雙安；站起身來垂手說道：『七爺這麼迴護，實在不知道怎麼說了！不怕七爺生氣，有件事非得依我，才能讓我心裡稍微好過些。』

『你說吧！』

『馬價多少，得讓我照繳。』

『這是小事，隨你好了。』

於是榮祿再次稱謝；又談了些閒話，方始辭去。此行總算不虛，但事情實在很難；福錕的簾眷方隆，即令降二級調用的處分取銷，也未見得能取而代之。倘或派一個左右翼的總兵，去聽福錕的號令，那就未免太委曲了。

『果然如此，寧願仍舊告病！』榮祿自己對自己說：『要嘛不回步軍統領衙門，要回去就非得當堂官不可！』

九月廿八近午時分，轎馬喧闐，儀從雲集；總理衙門裡裡外外，從沒有那麼熱鬧過。

這天是醇王主持會議，與議的是李鴻章、禮王世鐸、慶王奕劻；以及軍機大臣閻敬銘、張之萬、額勒和布、許庚身、孫毓汶；總理衙門行走的戶部尚書福錕、刑部尚書錫珍、工部右侍郎徐用儀、兵部右侍郎廖壽恆、順天府府尹沈秉成、內閣學士續昌。還有一個總理大臣，鴻臚寺正卿鄧承修，奉旨派到雲南、廣西去會勘中越邊界，上諭就是這天一早下來的；鄧承修鬧脾氣故意不出席。

一到總理衙門先吃飯；飯罷品茗，然後閒談。等到開議，已經三點鐘了。

第一件事是議海軍。醇王首先宣明懿旨，先就北洋辦一大支。其實，這是大家都早已知道了的；而且，李鴻章在這幾天拜客的時候，跟閻敬銘、許庚身、孫毓汶都已經談過，是怎麼一個辦法，已有成議。此時會商，只要剩下的一些枝節能夠安排妥當，就可以會銜出奏了。

不過，施政用人，自有不可逾越的體制，所以儘管已經決定專設海軍衙門，由醇王主持；奕劻和李鴻章會辦；善慶和曾紀澤幫辦，但在會銜的奏摺上，不能寫明，必得請旨簡派。

『倒是有個摺子，得好好核計。』醇王說道：『彭雪琴上摺告病，請開各項差使。這當然是因爲海軍與長江水師有關，知道一定得有一番整頓，所以退讓賢路。上頭交代：彭玉麟是有功之人，不要讓他面子上太下不去。照這樣看，整頓長江水師，只有緩一緩再說了。』

醇王說完，從東面看過去——東面坐的是軍禮大臣，領班的禮王世鐸，眼觀鼻、鼻觀心、做菩薩低眉之狀；其次是額勒和布，欠一欠身，表示無話可說；再次是閻敬銘，他自己不說，卻問許庚身：『星叔，你看如何？』

『慈聖體恤勳臣的德意，爲臣下者，自然奉行惟謹。照我想，現在既奉懿旨；先從北洋精練一支。而長江水師與南洋密不可分；跟北洋的關係不大，稍緩整頓，在道理上亦是講得通的。』

『對了。』醇王欣然做了決定：『就這樣吧！彭雪琴當然亦不必開缺；給他幾個月假就是了。少荃，你看這樣子處置，是不是妥當？』

『妥當之至。』李鴻章深中下懷；如果要他對整頓水師，提出意見，反倒是一大難題了。

『七王爺，』孫毓汶看時候不早，下面還有兩件棘手的大事要議，所以用快刀斬亂麻的辦法，逕自將奉命撰擬的『遵籌海防善後事宜』奏稿，取出來雙手捧上，『請署銜吧！』

這個稿子，醇王是早就過目了，無須再看，順手遞向西面；緊挨著他坐的是奕劻，但醇王卻越過他背後交給李鴻章：『少荃，你看看！』

『請王爺先看。』李鴻章跟奕劻客氣。

『我已經看過了，七爺是總理全局，北洋歸你專司其事；你得仔細看一看。』

李鴻章領受了他的忠告，果然很仔細地從頭看到底，對於南北洋經費歸海軍衙門統籌統支這一點，很想有所主張；然而轉念一想，爭亦無用，反倒傷了和氣，不如不爭，所以看完以後，連連稱善。

連他都沒有意見，旁人自然更不會有話。於是依次在這個奏稿上署名，表示同意。這樣一件大事，就很順利地定議了。

第二件大事是議鐵路。『這件事，』醇王將身子往後仰一仰，帶著點置身事外的意味，『我沒有成見，請各位公議吧！』

於是奕劻以主持會議的姿態說：『盛杏蓀的說帖，不爲無理；不過，茲事體大，言路上的態度很激烈，未籌鐵路，先得安撫此輩。我看，先從這方面談起吧！萊山，這段鐵路，造在貴省；你總有話說？』

孫毓汶不但有話說，而且他也是反對造鐵路的；因爲這段鐵路起自東阿，迄於臨清，雖跟他老家濟寧，發了幾代的祖墳風水無關，但山東同鄉都要求他『主持正論』，不得不然。

只是他也不肯公然得罪李鴻章，所以想了個圓滑的辦法，關照軍機章京，檢出舊檔，將言路上反對鐵路的摺子，做成一個抄件；此時取出來揚了一下說：『這是去年秋冬之交，言官的議論；請李中堂過目。』

李鴻章知道不是好話，便不肯接那個抄件，『萊山，』他說：『請你唸一唸，讓大家都聽聽。』

於是孫毓汶數了數說道：『一共六個摺子，內閣學士徐致祥，先後上了兩個；就先唸他的吧。』

徐致祥的第一個奏摺，是上年九月十三日所上，那時已有用鐵路運漕之議；又有一說，鐵路將從京城造至清江浦；再有一說，借洋債五百萬兩，修一條從西山到蘆溝橋的鐵路。傳說紛紜，人心惶惑；因而徐致祥的議論，甚爲激切；認爲開鐵路計有『八害』。

南漕以鐵路轉運，工成亦需二三年，無論緩不濟急，而商船歇業，飢寒迫而盜賊興，其害一。

山東黃河氾濫，連歲爲災，小民顚連困苦；今若舉行鐵路，以千餘萬之資，不以治河而以便夷民，將怨諮而寒心，其害二。

清江浦爲水陸要衝，南北咽喉，向非通商碼頭。鐵路一開，夷人必要求此地置造洋房、增設偵棧、起蓋教堂。以咽喉衝要之地，與夷共之，其害三。

夷之欲於中國開通鐵路，蓄念十餘年矣！今中國先自創之，彼將如法而行。許之則開門揖盜；拒之則啓釁興戎，其害四。

中國可恃以扼要據險者惟陸路；廣開鐵路，四通八達，關塞盡失其險，中國將何以自立？其害五。

如謂易於徵兵調餉，不知鐵路雖堅，控斷尺地，即不能行。若以兵守，安得處處防範？其害六。

如謂便於文報，查火輪車每時不過行五十里；中國緊急驛遞文書，一晝夜可六七百里，有速無遲……

剛唸到這裡，李鴻章笑了出來；是有意笑得聲音極大，表示他的憤懣和鄙視，『這些拿寫大卷子當經濟學問的翰林名士，我可眞服了他了！』他提高了聲音說：『列公請想想，一個鐘頭走五十里，一晝夜二十四個鐘頭該走多少？不是一千兩百里嗎？與六七百里比較，說是有速無遲？這不是瞪著眼說瞎話？其欲誰欺！』

由於李鴻章捉住了徐致祥這個近乎自欺欺人的短處；加以詞氣甚壯，以至於原摺『八害』之說不能畢其詞；連帶山東道監察御史文海的『四害』；陝西道監察御史張廷燎的『不可輕於嘗試』；浙江道監察御史汪正元的『六不可開』等等議論，也就不能重提了。

其實，這些議論亦不必重提，李鴻章早就聽說了。在他看，所有反對開鐵路的理由，都是不知道四海之大，而自井底窺天的閣閣蛙鳴，不值得一駁。唯一成理由的是，要掘平許多墳墓，壞了人家的風水；然而爲了富國強兵，也就顧不得那許多。

當然，這話只能在私下談，不便宣之於這樣爲朝野所一致矚目的會議中。李鴻章在想，此日一會既非三公坐而論道，而是講求經世實用的方略；那麼，要塞悠悠之口，最好莫如講『師夷』的實效。

於是在舉座相顧，踧踖沉默之際，李鴻章用微顯激動的神態發言：『同治五年，恭親王跟文文忠創設同文館，取用正途，學習天文書算之學，言路大譁；倭文端亦有封奏，請「立罷前議」。如今看來怎麼樣？可笑是不是？這不能怪倭文端；當時初講洋務，究不知效驗如何？我奇怪的是，今昔異勢，明明師夷之長，已見其利；何以還有倭文端的那套見解？拿陸路電線來說，萬里音信，瞬息可通，有事呼應靈便，無事可便商賈；今日之下，哪個敢說不該興辦電報？然而當時就有人堅持以爲不可；福建百姓，始而呈阻，從而竊毀。我現在要請大家問一問福建的京官，是有電報好，還是沒有電報好？記得倭文端爲同文館所上的摺子，恭引聖祖仁皇帝的垂諭：「西洋各國，千百年後，中國必受其累。」以爲「聖慮深遠，雖用其法，實惡其人」，這是倭文端的斷章取義！我敢說：如果仁皇帝今日還在，雖惡其人，必用其法。師夷之長，正所以爲制夷之地！記得恭親王駁倭文端的摺子有言：「該大學士既以此舉爲窒礙，自必別有良圖。如果實有妙策可以制外國而不爲外國所制，臣等自當追隨該大學士之後，竭其檮昧，悉心商辦。」又說：「如別無良策，謹以忠信爲甲冑，禮義爲干櫓等詞，謂可折衝樽俎，並以制敵之命，臣等實未敢信。」今日之事，我亦是這個看法。請王爺卓裁，諸公同議！』

說到這裡，李鴻章已是氣喘連連；自有聽差替他捶背抹胸，拭汗奉茶，益顯得老臣謀國之忠。而在座的人，自醇王以次，亦無不為李鴻章這番話的氣勢所懾；縱有反駁的理由，也都要考慮一下，是不是宜於在此時出口？

他人可以緘默，醇王卻不能不說話。他本來是贊成興修鐵路的，但去年預備由神機營出面，借洋債建造西山至蘆溝橋的鐵路，專為運煤之用，不想為言路大攻，因而有些畏首畏尾；此時為李鴻章的話所激動，不由得又慨然而言，表示支持。

然而亦僅是表示支持而已，『鐵路之利，局外人見不到，那些議論亦聽不得。』話雖如此；他卻作不得主，『這件事，我看要奏請聖裁。』

於是，接下來議第三件，也是這天最後要議的一件大事，籌設銀行。李鴻章將克米隆所擬的說帖，做了一個解釋：由戶部撥銀五百萬兩作為資本，如果一時沒有這筆鉅款，不妨向匯豐銀行舉債。接著又列舉了許多設銀行的好處；善於理財的閻敬銘，傾身細聽，深感興趣。

『外國的銀行，跟我們中國的銀號、錢莊，看起來沒有甚麼兩樣，都是俗語所說的，在「銅錢眼裡翻跟斗」；其實大不相同，收支出納，別有法度。所以主事者是否得人，關係成敗。』李鴻章說到這裡，略停一下，然後揮一揮手加重語氣：『我們的銀行不辦則已；要辦，就得要用洋人。擬說帖的克米隆，是上海匯豐銀行的總理，同治十二年接手到現在；匯豐銀行本來是賠錢的，經過此人極力整頓，生意蒸蒸日上，匯豐銀行已成了上海外國銀行的領袖，克米隆的聲望亦遠達東西洋各國。能得他之助，我敢擔保，我們的銀行一定辦得發達。』

李鴻章說完，又該醇王表示意見；他看著閻敬銘問：『丹初，你看怎麼樣？』

『我贊成。不過，第一，銀行是外國人的叫法，我們不必強與相同，仍舊以稱「官銀號」爲宜。』

『見得是！』李鴻章趕緊接口，『戶部既有「官錢號」，不妨再設「官銀號」。這個名稱改得好，於體制相符。』

『第二，要辦就我們自己辦，何必用洋人？』

『你不用洋人；人家卻不相信你戶部。』

這脫口一答，眞所謂『語驚四座』；閻敬銘勃然變色，大小眼一齊亂眨，形容醜怪。李鴻章自知失言，趕緊又作解釋。

『這絕不是人家看不起我們戶部，因爲在商言商，最要緊的是主事者的信用。我們的官銀號設了起來，要跟各國通匯，譬如說，現在我們在倫敦要付一筆款子，需用甚急；照各國銀行通匯的規矩，一個電報去，就會如數照付。如果我們官銀號的司理，不爲洋人所知，人家如何放心？用克米隆就是要利用他的聲望信譽。』

這一解釋，總算能自圓其說，閻敬銘微微頷首，表示領會。醇王本來怕閻李意見不合，將此一樁好事打翻；如今見此光景，才算放心。

『茲事體大，一時也無法細談；既然丹初也贊成，那麼，這件事就交戶部議奏。各位看，這樣子辦，使得使不得？』

『這是正辦！』世鐸答說。

『事不宜遲。』醇王向閻敬銘說：『丹初，你此刻跟少荃當面約定日子，在戶部會議，有了結果，好早早出奏，這件事，最好能趁少荃在京裡，就能定局。』

『是！』閻敬銘向李鴻章討日子：『爵相，哪一天有空？』

『這是大事，除非召見，我都可以抽出空來。丹初，請你跟崇公商量定了，隨時通知我。』

崇公是指承恩公崇綺；他倒楣了好幾年，是閻敬銘敬重他的理學，在慈禧太后面前力保，才在去年十一月當上了戶部尙書。

於是在暮色蒼茫中，各自散歸府第。李鴻章這天本有七個飯局，因爲預知會議會開得很長，所以早就一律辭謝；回到賢良寺途中，心血來潮，就在轎前吩咐材官，拿名帖請閻敬銘到行館來便酌，又特地叮囑，請客時要說明：並無他客在座。

回到賢良寺不久，閻敬銘應約而至。見了面彼此欣然，一個固然有話要說；一個也正有話要問，可以把杯傾談，極融洽。

要談要問的，正就是設立官銀號之事。在閻敬銘面前，李鴻章不敢說沒有把握的外行話；而是說了許多不足爲外人道的理財心得。李鴻章認爲發行鈔票，可以一掃錢穀稅釐方面進多出少，病民肥己的積弊；尤其是當他提到『減平』方面的好處，更顯得用鈔票有實益。

劃一減平是閻敬銘所倡議。上年十二月，戶部奉旨預爲籌劃軍餉，閻敬銘親自主持會議，殫精竭慮，擬成開源節流之策各十二條。節流的第一策，各省減平，必須劃一——嘉慶年間，爲平川楚教匪，軍需支出浩繁，得設法彌補部庫收支不足之數；於是陝西巡撫畢沅始創『減平』之議，減平就是減低銀子的成色；表面銀數不減，暗中卻已減少支出，估計每年各省由減平所節餘的銀數，約計有七十四萬兩，規定應解戶部。但是行之既久，利未見而弊叢生；就因爲減平的標準不一，易於蒙混。

『現在各省支發兵餉，多按減平發給，每兩銀子，有的扣三分六釐三，有的扣四分九釐三，有的扣四分。上年由你那裡議定，一律扣四分；劃一是劃一了，丹初，你知道不知道，各省是不是實力奉行呢？』李鴻章說：『老實奉告，就我直隸各處，亦未見得能夠劃一。』

『貴省如此，他省可想而知。其實「減平」之說，自欺欺人，毫無意思；不過積重難返，驟難革除而已。』

『是！』李鴻章說：『其實應革的弊病又豈僅減平一項？我記得大疏中還有兩句話：「他如各省之洋銀折合紋銀；銀價折合錢價，亦漫無定章，徒使中飽。」而漫無定章者，無非幣制太亂，有銀子、有銀洋，銀子有各種成色，洋錢亦不止墨西哥鷹洋一種，很難有確切不移的定章。丹初，要講劃一，有個根本而容易的辦法，就是發鈔票！完糧納稅，收一兩就是一兩；公款出納，有一兩就是一兩，請問從哪裡去蒙混，從哪裡去中飽？』

閻敬銘聽到這裡，拍案稱賞：『爵相！』他說：『這件事一定要辦成了它！這是千秋的大事業。收糧的「淋尖」、「踢斛」一時無法革除；收銀子的「火耗」、「平餘」，從今以後可以一掃而除。快何如之？』

『丹初！』李鴻章說：『這話你只好擺在心裡。』

『爲甚麼？』

『革弊必遭人之忌。』李鴻章說：『我們只談興利好了！』

『啊，啊！爵相見事眞相！』

於是，約定後日在戶部集議以後，歡然分手——閻敬銘高興，李鴻章更高興；既有醇王的全力支持，又有閻敬銘的力贊其成，何況這件事不比造鐵路那樣，牽涉廣泛，看起來此議必可見諸實行了。

在閻敬銘也是這樣的想法，此議必可見諸實行；要商議的是如何實行？所以第二天一到衙門，先跟兼管錢法堂事務的右侍郎孫家鼐去談；孫家鼐是咸豐九年的狀元，但絲毫沒有狀元的驕氣，平日處世待人，總說『當體聖人中和之旨』，所以聽閻敬銘所談，雖不知這個仿照外國銀行設立的『官銀號』，應如何著手籌備？卻滿口稱是，毫無異議。

到得中午，崇綺來了。一談之下，只見他大搖其頭，連連說道：『匪夷所思，匪夷所思！』

閻敬銘頗為不悅。這是仿照西洋行之有效的成法，即令制度與中土不同，或有扞格，亦不致到荒唐的程度，何以謂之為『匪夷所思』？心裡在想：『講理學，或者《朱子大全》不能像你背得那麼滾瓜爛熟；講到理財，難道李鴻章跟我閻敬銘，倒不如你這個「蒙古狀元」？』

心裡這樣，臉色便有些難看了；『崇公，』他問：『倒要請教，怎麼是匪夷所思？』

『用洋人來管我們的銀子，這不是開門揖盜？』

『用洋人不過是用這個洋人在各國之間的信用，讓他來替我們打開局面。戶部仍有監督之權，如何說是開門揖盜？更與管銀子何關？』

『怎麼沒有關係？』崇綺的聲音既高且急，『請洋人來當司理，銀子由他管，鈔票由他發；拿幾張不值錢的花紙，換走我白花花的庫銀，烏乎可？』

閻敬銘一聽這話，啼笑皆非；忍氣解釋：『崇公，銀子在庫裡，他怎麼換得走？』

『這個庫，不是咱們戶部的銀庫；是他銀行裡的庫。東江米巷你總經過，不見他們的銀行，洋兵把門，銀子進出，誰也不准干預。你能保他不盜我們的庫銀？』

『那是人家外國銀行。』左侍郎孫詒經忍不住插嘴：『戶部的官銀號，何能會洋兵把門？』

『你要用洋人，就保不定他不派洋兵；倘或攔住他不准用，豈不又別生交涉？』

簡直不可理喻了！閻敬銘亂眨著大小眼，與孫詒經相顧無語；孫家鼐深怕崇綺還要抬槓，搞成僵局，便顧而言他地，將這件事扯開不談。

『丹翁！』崇綺卻還不肯罷休，凜然表示：『這件事萬不可行。我不與議，亦不具奏；倘或朝廷竟行此秀政，我就只好掛冠了。』

竟是以去就力爭；眞所謂愚不可及。閻敬銘痛悔不已；自己竟是誤採虛聲，保薦了這樣一個不明事理的人來掣自己的肘，夫復何言？

『唉！』他長嘆一聲：『罷了！』

崇綺豈肯善罷？他還眞的相信，用了克米隆，戶部銀庫裡白花花的銀子，會源源流向外洋。所以出了衙門，回家一轉，抄了些文件，一直到適園去見醇王。

『七爺！』一見了面，崇綺就說：『我今天要跟七爺來請教，當年跟英國人開釁，究竟是爲了甚麼？』

見他氣急敗壞的樣子，醇王大爲不解，『文山，』他擺一擺手，『有話你坐下來說。爲甚麼？氣得這個樣子？』

『漢奸猖獗，何得不氣？』

『漢奸？』醇王更爲詫異，『你是罵誰？』

『李少荃、閻丹初全是漢奸。七爺，你可不能受他們的愚！』崇綺大聲說道：『洋人不懷好意，覬覦我中土白銀，蓄意已非一日。道光二十年跟英國開仗，是爲了甚麼？就爲的是紋銀外流。』

接著，崇綺從靴頁子裡掏出一疊紙，先唸一段道光九年十二月的上諭：

朕聞外夷洋錢，有大髻、小髻、蓬頭、蝙蝠、雙柱、馬劍諸名，在內地行使，不以買貨，專以買銀；暗中消耗，每一文抵換內地紋銀，計折耗二三分。自閩、廣、江西、浙江、江蘇漸至黃河以南各省，洋錢盛行。凡完納錢糧及商賈交易，無一不用洋錢。番船以販貨爲名，專帶洋錢至各省海口，收買紋銀，致內地銀兩日少，洋錢日多。

近年銀價日昂，未必不由於此。

『七爺，你再聽，這道奏疏，是道光十八年閏四月，鴻臚寺正卿黃爵滋所上。請七爺聽聽他怎麼說？』

崇綺唸的一段，又是有關紋銀外流的：

竊見近年銀價遞增，每銀一兩，易制錢一千六百有零，非耗銀於內地，實漏銀於外夷也。蓋自鴉片流入我國，我仁宗睿皇帝知其必有害也，特設明禁，聽當時臣工亦不料其流毒到於此極！

『流毒謂何？就是「以外洋之腐穢，潛耗內地銀兩」！』

崇綺接著再唸黃爵滋所奏，道光初年鴉片走私入口，紋銀走私出口的數目：『粵省奸商，勾通巡海兵弁，用扒龍、快蟹等船，運銀出洋，運煙入口。故自道光三年至十一年，歲漏銀一千七八百萬兩；自十一年至十四年，歲漏銀二千餘萬兩；自十四年至今，漏至三千餘萬兩之多，此外福建、浙江、山東、天津各海口，合之亦數千萬兩。以中國有用之財，塡海外無窮之壑；易此害人之物，漸成病國之憂，日復一日，年復一年，臣不知伊於胡底？』

『聽先父告訴我，』崇綺是指他的父親賽尙阿，『當時成皇帝談到黃爵滋這道奏疏，悚然動容。紋銀流入外洋，不知伊於胡底；因而宸衷獨斷，不惜與洋人一戰，以求塞此病國害民的漏巵！如今戶部設立官銀號，使洋人司理其事；豈不是求他將紋銀流入外洋。七爺是宣宗成皇帝的愛子，何忍出此？』說著，兩行眼淚，滾滾而下。

這一下搞得醇王既困擾又不安，『文山，文山！』他惶惑地連聲喊著：『何用如此，何用如此？』

『於今當朝一人，一切擔當都在七爺肩上；只要七爺力扶正氣，一切魑魅魍魎，自然銷聲匿跡。』

這話使醇王覺得刺心。崇綺反對設官銀號；而自己對此事正抱著無窮希望，那麼，所謂魑魅魍魎，不也就包括自己在內嗎？

這樣轉著念頭，便正色說道：『文山，謀國之忠，誰不如我？總要時刻存一個與人爲善的心才好。』

『原該如此。只要於國計民生有益，世道人心不悖，當然應該力贊其成。無奈當今之世，積非成是。語云：「眾士之諾諾，不如一士之諤諤。」七爺，崇綺世受國恩，粉身難報，只有做個諤諤一士，盡其愚忠。』

『是的，是的！我知道，我知道。』醇王懶得跟他再說，『你請回吧！這件事，我總審愼就是。』

『請七爺千萬審愼！』崇綺又加了一句：『心所謂危，不敢不言。如果言之不行，就只有以去就爭了！』

這話跡近要挾，醇王益覺不快；同時也很煩惱。從前總當那班食古不化之士，侃侃正論，是擇善固執；這一年以來，經得事多，才知道此輩固執有之，擇善未必，只要胸中有了痞塊，驅甲兵攻之而不去，直教無可奈何！

李鴻章在第二天一早，就知道了有這麼橫生的一個枝節，不但閻敬銘來信相告：『崇公於此事，成見極深，不易化解；集議一節，暫作罷論。』；而且另有他派在京裡的『坐探』，傳來詳細消息，才知道崇綺竟不惜以紗帽相拚，實在太出人意外了。

『此事，我看難了！』正好來訪的張蔭桓說：『崇文山、徐蔭軒相互標榜，以理學自命，專有班恃此爲進身之階的新進追隨者在起哄；這班人見解、文采，不如清流；而凌厲之氣過之。照我看，馬上就會有摺子搏擊。中堂倒要小心！』

李鴻章對言官也是又恨又怕；不過此事辦成，是理財方面一帖起死回生的靈藥，當然不肯輕易放棄。因而便向張蔭桓問計。

『崇文山反對的是洋人，反對洋人又是怕紋銀外流；如果能有保證，紋銀包不外流，就沒有反對的理由。中堂請想想看，有甚麼保證？』

『除非不用洋人。』

『不用洋人辦得到，辦不到？』

『這沒有甚麼辦不到。』李鴻章說：『不過不用洋人，我還眞不能放心。』

『怎麼呢？』

『克米隆跟我詳細談過，發行鈔票，要有現銀準備；照西洋規矩，準備金不必十足，但有一定成數，公推公正士紳監督，按期檢查，以昭大信。現在請克米隆主持其事，當然照他的章程辦理；如果是由戶部派人，必不能做到這一層。說不定一道中旨，取銀若干，你能抗旨不遵嗎？』

『照此說來，設官銀號是替宮裡開一條聚斂之道，闢一座方便之門。一旦濫發鈔票，蹈咸豐發當百錢的覆轍，其害不可勝言。』張蔭桓率直勸道：『中堂並無理財之責，何苦擔此罵名？而況勛業如日方中，可辦的大事甚多；也犯不著做這件吃力不討好的事。』

李鴻章想了一下，決定接受他的勸告，『你的話很切實，我犯不著那麼傻！』他說：『聽其自然吧！反正要辦官銀號，就得用洋人；不然不如不辦。』

到這時候，張蔭桓方始談到他的來意。他也是有個極重要的消息，必須告知李鴻章；未談之前，先問起一個人：『許竹篔的隨員王子裳，中堂見過沒有？』

『沒有。』李鴻章問，『聽說是翁叔平的門生。』

『是的。』張蔭桓說了此人的簡歷——王子裳名叫詠霓，浙江人；早年是個名士；駢文做得極好。本來是刑部主事；去年許景澄奉命代李鳳苞為出使德國欽差大臣，奏調為隨員，以迄於今。

『喔，』李鴻章問道：『他怎麼樣？』

『他最近來了一封信。這封信是給甚麼人的？請中堂不必問。我設法錄了一個副本在這裡；專備中堂參酌。』

不問其事為何？李鴻章先就覺得他的關愛之情可感，深深報以一眼；然後接過抄件來看，信上並無稱謂，是有意略去了的；不過從寒暄的套語中，可以看出受信者與王詠霓有相當交誼；而且是常在一起議論洋務的朋友。

這封信就是專論新購鎭遠、濟遠兩兵艦的得失。他說：西洋的兵艦，近來都用鐵甲；鐵甲艦又分快船、戰艦兩類。戰船一類，先爲兩舷列炮，炮小甲薄，不足攻拒；一變再變而有船面上可以旋轉的炮塔，炮巨甲厚，才成爲海上利器。

但旋轉的炮塔，仍有缺點，未能盡善；於是再改爲『露台旋炮之製』；定遠、鎭遠兩艦，仿此購造，算是最新的兵艦。但鎭遠工料不及定遠，如平面鋼甲，改用熟料；而當時造價反增加十萬銀子。其故何在？令人不解。

下面談到快船。王詠霓說：快船專以巡海，亦能深入敵人口岸，輔佐戰艦。由於快船的火力不足，因而必須厚甲以自護。其法有二，一是在吃水線下，加厚鋼甲；一是在底部裝置平面的鋼甲，藉以防禦自上下落的炮彈。而濟遠艦的構造極不合理，吃水線下無鋼甲防護，一遇小炮彈即生危險；吃水不深，易於欹側。最大的錯誤是船面加上炮台，形成頭重腳輕之勢，不但駕駛困難，而且危險特甚。王詠霓斷言西洋兵艦，並無這種規制；濟遠艦是仿照德國不及一千噸的兩艘小船所造，而此兩艘小船，亦根本沒有炮台。

看到『濟遠造於伏爾鏗廠，初次試爲，本未盡善，廠中辦事人不自諱言』的話，李鴻章臉色一變；抬頭望著張蔭桓說道：『李丹崖不致如此冒失吧？我看，王某的這封信，僅憑耳食，未免言過其實。』

聽他這樣說法，張蔭桓就知道他還未看完，『不見得全是耳食之言。』張蔭桓說：『中堂請先看信！』

於是李鴻章聚精會神往下看，同時小聲唸道：

其失如機艙逼窄，絕無空隙，隻身側行，尚慮誤觸，前日試機已有觸手成廢者。

暑月炎燠，臨戰倉皇，並難奏技；水管行折，遠達汽鍋，歷次損修，甚爲不便，今尚泊馬拉他，不能隨定、鎭偕行。

其下艙煤櫃，只容百噸，蓋以限於入水，諸弊叢生。然大沽口淺，已不能近，煙台、旅順無礙加深，倘增深一尺，可添煤四十噸，何所見不及於此？而炮房之藥氣悶，令台之布置不密，猶見弊之小者。

今朝廷加意台澎，飭照仿造，而劼侯、傅相，意見不同，劼侯請俟回華察看，自是愼重；合肥謂不必久待，電令速購。豈成功期諸二年，而訂定不能遲諸兩月邪？此尤弟所未喻者也。

這是指新訂購的兩艘兵艦而言。李鴻章看到這裡，大爲氣憤，『胡說八道。不必久待，電令速購，哪裡是我的意思。六月裡，總署有信給我，說台澎孤懸海外，應該從速購備船隻，以備不虞。我因爲戰艦花費太大，所以覆信，說暫照濟遠訂購幾艘。六月二十四奉到電旨，我還記得全文是：「著照濟遠或快船，定購四隻，備台澎用。即電商英德出使大臣妥辦。船價戶部有的款可撥。」你評評，何嘗是我錯？』

『中堂不錯。本爲救急之計，自然不能久待；而況戶部有「的款」是指此時而言，遲延日久，「的款」也許造了三海的御舫，豈不落空？』

『著啊！你這才是深知甘苦之意。』李鴻章又說：『至於我給劼侯的信，將來可以問他，我只說：

炮不可小於八九口徑；甲不可薄於十二寸，如用鐵面不可薄於十寸；船速不可小於十五里；吃水不可深於十八尺，這都是相度實情，期望快船能得戰艦之用。謀國如此，自覺不爲不忠；而局外人橫加非議，實在令人灰心。』

『中堂謀國，有識者無不傾服。不過，言路上的傳聞，雖說空穴來風；到底也還另有說法。』

『甚麼說法？』李鴻章張大了眼問。

『如無「空穴」，何有「來風」？』

李鴻章一楞，接著換了副沉著的臉色，『此言有味！』他說：『你聽到甚麼風聲？』

『聽說駐德使館中人，另有信來。盛伯熙就接到一封，預備動摺子參李丹崖。』張蔭桓說：『盛伯熙的筆鋒，中堂是知道的，不動彈章則已；一動必不爲人留餘地。』

『噢！』李鴻章問：『還有呢？』

『總還有人要借此生風。據說，目前有一公論：定遠船質堅而價廉；鎮遠船質稍次而價稍漲；濟遠船質極壞而價極昂！總而言之，照他們說：一船不如一船！』

『這些話是從那裡聽來的呢？』

『上海《申報》上就載得有。』

『局外人的浮議，未必可信。』李鴻章不屑地說：『好在李丹崖已經交卸回國，奉旨交北洋差遣；定、鎮、濟三艦，也快到大沽口了。是是非非，總有水落石出的一天。』

『是！』張蔭桓的本意是來報告消息；原意既達，不必詞費，所以起身告辭。

李鴻章卻不願放他走。李鳳苞的毛病在李鴻章自然不是一無所知的；所以話雖說得坦然，心裡卻不免嘀咕，希望張蔭桓能替他想個化解之方。只是言語之中，袒護李鳳苞在先；一時改不得口，唯有先拿張蔭桓留了下來，再作計較。

『如果沒有事，你再坐一會兒……我還有話跟你談。或者，』他沉吟了一下說：『託你再去打聽一下，還有甚麼人從德國寫信來？』

『是！我晚上再來跟中堂回話。』

從張蔭桓辭去以後，便是接連不斷的訪客。李鴻章本來是不想見的，但就這一天之間，發覺京中的各種跡象，都對他不利；爲了聽聽消息，也爲了籠絡朝士，一改本心，盡量延見。

訪客是來巴結的多。因爲聽說朝廷要大辦新政，用人必多，或者想兼差、或者想外放，都得要走手握實權的『李中堂』的路子。此輩見識有限，但消息靈通，所以李鴻章倒聽了許多想聽的話。

到了四點多鐘，貼身跟班悄悄來提醒：該赴慶王的飯局了。這天，奕劻爲李鴻章接風，陪客是總署、軍機兩方面的大臣，所以等於又一次會議，李鴻章當然要早到。

果然到得早了，在座的陪客，還只有一個孫毓汶。談到鐵路，他告訴李鴻章說，反對的人很多，不過事在人爲，最好準備一份詳細的圖說，再奏請懿旨定奪。

『那方便。我三五天以內就可以預備好。』李鴻章答道：『洋匠已經勘查了好幾次，每一次都有詳細稟帖；不過用的是洋文，我關照他們加緊趕譯就是。』

『是的。等中堂一交來，軍機上立時呈遞。』孫毓汶略停一下問道：『中堂的意思是從陶城埠到臨清，沿河興造鐵路；如果阿城一帶河水漫決，向北沖刷，不會拿鐵路沖斷？』

『不要緊！洋匠已經顧慮到這一層，近河之處，路基築高六尺，漫水從沒有高過六尺的。』

孫毓汶點點頭又問：『倘或奉旨准行，中堂意中想派甚麼人督辦？』

李鴻章心目中已經有人，決定派盛宣懷去辦。話到口邊，忽然警覺，說不定孫毓汶想保薦甚麼人；倘或落空，難免失望，或者會故意阻撓，這時以敷衍爲妙。

於是他搖搖頭說：『此刻哪裡談得到此？將來是不是交北洋辦，亦未可知。就是交北洋辦，派甚麼人經理，也得請教諸公的意思。』

『那當然請中堂一力支持。』孫毓汶說：『我看盛杏蓀倒是適當的人選。』

聽得孫毓汶稱讚盛宣懷，李鴻章不能不留意。因爲孫毓汶固然一言一行，無不隱含心計；而對盛宣懷更不能不防——北洋幕府中兩類人才，一類講吏治、論兵略，還保留著曾國藩開府的流風遺韻，論人，大多正人君子；論事，亦多罕言私利。另一類辦洋務、闢財源，此中又有高下兩等，上焉者如張蔭桓，下焉者就是盛宣懷之流；李鴻章在他們面前，就像在貼身侍僕面前一樣，毫無祕密可言。事實上李鴻章也是要靠盛宣懷等輩，才有個人的祕密，此所以不能不防。

他防人的手段，因人而施，對於淮軍將領，是造成他們彼此的猜忌，免得『合而謀我』；對於盛宣懷這些人，在陷之以利以外，就是嚴禁他們另投靠山。不過，盛宣懷固然不必，也不敢出賣自己；就怕孫毓汶別有用心，將盛宣懷拉了過去，自己的祕密如果都落在此人手中，卻是大可憂之事。

爲此，他試探著問：『多說盛杏蓀是能員；萊山，照你看，他的長處，到底何在？』

『盛杏蓀是中堂一手提拔的人，難道還不知道他的長處？』

照這話看，孫毓汶或者已經猜到自己要委盛宣懷辦鐵路，有意說在前面，以爲試探。李鴻章心想，言路上對盛宣懷深惡痛絕；如果自己承認有此意向，一傳出去，先招言官反感，益增阻力；還是先瞞著爲妙。

『盛宣懷的長處，我當然知道。不過，知人甚難；要聽聽大家對他的批評，尤其是閣下的批評。』

『爲甚麼呢？』

『那還不容易明白？軍機爲用人行政之地；何能不聽聽你對人物的品評？』

『中堂太看得起我了！』孫毓汶忽然問道：『聽說盛杏蓀到杭州去了？』

『他老翁在浙江候補，請假去省親。』李鴻章又說：『也要去整頓整頓招商局。』

談到這裡，客人陸續至；而且非常意外地，正要開席的時候，醇王亦做了不速之客，不過他一進來就先聲明：他不是來鬧席，只是聽說大家都在這裡，順路進來看看。

這一下，使得做主人的奕劻很爲難。不留醇王，於禮不合；留下醇王，自然是坐首座，便委曲了李鴻章。

想一想只有口中虛邀，暗地裡關照，暫緩開席。

醇王自知不便久坐，覷個便將孫毓汶拉到一邊，有一句要緊話關照：『你們跟少荃同席，不必再談鐵路。這件事，八成兒吹了！』

『怎麼呢？』

『這位，』醇王揸開五指伸了一下，意思是指惇王，『今天不是「遞了牌子」？我剛剛才知道，爲的是反對造鐵路；當面力爭。有幾句話說得很厲害，說是鐵路造來造去，怕動了西陵的龍脈。上頭一聽這話嚇壞了！派了傳諭，明天一早，讓我頭一起遞牌子，說是要問鐵路。多半會作爲罷論。』

孫毓汶不即回答；問到另一件事：『那麼，官銀號呢？』

『這又是件棘手的事！崇文山到我那裡痛哭流涕；眞正愚忠可憫！看樣子，除非不用洋人，不然就辦不成。』

『合肥迷信洋人。聽說他有過話，不用洋人，寧可不辦。現在鐵路再作罷論，所議的三件大事，倒有兩件不成功；而這兩件又是合肥的獻議，一點結果都沒有，似乎於他的面子上不好看。』

『說得是啊！』醇王倒未曾想到；此刻一被提醒，才覺得十分不妥。

『而況現在還有求於他！』

這話，醇王也能深喻，有求於李鴻章的，不止於先辦北洋一大支海軍，還要靠他遮掩著拿海軍經費移作別用。這樣，就必得設法圓他的面子；否則，他未必肯乖乖聽話。

『王爺，』孫毓汶低聲說道：『辦不辦，王爺在心裡拿主意，眼前先不必說破；儘管照合肥的意思降旨。橫豎這又不是三天兩天便得見分曉的事；且等崧鎮青跟陳雋丞覆奏了再說。』

這是指漕運總督崧駿跟山東巡撫陳士傑。修造鐵路事關南漕，地在山東，當然要徵詢他們的意見；如果他們的覆奏，認爲窒礙難行，將來就可以搪塞李鴻章。倘或覆奏贊成，也不妨示意言路上摺反對。總之要打消此事的手段多得很；眼前能保住李鴻章的面子，不教他懷怨於朝廷，便是上策。

『你的話不錯。一準照此而行！』醇王欣然答應。

果然，第二天慈禧太后召見醇王，面諭鐵路停辦。醇王亦宛轉上言，代爲乞恩，保全老臣的體面。慈禧太后本有向李鴻章示惠之意，自然樂從。

因此，儘管有人頌揚皇太后聖明，面諭醇王停辦鐵路；李鴻章由於軍機否認此說，所以照常備妥圖說，送請軍機處呈遞御前。接著便發了廷寄，說李鴻章建議『試辦阿城至臨清鐵路爲南北大道樞紐；阿城臨清二處，各造倉廒數所，以備儲米候運等語，所陳係爲運糧起見，不無可采。』以下就用孫毓汶的見解，近黃河一帶的鐵路，是否會被大水沖刷，不可不預爲籌計；責成崧駿、陳士傑及河道總督成孚，派人詳細勘查，據實覆奏。最後特別告誡：『其建設倉廒及轉運應辦事宜，著按照所陳各節，悉心會商，妥爲籌議，一併迅速奏聞。』

這道上諭還算切實，李鴻章相當滿意。覆奏如何，自然影響成敗；而陳士傑雖不和睦，所好的是掌握關鍵的崧駿，未調漕督以前是直隸藩司，平日書信往來，稱之爲『弟』；是這樣不同泛泛的關係，李鴻章便有把握，崧駿一定會附和其議，力贊其成。

同一天還有一道緊要上諭，就是設立海軍衙門，爲預先所計議的，特派醇王總理海軍事務，『所有沿海水師，悉歸節制調遣』。

在醇王總理之下，有兩會辦、兩幫辦，滿漢各半。會辦是奕劻與李鴻章；幫辦是正行旗漢軍都統善慶與還在倫敦、尚未交卸出使大臣職務的兵部右侍郎曾紀澤。懿旨中又特別宣示：北洋精練海軍一支，著李鴻章專司其事。

上諭一下，第一件事是呈遞謝恩摺子；同時也要預備召見。這就必得跟醇王先見一次面，估量慈禧太后可能會問到的話，商量應該如何回答。哪知他未到適園，醇王先就送了信來，說這天上午，慈禧太后召見軍機，曾提到駐德使館有人來信，指控李鳳苞訂船的弊端；迫不得已，只有由總理衙門將王詠霓的來信，送交軍機呈遞。同時又面奉懿旨：下一天召見李鴻章。

接到這個信息，李鴻章暗暗心驚。不想小小刑部主事的一封私函，竟會上達天聽；倘或因此惹起風波，陰溝裡翻了船，才是丟人的大笑話。

所幸的是，王詠霓的原信，張蔭桓已覓來一個抄本；找出來細細參詳，還有可以辯解之處，比較放心了。不過爲了表示問心無愧，要出以泰然，醇王那裡，反倒不便再去；免得他疑心自己爲此事去探聽口氣。因而只寫了一封回信，提到李鳳苞之事，說他亦非常詫異，如果眞有弊端，李鳳苞就是辜恩溺職，應該嚴辦。

到了宮裡，才知道內奏事處已傳懿旨：李鴻章與醇王一起召見。兩人匆匆見面，談不到幾句話，已經『叫起』了。

進殿先看慈禧太后的臉色，黃紗屏掩映之下，不甚分明；只聽得慈禧太后微微咳嗽，聲音發啞而低，李鴻章凝神靜聽，連大氣都不敢喘，眞有屏營戰兢之感。

『辦海軍是一件大事。』慈禧太后開門發端：『史書上說的「樓船」，哪能跟現在的鐵甲船比？將來等船從外洋到了，你們都該上去看一看才好。』

『是！』醇王答說：『船一到，臣就會同李鴻章去看。』

『這倒也不必忙在一時；總先要操演純熟了，才有個看頭。這三條鐵甲船，派誰管帶？』

這下該李鴻章回答了：『原有副將劉步蟾他們二十多個人，派到德國，一面照料造船工程；一面學習駕駛、修理。這一次幫同德國兵弁，駕駛回國；等他們到了大沽口，臣要詳細考查；再稟知醇親王，請旨派定管帶。』

『德國兵弁拿船開到，自然要回國。咱們自己的人，接得下來，接不下來呢？』

『一時自然接不下。臣跟醇親王已經商量過，酌留德國兵弁三兩年：拿他們的本事都學會了，再送他們回國。』

『可以。』慈禧太后拈起御案上的一封信，揚了一下：『有人說，鎮遠的工料不及定遠，造價反而貴了。這是怎麼說？』

『鎮遠鐵甲厚薄，一切布置，都跟定遠一樣；不同的是，定遠水線之下，都是鋼面鐵甲，鎮遠的水線之下，參用鐵甲。這因爲當時外洋鋼價，突然大漲；不能不變通辦理。當時奏明有案的。』

『濟遠呢？』慈禧太后將信往外一移，『這個王詠霓來的信，你們看看！』

於是醇王先看，看完不作聲，將信隨手遞給李鴻章，他假意看了一遍，恭恭敬敬地將原信繳呈御案，方始不慌不忙地分辯。

『王詠霓是親眼目睹，臣還沒有見過濟遠，不知道王詠霓的話，說得對不對？不過，他說：濟遠不能跟定遠、鎮遠一起回國，似乎言過其實，如今濟遠已經跟定遠、鎮遠一起東來了。』

『我也覺得他的話，不免過分；可是也有說得有理的。』

『是！』李鴻章答道：『濟遠是一條快船，當時是仿英國的新樣子定造的，因爲是頭一回，有些地方不大合適，臣亦早已寫信給曾紀澤，託他跟許景澄商量，新訂的兩條船，盡力修改圖樣。總之，好的地方，務必留著；不好的地方，務必改掉。』

『原該如此。不過，如今既有這麼許多毛病，只怕枝枝節節地改也改不好。七爺，你看，是不是打個電報給他們，那兩條新船先緩一緩，等事情水落石出了以後再說？』

『這，』醇王轉臉，低聲問道：『少荃你看呢？』

李鴻章想說：兩條新船已經跟人家訂了建造合同；付過定洋。如果緩造，要賠補人家的損失，太不合算。這幾句話已到口邊，發覺不妥，就不肯出口了。

『皇太后聖明，理當遵諭辦理。』

『那就這樣辦了。』醇王答說：『臣回頭就發電。』

『李鳳苞這個人，』慈禧太后看著李鴻章問：『他是甚麼出身？』

『他是江蘇崇明的生員……』

李鴻章奏報李鳳苞的簡歷：此人精於歷算測繪之學，爲以前的江蘇巡撫丁日昌所賞識；替他捐了個道員，派在江南製造局當差。曾主辦吳淞炮台，繪製地球全圖，還譯過許多聲光化電之書，在洋務方面頗有勞績。

光緒元年丁日昌當福建巡撫，兼充船政大臣，特地調李鳳苞爲船政局總考工；以後遣派水師學生留學，由李鳳苞充任監督，帶領出洋。

光緒四年繼劉錫鴻爲駐德國使臣，以迄於今。

『李鳳苞對造船，原是內行；而且在外洋多年，洞悉洋人本性。不過，臣與他本無淵源，只覺得他很幹練，操守亦還可信。而況他是朝廷駐德的使臣，這幾年既然向德國訂造鐵甲船，臣自然委託他經理。』

這是李鴻章爲自己開脫責任。慈禧太后懂他的意思，點頭說道：『原不與你相干。將來等船到了，有沒有像王詠霓所說的那些情弊，當然要切切實實查一查。你也不必迴護他。』

最後這句話頗見分量；李鴻章誠惶誠恐地答道：『臣不敢！』

『七爺！』慈禧太后遂即吩咐：『你就傳話給軍機擬旨吧！你一個，李鴻章一個，』她想了一下又說：『再派奕劻。就是你們三個，會同去查。』

這重公案，到此算是有了處理的辦法。雖然面子上不甚好看，但還算是不幸中的大幸；因爲醇王與奕劻都可以講得通。倘或交都察院或者兵部，甚至刑部查辦，要想大事化小，小事化無就不容易了。

『李鴻章！』慈禧太后談到一件耿耿於懷的事，『蠶池口的天主教堂，那麼高！西苑的動靜，都在洋人眼裡了。實在不大妥當。六月裡，神機營找過一個英國人，他上了一個條陳，說有法子讓他們遷走。這件事別人辦不了；你得好好費心。』

李鴻章在天津就聽說過此事，料知責無旁貸，也約略思量過應付之道；此時自然毫不遲疑地應承：『皇太后請放心！臣盡力去辦；辦妥爲止。』

這個答覆簡捷痛快，慈禧太后深爲滿意；轉臉對醇王說道：『你就把那個條陳交給李鴻章吧！』

等李鴻章回到賢良寺，總理衙門已將條陳送到；上條陳的英國人叫敦約翰，十年前曾由英國公使威妥瑪介紹，與李鴻章見過一面。在他的印象中，此人謹愼能幹，頗可信賴；因此，李鴻章對他的條陳，相當重視，急著要看。

原本是英文，由北洋衙門的洋務委員伍廷芳，連夜趕譯成中文。接著便將敦約翰約了來，當面商談。

『你爲北堂所上的條陳，我已經看到了。今天要跟你細細請教。』

等伍廷芳譯述了李鴻章的話，敦約翰答道：『神機營有個姓恩的道員，是我的朋友，他來跟我說：北堂建在內城，鄰近宮殿，大不相宜，能不能拿這個教堂拆掉？我告訴他說，拆教堂這件事，褻瀆宗教，是極大的忌諱，切不可魯莽。他請我想辦法，我考慮了好久，認爲只有一個辦法或者可行，就是在京城裡，另外找一處大小相稱的地方，照北堂原來的規模，新造一所教堂，作爲交換。恩道員就請我寫一個書面文件，拿走了。』

『原來如此！』李鴻章問道：『北堂現在由誰主持？』

『是義大利人，名叫德理雅布；我也認識的。』

『屬於哪個教會？』

『屬於法國的教會。』

『拆北堂一事，跟德理雅布交涉，行不行？』

『不行，不行！』敦約翰連連搖手：『以前的主持叫都樂布理斯，秉性和平，有勇有謀，跟他商量，或者可以成功。現在的這個德理雅布，是去年都樂布理斯去世以後，由宣化府調來的；此人膽小，沒有主見，跟他商量，一定大爲張皇，反而誤事。』

『那麼，』李鴻章問：『跟法國公使商量呢？』

『更加不可以。法國一定會從中作梗，無濟於事。』敦約翰說：『這件事如果希望成功，只有派人到巴黎，與北堂所屬教會的會長商量；得到他的許可，法國公使就不會再阻撓了。』

敦約翰在條陳中，曾經自告奮勇；所以李鴻章問他：『如果請你去；你是英國人，怎麼能辦得通？』

『我雖是英國人，但是我信奉天主教，以教友的資格，代表中國去交涉。』

『如果請你代辦，你這個交涉，預備怎麼一個辦法？』

『第一，』敦約翰說：『要請中國政府給我一份委任書，作爲憑證；第二，我到了巴黎，先要聯絡幾位有聲望的人士，請求他們協助；第三，見了法國天主教會的會長，我預備這樣說……』

敦約翰的說詞是：天主教在中國傳教，一向受到優待保護。如上年中法失和，兵戎相見，而法國教士受中國政府保護，照常傳教，並未驅逐出境。這種格外體恤的恩惠，不可忘記。

北堂的建制過高，下窺宮廷，依照中國的習慣，是一件不能容忍的事。現在中國政府願意另外撥給一方基地；並負擔建築新堂的費用，這是情理兩得之舉。如果接受中國政府的要求，中國政府還可以特頒上諭：凡在中國傳教的外國人，只要安分守己，不犯法紀者，各省督撫一律保護，不准欺侮。

『我想，』敦約翰說：『大致照這樣的說法，應該可以徵得同意。然後，我再轉到羅馬去見教宗，事無不成。現在唯一的顧慮是，法國天主教會會長，雖然同情中國的要求，但怕他不敢作主，要跟法國政府去報告。那一來就麻煩了。』

『是啊！倘或如此，你又有甚麼應付的辦法？』

『或者可以請英國駐法公使出面斡旋；不然就請德璀琳協助，由他跟北堂主持、法國公使去關說。這只有見機行事，到那時候，我會從巴黎直接跟德璀琳密電商議。』

德璀琳是法國人，現在是中國的客卿，擔任津海關稅務司的職務；李鴻章知道敦約翰跟他有很深的交情，認爲辦法相當切實，決定接納。

『敦約翰先生，』李鴻章問道：『如果請你代辦，往還要多少日子？』

『總得五六個月。』

『費用呢?』

『旅費估計要五千銀圓。』

李鴻章點點頭表示同意;靈機一動,隨又問道:『我中國遇有天主教傳教案件,向來是跟法國交涉;如果你能見到教宗以及教廷外務部,那麼日後如有傳教案件,不經過法國,直接跟教廷打交道,可以不可以?』

『怎麼不可以?中國果眞有這樣的意思,教廷一定非常歡迎。』敦約翰說:『近來我聽各地天主教士說,中國待教士相當厚道。可是傳教案件,一經法國公使總理衙門交涉,往往節外生枝,插入其他事故,多方需索,使得中國政府誤會天主教士難以相處,這絕不是教廷的本意。如果中國能派一位公使,常駐教廷;教廷亦派代表常駐中國,有事直接商談,無需法國代爲經手。』

『這樣作法,恐怕法國政府會不高興。』李鴻章問:『你以爲如何?』

敦約翰又說,信天主教的中國百姓,所以要倚恃法國出面來保護,是因爲中國政府視之爲化外之民;如果朝廷有一通剴切的上諭,不得歧視教民,那麼中國百姓受中國政府保護,乃是天經地義,何勞法國出面來替他們主張利益?至於教案有教廷代表可以交涉,法國更不能無端干預。所以只要中國自己有正當的態度,適宜的措施,實在不必顧慮法國政府的愛憎好惡。

這番話在李鴻章聽來不免暗叫一聲『慚愧』;同時做了決定,乘此時機,委託敦約翰向教廷接洽建交之事。

『你所要的盤川五千銀圓,可以照撥。不過給羅馬教宗的信,只能隱括大意,不便說得太明白。』

李鴻章又很鄭重的叮囑：『這一次託你去辦這件事，務需祕密，千萬不能張揚；請你隨時小心，相機行事，不要辜負委任。如果事情辦成功，我們當然另有酬謝。』

『是的！我盡我的全力去辦。』敦約翰說：『在我離開中國以後，旅途中的一切情形，隨時會用密電報告。請爵士指定一個聯絡的人。』

李鴻章略想一想問道：『德璀琳如何？』

『很好！』敦約翰欣然答說：『我認爲他是最適當的人選。』

李鴻章很高興。事情的開頭很順利；就眼前來說，足可以向慈禧太后交代了。

打點行裝之際，有了一件喜事；安徽來了一個電報，李鴻章的次子經述，鄉試榜發，高高得中——李鴻章的長子李經方，本是他的姪子；經述才是親生的，所以排行第二，其實應該算作長子；格外値得慶幸。

不過李鴻章不願招搖，所以凡有賀客，一律擋駕，只說未得確信，不承認有此喜事。就算鄉榜僥倖，雲路尙遙，也不敢承寵。

只是這一來倒提醒了他，還有幾個人，非去拜訪不可，一個是潘祖蔭，一個是翁同龢，一個是左都御史奎潤，一個是禮部右侍郎童華，他們都是今年北闈鄉試的考官，從八月初六入場，此刻方始出闈。

依照這四個人住處遠近拜訪，最後到了翁同龢那裡，客人向主人道勞；主人向客人道賀；然後客人又向主人道賀，因爲這一科北闈鄉試發榜，頗受人讚揚，許多名士秋風得意；包括所謂『北劉南張』

在內。南張是南通的張謇，北劉是河北鹽山籍的劉若曾，名下無虛，是這一科的解元。

『闈中況味如何？』李鴻章不勝嚮往地說：『玉尺量才，只怕此生無分了。』

翁同龢笑道：『多說中堂封侯拜相，獨獨不曾得過試差，是一大憾事！這不能不讓我們後生誇耀了。』

『是啊！枉為翰林，連個房考也不曾當過。』李鴻章忽然問道：『赫鷺賓熟不熟？』

赫鷺賓就是英國人赫德，他的名字叫『羅勃』，嫌它不雅，所以取個諧音的號叫鷺賓；翁同龢跟他見過，但並不熟。

『赫鷺賓問我一事，我竟無以為答。叔平，今天我倒要跟你請教。』

『不敢當。』翁同龢趕緊推辭，『洋務方面，我一竅不通，無以仰贊高明。』

『不是洋務，不是洋務。』李鴻章連連搖手；然後是啞然失笑的樣子，『說起來有點匪夷所思，赫鷺賓想替他兒子捐個監生，應北闈鄉試，你看使得使不得？』

『這眞是匪夷所思！』翁同龢想了一下問道：『怎麼應試？難道他那兒子還會做八股？』

『當然！不然怎麼下場？』

『愈出愈奇了！』翁同龢想了一下說：『照此而言，自然是早就延請西席，授以制藝；有心讓他的兒子，走我們的「正途」？』

『這也是他一片仰慕之誠。赫鷺賓雖是客卿，在我看，對我中華，倒比對他們本國還忠心些！』

哪有這回事？翁同龢在心裡說；不過口雖不言，那種『目笑存之』的神態，在李鴻章看來也有些不大舒服。

『其實也無足為奇。他雖是英國人，來華三十多年；一生事業，都出於我大清朝的培植……』接著，李鴻章便敘赫德的經歷給翁同龢聽。

赫德初到中國，是在咸豐四年，當寧波的領事；不久，調廣州、調香港，在咸豐九年充任粵海關副稅務司，正式列入中國的《縉紳錄》。辛酉政變，恭王當國；所定的政策是借重英法，敉平叛亂，其間赫德獻議斡旋，頗為出力，因而受到重用，代李泰國而署理總稅務司。他親赴長江通商各口岸，設置新關，相當幹練。到了同治二年，李泰國正式去職，赫德真除，改駐上海；從此，中國的關務，由赫德一手主持。洋務特別是對外交涉方面，亦往往找赫德參與密勿，暗中奔走。尤其在李鴻章當了北洋大臣以後，中國的外交，可以說就在他們兩個人手裡。

然而李鴻章卻諱言這一層，只談赫德的受恩深重，『他早就加了布政使銜；今年又賞了花翎和雙龍寶星。因此，英國派他當駐華兼駐韓使臣，他堅辭不就。這無異自絕於英，而以我中國人自居；如今打算命子應試，更見得世世願居中土。我想，鑑此一片忠忱，朝廷似乎沒有不許他應試的道理。叔平，你的腹笥寬，想想看，前朝可有異族應試之例？』

『這在唐朝不足為奇，宣宗朝的進士李彥昇，就是波斯人，所謂「蓋華其心而不以其地而夷焉」；這跟赫鷺賓的情形，正復相似。不過，解額有一定，小赫如果應試，算「南皿」、「中皿」，還是「北皿」？而且不論南北中，總是佔了我們自己人的一個解額，只怕舉子不肯答應。』翁同龢開玩笑地說：『除非另編「洋皿」。』

鄉試錄取的名額稱為『解額』；而監生的試卷編為『皿』字號，以籍貫來分，奉天、直隸、山東、河南、山西、陝西為『北皿』；江南、江西、福建、浙江、湖廣、廣東為『南皿』；四川、廣西、雲南、貴州另編爲『中皿』。小赫的籍貫哪一省都不是，就哪一省都不肯讓他佔額。所以翁同龢才有編『洋皿』字號的笑談。

李鴻章特地跟翁同龢談這件事，原是探他口氣；因爲他管理國子監，爲小赫捐納監生，首先就要通過他這道關。如今聽他口風，不但鄉試解額，無可容納『華心』的『夷人』；只怕捐監就會被駁。

『中堂，』翁同龢又變了一本正經的神色，『你不妨勸勸赫某，打消此議。上年中法之戰，仇洋的風氣復起；即令朝廷懷柔遠人，特許小赫應試，只怕闈中見此金髮碧眼兒，會鳴鼓而攻！』

『這倒也是應有的顧慮。承教，承教；心感之至。』李鴻章站起身來，『可惜，我來你在闈中，不能暢談；等你出闈，我又要回任了。』

『中堂哪一天出京？』

『總在五天之內。到時候我就不再來辭行了。』

『我來送行。』

『不敢當；不敢當！』李鴻章說：『明年春夏之交，總還要進一趟京。那時候我要好好賞鑑賞鑑你的收藏！』說著，他仿照餽贈恭王的辦法，從靴頁子裡取出一個內盛二千兩銀票的仿古箋小信封遞了過去，『想來你琉璃廠的帳，該得不少；不腼之儀，請賞我個臉。』

翁同龢也收紅包，不過是有選擇的；像李鴻章這樣的人，自然無需客氣，『中堂厚賜，實在受之有愧。』

他接了過來，順手交給聽差。

李鴻章回任了，海軍衙門也建立了；北堂拆遷又有李鴻章一肩擔承，擴修三海可以大舉動工了。這一番大工程，頂要緊的人有三個，一個是李蓮英，一個是立山，一個是雷廷昌。

雷廷昌雖然有個員外郎的銜頭，卻少爲人知；但說起『樣子雷』，或者『樣式雷』，縱非如雷貫耳，知者可眞也不少。『樣子雷』在京城裡已經七代，都當他家是土著；其實雷家是江西人，籍隸南康府建昌縣。據說他家世系以周易六十四卦排行；乾元再周，到元朝已歷百世。三十年爲一世，算來雷家一脈相承，源遠流長，可以媲美曲阜孔家。當然，這是難以稽考的一件事。

確實可靠的是雷家遷居金陵以後的情形。有個做木匠的雷玉成避明末流寇之亂，與兩子振聲、振宙移家金陵石城。清兵入關，重修爲李自成所燒燬的宮殿，雷振聲的兒子雷發達，與他的堂兄發宣，應募入京，這就是『樣子雷』發祥之始。

康熙中葉重修太和、中和、保和三大殿；太和殿的正樑是拆明陵享堂的楠木樑柱充用。上樑之日，聖祖親臨行禮，哪知弔起正樑一比，卯榫不符——兩木相嵌，凸出的叫榫，俗稱筍頭；凹進的叫卯，俗稱爲竅。製作卯榫是木匠這一行的手藝中，最高的技術；顯然的，這個木匠的手藝不到家，尺寸不符，以致格格不入。

三大殿是天子正衙，上樑是一件極鄭重的事，出了這樣的紕漏，豈同小可？因此工部官員，震慄失色。

結果是有個司官有應變的急智，知道雷發達手藝過人，便找了一套從九品的官服讓他穿上；腰間掖一把斧頭、一把鑿子，猱升而上，一隻手攀住樑木，一隻手動鑿子另開一竅。在天子注目，百官仰視之下，從容而迅捷地完了工；然後收起鑿子，取出斧頭，相準地位，使勁一擊，手落榫合，工部官員才得透一口氣。

聖祖是一位極其通達人情的賢君，將前後經過都看在眼裡，知道卯榫不合，不能怪工部官員，因爲將就舊木料，難免不相符。而卯榫既合則完全是雷發達的本事；龍顏大悅，當面降旨，將雷發達授爲工部營所的長班。當時便有四句歌謠，專記其事：『上有魯班，下有長班，紫薇照命，金殿封官。』

雷發達活到七十歲才死，由他的長子金玉繼業。雷金玉後來投充內務府包衣旗，做圓明園楠木作樣式房掌案。以營造內廷的功勞，欽賜內務府七品官職；到雍正七年才死，死時已經七十多歲。在雷金玉死前三天，他又生了一個兒子——雷金玉娶過六個太太；最後這個少妻張氏所生的兒子名叫聲澂，排行老五。聲澂的四個哥哥，大概都無法繼承父業，所以就決定南歸；但張氏不肯隨行，帶著兒子住在京裡。

圓明園樣式房掌案，雖是世襲之職；只以聲澂尚在襁褓，所以爲雷金玉的夥計所篡奪；於是張氏抱子投訴工部，到雷聲澂成年，方始得以承襲。

雷聲澂成年，正是乾隆大興土木之時，所以雷聲澂與他的三個兒子，都受重用。長子名叫家瑋，曾奉派查辦外省行宮；高宗六次南巡，家瑋無役不從，除了勘查行宮興建的工程以外，圓明園仿照各地名勝修建，其間實地觀察規劃的任務，都落在雷家瑋肩上，所以在京的日子少，在外的日子多。此外，他還查辦過堤工、監務、私開官地等等分外的差使；已成高宗親信的耳目。

雷聲澂的次子叫家璽，在乾隆末年，深爲得寵，萬壽山、玉泉山、香山各行宮的園庭工程，多由他承辦；而且除營造以外，又承辦宮中年例燈彩、燄火。乾隆八十萬壽，點景樓台，爭妍鬥麗，盛極一時，亦出於雷家璽的手筆。

雷聲澂的小兒子叫家瑞，在嘉慶朝繼父兄而主持樣式房。在乾嘉兩朝，雷氏弟兄三人，通力合作，家道大昌；『樣子雷』奠定了不拔的基礎。

第五代的『樣子雷』名叫雷景修，是二房雷家璽的第三個兒子，十六歲就隨著父親在樣式房學習『世傳差務』，爲人勤勞謹愼。道光五年，雷家璽病故，雷家瑞亦已衰邁；雷景修因爲差務繁重，惟恐失誤，將掌案的名義，請夥計郭九承辦，寧願自居其下——這是明哲保身的辦法，因爲宣宗的節儉是出了名的；頂著掌案的名義，好處不多，禍患無窮。因此到了宣宗駕崩，雷景修便又出來爭掌案了。

要爭當然不容易。這個差使歸雷家世襲，固爲事實；但當初讓郭九出面承辦，形同放棄，公家事務到底不同私人產業，取捨由心。因而一面要爭，一面不讓，相持不下。

僵局的解消是由於正當此際，郭九一病而亡；才得順理成章地『物歸原主』。不過，雷景修爭回樣式房，恰在洪楊順流東下，於金陵建號稱國的時候；文宗雖好享樂，究竟不忍亦不便大興土木。雷景修賦性勤勞，趁這差使不忙的幾年，收集祖傳的營造法式圖稿，和大大小小的『燙樣』——用硬紙製作的宮殿模型；加上說明，編成目錄，要用三間屋子，才能容納得下。

咸豐十年八月，圓明園被焚。當時最心疼的，恐怕除了文宗，就是雷景修了！雷家數代心血，化爲烏有；而自康熙至乾嘉，一百年辛苦經營的中國第一名園，遭此浩劫，估量國家財力物力，再無重復舊觀之望。因此，雷景修從世居的海淀，遷家到西直門內東觀音寺。其時諸子都已長成，最能幹的是老三雷思起；文宗的定陵，就由他主持興建，工成賞官，是個鹽大使的銜頭。

同治十三年重修圓明園，鬧得天翻地覆；其實穆宗一半是爲母受過。在慈禧太后親自干預之下，雷思起與他的兒子廷昌，曾蒙召見五次——雷景修收集的圖稿『燙樣』，此時大得其用；『樣子雷』

的名聲，再度傳播人口。但隨著『天子出天花』的穆宗駕崩，一切似都歸於泡影；雷思起也就鬱鬱下世了。

如今雷廷昌又蒙慈禧太后召見了；是由內務府大臣福錕帶領，磕頭報名以後，慈禧太后問道：

『你父親呢？我記得你父親叫雷思起。』

『是！』雷廷昌答道：『奴才父親在光緒二年去世了。』

『你今年多大？』

『奴才今年四十一。』

『你弟兄幾個？』

『奴才弟兄三個。只有奴才在樣式房當差。』

『你現在是多大的官兒？』

『奴才本來是候選大理寺丞。光緒三年惠陵金券合龍，隆恩殿上樑；奴才蒙恩賞加員外郎職銜。』

『普陀峪的工程，也有你的份嗎？』

普陀峪就是慈禧太后將來的陵寢所在地；經營多年，耗資鉅萬，雷家在這一陵工上就發了一筆大財；所以聽慈禧太后提到此事，趕緊碰頭答道：『老佛爺的萬年吉地，奴才敢不盡心？』

『是啊！你家世受國恩，如果再不盡心，可就沒有天良了。』慈禧太后問道：『清漪園從前也是你家承辦的吧！』

『是！』雷廷昌說：『清漪園在乾隆十五年改建爲大報恩延壽寺，是奴才的太爺爺手裡的事。』

『清漪園這個地方怎麼樣啊？』

問到這話，雷廷昌不敢怠慢；他是早由立山那裡接受了指示的，要盡力說得那地方是如何如何地好，只要講得動聽；儘管不厭其詳。不過話雖如此，雷廷昌卻怕慈禧太后不耐煩細聽；講到一半，嫌嚕嗦不讓他再往下說；那一來，只怕就此失寵，以後再無『面聖』的機會了。

因此，他磕個頭說：『回老佛爺的話，清漪園的好處極多，來歷很長；怕老佛爺一時聽不完，是不是讓奴才寫個節略，等老佛爺閒下來有興致的時候，慢慢兒細看？』

『不要緊。』慈禧太后爲『好處極多』這四個字所打動，興味盎然地說：『你慢慢兒說好了。』

『是！』雷廷昌答應一聲，由萬壽山談起。

萬壽山在元朝叫作甕山；南面的一片湖叫作金湖。地當玉泉山之東，圓明園之西。明朝在此地建有圓靜寺和好山園；康熙四十一年，就此一寺一園改建作行宮，就是甕山行宮。

乾隆十六年，高宗生母孝聖憲皇后六旬萬壽，高宗特就圓靜寺改建爲大報恩延壽寺，祝釐頌聖。甕山改名爲萬壽山；金湖疏濬拓寬，賜名昆明湖。臨湖建園，題名『清漪』。

建大報恩延壽寺，是在乾隆十五年開的工，建清漪園及疏濬昆明湖，才是乾隆十六年的事。這年正月，高宗奉皇太后第一次南巡；二月初一駕臨杭州，初睹『西子』，驚爲天下美景第一；湖山勝蹟，題詠將遍，流連半月之久，方始移駕蘇州。四月間回鑾抵京，降旨修清漪園；導西山、玉泉山之水，廣爲疏濬昆明湖，形狀即爲西湖的具體而微，而清漪園的經營，有許多地方取法於西湖的名勝。西湖的蘇堤與湖心亭，都出現在昆明湖中；最明顯的是，萬壽山前山正中所建的九層大塔，也就是報恩寺塔，與西湖雷峰塔的形狀，極其相像。

萬壽山分爲前山與後山兩部分，後山有一條小河；沿河築一條街道，全仿蘇州，頗具江南水鄉的風味。這些景致，都成陳蹟；雷廷昌並未見過，但他的口才來得，描繪得十分生動，眞讓慈禧太后聽得忘倦了。

最後才談到清漪園遺址的好處，一句話：有山有水。這句話聽來平淡無奇；需要拿別處來比較，才見得『有山有水』四個字不容易做到。西苑雖有白塔山，其實不過一處丘陵；圓明園方圓二十里，有名的美景，就有四十處，但水多山少，格局散漫，不如清漪園背山面湖來得緊湊。

提到圓明園的散漫，慈禧太后頗有感慨，也深悔失計；當年重修圓明園，工費也用了一兩百萬，加上拆除的舊木料折價，總計要用到三百萬左右，結果半途而廢，仍是荒涼一片。就因爲圓明園太大了，幾百萬銀子花下去，看都看不見。如果用這三百萬銀子，另修一處園子，必定粲然可觀。

就這一念之間，慈禧太后決定了；決定接納內務府的獻議，重修清漪園。

當然，這話不能諭知雷廷昌；回宮以後，要找李蓮英來商議。

『聽雷廷昌說得倒眞中聽。有幾百萬銀子，花在清漪園上頭，一定有個看頭兒。』

『原是這麼著！』李蓮英對慈禧太后說話，完全是老管家對老主母的口吻；沒有繁瑣的稱謂與虛文，是那種尊敬中含著親切的味道，『而且修清漪園，也比修圓明園來得名正言順。』

『怎麼呢？』

『當年乾隆爺替老太后上壽，修了大報恩延壽寺，蓋了清漪園；如今萬歲爺不也該大報恩嗎？』

一句話提醒了慈禧太后，意向越發堅定；倘或有言官不知趣，像當年諫阻圓明園工程那樣，就由皇帝下一道上諭；引用高宗爲孝聖憲皇后建寺修園祝釐的祖宗成法，狠狠地訓斥一番，看誰還敢多嘴？

『你就說給福錕吧！讓他跟立山核計；怎麼樣先叫雷廷昌畫個圖來看看。』

『奴才馬上去傳旨。』李蓮英問道：『那裡有山有水，怎麼個拿萬壽山、昆明湖用得上？先得請旨；好讓他們照老佛爺的意思去辦。』

這是李蓮英故意這樣說的，其實已有草圖；慈禧太后不知就裡，想了一會兒說：『辦事的地方總要有的。』

那是一定的。皇太后在園頤養，皇帝不得不隨侍，召見臣工，裁量大計，不但要有正殿，還得要有臣下的直廬；草圖上連這座召見臣工的正殿的名字都已擬好了，叫作『紅壽殿』；不過，這時候的李蓮英卻只能答應一聲：『是！』

『再要有燒香的佛閣。』

『是！』李蓮英說：『那得離寢宮近的地方。』

『可也得在山上。』

『寢宮可不能蓋在山上；上下不便。』

『寢宮就蓋在山坡上，　臨著湖。』

『老佛爺的算計好。』

不是慈禧太后的算計好；是立山的算計好，一佛閣一寢宮的位置早就相度好了，正就如慈禧太后所指示的，建在仁壽殿之後，背山面湖的地方。

『我想到的就這兩處。』慈禧太后說：『咱們在這兒瞎琢磨沒有用；人家幾輩子在樣式房掌案，自然知道怎麼取景，怎麼樣才新奇有趣？管包畫來的圖，比咱們想的要好。』

『是！』李蓮英說：『奴才馬上去說給福中堂，讓他傳旨，總在十天八天之內，把草圖畫得來。』

『十天八天怕來不及。給他們半個月的限吧！』

『那就更好了。』李蓮英問說：『跟老佛爺請旨，這件事，要不要說給七爺？』

慈禧太后想了一下，斷然決然地說：『先不必跟他說。等我看了草圖，讓他們估一估，得要多少銀子？有了準數，我自己來跟他說。』

『是！』李蓮英答應著；心裡在想，『新奇有趣』四個字，可千萬不能忘掉。

李蓮英當然了解慈禧太后的意思；甚至早就預料到必是如此處置。擴修三海的工程，馬上就要大舉進行；此時來談重修清漪園，正好給醇王一個諫阻的藉口，自非所宜。

但是，要瞞著醇王就有許多辦不通的地方；因爲他如今是『太上軍機』，縱非大小事務一把抓，卻是無事不可過問。李蓮英心裡在想，這個差使很難辦，要能風平浪靜地過關，著實得要費一番心思；目前絕不能張揚，甚至連福錕都還不到可以商量的時候。

這時候，能商量的只有一個人：立山。

立山已經知道了召見雷廷昌的經過；而且已料到李蓮英一定會來傳達密諭，所以這天下午不出門也不見客，在家專候宮中的消息。

果然，下午兩點多鐘，李蓮英來了。他是熟客，也是忙人；所以賓主都不做無謂的寒暄，一進立山那間擺滿了古玩的精緻書齋，立即便談正事。

『今兒召見「樣子雷」，上頭聽他的話很對勁。』李蓮英問道：『你知道不？』

『我知道。雷廷昌到我這兒來過了。』

『那好，省得我再說一遍。』李蓮英說：『圖樣怎麼樣？半個月之內能不能趕出來？大殿、佛閣照咱們核計的樣子畫；另外的景致，著實也要費點兒心思。』

『大哥請放心，錯不了！草圖已經有了。大哥如果今天能不回宮；我把雷廷昌找了來講給你聽。』

『不回宮不行，再說草圖上也看不出甚麼來。』

『那，』立山問道：『大哥跟上頭回一聲；哪天我陪你上萬壽山走一趟，讓雷廷昌當面講解。』

『雷廷昌是樣式房掌案，講裝修他是專工；哪裡該擺一座亭子，哪裡該起樓，哪裡該鑿池子架橋，又是一門學問。他行嗎？』

『行！』立山答得異常爽脆，接著又說：『當然也另外找得有人。』

『好吧！我跟上頭去回，就道三五天當中，抽空去一趟。你聽我的信兒好了。』

『是！我隨時預備著；說走就走，甚麼時候都行。』

李蓮英點點頭；然後正一正臉色說道：『現在要談到節骨眼兒上來了。上頭心很急，巴不得圖樣一定就動工；可又不願意先讓七爺知道，說等工料估出來以後，再跟七爺說。你看，怎麼樣？』

立山不即回答，反問一句：『大哥看呢？』

『如說要先跟七爺商量，就難了。就算七爺不敢不遵懿旨，只要一經軍機處，或者海軍衙門，事情就鬧開來了。』

『是！只有生米煮成熟飯再說。』

『生米煮成熟飯，不就能吃了嗎？』李蓮英雙手一攤，『柴米又在哪兒？如今是七爺當家；不跟他要跟誰要？』

『先不跟當家人要也不要緊。』

『怎麼呢？不正應著那句話，巧婦難爲無米之炊？』

『不要緊！自有人能墊。』

這『自有人』當然是立山本人。李蓮英聽他口氣太大，驚異之餘，不免反感；『兄弟，』他用譏刺的口吻說：『你有多少銀子墊？』

『大哥面前不敢說假話，我是蘇州人說的「空心大老官」。不過，大家都知道有大哥撐我的腰，就放心我了。』立山從容答道：『第一，興工少不得幾家大木廠，墊料墊工都願意；第二，監工採辦少不得在內務府還要用些人，他們在外面都挪得動，也墊得起。』

那一頂『有大哥撐我腰的高帽子』，將李蓮英罩住了；點點頭說：『這還罷了！不過，墊款一時收不回，可別抱怨。』

『錢有的是。只要大哥得便跟上頭回一聲，知道有這筆墊款；要收回也容易。』

這短短兩三句話，在李蓮英便有兩個疑問，第一是錢在哪裡？第二是何以見得收回容易？當然，立山有一套解釋。

錢在部庫——他告訴李蓮英說，從閻敬銘當戶部尚書以來，極力爬梳剔理，每年都有鉅額節餘；詳細數目雖無法知悉，但估計每年總有一兩百萬。

這筆款子，閻敬銘是仿照大清全盛時代的成例，積蓄成數，不輕動用，專備水旱刀兵不時之需。因此，對外也是祕密的；甚至慈禧太后都不見得知道。自從總司國家經費出納的『北檔房』爲閻敬銘力加整頓，打破滿員把持的局面，指派廉能的漢缺司員掌理之後，他要有意隱瞞這筆鉅款是辦得到的。

這筆鉅款，照立山的看法是可以提用的，只要閻敬銘不加阻撓；換句話說，戶部尙書換一個肯聽話的人，憑皇太后的懿旨，幾百萬銀子，叱嗟可辦。

『原來如此！』李蓮英還有些不大相信，『我也聽說，閻尙書積得有錢；但也不至於有那麼多吧！』

『有！』立山斷然決然地說：『我是聽戶部的老書辦說的，錯不了！』

『好，就算有。』李蓮英又說：『就算上頭肯交代提用，可是這筆款子交給誰來用？總得有個衙門出印領啊！』

這就是說，如果是由海軍衙門或者工部出印領，再轉撥奉宸苑領用，其間便費周折；對歸還墊款，一定要先追根問柢，如說是奉懿旨辦理，懿旨卻又何在？那時候慈禧太后亦不便出面說一句：『不錯，是有這回事！』數目到底太大，不便這樣子苟且。

理會得此中深意，立山深深點頭，『大哥說得是！』他說：『這筆款子當然擬給內務府；現在咱們動工，亦當作內務府每年照例的修繕辦理，不用動摺子，也不用下上諭，一切都是面奉懿旨。不過……』立山欲語不語，似乎有礙口的地方。

『怎麼？兄弟！』李蓮英說：『在我面前，有甚麼話不能說的？』

『內務府人多主意也多。說句洩底兒的話，有好處爭著來；要辦事都往外推。如今修園照內務府常年修繕的例子辦，只怕沒有一位能挑得起這副擔子。我呢，奉宸苑的郎中；連我們堂官都得聽內務府司官的，哪還有我說話的份兒？修三海是七爺在管；凡事直接打交道，越過內務府這一層，不算我失禮。現在可又先不讓七爺知道這回事；大哥，我可眞有點兒有力使不上了。』

話說得相當含蓄，但李蓮英一聽就明白；而且深有同感。爲了辦事方便，慈禧太后交代下來；他直接告訴立山，如臂使指，十分方便。倘或要經過內務府大臣一層一層轉下來，不特多費周折，原來的意思，保不定就會走樣；並且有些話也不便說——這一層於公於私的關係都很大；得要好好做個安排。

於是他點點頭說：『我知道了。我自有道理，反正準教你痛快就是了！』

『謝謝大哥！』立山笑嘻嘻地請了個安。

『空口說謝怎麼樣？』李蓮英開玩笑似地答說：『「有寶獻寶」，快拿出來吧！我得趕回宮去。』

『有，有！』立山一疊連聲地答應。

李蓮英喜愛『奇技淫巧』之物；立山經常替他預備得有的。這天捧出來的是一包西洋玩物，從金髮碧眼的西洋春冊到會走路的洋娃娃，總計十來件之多，足供他晚來無事，消遣好幾個長夜之用。

在歸途中，李蓮英就替立山想到了一個好缺；但是這個缺亦不是能隨便調動的，先得仔細看看，有甚麼機會能攆掉舊的，才能補上新的。

因此，他這天回宮，只誇讚立山的好處，說他辦事實心實意，幹練爽利；既有擔當，又肯任勞任怨。接著便提到挑個日子，預備上清漪園去實地勘察一番，再畫圖樣進呈。話很多，卻始終不露如何給立山調個差，得以直接指揮的意思。

『好啊！』慈禧太后很贊成李蓮英去看一看；因爲他每次看了甚麼回來，耳聞目見，講得清清楚楚，就等於她親聞目睹一樣，『你就在這三兩天裡頭，好好去看一看。先畫個地形圖來。』

『奴才就後天去吧！』

『後天？』慈禧太后想了一下說：『我本來想後天去看看長春宮搭的戲台，那就改在明天去看。』

長春宮搭戲台是這年興出來的花樣；爲的是傳召外面的戲班子方便。爲此慈禧太后特地移居儲秀宮；而長春宮的戲台，限期九月底『報齊』，這天是九月廿六；離限期還有四天，依內務府辦事的習慣，一定還不曾搭妥當。李蓮英本想勸阻，到了限期那天再去看；話都到了口邊，靈機一動，將要說的話縮了回去，響亮地答一聲：『是！』

次日朝罷，傳過午膳；慈禧太后向李蓮英說道：『繞繞彎兒去！』

她每天飯後，總在殿前殿後走走，其名爲『繞彎兒』；其實是爲了消食。繞彎兒的時候，照例也有一班太監宮女隨侍；原以爲她只在儲秀宮迴廊上閒步，哪知竟出宮往南直走。李蓮英知道她的行蹤；搶上兩步，招呼一名小太監說：『趕快到長春宮，告訴內務府的官兒；老佛爺駕到，讓不相干的人，趕緊回避。』

小太監從間道飛奔而去，一進長春宮便大嚷：『老佛爺駕到，不相干的人趕快出去！』

在場的內務府官員大驚失色；慈禧太后突然駕到，所爲何來？堂郎中文銛慌了手腳，一面攆工匠出門；一面找長春宮的太監，預備御座。就在這亂作一團的當兒，慈禧太后出現了。

一踏進來臉色就難看，望著一堆堆亂七八糟的木料𪍿繩，不斷冷笑；文銛領著內務府的官員，磕頭接駕，慈禧太后根本就不理。

『戲台呢？』鴉雀無聲中冒出來這麼一句，聲音冷得像冰，文銛頓時戰慄失色。

『老佛爺在問：戲台怎麼還沒有搭好？』

『是，是月底報齊。』文銛囁嚅著說：『今兒是廿七；還有三天的限。』

『你聽，』慈禧太后轉臉對李蓮英說：『他還有理吶！』

遇到這種時候，跪在地下的人的窮通禍福，都在李蓮英手裡，如果他肯善為解釋，或者先裝模作樣地罵在前面，為慈禧太后消一消氣，至少大事可以化小；不然，雖是小事，也可以鬧大。

李蓮英這天是存心要將事情鬧大；當時便問文銛說道：『三天就能搭得好了嗎？』

『能，能！』文銛一疊連聲地說，『哪怕一天一夜，都能搭得起來。』

京裡幹這一行的，確有這樣的本事；李蓮英當然也知道，卻故意不理會，只冷冷地說道：『既然這麼著，又何必非要月底報齊？挑個好日子，早早兒搭好了它；趁老佛爺高興，就可以傳戲，不也是各位老爺們侍候差使的一點兒孝心嗎？』

這一說，眞如火上加油；慈禧太后厲聲叱斥：『他們還知道孝心？都是些死沒天良的東西！』說完，掉頭就走；走了幾步，回頭吩咐：『去看，內務府有誰在？』

這是傳內務府大臣；只有一個師曾在，聽得這個消息，格外驚心動魄，因為不但他本人職責攸關，而且他的長子文麟現在造辦處當郎中，長春宮搭戲台派定六名造辦處司員合辦，文麟恰是其中之一。

戰戰兢兢趕到儲秀宮，遞了綠頭牌，卻一直不蒙召見，想打聽消息，都說不知道。等了一個時辰，小太監出來傳知：不召見了。卻頒下一張硃諭：『內務府堂郎中文銛暨造辦處司員，貽誤要差，著即摘去頂戴，並罰銀示懲。』

接下來便是罰款的單子，堂郎中五萬；造辦處司員六人，各罰三萬，總計二十三萬銀子，限十月十一日，也就是萬壽正日的第二天交齊。

在被罰的人看，這麼一個不能算錯處的錯處，竟獲此嚴譴，實在不能心服。俗語說的是『打了不罰，罰了不打』；如今既摘頂戴，又罰銀子，是打了又罰。這從哪裡說理去？只有一面督促工匠，趕緊將戲台搭成；一面商量著找門路乞恩，寬免罰款。

要想乞恩，先得打聽慈禧太后何以如此震怒？這一層文銛比較清楚，因爲當時震慄昏瞀，應對失旨；事後細想，卻能找出癥結，壞在李蓮英不肯幫忙。然則，他的不幫忙又是所爲何來？想想並沒有得罪他啊！何以出此落井下石，砸得人頭破血流的毒手？

這個疑團很快地打破了——第二天軍機承旨：『內務府堂郎中著立山去。』旨意一傳，除卻文銛都不覺得意外，因爲立山早有能名；而且在『帝師、王佐、鬼使、神差』這四條捷徑中佔了兩門——毓慶宮行走是『帝師』；在醇王門下名爲『王佐』；出使『洋鬼子』的國度是『鬼使』；在神機營當差便是『神差』。四樣身分，有一於此，即可春風得意；而況立山既是『王佐』，又兼著神機營的差使！

奉宸苑郎中與內務府堂郎中，同樣郎中，但就像江蘇巡撫與貴州巡撫一樣，榮枯大不相同。內務府大臣並無定員，且多有本職，往往與遙領虛銜，沒有多大分別；內務府的實權多在堂郎中手裡，如果幹練勤練，聖眷優隆，一下子可以升爲二品大員的內務府大臣。所以這一調遷，在立山眞是平步青雲，當然喜不可言。

而在周旋盈門的賀客之際，他念念不忘的是兩個人，一個是醇王；一個是文銛。醇王猶在其次；

文銛的失意，必須立即有所表示。

於是他託詞告個罪，從後門溜出去；套車趕到文銛那裡。帖子遞進去；聽差的出來擋駕，說主人有病，不能接見。

『我看看去！』立山不由分說，直闖上房；一面走，一面大喊：『文二哥，文二哥！』

到底都是內務府的人，而且立山平日也很夠意思；文銛不能堅拒，更無從躲避，只得迎了出來，強笑著說：『你這會兒怎麼有工夫來看我？』

『特爲來給二哥道惱！』說著深深一揖。

文銛確實有一肚子氣惱，不敢惱慈禧太后，也不敢惱李蓮英；原就牙癢癢地想在立山身上出一口氣。誰知他不速而至，先就亂了自己的陣法；此刻再受他這一禮，眞所謂『伸手不打笑面人』，這份氣惱，看來是只有悶在肚子裡了。

『咳！』他長嘆一聲，『我惱甚麼？只怨我的流年不如你。』

『二哥跟我還分彼此嗎？便宜不落外方；我替二哥先看著這個位子，等上頭消一消氣，想起二哥的好處來，那時候物歸原主，我借此又混一重資格，就是沾二哥的光了！』

文銛笑了，『豫甫，你眞行！』他說：『就算是哄人的話，我也不能不信。』

就這立談之頃，主人的敵意，不但消失無餘，反將立山引爲知心，延入書房，細訴肺腑。文銛相信立山不至於不夠朋友挖他的根；但對李蓮英頗感憾恨，認爲他即使要幫立山，犯不著用這樣的手段，當然這是他確信立山不會出賣朋友，拿他這番話去告訴李蓮英，才敢於直言無隱。

立山自然只有安慰，說李蓮英心中一定也存著歉意，將來自會設法補報。然後便跟文銛要人——

這是很高明的一著，不獨為了安撫文銛和他的那一幫人；而且也是收文銛的那一幫人為己所用。

在文銛，自是求之不得；毫無保留地將他在內務府的關係都交了出來。立山答應盡量照舊重用；但話中留下一個尾巴，如果李蓮英有人交下來，又當別論。這是預備有所推託的話，然而也是老實話；文銛是可以體諒得到的。

離了文家，轉道適園。車中尋思，醇王那裡是非去不可的，說話可得當心，不能讓醇王留下一個『蟬曳殘聲過別枝』的想法，以為巴結上了李蓮英；但也不宜洩漏得太多，尤其是重修清漪園一事，既然慈禧太后有話，由她親自跟醇王去說，更不能『洩漏天機』。

打定了主意，琢磨措詞；等想停當，車也停了。但見蒼茫暮色中，適園燈火閃耀，輿從甚盛。立山心想來得不巧，正逢醇王宴客；卻不知請的是哪些人？

下車一問，才知道是宴請來京祝嘏的蒙古王公；此刻正在箭圃中張燈較射，回頭還有摔角，由善撲營的高手與大漢壯士對壘。醇王府的侍衛勸立山在那裡看個熱鬧。

『看熱鬧不必了。』立山說道：『我只跟王爺說幾句話。』

那些侍衛平日都得過立山的好處，當時便替他安排；先領到撫松草堂暫坐，然後為他到箭圃中去請醇王來相見。

醇王穿的是騎射用的行裝，石青緞子的四開氣袍；上套通稱『黃馬褂』的明黃色絲褂；束一條金黃帶子；手裡握著兩枚練手勁、活骨節用的鋼丸，盤弄得『嘎，嘎』地響，人未到，聲音先到了。

他問的第一句話跟文銛幾乎一樣：『這會兒你怎麼有工夫到我這兒來？』

『特為來給王爺磕頭。』說著，雙膝跪倒，恭恭敬敬地磕了一個頭。

『這是幹嘛？無緣無故給我磕頭。』

『是謝王爺的栽培……』

『不，不！』醇王搶著說道：『你弄錯了！我可不敢居功；調你到內務府，我事先根本不知道，上頭也沒有跟我提過。你該給皮硝李去道謝。』

立山心想，自己還真的來對了！聽醇王話中的味道，大有酸意，豈可不趕緊消解？

『是王爺的栽培；我自己的事，自己知道。』立山答道：『蒙上頭的恩典，調我到內務府；曾經跟李總管提過，問我怎麼樣？李總管回奏：立山是七爺賞識的人；不妨問問七爺的意思。上頭就說：既是七爺賞識的人，一定錯不了！無需再問了。王爺，您老請想，我這不是出於王爺的栽培？』

這套編出來的話，聽得醇王胸中的疙瘩一消，大感欣慰，『原來還有這麼一段兒！我倒不知道。』他說：『你可好好兒巴結差使，別丟我的臉！』

『是！』立山又說：『這一調過去，當然要忙一點兒。不過，神機營的差使，求王爺可別撤我的。』

『我撤你的差使幹甚麼？不過，』醇王沉吟了一下，『我想，你還是在海軍衙門兼個差使的好。將來海軍衙門跟內務府打交道，我就都交給你了。你看怎麼樣？』

『全聽王爺作主。我，反正只要能在王爺左右當差就是了。』

『好吧！反正我也少不了你。明兒個再說。』

『是！我跟王爺告假。』說著，立山便請了個安。

『你家總有些賀客，我不留你吃飯了。』說到這裡，醇王喊道：『來啊！』等侍衛趨近，他才又對立山說：『今兒有燒烤全羊；我讓他們去割半隻，你帶回去請客。』

於是立山又請安道謝。帶著半隻松枝烤的全羊，坐車回家；還有幾個知交留在那裡，商量著『叫條子』來分享王府的燒羊。邀的都是名震九城的『相公』。潘祖蔭所眷的朱蓮芬；梅家景龢堂的弟子，爲李慈銘所傾倒的朱霞芬都來了。俊秀畢集，『條子』中只有一個秦雅芬託病未到；大家都知道，他的『老斗』是張蔭桓，奉派出使美國，海天萬里之行在即，自然有訴不盡的離情別意。託病不到，未算意外。

轉眼過了萬壽，是該交罰款的最後期限了。文銛五萬交得最早，是立山爲了彌補他的丟官，替他代墊的。造辦處六名司員中，文麟的父親是現任內務府大臣師曾，不能不交罰款，否則會禍延老父；此外就只有一個英綬，老老實實交了三萬銀子。其餘四個或者確有困難，無力籌措；或者心疼銀子，要求寬限；再有的便是算盤打了又打，認爲交進罰款，亦不見得官復原職，倒不如留著這三萬銀子，另作打點的好。甚至於有人公然揚言：這三萬銀子孝敬了李總管，不但頂戴可復，而且還能搞個好缺。既然如此，何苦那麼傻！

這件事使得立山爲難。不遵限去催，公事不好交代；依限去催，得罪了人，怕旁人不平，多加譏責。想來想去，只有跟李蓮英去商量；打算著眞不能過關時，自己賠墊，庶幾公事私誼，兩得兼顧。

賠墊的這筆錢，羊毛出在羊身上，不愁不能在工程費內彌補；但傳出去未免過於招搖，言官參上一本，說立山何來如許鉅資賠墊？奉旨『明白回奏』，那時何言以對？因此，只要是愛護立山的，一定會極力勸阻他這麼做。

這在立山是早就想到了的，明知道李蓮英必不以爲然，而仍舊要這樣子說，無非以退爲進的手段，逼得他不能不想法子來了結此事。

果然，李蓮英聽了他的話，先來一頓教訓，說他輕率，是從井救人，不過也承認這是他的一個難題。於是立山領教之餘，乘機央求，請李蓮英向慈禧太后說好話，赦免了這筆罰款。

『那是辦不到的事。一提反而提醒上頭了！』李蓮英想了一下說：『我看上頭也不見得會記得這檔子事；拿它「陰乾」了吧！』

這就是說，未繳罰款的，不必再催，不了了之。然而已繳罰款的，頂戴不復，豈能甘心？立山再想一想，事難兩全，只有一步一步走著再說了。

於是，他又用滿懷感激的語氣道了謝。接下來便提到第二次踏勘清漪園——頭一次道中遇雨，半途而廢；這一次實在是頭一次。李蓮英因爲萬壽雖過，慈禧太后聽戲的興致還很濃；長春宮傳外班來演，要過月半方罷，他得侍候在那裡，因而約定過了十月十五，不拘哪一天，只要天氣晴朗就去。

這天是十月十八，沒有風卻有極好的陽光；李蓮英由立山陪著，坐車出西直門，過高粱橋，向北直駛海淀，經暢春園遺址往西不遠，就到了萬壽山麓，昆明湖畔的清漪園了。

這一帶在英法聯軍入京之前，本來有五座園子。最大的是圓明園，圓明園之南是暢春園，本是明朝武清侯李偉的別墅。那時的圓明園還是皇四子，也就是後來雍正皇帝的賜園；暢春園的規模比它大得多，是聖祖經常巡幸之地，康熙六十一年十一月十三日，龍馭上賓之地就在暢春園。乾隆即位，或許因爲這裡曾是所謂『奪嫡』奇禍發難之處，所以不常臨幸；六十年中全力經營圓明園，而暢春園則因爲位置在圓明園前面，被稱爲『前園』。

這兩座園子之西，依次爲萬壽山、玉泉山、香山，合稱爲『三山』；萬壽山下的清漪園、玉泉山下的靜明園、香山之下的靜宜園，則合稱爲『三園』；跟圓明園、暢春園一樣，都毀在咸豐庚申的浩劫之中。但是殿基是毀不了的；如清漪園的勤政殿，石基宛然，只要稍微整理一下，就可以起造宮殿了。

李蓮英和立山是在這裡下的車。內務府造辦處的官員、雷廷昌和他帶來的將作好手，以及幾家大木廠的掌櫃，早就在那裡侍候差使；行過了禮，雷廷昌將李蓮英和立山先請到一旁臨時搭蓋的工寮中，一面歇腳飲茶，一面聽他先講解地形。

『清漪園本來有八景，叫作載時堂、墨妙軒、龍雲樓、淡碧齋、水樂亭、知魚橋、尋詩徑、涵光洞。園子的規模，聽這八景的名兒就知道了。』

想一想果然，一堂、一軒、一樓、一齋、一亭；此外就是一座橋、一個洞，甚至於一條船，亦美其名爲『尋詩徑』，規模似乎還不如尋常富室的園林。

『這一層我倒想不明白了。』李蓮英皺著眉說：『乾隆爺是最愛修園子的，放著這麼一片有山有水的好地方，倒不打主意？』

『總管問到節骨眼兒上來了。』雷廷昌答道：『我也聽我家裡老人說過，一呢，有一圓明園，天天忙，顧不到別處了；二呢，是給老太后慶壽的寺廟，那些花花稍稍的景致，安上去不合適；三呢，這片地方處處可以用，要拿亭台樓閣塡滿了它，也眞有點吃力。』

『噢！』李蓮英聽到最後一句話，深爲注意，『這是說地方太散漫了！現在要拿亭台樓閣塡滿了它，不一樣也吃力嗎？』

『是！』雷廷昌不慌不忙地答道：『不過那樣子吃力反不討好。這座山、這片湖是天然美景；布置得好，不會覺得散漫。』他展開圖來，指點著說：『清漪園一共三個部位……』

這三個部位，第一是東宮門內的勤政殿和殿西、殿後的寢宮，文武大臣、左右侍從的值宿辦事之處；第二是大報恩殿延壽寺，以及矗立在萬壽山上的九層大塔，位置在全園正中；第三是萬壽山後東面的一處窪下之地，三面山坡，圍著一泓碧水，在蒼松綠竹中，掩映著高低參差的金碧樓台、遊廊小橋，別有情致。這就是清漪園附屬的一個小園：『惠山園』。

照雷廷昌與那些將作名匠，細細研究的結果，認爲重修此園，不能不利用原有的基址，勤政殿改名爲仁壽殿；殿西建皇帝的寢宮；再後面是慈禧太后的寢宮；在仁壽殿之後，太后寢宮之東，要蓋一座大戲台。因爲太后萬壽，可在此地慶賀，循例賜群臣『入座聽戲』，非有絕大規模的戲台不可。

在全園正中，大報恩延壽寺的遺址，背山面湖蓋一座大殿，規制要崇於仁壽殿，作爲皇太后的正殿。殿後就塔基修建一座佛閣；左右隨山勢高下，設置亭台。至於後山的惠山園，不妨就原來的樣子，重建恢復。

聽到這裡，似乎話已告一段落。李蓮英不免失望，大致如舊，了無新意；慈禧太后所叮囑的『新奇有趣』，雖可在一樓一閣中想些花樣，而整個格局，仍不免散漫空曠，只怕引不起遊興。

立山見此光景，便先提一句：『他們有個想法，眞還不錯！掉句書袋，叫作「匠心獨運」。大哥不妨看看。』

看是看一張圖。抖開一幅長卷，彷彿工筆彩繪的『漢宮春曉圖』；李蓮英入眼一亮，只爲湖邊似乎綴著一條錦帶，直通兩頭的宮殿，合二爲一，格局頓時不同了。

『總管，請看，沿湖修一條千步廊，這頭聯著老佛爺的寢宮；那頭通到佛閣下的大殿。不相干的兩處地方，不就拴在一起了嗎？』

這條長廊的好處，在雷廷昌口中眞是說不盡，綰合兩處宮殿，只是其中之一；頂關緊要的作用是，長廊本身就是一勝，雖然長有二百七十餘間之遙，但造得蜿蜒曲折，每隔數十步，布置一座歇腳的亭子，或者通往臨湖的軒榭，將來玉輦所止，隨處閒眺，朝暉夕蔭中的山色湖光，直撲襟袖，彷彿萬壽山、昆明湖就是自己庭園中的假山魚池了。

再從湖面北望，本來空宕宕地，只能遙觀山色；有了這條長廊，便覺得翠欄紅亭隱約於碧樹之間，平添無數情致。如果遇到萬壽或其他的慶典，長廊上懸起萬盞紗燈，璀璨五色，疊珠累丸般自東而西，入夜遠望，更爲奇觀。總而言之，有了這條長廊，園中的佈局，便通盤皆活。

李蓮英表示滿意；他也相信，慈禧太后對這一設計，也會滿意。

重修清漪園的工程，很快地開始了。一面由立山墊款，挑選吉日，悄悄動工清理渣土；一面由雷廷昌燙樣畫圖，陸續進呈。

事情做得很祕密，但可以瞞外廷官員的耳目，卻瞞不住無所不管的醇王。立山最擔心的就是這件事；讓醇王知道了，當面問起，無話可答。所以一直在催李蓮英，設法勸請慈禧太后，早早跟醇王說明白，免得害他爲難。

這是用不著掉槍花的，李蓮英只找慈禧太后高興的時候，據實奏陳：快到年底了，內務府爲了應付各處的墊支，得要上摺子請款。不論是在海軍衙門撥借，或著戶部籌還，都得經過醇王查核；如果醇王不明白上頭的意向，一定會駁，那時再來挽回，就顯得不合適了。

慈禧太后自然聽從。其實她也早有打算了，跟醇王說明此事，不費甚麼腦筋；麻煩的是戶部尙書閻敬銘，此人如果不另作安排，即使醇王不敢反對修園，要從戶部指撥經費，亦一定很困難。

經過深思熟慮，她想到了一個辦法，傳諭軍機，擬定升補大學士的名單——內閣的規制，大學士一直是四端兩協。首輔是李鴻章，照例授爲文華殿大學士，次輔照入閣的年資算是左宗棠，本應授爲武英殿大學士，但當初因爲他是舉人出身，所以授爲東閣大學士，相沿未改；再下來是武英殿大學士靈桂，體仁閣大學士額勒和布。兩位協辦大學士是吏部尙書恩承，戶部尙書閻敬銘。

這年八、九月間，左宗棠、靈桂先後病故，空出兩個相位，自然由協辦大學士升補。協辦可以兼領尙書；而當到大學士，有『管部』的職司，照例解除尙書之職。就這樣順理成章地將閻敬銘請出了戶部衙門。

不過，慈禧太后此時對閻敬銘的惡感不深，所以讓他補了左宗棠的東閣大學士的遺缺，仍舊管理戶部。至於戶部尙書的懸缺，慈禧太后決定找一個能聽話的人來當。

戶部衙門還有個人，就是滿缺尙書崇綺，頑滯不化，頗令醇王頭痛；慈禧太后因爲嘉順皇后的緣故，也對他極其冷淡，所以醇王主張拿他調走，慈禧太后毫不考慮地表示同意，不過，崇綺也不吃虧，補恩承的缺，調爲六部之首的吏部尙書，正好與徐桐一起去講『道學』。

這一下便連帶有許多調動，首先是一滿一漢的兩位協辦大學士，要在尙書中選拔。照例規，這多由吏部尙書升補；但徐桐的資格還淺，而資格最深的禮部尙書畢道遠，一向無聲無臭，慈禧太后記不起他有何長處，便看李鴻章的面子，將這個缺給了李鴻章一榜的狀元，軍機大臣刑部尚書張之萬。

滿缺的協辦大學士，如果照資格而論，禮部尚書延煦，兵部尚書烏拉喜崇阿都是咸豐六年丙辰科的翰林，而烏拉喜崇阿升一品又早於延煦，更有資格升協辦。哪知兩人都落了空，滿缺協辦，硃筆親書由咸豐九年進士出身的福錕升補。而且由工部調戶部；另一位工部尚書翁同龢，也同樣地移調到戶部——這因為在慈禧太后心目中，翁同龢和平通達，而且『師傅』一向與內務府大臣，南書房翰林那樣，是可以商量皇室『家務』的，修園子要動用部帑，不妨指使皇帝向『師傅』說明苦衷，事情就容易辦得通。

工部兩尚書就此時而言，自然也是要缺，慈禧太后決定麟書與潘祖蔭接替。麟書是宗室，但有漢人的血統，因為他是乾嘉名臣鐵保的外孫；鐵保出身滿洲八大貴族之一的董鄂氏，而這一族相傳是大宋趙家的後裔。

麟書是咸豐三年的進士，既非翰林，又沒當過尚書，而兩個月前忽然為慈禧太后派為翰林院掌院學士，一時詫為異數；如今又補上工部尚書，眞是官運亨通，與福錕的煊赫得意，可以媲美——兩個人都是夫以妻貴；福錕夫人與麟書夫人都很得慈禧太后的歡心，才從裙帶上拂出她們丈夫的官運。

上諭未頒，軍機大臣許庚身先派『達拉密』錢應溥為他老師翁同龢去送信道賀。翁同龢的心境很複雜，眞所謂一則以喜，一則以懼，喜的是戶部尚書每個月份『飯食銀子』就有一千多兩；而且職掌國家度支，在體制上亦比專跟工匠打交道的工部尚書來得好看些。

懼的是如今又修武備，又興土木，支出浩繁，深恐才力不勝。因此，有人相賀，說他由『賤』入

『富』——從明朝以來就有人以『富貴威武貧賤』六字，分綴六部：戶富、吏貴、刑威、兵武、禮貧、工賤。所以說翁同龢由工部調戶部是由『賤』入『富』；而他卻表示，寧居貧賤，禮部尚書清高之任，工部尚書麻煩不多，似乎都比當戶部尚書來得舒服。

在盈門的賀客中，翁同龢特別重視的是閻敬銘；見他一到，隨即吩咐門上，再有賀客，一律擋駕。然後延入書齋，請客人換了便衣，圍爐置酒，準備長談。

主客二人一個補大學士，一個調戶部，應該是彈冠相慶之時，而面色卻都相當凝重；特別是閻敬銘，不住眨著大小眼，彷彿有無窮的感慨，不知從何說起似地。

先提到正題的是主人，『朝命過於突兀。』翁同龢說：『汲深綆短，菲材何堪當此重任？所好的是，仍舊有中堂在管；以後一切還是要中堂主持。』

『叔平，』閻敬銘問道：『你這是心裡的話？』

『自然！我何敢在中堂面前做違心之論？』

『既然如此，我也跟你說幾句眞心話。叔平，你知道不知道，你調戶部，是出於誰的保薦？』

『我不知道。』翁同龢問：『是醇王？』

『不是，是福箴庭。』閻敬銘說：『福箴庭覺得跟你在工部同事，和衷共濟，相處得很好。你自己以爲如何？』

這話讓翁同龢很難回答。想了好一會說：『中堂知道的，我與人無忤，與世無爭。』

『著！他保薦你正就是因爲這八個字。在工部，凡有大工，有勘估大臣，有監修大臣；你當堂官的，能夠與人無忤，與世無爭，就見得你清廉自持，俯仰無愧。然而到了戶部就不同了；光是清廉無用，你必得忤、必得爭。不忤、不爭，一定有虧職守！』

這幾句話，說得翁同龢汗流浹背。想想他的話實在不錯，戶部綜司出納，應進的款子不進，要爭；不該出的款子要出，更要爭。閻敬銘在戶部三年十個月，與督撫爭、與內務府爭、與軍機爭，有時還要與慈禧太后爭。得罪的人，曾不知凡幾？如果不敢與人爭，怕得罪人，這個戶部尚書還是趁早不要幹的好！

然而不幹又何可得？就想辭官；除了告病，別無理由。而無端告病，變成不識抬舉；不但辭不成官，說不定還有嚴譴。轉念到此，惶然茫然地問道：『中堂何以教我？』

『我先給你看一道上諭。今天剛承旨明發的；你恐怕還沒有寓目。』

這道上諭是閻敬銘從軍機處抄來的；翁同龢打開一看，上面寫的是：

朕奉慈禧端佑康頤昭豫莊誠皇太后懿旨：『將京師旗綠各營兵丁餉銀，照舊全數發給。』仰惟聖慈體恤兵艱，無微不至，第念各營積弊甚多，如兵丁病故不報，以及冒領重支，額外虛糜，種種弊端，不可枚舉；亟應稽查整頓，以昭核實。所有京師旗營一切宿弊，著該都統、副都統認眞釐剔，並隨時查察。倘該參領等有徇欺隱飾情弊，即著指名嚴參，從重懲辦，絕不寬貸。

『這！』翁同龢問道：『每年不又得多支一兩百萬銀子嗎？』

『這是醇王刻意籠絡人心的一著棋。每年京餉，各省報解六百三十八萬；各海關分攤一百六十二萬，總計八百萬，除了皇太后、皇上的「交進銀」以外，光是用來支付陵寢祭祀、王公百官俸給，跟京旗各營糧餉，本來倒也夠了；可是此外的用途呢？海軍經費是一大宗；兩三年以後，皇上大婚經費又是一大宗；還要修園子！水就是那麼一碗，你也舀，我也舀，而且都恨不得一碗水都歸他！這樣子下去，非把那一碗水潑翻了不可。』

『是啊！』翁同龢不斷搓著手，吸著氣；焦急了好半天，從牙縫中迸出一句話來：『修園子，戶部絕不能撥款！戶部制天下經費，收支都有定額，根本就沒有修園子這筆預算。』

『叔平！』閻敬銘肅然起敬地說：『但願你能堅持不屈。』

『我盡力而爲。』翁同龢又問：『海軍經費如何？』

『從前撥定各省釐金、關稅，分解南北洋海防經費，每年各二百萬兩，不過各省都解不足的，北洋是自己收海防捐來彌補，一筆混帳，戶部亦管不了。現在這兩筆海防經費歸海軍衙門收支，將來一定有「官司」好打；戶部亦有的是麻煩！』

『怎麼呢？』翁同龢急急問道：『既然都歸海軍衙門收支，又與戶部何干？哪裡來的麻煩？』

『我再給你看兩封信。』

兩封信都是抄件，亦都是李鴻章所發，一封是致海軍衙門的公牘，說明北洋海軍的規模及所需經費：『查北洋現有船隻，惟定遠、鎮遠鐵甲二艘，最稱精美，價值亦鉅。濟遠雖有穹甲及炮台甲，船身較小，尚不得爲鐵甲船，只可作鋼快船之用。此外則有昔在英廠訂造之超勇、揚威兩快船，船身更小，而炮巨機巧，可備巡防。』這五艘船，可以在海洋中作戰，但力量猶嫌單薄，要等正在英德兩國訂造的四艘戰艦到達，合成九艘；另外添購淺水鋼快船三艘、魚雷小艇五六隻，連同福建造船廠所造的舊船，方可自成一軍。

至於北洋的海軍經費，一共可以分成兩部分，常年薪餉及艦船維持費一百二、三十萬；修建旅順船塢大約一百四十萬，在兩年內籌足，每年要七十萬兩。新購及將來預備訂購的船價，還未計算在內，明後兩年，每年撥給北洋的經費就得兩百萬左右。

『這是李少荃扣準了北洋水師經費，每年兩百萬的數目而開出來的帳。』閻敬銘說：『戶部的麻煩，你看另外一封信就知道了。』

另外一封給醇王的私函，說得比較露骨了：『戶部初定南北洋經費，號稱四百萬，後因歷年解不及半，不得已將江、浙、皖、鄂各省釐金，奏改八折，仍不能照解。閩、粵釐金則久已奏歸本省辦防。近三年來，北洋歲收不過十餘萬，南洋所收更少，部中有案可稽。似戶部指定南北洋經費四百萬兩撥歸海軍，亦係虛名，斷斷不能如數。應請殿下主持全局，與戶部熟商，添籌的款。』

『各省報解南北海防經費，每年不過一百二三十萬，照四百萬的定額，還差兩百七八十萬；戶部從哪裡替海軍衙門去籌這筆的款？』

『這，』翁同龢問道：『樸園跟合肥又何肯善罷干休？』

『麻煩就在這裡！你倒想，與人無忤，與世無爭，又安可得？』

說著，閻敬銘一口接一口地喝酒。火盆旁邊的茶几上，擺著好幾碟江南風味的滷鴨、風雞、薰魚之類的酒菜，而賦性儉樸的閻敬銘，只取『半空兒』下酒，他的牙口很好，咬得嘎嗞嘎嗞地響。剝下來的花生殼，隨手丟在火盆裡，燒得一屋子煙霧騰騰，將翁同龢嗆個不住，趕緊去開了窗子。

窗子斜開半扇，西風如刀如冰地颳在臉上，火辣辣地疼；然而腦筋卻清醒得多了；定神想一想閻敬銘的話，有些摸不清他的來意。以他平日為人，及看重自己這兩點來說，自是以過來人的資格來進一番忠告；但話總得有個結論，只說難處，不是徒亂人意嗎？

這一來，他就知道自己該說些甚麼了？回到火盆旁時，舉酒相敬，『中堂，』他說：『咸豐六年先公由吏部改戶部，在任兩年不足，清勤自矢，是小子親眼所見的。到後來還不免遭肅六的荼毒。所以，這一次我拜命實在惶恐。不是我恭維中堂，幾十年來的戶部，沒有比中堂再有聲有色的；我承大賢之後，必得請教，如何可以差免隕越？』

閻敬銘點點頭，睜大了那雙大小眼問道：『叔平，你是講做官，還是講做事？』

書生積習，恥於言做官，翁同龢毫不遲疑地答道：『自然是講做事。』

『講做事，第一不能怕事，越怕事越多事。恭王的前車之鑑。』

這話使得翁同龢精神一振。最後那一句從未有人道過；而想想果然！穆宗不壽、慈安暴崩這兩番刺激，給恭王的打擊極大，加以家庭多故、體弱多病，因而從文祥一死，如折右臂，就變得很怕事了。南北門戶日深，清流氣燄日高，說起來都是由恭王怕事縱容而成的。到最後，盛昱一奏，搞得幾乎身敗名裂；追原論始，可說是自貽伊戚。

『中堂見事眞透徹！請問這第二呢？』

『第二，無例不可興！』

『戶部興一例，四海受害。聖祖論政，總是以安靜無事四字，諄諄垂諭。』

『叔平，這話你說錯了。時非承平，欲求安靜無事，談何容易？外寇日逼，豈能無事？我說的無例不可興，並不是有例不可滅。能除惡例陋習，即是興利。』

『是！中堂責備得是。』

『我不是責備。不過，叔平，你家世清華，又久在京裡，幹的都是清貴的差使，只怕人情險巇，仕途齷齪，還未深知。我只不過提醒你，隨時要留意而已！』

『多謝中堂！』翁同龢心誠悅服，『反正還是中堂管部，我的膽也大了。』

『我自然是一本初衷，寧願惹人厭，不願討人好。』閻敬銘嘆口氣，欲言又止地好幾次，終於道出了他心底的感慨：『說實話，我亦實在沒有想到，樸園會執政。否則，我怎麼樣也不肯到這九陌紅塵中來打滾！』

翁同龢也是一樣，絕未想到醇王會代恭王而起。不過對兩王的短長，他跟閻敬銘想法不同；醇王也有他的長處。總而言之一句話，自從慈安暴崩，慈禧獨掌大權，再有賢王，亦恐無所展布。一切的一切，都只有期待皇帝親政以後了。

轉到這個念頭，翁同龢有著無可言喻的興奮；皇帝到底是自己教出來的，自己的一套治平之學，快將間接、直接地見用於世了！

戶部六堂官，書香一洗銅臭；有人說，自開國以來，沒有見過這樣整潔的人才。漢缺一尚書兩侍郎，翁同龢、孫家鼐是狀元；孫詒經雖未中鼎甲，但一直是名翰林，更難得的是滿缺的尚書福錕，和左右侍郎嵩申、景善，亦是庶吉士出身。一部六堂，兩狀元、四翰林，就是最講究出身的吏部與禮部，亦不見得有此盛事。

但是，國家的財政會不會比閻敬銘當尚書的時候更有起色，卻有不同的兩種看法，一種是說，戶部六堂官都是讀書人，而翁同龢這個狀元又遠非崇綺這個狀元可及；讀書人有所不爲，更重名節，加以有閻敬銘這一把理財好手在管部，所以戶部的弊絕風清，庫藏日裕，是指日可期的。

另一種看法，也承認戶部六堂官都是讀書人，操守大致可信。但除嵩申兼領內務府大臣以外，其他五個人都與內廷有特殊關係，福錕的簾眷日盛，是盡人皆知的事；景善則是慈禧太后母家的親戚。漢缺三堂官，翁同龢、孫家鼐在毓慶宮行走；孫詒經在南書房行走。師傅與南書房翰林，猶之乎富家巨室的西席與清客一樣，向爲深宮視作『自己人』。由此看來，慈禧太后完全是派了一批親信在掌管戶部；將來予取予求，正無已時。

外間有這兩種看法，翁同龢都知道，他本人是希望符合前一種看法；不幸的是，後一種看法似乎言中了。

內務府上了一個奏摺，由總管內務府大臣福錕、嵩申、師曾、巴克坦布、崇光、廣順等人聯名合奏，說年終『發款不敷，請指款借撥』。所謂『發款』，就是發給內務府造辦處司官及各大木廠爲了修三海，在工料上的墊款。這個奏稿，沒有經過堂郎中立山，是不滿立山的師曾等人所合擬，率直奏陳，司員『藉口墊辦，未免浮開及動多挾制』。又說：英綬與文麟的罰款繳清；請賞還頂戴。

慈禧太后看到這個奏摺，大爲生氣，內務府大臣都傳旨申飭；而師曾則申飭兩次。

風聲傳到內務府，在上諭未發之先。立山聽人約略說知，覺得痛快異常；堂官聯絡起來治他，不道自取其辱，來了個『滿堂紅』，盡皆申飭。當然，他也知道堂官不一定個個跟他作對；但藉這個機會，讓他們知道靠山如泰山一樣，亦是件好事。

痛快歸痛快，麻煩還是要料理。料理這場麻煩，也正是自己顯手段的機會；他不必堂官找他去商量，先就跟敬事房劉總管悄悄講好了，四千兩銀子爲傳旨申飭的內務府大臣們買回來一個體面。

也不知是哪年傳下來的規矩，大臣被傳旨申飭，除了見於明發上諭以外，另由敬事房派出太監到家傳旨。既稱申飭，自需責備；起先不過措詞尖刻，漸漸變成潑口大罵，以後愈演愈烈，竟成辱罵。太監的性情，乖謬陰賊的居多，論到罵人的本事與興趣，沒有人能比得上。既然口啣天憲，奉旨罵人，還不過足了癮？善罵的太監，眞能將被申飭的大臣罵得雙淚交流，隱泣不已。

爲了免於受辱，少不得央人說好話，送紅包。因此太監奉派傳旨申飭，就成了個好差使；劉總管收到立山的四千兩銀子，自己先落下一半，其餘的一半平均分派。別人都伸手接了銀子，惟獨有個叫趙雙山的不肯接，說他該得雙份。

『憑甚麼你就該雙份？』劉總管問。

『師曾不是申飭兩回嗎？』

『這是一碼事！』劉總管說：『你跑一回腿，得一份錢，天公地道。』

『怎麼能算公道？既然總管這麼說，我去兩回就是了。』

就這一句話將劉總管惹火了。拿手縮了回來，將銀票放在桌上，『喝！你一回也甭去！』他冷笑著說：『我的趙大爺，你請吧！我不敢勞動大駕。』

趙雙山情知不妙，見機得快，陪著笑：『我跟你老鬧著玩兒的，你老怎麼眞動氣了呢？我去，我去！』說著，便自己伸手去取銀票。

『去你的！』劉總管『啪』地一聲，一掌打在趙雙山手背上，咆哮著罵道：『你趁早滾開，少在我面前逞楞子。甚麼了不起的大事！眞還少不得你趙雙山不成？』

見劉總管動了眞氣，趙雙山嚇得趕緊跪下；旁人又說好做歹，替他求情。縱令如此，仍爲劉總管狗血噴頭地痛罵了一頓。當然，差使還是交了給他。

這一下，師曾就慘了。當趙雙山賫著黃封到門時，他只當立山已經打點妥當；不慌不忙地喚家人備好香案，俯跪在地，只以爲趙雙山將上諭唸過一遍，便申飭過了。

趙雙山也不慌不忙地，先唸上諭前半段：『該大臣等所司何事，而任聽司員等浮開挾制，肆無忌憚至於如此；所奏殊不成話！總管內務府大臣均著傳旨申飭。』

唸這段的聲音相當平和；所以師曾絲毫不以爲意，只等趙雙山將『欽此』二字唸出口，便待謝恩；誰知不然，還有下文。

『復據奏稱，』趙雙山的聲音提高了，『英綬、文麟罰款繳清，請賞還頂戴等語，所奏殊屬冒昧。文麟係師曾之子，該大臣不知道遠嫌，尤屬非是！著再行傳旨申飭。師曾！』

『師曾在！』

『你們爺兒倆要臉不要臉……』

由此開始，趙雙山盡情痛罵；將受自劉總管的氣，一股腦兒都發洩在師曾身上。而師曾挨了罵，還得磕頭申謝；因爲雷霆雨露，莫非皇恩。

內務府大臣全堂被申飭的上諭，到第二天才由內閣明發；不經軍機而用『醇親王面奉懿旨』的字樣開端，提到內務府請『指款借撥』一節，准由海軍衙門存款內，借銀四十萬兩，分作五年歸還。

原來如此！翁同龢恍然大悟；同時心頭一塊石頭落地。他一直在擔心，內務府爲修園子墊借的款子，如果奉旨由戶部籌撥，便是絕大的難題，不遵則抗旨；遵旨則有慚清議，而且愧對閻敬銘。如今指明由海軍衙門借撥，興此一例，戶部將可以不再爲難；當然，修園的工款，大部分還是得由戶部來籌，只不過所籌者，是籌足定額的海防經費而已！

這是一套自欺欺人的障眼法，在翁同龢固然可以裝糊塗、逃責任；但卻不能爲清流所容。新近由江蘇學政卸任回京的兵部左侍郎黃體芳，覺得忍無可忍，決定上奏糾劾。

所糾所劾的是誰？當然不會是慈禧太后；也不宜參醇王。黃體芳跟他的兒子黃紹箕細細商量，決定拿李鴻章作個題目。

擬好奏摺，尚未呈遞，來了個不速之客，是黃紹箕的同年楊崇伊，他們光緒六年一起點的翰林，此時都在當編修。楊崇伊也是翁同龢的小同鄉；江蘇籍的翰林大都看不起李鴻章，而李鴻章也常罵『吳兒無良』。惟獨楊崇伊是例外，一向跟北洋衙門走得很近。

因此，黃紹箕見他來訪，便存戒心；閒談了好一會兒，楊崇伊忍不住探問：『聽說老伯這幾日將有封奏？』

『「背人焚諫草」，父子也不例外。』黃紹箕答道：『家父有所建言，向來不讓我與聞的。』

這話就顯得不夠朋友了！楊崇伊心裡在想：誰不知道『翰林四諫』之一的黃體芳，諫草大都出於愛子之手？只是心中不滿，口頭卻無法指責；只好暗中規勸：『今天臘月十四了；急景凋年，何必還淘閒氣？害得一個年都過不痛快！』

黃紹箕微笑不答；打定主意不讓他有往深處探究的機會，楊崇伊話不投機，也就只好敗興而歸。

黃紹箕自然將楊崇伊的話，告訴了他父親；黃體芳笑笑說道：『反正這個年總歸有人不痛快；不是我，就是合肥。或者兩個人都不痛快。』

當天遞了摺子；第二天一早『黃匣子』送到慈禧太后寢宮裡，讓她一起身就不痛快。召見軍機的時候，首先就談黃體芳的奏摺；由於摺子發下去時，並無指示，軍機大臣都不明她的意向所在，所以不敢胡亂回答，都沉默著要先聽了她的話，再作道理。

『黃體芳跟曾紀澤，是不是有交情啊？』這樣問話，用意不難明白。黃體芳的奏摺中建議：開去李鴻章會辦海軍的差使，責成曾紀澤專司其事。慈禧太后是想明白，黃體芳到底是幫曾紀澤說話，還是跟李鴻章過不去。

慶王奕劻無從置答，回身低聲：『星叔，你回奏吧！』署理兵部尚書許庚身，隨即高聲說道：『回皇太后的話，曾紀澤與黃體芳，並無淵源，不見得有甚麼交情。』

『照這樣說，完全是看不得李鴻章！』慈禧太后說：『我看也是！黃體芳的話好刻薄。李鴻章這幾年也辦了不少事，眞正有目共睹。說他光是會用錢，「百弊叢生，毫無成效」，這不是瞪著眼說瞎話嗎？』

『是！』慶王附和著說：『黃體芳的話，說得太過分了！』

『黃體芳是侍郎，也算朝廷的大臣，又不是梁鼎芬這些新進的翰林可比。他上這個摺子，我實在不懂他是甚麼意思？』慈禧太后問道：『你們看怎麼辦？』

聽這一說，她的意思完全清楚了；拿黃體芳跟因爲參李鴻章而丟官的梁鼎芬相提並論，可以想見她的惱怒。慶王便即答道：『應該交部嚴議！』

『對了！交部嚴議。』慈禧太后說道：『大辦海軍，讓李鴻章會辦，是大家多少日子商量才定規下來的。難道就都不及黃體芳一個人的見識？何況大臣進退，權柄操在朝廷，他憑甚麼說這個不該用，那個該用？你們擬一個批來我看。』

當時許庚身執筆，擬了一個批來；呈上御案，慈禧太后親自用硃筆謄在摺尾上，發交吏部。批的是：『侍郎黃體芳奏，大臣會辦海軍，恐多貽誤，請電諭使臣，遄歸練師一摺。本年創立海軍，事關重大，特派醇親王奕譞，總理一切事宜。李鴻章卓著戰功，閱歷已深，諭令會同辦理；又恐操練巡閱諸事，李鴻章一人未能兼顧，遴派曾紀澤幫辦。所有一切機宜，均由海軍衙門隨時奏聞，請旨辦理。朝廷於此事審思熟慮，業經全局通籌；況黜陟大權，操之自上，豈臣下所能意爲進退？海軍開辦伊始，該侍郎輒請開去李鴻章會辦差使，並諭曾紀澤遄歸練師，妄議更張，跡近亂政。黃體芳著交部議處！』

其時吏部尚書崇綺因病請假，由禮部尚書烏拉喜崇阿署理，他是個謹飭平庸、沒有主張的人，另一位尚書徐桐，聽見『洋』字就會變色，平生最恨『洋務』，對李鴻章自然沒有好感，因而也就同情黃體芳；至於被黜復用，剛由署理吏部左侍郎補實爲吏部右侍郎的李鴻藻，是昔日的清流領袖，對黃體芳更要迴護。所以避重就輕地引用了一條來處分。

這條定例是：『官員妄行條奏者，降一級調用，公罪。』公罪是公事上有所不當，與個人品格有虧而獲咎的私罪不同；公罪照例准許抵銷，換句話說，只要得過『加級』的獎勵，就不必降級。像黃體芳這種當到侍郎的大員，總有好幾次加級的紀錄，因此這樣的處分，對他來說，實在絲毫無損。

徐桐與李鴻藻如此主張，其餘的堂官覺得不甚妥當，『妄議更張，跡近亂政』與『妄行條奏』的過失，並不相同。然而因爲上諭中最後一句是『交部議處』，不是『交部嚴加議處』；又因爲黃體芳本人是兵部堂官，建議改派曾紀澤專司籌練海軍，亦可說是分內應盡的言責，似乎談不到『亂政』。這樣一轉念間，也就默然同意了。

覆奏一上，慈禧太后大爲不滿。認爲『所議過輕』；硃筆親批：『黃體芳著降二級調用。』而『吏部堂官傳旨嚴行申飭』。包括告假的崇綺在內，這個年便都過得不甚痛快了。

除夕那天，慈禧太后做了兩個重要決定，也就是在明年要辦的兩件大事，一件是由選秀女開始，爲皇帝立后；一件是預備撤簾歸政。

於是，光緒十二年正月初五，慈禧太后召見軍機，當面囑咐，決定帶皇帝去謁東陵。此行有三大典禮，第一是到慈安太后在普祥峪的定東陵上去行『敷土禮』。慈安太后暴崩於光緒七年三月，當年九月大葬；慈禧太后因爲病體初癒，不耐長途跋涉，未曾送到陵上。皇帝年紀太輕，亦不能送葬。四年以來，慈禧太后一直認爲這是一件她應該對慈安太后抱歉的事；決定趁撤簾歸政之前，彌補此一咎歉。

第二是皇帝登極以後，始終還沒有瞻謁過穆宗的惠陵，這一次應該盡禮；第三就是在東陵隆恩殿爲列祖列宗行大饗禮。

所謂『敷土禮』就是民間的掃墓，自以清明爲宜，所以當天頒發上諭，定於二月廿七起鑾，三月初二清明行敷土禮；禮成以後隨即回鑾，預定三月初七還宮。爲了遷就三月初二清明這個日子，回鑾的行程相當匆促；而必須在三月初七還宮，則因爲這一年會試，定制三月初九第一場開始；考官必得在前一天入闈。三月初七回京，第二天派出考官，才能不誤試期。

這一下，有三個衙門要大忙特忙了。第一個是直隸總督衙門，要辦『陵差』，主要的是整修沿途的蹕道；第二個是禮部，要準備各項儀注；第三個就是內務府，侍候皇太后、皇帝及宮眷的車駕食宿，不是輕而易舉的事。

不過大感爲難的既非內務府，亦非直隸總督衙門，而是禮部。慈禧太后謁陵，儀注自有成例；爲難的是初謁普祥峪慈安太后的陵寢，並無成例可循，找遍舊案，只有同治四年，兩宮太后致奠孝德顯皇后的例子，似乎可用。

孝德顯皇后薩克達氏，是道光二十七年，文宗當皇子的時候，宣宗爲他所冊立的嫡福晉。但這位福晉福薄，並未當過皇后；道光二十九年，宣宗的繼母孝和睿皇后駕崩，第二天，這位福晉薨逝。而當孝和睿皇后駕崩時，宣宗已經高齡七十有二，並且有病在身，歲暮之際，接連遭遇喪事，過於傷感，所以不到一個月，亦就龍馭上賓了。

於是文宗即位，薩克達氏被追封爲孝德皇后；而她的喪儀進行到一半，由於身分自皇子的嫡福晉變爲皇后，亦就更改爲大喪儀，梓宮一直停放在東陵附近的隆福寺。同治四年，文宗大葬，孝德皇后合葬於定陵；兩宮皇太后致奠，因爲孝德皇后是元后，當然用的是妃嬪對皇后六肅三跪三叩的大禮。

這一次慈禧太后拜謁慈安太后的陵寢，應該亦可援用此一成例，滿尚書延煦主張最力。他所持的理由是，生前兩宮並尊，而死後的情形不同，一直到咸豐十一年文宗駕崩的時候，始終是皇后與懿貴妃這兩種不同的身分。如果說慈禧太后此時可以平禮致祭，那麼當時兩宮以妃嬪之禮祭奠孝德皇后，就是錯了。

於是定議，詳細覆奏。慈禧太后先看行大饗禮的儀注，寫的是：

康熙九年秋，聖祖奉太皇太后率皇后謁孝陵，前一日，躬告太廟，越日啓鑾、陳鹵簿、不作樂。既達陵所，太皇太后坐方城東旁，奠酒舉哀，皇太后率皇后等，詣明樓前中立，六肅三跪三拜，隨舉哀奠酒，復三拜，還行宮。後世凡皇太后謁陵倣此。

這個儀注，慈禧太后自無話說；接下來看到皇太后『詣普祥峪定東陵行禮禮節』，自然而然想到當年在隆福寺祭奠孝德皇后的情形，勃然大怒，將禮部的奏摺，狠狠地摔在地上。

左右太監宮女見此光景，嚇得個個屏聲息氣，雙腿發抖。當然，李蓮英是例外；然而也不敢隨便說話，努一努嘴，示意太監宮女都退了出去，然後撿起奏摺，悄悄看了一下，還不知究竟，只猜想到一定是禮部所擬的儀注，大不合她的意思。

『你看！』慈禧太后指著奏摺，咬牙說道：『禮部擬的甚麼儀注？』

『哪兒不對，傳旨軍機說給他們改就是了。』李蓮英說：『禮部堂官都是書呆子，何必爲他們動那麼大的氣？』

慈禧太后也是一時之氣，自覺爲此發怒，會遭人背地裡批評，度量太狹；因而忍住一口氣，接納了李蓮英的建議。

於是軍機承旨，通知禮部重擬儀注，要跟當初兩宮太后在隆福寺祭奠孝德皇后的禮節，稍有區別。這本來不算一件大事，如果初擬之時，就酌量更改，亦不會有人批評；但這樣一奏一駁，反而引起士林注目，尤其是會試將近，才俊之士，雲集京師，其中頗不乏爲老輩宿儒所敬重的名士通人，將這件事看得很深；因爲看得深，也就看得很重。

這也可以說是舊事重提。當年爲了醇王是皇帝的本生父，防微杜漸，深恐明朝嘉靖年間『大禮議』的故事重演，所以極力裁抑醇王。上至親貴，下至翰林，幾乎無不以爲醇王絕對不可過問政事，防他因爲干預朝政而逐漸養成羽翼，一旦皇帝親政，成了無形中的『太上皇』，便無人可以制他。這重借爲穆宗立嗣作題目，其實等於『爭國本』的公案，直到穆宗大葬，吳可讀尸諫，方始告一段落。

在當今皇帝入承大統之初，就是醇王自己也知道，處於極大的嫌疑之地，自分必是從此與國家政事絕緣，閒廢終身；因而當時上奏兩宮太后，有『曲賜於全，許乞骸骨，爲天地容一虛糜爵位之人，爲宣宗成皇帝留一庸鈍無才之子』的苦語。誰知忽忽十載，情勢已變；如今醇王不但過問政事，而且成了『太上軍機大臣』，吏事、軍務、財政一把抓，當年的杞憂，成了今天的隱憂；大家也都知道，只要慈禧太后垂簾聽政，醇王絕不敢稍有踰越；但如一旦撤簾，優遊於禁苑之中，大權交付於皇帝之手，那時誰也保不定醇王會不會起異心？即或他本人並無此意，卻又有誰敢斷定，他左右不會加以慫恿？趙匡胤這樣謹厚而不好威權，不也『黃袍加身』，欲罷不能嗎？

因此，爲了消除這重隱憂，今日之下，必須講禮；禮制並稱，唯有禮法，也就是祖宗的家法，才可以防制得了不測的異心。如果此時爲了不關輕重的儀注，可以容許慈禧太后不守禮制成法，便是開了一個惡例；將來皇帝親政以後，倘或要步明世宗的後塵，尊敬本生父的醇王，試問禮官言路，又如何得能犯顏直諫？

當然，這些議論，關係重大，只能在最親密的朋僚集會中，悄悄交談；而禮部六堂官當然也都了解此事關係的重大；同時也頗警惕於士論不可輕忽，倘或曲從懿旨，修改儀注，引起士林不滿，紛紛上書，那時言路上一定會有所表示，首當其衝的，便是禮部官員。

但如公然違旨，似更不妥。左思右想，都是難處，而啓鑾的日子卻一天一天逼近了。迫不得已，只有從李蓮英身上去打主意；由禮部的一名跟李蓮英拉得上親戚關係的司官，特地備了一份豐腴的大禮，專誠拜訪，屏人密談，細訴其中的苦衷。

這些地方，李蓮英極知大體，一口應諾，設法化解此事。回到宮中，他自己不便進言，要跟榮壽公主去商量其事。

榮壽公主在宮中有特殊的地位；因爲慈禧太后對她有特殊的感情。最初是寵愛，加上她知禮識大體而得到的重視；及至指婚早寡，自然矜憐；再因爲她生父恭王被黜，慈禧太后又不免自覺愧歉。這愛、重、憐、歉四個字加起來，竟奇怪地起了畏憚之心；慈禧太后做一件不合體制的事，或者製一件顏色花樣過於鮮豔，不合老太后身分的衣服等等，總要叮囑左右：『可別讓大格格知道；教她說我兩句，我可受不了。』

當然，這也因爲榮壽公主凡有進諫，第一是一定有駁不倒的道理；其次是言諷而婉，暗中點到，從不傷慈禧太后的面子。因此，遇著這樣一件棘手的事，她雖義不容辭地一肩承擔了下來，卻不敢操切從事；只是默默盤算，耐心地在等機會。

這天是初選秀女的日子。一共九十六個人，三雙姊妹花最受人注目。第一雙是都統桂祥的女兒——慈禧太后兩個弟弟：一個叫照祥，一個叫桂祥。咸豐十一年秋天，慈禧太后母以子貴以後，她的父親惠徵追封承恩公，照例由照祥承襲，已在光緒七年下世。桂祥是慈禧太后的幼弟，平庸沒出息，坐支都統的俸給，一天到晚躲在東城方家園老家抽大煙。他的兩個女兒就是慈禧太后嫡親的內姪女；大的『留下』，小的指婚，配了給『九爺』孚郡王奕譓的嗣子載澍。

第二雙是長敘的女兒。長敘是陝甘總督裕泰的兒子，弟兄三個，老大叫長敬，做過四川綏定知府，早已下世，他的兒子是文廷式的至交，現在當翰林院編修的志銳；老二便是長善，字樂初，前幾年當廣州將軍，大開幕府，廣延名士，在將軍署中有亭館花木之勝的『壺園』，作賦論兵，飲酒賦詩，于式枚、文廷式、梁鼎芬三人就是在他幕府中結成了莫逆之交的。

長敘行三，早在光緒三年就當到侍郎；光緒六年與山西藩司葆亨結成兒女親家，好日子挑在十一月十三，這天是聖祖賓天之日，國忌不准作樂，更何論辦喜事？其時清流的氣燄正盛，鄧承修素服登門道賀，滿堂賓客，既驚且駭。長敘趕緊派人去打聽，鄧承修已經上摺嚴參，結果兩親家一起罷官。

經此挫折，長敘一直倒楣，直到前年慈禧太后五旬萬壽，以『廢員』隨班祝嘏，才蒙恩開復了處分。他的這雙掌上明珠，大的謹厚，小的嬌憨；現在都跟文廷式在讀書。九十六名秀女之中，要講知書識禮，大概要推這兩姊妹爲首了。

第三雙是江西巡撫德馨的女兒，論貌最美，大家猜測，一定也在留下之列。果然，九十六名秀女，『撂牌』刷下去的五十七個；指婚的三個；留下的三十六個之中，有德馨、長敘家的兩雙姊妹花。

選秀女原是很有趣的一件事，加以這天風和日暖，氣候宜人，所以慈禧太后的興致很好。榮壽公主看看是機會了，便在膳後侍坐閒話的時候，閒閒說道：『女兒從沒有跟皇額娘求過甚麼；今兒個可有件事，得請懿旨恩准。』

『噢！』慈禧太后很注意地問：『是爲妳阿瑪的事？』

她是指恭王。前年爲了隨班祝嘏，醇王爲他乞恩，碰了個大釘子；這次謁陵，是由惇王出面，面奏准他扈從，結果仍是碰了釘子。慈禧太后只以爲榮壽公主要爲她生父說情是猜錯了。

『阿瑪？』榮壽公主裝作不解地問：『女兒的阿瑪，不是文宗顯皇帝嗎？』

這就是榮壽公主厲害的地方，禮制上一步不錯；自己既然被封爲固倫公主，當然不能再認恭王爲父。慈禧太后見她這樣回答，不能不改口問道：『是爲妳六叔說情！』

『不是！連五叔說情都不准，女兒怎麼敢？不過倒也是說情；禮部擬儀注，既不敢違旨，又不敢違祖宗家法，而且其中有絕大的關礙，實在爲難。皇額娘就准他們照原議吧！』

『絕大的關礙！是甚麼？』慈禧太后困惑地問。

『女兒現在也不敢說；聖明不過皇額娘，慢慢兒自然明白。總而言之，禮部沒有錯；不但沒錯，還眞是維護皇太后、皇上。』榮壽公主跪下來磕頭，『皇額娘信得過女兒，就准奏吧！』

慈禧太后沉吟了好一會兒說：『好吧！我信得過妳。』

於是第二天就傳旨，普祥峪定東陵行禮的禮節，准照二月初十所議。話雖如此，慈禧太后卻另有打算；只是時候未到，不便透露。

二月廿七，皇帝奉皇太后啓鑾謁東陵。留京辦事的王公大臣派定五個人，惇王、大學士恩承、協辦大學士福錕、戶部尙書翁同龢、左都御史祁世長。

鑾輿出東華門，慈禧太后照例先到東嶽廟拈香，這天駐蹕燕郊行宮；第二天駐白澗；第三天駐桃花寺；三月初一駐隆福寺；第二天清明，便是在普祥峪定東陵，爲慈安太后陵寢行敷土禮的日子。

一到定東陵，慈禧太后先在配殿休息。一面喝茶，一面吩咐：『拿禮單來！』

禮單是早由禮部預備好的，到甚麼地方該行甚麼禮，一款一款寫得清清楚楚；一檢即是，隨即呈遞。

『怎麼是這樣子的禮節？』慈禧太后發怒了，隨手將禮單往地下一摔，『讓他們重擬！』

她實在是不願行跪拜之禮。早就打算好的，臨事震怒，使得禮部堂官張皇失措之下，不能不乖乖就範；而事過境遷，言官亦不便再論此事的是非。這個打算是連榮壽公主都不知道的；李蓮英雖窺出意向，卻不敢探問，因而此時面面相覷，不知何以處置？

當然，這只是片刻的遲疑；李蓮英在這時候何敢違抗？很快地撿起禮單，親自到階前大聲問道：『禮部堂官聽宣！』

禮部六堂官都在，趕緊奔了上來，依序跪下，聽李蓮英傳宣懿旨。

聽明懿旨，跪在地上的禮部兩尙書、四侍郎相顧失色；只有延煦比較沉著，但臉色蒼白，說話的聲音亦已經發顫了！

『這要爭！』他氣急敗壞而又說不清楚，自己也感覺到失態；定定神便又說了一句：『這不爭，國家要禮臣何用？』

於是，站起身來，整一整衣冠，踏上台階；李蓮英一看情形不妙，攔住他問：『延大人，你要幹甚麼？』

『我當面給皇太后回奏。』延煦答說：『請李總管先替我代奏；我要請起！』

見此光景，料知攔他不住；李蓮英只有惴惴然地叮囑：『延大人，你可別莽撞。』

『是的。』延煦點點頭，表示領會他的好意，『我會當心。』

於是李蓮英進殿爲他回奏，說禮部尙書延煦，有話回奏；接著建議：『讓他在殿門外跟老佛爺回話吧！』

李蓮英是深怕延煦出言頂撞，惹得慈禧太后動了眞氣，不好收場。讓延煦在門外回奏，則殿廷深遠，聲音聽不清楚；他便可往來傳話，從中調和騰挪，不致發生正面衝突。說來倒是一番好意，但延煦並不能領會。

『奴才不能奉詔！』延煦跪在門外，大聲直嚷：『皇太后今天到這裡，不能論兩宮垂簾聽政的禮節；只有照顯皇帝生前的儀注行事。』

慈禧太后勃然大怒，剛要發話，李蓮英已經出言呵斥：『延尙書！不管你有理沒理，怎麼這樣子跟皇太后說話！』

這是維護延煦；他那一句『有理沒理，不該這樣子說話』，正說中慈禧太后心裡的感覺；立刻便消了些氣，吩咐李蓮英：『有話讓他起來說！』

延煦長跪不起，『皇太后不以奴才不肖，命奴才執掌禮部；如今皇太后失禮，奴才不爭，是辜恩溺職！』他略停一下又說：『祖宗的家法，絕不可違；奴才不爭，雖死無面目見祖宗。皇太后不准奴才的奏，奴才跪在這裡不起來！』

『嘿！』站在慈禧太后身後的榮壽公主，用一種好笑的口吻，輕聲自語似地：『竟在這兒撒賴了！』

慈禧太后的性情，有些吃硬不吃軟，此時對延煦不免起了好奇心；也不過一個『黃帶子』，竟像吃了豹子膽似地，敢於如此頂撞，豈不可怪？倒要仔細看看這個人。

『讓他進來！』

這一進來面對駁詰，就眞個非鬧成軒然大波不可。榮壽公主一眼望見李蓮英求援的眼色，立即便說：『讓他跪著吧！老佛爺該更衣了。』

『喳！』李蓮英響亮地答應；轉臉關照慈禧太后貼身侍奉起居的宮女瑞福：『侍候禮服。』實在是素服，爲了字眼忌諱，稱爲禮服；早就預備妥當，等將慈禧太后擁入臨時準備的寢殿，瑞福率領十一名同伴，一起動手，片刻之間，便可竣事。

榮壽公主也幫著在照料，她一面彎腰爲慈禧太后繫衣帶；一面自言自語地唸道：『疾風知勁草，板蕩識忠臣！』

『妳唸的甚麼？』慈禧太后問道：『妳說誰是忠臣？』

『楊廷和。』

『楊廷和！』慈禧太后問：『明朝的楊廷和？』

『是。』

慈禧太后默然。當年文宗崩於熱河，兩宮太后帶著小皇帝回京，垂簾聽政之初，南書房翰林奉敕編纂一本《治平寶鑑》，專談歷代聖君賢臣的故事，由出身詞科的大臣，在簾前進講；慈禧太后宮中無事，亦常拿這本書作教本，爲妃嬪宮眷講解，所以她記得起楊廷和這個人。明武宗嬉遊無度，自殞其身，崩後無子，自湖北安陸奉迎興獻王長子厚熜入承大統，建號嘉靖。嘉靖帝要追尊所生，稱興獻王爲『興獻皇帝』，爲『皇考』；而堅持以爲不可的，正就是首輔楊廷和。

『妳拿楊廷和比作甚麼人？』慈禧太后問道：『跪在殿外的那一個？』

『皇額娘知道了，何必還問女兒？』

慈禧太后微微擺頭：『他不配！』

『他雖不配，他可以學。』榮壽公主略停一下；用雖低而清楚的聲音說：『有一天有人在這裡要改禮單；用甚麼「皇嫂」的字樣，但願禮部尚書仍舊是跪在門外的那個人！』

慈禧太后瞿然而驚；轉臉看著榮壽公主，極有自信地說：『他不敢！』

這個『他』就是榮壽公主所說的『有人』，都是指醇王。有一天醇王如果想當『太上皇帝』到祭奠定東陵時，自然不肯用臣禮，自然要改禮單；如果有延煦這樣的禮部尚書，敢於犯顏力爭，那就是『疾風知勁草』了。

當然，慈禧太后聽政之日，醇王不敢；但在她身後呢？這話不便直說；有宮女在旁，也不便直說，榮壽公主便很含蓄地答道：『只怕有張璁、桂萼。』

張璁、桂萼都是在嘉靖朝的『大禮議』中，迎合帝意而起家的。慈禧太后到這時候才算徹頭徹尾地省悟；延煦執持家法與文宗在日的儀注，長跪不起來力爭，不是有意跟自己作對，而是有著防微杜漸，以禮制護國本的深意在內。

『妳們出去！』慈禧太后向宮女們吩咐。

『是。』瑞福領頭答應。

『慢著！』慈禧太后特爲放緩了聲音：『妳們誰聽懂了大公主的話？說給我聽聽，說對了，我有賞！』

這個『賞』不貪也罷！瑞福急忙答道：『奴才哪兒懂啊？』

慈禧太后臉色一變：『不懂就少胡說。誰要是多嘴，活活打死！』

宮女們都嚇得打哆嗦；有人甚至趕緊掩住了嘴，悄沒聲息地都退了出去。

不久，慈禧太后由榮壽公主攙扶著，回到配殿；她的神色恬靜平和，吩咐李蓮英傳旨：准照禮部所進的禮單行禮。

『山雨欲來風滿樓』的氣象，突然之間化作光風霽月，殿外踧踖不安、屏息以待的王公大臣，無不稱頌聖明。延煦亦頓時成了英雄人物；然而都只是投以佩服的眼光，卻沒有人敢跟他談論此事，因為蘊含在其中的深意是絕大的忌諱，多言賈禍，宜效金人。

三月初七，兩宮還京：皇帝是午初到的，慈禧太后是傍晚到的。留京辦事，並須在宮內值宿的翁同龢，交卸了差使，本可以回家高枕酣眠，卻以有事在心，一直睡不安穩；明知第二天並『無書房』，依舊夜半進宮，打算一派了『闈差』，隨即謝恩出宮，打點入闈，可以省好些事。

天剛亮宣旨，派定這年會試的考官，正總裁是崇綺告病開缺，新近調補為吏部尚書的錫珍；副總裁三位：左都御史祁世長，戶部侍郎嵩申、工部侍郎軍機大臣孫毓汶。

翁同龢滿心以為自己會膺選這一科的主考；而且也非常想得這一科的主考，好將一班名士如張謇、文廷式、劉若曾等等，網羅到門下；因而見到這張名單，惘然若失，整日不怡。

失望的不止於翁同龢，更多的是信得過自己筆下的舉子。所謂『場中莫論文』，大致指鄉試而言；會試聚十八省菁英，爭一日之短長，是不容易僥倖的。運氣的好壞，就看主司可有衡文的巨眼？像去年秋天新科舉人複試，吏部尚書徐桐擬題，試帖詩的詩題是：『校理秘文』；將個『秘』字寫成『衣』旁一『必』，成了白字，通場二百多人，都不知所本，相約仍舊寫作『秘』。如果遇著這樣不通的主司，縱有經天緯地的識見，雕龍繡鳳的文采，亦只是『俏眉眼做給瞎子看』。

這一科的正副總裁，除了祁世長以外，沒有一個是有文名的；而祁世長又篤守程朱義理，論文講求厚重樸實，不會欣賞才氣縱橫之士。因此，『聽宣』以後，首先文廷式就涼了半截，回到家，一言不發，只在書房裡枯坐發楞。

『怎麼回事？』梁鼎芬的龔氏夫人，關切地問：『高高興興出門，回來成了這副樣子。』

『唉！』文廷式嘆口氣，『這一科怕又完了！』

『沒有說這種話的。還沒有入闈，就先折了自己的銳氣。』龔夫人問道：『翁尚書是不是大主考？』

『不是！』

『潘尚書呢？』

『也不是！』

龔夫人知道他不愉的由來了。往常文酒之會，她也在屏風後面聽文廷式的同年談過；上年順天鄉試，多得佳士，都因爲憐才愛士的潘祖蔭、翁同龢主持秋闈；但望今年春闈，仍舊有他們兩人，那就聯捷有望了。不想這兩位爲士林仰望的大老，一個也不曾入闈。

她心裡也爲文廷式擔心，然而口中卻不能不說慰勉激勵的話。

『芸閣，』她揚一揚臉，擺出那種彷彿姊姊責備弟弟的神色，『你自己都信不過你自己，又怎麼能讓考官賞識你？』

『也不知怎麼的？』文廷式嘆口氣說：『今年的得失之心，格外縈懷；深怕落第，對妳不起。』

『這你就錯了！』內心感動的龔夫人，想了一下答道：『記得有《隨園詩話》上看過兩句落第詩：

「也應有淚流知己，只覺無顏對俗人。」你考上也好，考不上也好，反正在我來看，你總是遲早會得意的才子。』

將來得意是一回事；這一科落第又是一回事。他所說的『對不起妳』，不是她所想的各場蹭蹬；而是債主臨門——梁鼎芬去年離京，還留下好些『京債』；這半年多又拉下好些虧空，倘或會試下第，放京債的立刻會上門索討，豈不教她煩心？就算能設法搪塞得過去，而『長安居、大不易』，哪能逗留在京裡，從容等到三年之後的下一科？看來榜上無名之日，就是出京覓食之時。

這話只能放在心裡，此時來說，徒亂人意；文廷式想來想去，只能強拋憂煩，打起精神，全力對付會試，才是眼前唯一的排遣之道，因而換個話題說：『後天上午進場；考具依舊要麻煩妳。』

這是龔夫人第二次為他料理考具；有了去年送他赴秋闈的經驗，這一次從容不迫，分作兩部分來預備，一具籐箱、號簾、號圍、釘子、釘錘、被褥、衣服、洋油爐子、茶壺、飯碗等等；一隻三槅的考籃，只有最下面一槅是滿的，裝著茶米油醬等等食料；還有兩槅空著。

『筆墨稿紙，要你自己來檢點；筆袋卷袋，我都洗乾淨了，在這裡！』龔夫人抽開第一槅指點著，『進場吃的菜跟點心，明天下午動手做；早做好會壞。』

『也不必費事，買點醬羊肉、「盒子菜」這些現成的東西就可以了。頂要緊的一樣……』

『「獨愛紅椒一味辛」。』她搶著唸了一句他的詞。

文廷式笑了，『我想妳不會忘記的。』他說：『也不要忘了給我帶瓶酒。』

『算了吧！』她柔聲答說：『你的筆下快，出場得早；第一場完了，回家來喝。』

『不！』文廷式固執地，『初十上半天入闈；要到晚上子初才發題。十一那一整天的工夫，一定可以弄完；要到十二才能出闈。空等這一夜太無聊了，不以酒排遣怎麼行？』

『那好！我替你備一瓶酒。不過你得答應我，一定要文章繳了卷才能喝。』

『是了！我答應妳。』

於是一宿無話。第二天上午，他料理完了筆墨紙硯，以及闈中准帶的書籍，便出門訪友。等傍晚回家，龔夫人已經預備好了帶入場的食物；另外做了幾樣很精緻的湖南菜，預祝他春風得意。等酒醉飯飽，又催著他早早上床，養精蓄銳，好去奪那一名『會元』。

文廷式一覺醒來，不過午夜；起來喝了一杯茶，遙望隔牆，猶有光影，見得她還不曾入夢。她在做些甚麼？是燈下獨坐，還是倚枕讀詩？他很想去看一看；但披上長衣走到角門邊，卻又將要叩門的一隻手縮了回來——只爲明天要入闈了，應該收拾綺念，整頓文思。

重新上床卻怎麼樣也睡不著，輾轉反側，一直折騰到破曉，方覺雙眼澀重，漸有睡意；不知過了多少時候，一驚而醒，霍地坐起身來，但見曙色透窗紗，牆外已有轆轆車聲了。

文廷式定定神細想，夢境歷歷在目；一驚而醒是因爲自己的『首藝』——第一場的試卷，被貼上『藍榜』；因爲卷子上寫的不是八股文與試帖詩，而是一首詞，他清清楚楚記得是一闋〈菩薩蠻〉：

蘭膏欲燼冰壺裂，搴帷瞥見玲瓏雪；無奈夜深時，含嬌故起辭。
徐將環珮整，相並瓶花影；斂黛鏡光寒，釵頭玉鳳單。

『奇夢！』他輕輕唸著：『「無奈夜深時，含嬌故起辭」。』不自覺地浮起去年冬至前後雪夜相處的回憶。

這份回憶爲他帶來了無可言喻的煩亂的心境。旖旎芳馨之外，更多的是悔恨恐懼；他想起俗語所說的『一命二運三風水，四積陰功五讀書』，不知道在『含嬌故起辭』到『徐將環珮整』之間那一段不曾寫出來的經過，是不是傷了陰騭？

爲了這個夢，心頭不斷作惡。三場試罷，四月十二到琉璃廠看紅錄；從早到晚，還只看到一百八十名，不但他榜上無名，連南張北劉——張謇與劉若曾亦音信杳然。

回得家去，自然鬱鬱不歡。龔夫人苦於無言相慰；又怕他這一夜等『捷報』等不到，是件極受罪的事，便殷勤勸酒，將他灌得酩酊大醉。卻還期望著他一覺醒來，成了新科進士。

醒來依舊是舉人。上年北闈解元劉若曾，第二張謇，竟以名落孫山；這使得龔夫人好過些，也有了勸他的話，『主司無眼，不是文章不好。』她說：『大器晚成，來科必中！』

『但願如此！』文廷式苦笑著，心中在打算離京之計了。

當然，這不是一兩天可以打算得好的；而且榜後也不免有許多應酬，要賀新科進士，也要接受新科進士的慰問。一個月之間，榮枯大不相同；文廷式不是很豁達的人，心情自然不好，應酬得煩了，只躲在長善那裡避囂。

『告訴你一件奇事。』志銳有一天從翰林院回來，告訴他說：『醇王要去巡閱海軍……』

『那不算奇。新近不是還賞了杏黃轎了嗎？』

『你聽我說完。醇王巡閱海軍不奇；奇的是李蓮英跟著一起去。』

『那，那不是唐朝監軍之禍，復見於今日了嗎？』

『是啊！』志銳痛苦而不安地，『可憂之至。』

『這非迎頭一擊不可！此例一開，其害有不勝言者；不過需有一枝健筆，宛轉立論，如陳弢庵、張香濤錚諫「庚辰午門案」，庶幾天意可迴。』

『我也是這麼想。這通奏疏一定要誠足以令人感動、理足以令人折服，不但利害要說得透徹，而且進言要有分寸，不然一無用處；反而愈激愈壞。』志銳仰屋興嘆：『現在難得其人了！』

『只要細心去找，亦不見得沒有。』

『芸閣，』志銳正色問道：『你能不能擬個稿子？我找人出面呈遞。』

文廷式報以苦笑：『我現在這種境況，心亂如麻，筆重於鼎，何能爲力？』

『好吧！』志銳無可奈何地，『等我來想辦法。』

志銳的辦法，不用文字用口舌；決定鼓動他的姊夫『譞貝子』勸醇王力爭。主意一定，立刻寫了一封信，專人送給奕譞。

奕譞倒也很重視其事，接到信便套車直驅適園；只見王府門庭如市，海軍衙門、總理衙門、軍機處、神機營，以及北洋衙門的官員，紛紛登門，都是爲了醇王出海巡視艦隊這一件大清朝前所未有的舉動，有公事要接頭，有的是辦差來回覆車馬準備的情形；有的是隨行人員請示校閱海軍的地點日程；有的是因爲醇王這一次離京，起碼有個把月之久，許多待辦的緊要公事，要預做安排，以致奕譞等了有半個時辰，方始見到醇王。

這是他們廿天以來的第一次見面；上次見面之時，還沒有派醇王巡閱海軍的上諭，因而奕譞首先問道：『這一次派七哥出海，大家都認爲應有此舉，只不明白，怎麼會有李蓮英隨行？』

爲何有李蓮英隨行，醇王亦不大明白；照他的想法，也跟派太監悄悄到南苑去看神機營出操那樣，無非慈禧太后怕臣下瞞騙，特地遣親信作耳目。但太監出京，到底過於招搖；因而當時便表示拒絕——拒絕得有一個藉口，他的理由是，李蓮英三品頂戴，職分過大，似乎不便。哪知慈禧太后答得很爽利：『讓他帶六品的頂子好了。』這一下，別無推託餘地，只好勉強答應下來。

現在聽奕譞問到，他先不作答；看看他手中的信說：『怎麼？外頭有甚麼話？』

『七哥看！這是志伯愚的信。』

信寫得很切實，說本朝盡懲前明之失；不准太監出京，更是一項極聖明的家法。同治年間安德海在山東被誅，兩宮太后與穆宗的宸斷，天下臣民，無不欽敬感佩。現在李蓮英奉旨隨醇王出海巡閱海軍，自然不敢妄作非為，但此例一開，隨時可以派太監赴各省查察軍務，督撫非醇王之比，必不能抑制此輩。這樣，遠則唐朝宦官監軍之禍；近則前明『鎮守太監』之非，都將重現於今日。最後是勸奕譞：『曷不勿以口舌爭之，當可挽回體制不少。』

話是說得義正辭嚴，擲地有聲；無奈到此地步，生米將成熟飯，萬難挽回。但如老實相告，說慈禧太后如何如何交代；奕譞或許會責難：當時為何不據理力爭？同時也一定會極力勸說，不折不撓，務必設法請上頭收回成命，豈不是平添許多麻煩。

這樣想著，便不肯道破眞相，索性自己承認過錯，『是我不好，我自己奏請派遣的。』醇王說道：『我不能出爾反爾。此刻無法爭了；以後我想法子拿他們壓下去就是了。』

這一回答，大出奕譞的意料；駭然問道：『七哥，你怎麼想來的？奏請派太監隨行！這不是長他們的氣燄嗎？』

『我亦是一番苦心。』醇王勉強找了一個理由：『讓他們在深宮養尊處優的人，也看看外頭的情形，讓他們知道風濤之險，將士之苦。』

話也還說得通；不過醇王老實，言不由衷的神色卻不善掩飾，所以奕譞微微冷笑：『七哥倒眞是用心良苦。不過在我看，自以爲有了堅甲利兵，或許反長了深宮的虛驕之氣。』

『不會，不會！你看著好了。』

『但願如七哥所言。』奕譞又問：『七哥是不是要拿御賜的杏黃轎帶了去？』

『那怎麼可以？』醇王懍然作色，顯得相當緊張鄭重，『逾分之賜，恩出格外；爲臣下者，豈可僭越？』

對於延煦在東陵爭禮的深意，奕譞亦約略聽人談過，很疑心慈禧太后特賞醇王及福晉乘坐杏黃轎，就像雍正對年羹堯的各種『異數』一樣，是有意相試，看他可有不臣之心？所以此刻見到醇王這種戒愼恐懼的神情，知道他已深深領悟到了持盈保泰的道理，自然感到安慰。

不過，他也許只是如條几上所擺的那具『欹器』，記取孔子的教訓：『虛則欹，中則正，滿則覆』；而未見得想到，慈禧太后對他已有猜忌之心。這一層，最好隱隱約約點他一句。

這樣想著，正好抬頭發現醇王親筆所寫的家訓：『財也大，產也大，後來子孫禍也大。若問此理是若何？子孫錢多膽也大；天樣大事都不怕，不喪身家不肯罷！』便即指著那張字，故意相問：『何謂「天樣大事」？』

『這……』醇王爲他問住了，『無非形容其大而已！』

『「事大如天醉亦休」，是少陵的詩；不過，我倒覺得，出諸七哥之口，別有深意；要讓子孫明白才好。』

醇王聽他的話，有些發楞；但很快地臉色一變，是更深一層的戒愼恐懼，——顯然的，他已經領悟到了；慈禧太后始終存著戒心，有一天他會以皇帝本生父的身分，成爲無名有實的『太上皇』。

『我錯了！』他頹喪地說：『眞不知道怎麼樣才能急流勇退？』

『存著這個心就可以了。』奕譞反覺不忍，安慰他說：『「上頭」到底也是知道好歹的。』

等奕譞告辭，醇王一個人發了好半天的怔；正在心神不定，坐立不寧之時，有人來報：『榮大人來了。』

榮祿現在又成了適園的常客了。他是上年年底，由醇王提攜，以報效神機營槍枝的功勞，開復了『降二級調用』的處分，仍舊成爲一品大員；但身體一直不好，所以請求暫不補缺，經常來往適園，作爲醇王的智囊。這時聽得他到，心頭一寬，立即延見。

『仲華，』他悄悄問道：『言路上有甚麼動靜？』

榮祿知道，這是指的李蓮英隨行一事；便從容答道：『此刻還沒有動靜。不過十目所視，等他回來，也許會有人說話。』

『這件事，實在出於無奈。』醇王嘆口氣說：『現在越想越擔心。』

『王爺既然已經想到，宜乎未雨綢繆；該透個信給他。』

『怎麼說法？』

『他，』榮祿忽又改口：『其實，我看他也知道；他究竟不比小安子那樣飛揚浮躁。』

這是說，李蓮英應該以安德海爲前車之鑑，醇王深以爲然；但不知道這話該怎麼透露給本人？便又向榮祿問計。

『我看是小心一點兒爲妙！就算他自己知道，也再提醒他一次，總沒有錯兒。你看，這話該怎麼說才合適？』

榮祿想了一下答道：『也不必專跟他說。王爺不妨下一個手諭，通飭隨行人員，不得騷擾需索；如敢不遵，指名參辦。我想，他總也有數了。倘或不然，王爺不妨拿府裡的人做個殺雞駭猴的榜樣。』

『對，對！這個法子好。你就在這裡替我擬個稿子。』

說著，醇王親自爲他揭開硯台的蓋子；榮祿趕緊親自檢點紙筆，站在書桌旁邊，爲醇王擬了一道手諭，雖是一派官樣文章，語氣卻很嚴峻。醇王看完，畫個花押，隨即派侍衛送到海軍衙門照發。

『還有件事，我只能跟你核計。昨兒立豫甫告訴我說，上頭已有口風露出來：說這多少年眞也累了，想早早歸政。你看，我該怎麼辦？』

這句話不能隨便回答，榮祿想了好半天答道：『王爺只當沒有這回事最好。』

『要不要得便先表示一下，請上頭再訓政幾年？』

『不必！』榮祿大搖其頭，『那一來倒顯得王爺對這件大事很關切似地。』

『說得是！』醇王深深點頭。

『上頭到底是怎麼個意思，無從懸揣。反正，果然有這個意思，自然先交代王爺；那時再回奏也還不遲。』

『是的。』醇王想了一下又說：『最好先布置幾個人在那裡，到時候合詞陳奏，務必請上頭收回成命，比較妥當。』

『不用布置。到時候自然有人會照王爺的意思辦。』

醇王點點頭；想到另外一件事，『仲華，』他問：『你看，上頭要叫皮硝李跟著我去，到底是甚麼意思?』

李蓮英未淨身入宮以前，做的是硝皮的行當，所以有這麼個『皮硝李』的外號。榮祿心想，醇王這話可是明知故問?如果他眞無所知，話就只能說一半了。

說一半就是只說一件。李蓮英此行的任務，據榮祿所知，一共有二，其中之一是，慈禧太后想要知道，醇王的聲望到底如何?這自是『雄主猜忌』之心;說給忠厚老實的醇王聽，會嚇壞了他，不宜多嘴。

於是他只說另外一半:『北洋練兵，水師也好，海軍也好，花的錢可眞不少了。上次不有人說，濟遠艦不值那麼些錢?後來李少荃奏覆，不如外間的傳言，事情算是壓下來了。不過上頭到底有些疑心;派皮硝李去，我想，就有個明查暗訪的意思在內。』

『說得有理，倒要留點神。』

於是他第二天便傳下話去:這一次校閱，務必大張軍威，意思是要讓李蓮英震眩於軍容之盛，好回去向慈禧太后侈談其事，覺得大把銀子花得很値。

出海那天，正値滿月;半夜一點鐘上船，子潮已過，海面異常平靜，李鴻章稱頌:『全是託王爺的福!』

坐的是最大的一艘定遠艦，艦上最大的一間艙房，也就是定遠艦管帶，到德國去過的『總兵銜補用副將劉步蟾』的專艙，重新布置，改爲醇王的臥室;其次一間，不是李鴻章所用，特爲留給李蓮英——專門辦這趟差的天津海關道周馥，親自領著李蓮英進艙，原以爲一定會有幾句好話可聽，哪知不然！

『周大人，』穿著一身灰布行裝的李蓮英問道：『這間艙也很大，跟王爺的竟差不多了。是怎麼回事？莫非船上的艙房，都是這麼講究？』

『哪裡！』周馥答道：『兵艦上的規矩，最好的一間留給一艦之長的管帶，就是王爺用的那一間；再下來就數「管駕」所用的一間，特爲留給李總管。』

『李中堂呢？』

『李中堂是主人，用的一間，要比這裡小些。』

『這不合適。』李蓮英大搖其頭，『李中堂雖做主人，到底封侯拜相，不比尋常。朝廷體制有關，我怎麼能漫過他老人家去。周大人，盛情心領，無論如何請你替我換一個地方。』

周馥大出意外，再想一想，他多半是假客氣；如果信以爲眞可就太傻了。因而一疊連聲地說：『李總管不必過謙。原是李中堂交代，這麼布置的！』

『李中堂看我是皇太后跟前的人，敬其主而尊其僕。我自己可得知道輕重分寸；眞以爲受之無愧，那就大錯特錯了！周大人，』李蓮英說：『如果眞沒有地方換，也不要緊，我看王爺艙裡的那間套房，四白落地，倒清爽得很，我就在那裡打地舖吧！』

那怎麼可以？周馥心想，那個套間是『洋茅房』；李蓮英不識白磁抽水的『洋馬桶』，竟要在那裡打地舖，傳到艦上洋教習的耳朵裡，可眞成了『海外奇談』！

當然，這話亦不便明說，無可奈何，只好答應掉換；而換哪一間，卻又煞費周章。照理說，他既不肯凌駕『李中堂』而上之，自然是跟李鴻章的臥艙對換。但這一來李鴻章便得挪動，必感不便，必感不快，自己的差使就又算辦砸了。

想一想，只有請示辦理；便請李蓮英稍坐，他趕到李鴻章那裡去叩門；等開門望裡一看，李鴻章穿一身寧綢夾襖褲，赤足坐在銅床上；床前一張小凳子，坐的是專門從上海澡塘子裡找來的扦腳司務小楊——李鴻章早年戎馬，翻山越嶺，一天走幾十里路是常事；因而一雙腳長滿了雞眼，每天不是熱水洗腳，細細剔理，第二天便無法走路。

見此光景，周馥也就不必再說對換的話了，『李總管一定不肯用那間艙，要換地方。』周馥說道：『我拿我那間艙給他；我自己找地方去擠一擠。特爲來跟中堂回一聲。』

『喔，怎麼回事？』等周馥將李蓮英的話，都學了給李鴻章聽以後；他臉色鄭重地說：『你們都記著。此人可不比安德海；從這一點上就看得出來了！』

『是！』周馥將他的話在心裡默誦了一遍；請示另一事：『王爺上船的時候說，想看看東海日出；到時候要不要預備？』

『預備歸預備，不必去驚動他。日出，也就是三四點鐘的時候，這會兒都快兩點了！何苦鬧得人飢馬乏？』

艦橋上布置了座位、飲食，預備醇王有興，正好迎著旅順口正東方向看日出。結果並無動靜；醇王一直到早晨六點鐘才醒。

等他一醒，李蓮英已經在侍候了。醇王看他幫忙張羅，要這要那，有條不紊，竟像服侍慣了的，心裡不免佩服；怪不得慈禧太后少不得他這麼一個人。

一想到慈禧太后，立刻便生警覺；三品頂戴的長春宮總管，自己居之不疑地受他的侍奉，豈不是太僭越了。因而提高了聲音說：『蓮英，你歇歇去吧！你也是李中堂的客，不必爲我費神。』

『老佛爺交代過的，讓蓮英侍候七爺。』李蓮英說：『就是老佛爺不交代，蓮英不也該在這兒侍候嗎？』

『嗯，嗯！何必還講這些禮數，你擱下吧！』

說之再三，李蓮英只有歇手；但卻仍舊守著他的規矩，悄悄兒肅立在門口；見到李鴻章也照樣請安，一點都看不出大總管的架子。

這一天整日無事。醇王大部分的時間，坐在艦橋上看海，這是他生平第一次航行大海，也是生平第一次乘此艨艟巨艦，因而處處覺得新奇；時時暗道『慚愧』——不懂的東西太多了；從前常批評恭王辦洋務並無實效，甚至心目中以爲洋人不足道，洋務不必辦，也是太錯了！

到了晚飯以後，旅順已經在望；九點多鐘，定遠艦進港，碼頭上燈籠火把無計其數。等醇王坐小船登岸，旅順守將四川提督宋慶，身穿黃馬褂，頭戴雙眼花翎，率領屬下將官，已在道旁跪接。時候不早，爲了讓醇王得以早早休息，一切繁文縟節，概行蠲免。宋慶到行轅請過安，立即回營；連夜做最後的檢點，預備校閱。

第二天一早，醇王身穿黃行裝，上罩五爪金龍四團石青褂；頭戴三眼花翎寶石頂的涼帽；這天有小雨，所以又披一大紅羽紗的雨衣。先坐紅幨灑金的明轎到校場；然後換乘特地從京師運來的一匹菊花青大馬，在震天的號炮和樂聲之中，到演武台前下馬。

等宋慶稟報了受校人數，隨即開始校閱。先看陣法，次看射鵠；弓箭換成洋槍，乒乒乒乒，熱鬧得很。醇王拿千里鏡照著靶子；紅心上的小洞，密如蜂窩，足見『準頭』極好。醇王極其高興；傳諭賞銀五千。

回到行轅，召見將領，少不得還有一番慰勉。吃過午飯，接見洋人，一個是英國海軍出身的琅威里，現在受聘擔任北洋水師『總巡』；一個是德國人漢納根，專責監修炮台。這兩名『客師』事先曾受到教導，親王儀制尊貴，接見之時，洋人雖不需磕頭，但並無座位。不過醇王頗爲體恤，不讓他們站立太久，略略問了幾句話，便『端茶碗』送客了。

第二天校閱海軍。演武台搭在旅順港口左面黃金山上。口外已調集八艘兵艦，北洋的定遠、鎮遠、濟遠三鐵甲船；超勇、揚威兩條快船；以及屬於南洋，由福建船政局所造開濟、南琛、南瑞三戰船。先是演習陣法，前進後退，左右轉彎，八船行動如一，醇王讚賞之餘，不免困惑，便開口相問了。

『海面如此遼闊，八條船的行動這樣子整齊，是怎麼指揮的呢？』

這話是向李鴻章發問的；他便轉臉向北洋水師大將，天津鎮總兵丁汝昌說道：『禹庭，你跟王爺回話。』

『回王爺的話，白天是打旗，叫作「旗語」；晚上是用燈號。』

『喔，那麼由誰指揮呢？』

『是旗艦，今天是用鎮遠做旗艦。』

『旗艦又由誰指揮呢？』

這話頗難回答；李鴻章卻在旁從容答道：『今天自然由王爺指揮。』

『嗯，嗯。』醇王問道：『也是用旗號傳令嗎？』

『是的。』

『那麼，我來試一試。』醇王指著洋面說：『現在的陣法好像是「一字長蛇陣」；能不能改為「二龍搶珠」的陣法？』

丁汝昌當即遣派一隻汽艇，追上旗艦，傳達命令；鎮遠艦上隨即打出旗語，首尾啣接的一條『長蛇』，漸化為二，以雙龍入海之勢，分左右翼向黃金山前集中，鳴炮致敬。

這下來便是最緊要的一個節目：『轟船』。事先拖來一艘招商局報廢的舊船，作價賣給北洋衙門，作為靶船；桅杆特高，上懸綵旗；此外還有大小不等，漂浮在海面的許多目標。一聲令下，首先是海口東西兩面山上的十二座炮台，一齊發炮，參差交叉，織成一道熾烈的火網，將入口的海道，完全封鎖。接著是二品銜道員劉含芳所管帶的魚雷艇打靶；但見海面激起一條條白色的水紋，如水蛇似地，竄得極快，遇著浮標，轟然爆炸。片刻靜止，海面上已浮滿了散碎的木片什物。醇王對此印象特深，覺得氣勢無前，實在是破敵的利器。

因此，乘回帳房休息之時，便問李鴻章：『北洋的魚雷艇，現在有幾條？』

『只有五條。』

『五條？』醇王訝然，『看樣子倒像有幾十條似地。』

『海面遼闊，防護南北角，總得有一百條魚雷艇才夠用。』

『一條要多少銀子？』

『總在四、五萬之間。』

『照這樣說，造一條鐵甲船的錢，可以買四、五十條魚雷艇？』

『是！』

『這可以好好籌劃一下，不過花兩條鐵甲船的錢，就可以讓敵船望而卻步，很划得來啊！』

『王爺明鑑。』李鴻章答道：『錢自然要緊；人也要緊。有那麼多魚雷艇，沒有那麼多人，依然無濟於事；所以設學堂也是當務之急。等王爺回天津，想請駕去看看武備、水師兩學堂。』

『好！我一定要看。』

『此刻，請王爺出帳，看鐵甲艦「轟船」。』

等醇王重登黃金山上的演武台，南北洋八艘戰船已布好陣勢，分東西兩面排開；頭南尾北，炮口都對準了靶船。而發號施令的丁汝昌，卻站在演武台上；等醇王坐定便請示：『是否即刻發炮？』

『放吧！』

於是，台前旗杆上一面金黃大旗，冉冉上升；升到頂端，只聽隆隆巨響，硝煙瀰漫，波飛浪立，炮火都集中在一處。轟過一盞茶的工夫，炮停煙散，那艘靶船的桅杆綵旗，早已不知去向，海面上布滿了碎片油漬——如果這是一艘法國兵艦，就算轟沉了。

醇王得意非凡，轉臉向持著長旱煙袋，侍立一旁的李蓮英問道：『你都看見了？』

『是！』

『回去跟皇太后回奏，海軍辦得不錯！很值得往這上頭花錢。』醇王又說：『旅順是北洋的門戶；門戶守得嚴，京師穩如泰山。請皇太后放心！』

李蓮英只諾諾連聲，不多說一句話；那個恭順小心，謹守本分的樣子，醇王是在滿意之餘，略有此詫異，疑心平時聽人所說——甚至是醇王福晉所說，皮硝李如何怙權弄勢，都不免見聞不確，言過其實。至於北洋衙門及直隸總督衙門辦差的官員，看在眼裡則無不大出意外。他們心目中的李蓮英，即令不是法門寺中的劉瑾，也該是連環套中的梁九公。再有個現成的例子就是安德海；畿輔的文武官員，頗有親眼見過安德海當年經通州、天津沿運河南下的那種氣派、勢燄的；兩相比較，更使人難以相信李蓮英是慈禧太后面前的說一不二的大總管。

卻也有極少數的幾個人，因爲他如此，反而格外重視。其中之一就是李鴻章；他找個空召來親信，有所囑咐。

李鴻章有各式各樣的親信，辦這類差使的是周馥與盛宣懷；他對這兩個人說：『我跟你們說過，此人不比安德海，要好好留神。這兩天看起來，越有深不可測的樣子，總得要想法子摸摸底才好。』

『太監總是太監，沒有個不喜歡戴高帽子的；不過，有人喜歡明戴，有人喜歡暗捧。』周馥很起勁的說：『我就不相信，收他不服。』

『收服？』李鴻章搖搖頭，『談何容易！你不可自信太甚。』

『我不敢！』周馥欠身答道：『我也只是替中堂盡做主人的禮數。人非木石，又是這樣熟透世故的人，不能無動於衷。』

『光是盡東道主的禮數，是不夠的，要辦事才行！』李鴻章說：『他遠涉風濤，還委曲戴個六品頂戴，必有所謂。難道醇王還少人照料，上頭特意派他來侍候？不會的！』

『中堂剖示，一針見血。』盛宣懷接口說道：『皇太后派他來，必有指示；我想不如探探他的口氣，皇太后倘有「傳辦事件」，北洋能夠量力報效，讓他能順順當當交差。以後一切，就都好辦了。』

『這是要的！』李鴻章點點頭說：『就你去一趟吧！』

於是在旅順事畢，航向煙台途中，盛宣懷便盡量找機會跟李蓮英接近。他們素有交往，而直接見面的機會不多；加以李蓮英有意要避嫌疑，幾乎寸步不離醇王左右。遇到醇王要休息時，便避入護衛起坐的房艙，大小官員想要單獨見他一面，眞個難如登天。

然而，盛宣懷亦不是沒有收穫。李連英雖見不著面，卻跟他隨帶的蘇拉打上了交道；這個蘇拉名叫瑞錦山，其實是李蓮英的耳目。當然，爲人很厲害，是不消說得的。

因此，盛宣懷拉關係『套近乎』的用意，在他洞若觀火；好在他的身分比他主人差得太多，無人注目，所以不妨就勢借勢，跟盛宣懷接近。然而，有其主，必有其僕；在盛宣懷面前，他亦不敢平起平坐，並且口口聲聲『盛大人，盛大人』，叫得恭敬而親熱。

頭一次是結識，彼此都不便深談，不過周旋盡禮而已，但從煙台回天津，情形就不同了。醇王在天津要查閱炮台，看操看學堂，一共有五天的勾留，不但時間從容，而且盛宣懷在天津有公館；招邀到私寓歡敘，便可以避人耳目，無話不談了。

那天是由盛宣懷口頭邀約到家吃晚飯。可是過午不久，便派車將瑞錦山接了來；主客都是便衣，又是在起坐的花廳中相見，因而少了許多拘束，由此行的見聞談起，很快地談到了李蓮英。

『錦山，』盛宣懷很親切地喊著名字；是那種舊友重逢的語氣，『你跟李總管幾年了？』

『九年。』

『九年？那是——在李總管剛進宮不久，你就跟他了。難怪他拿你當親信。』

『也不敢說是李總管的親信。不過，有甚麼事，他總是對我說就是。』

『這樣說，你也天天進宮？』

『是的。』

『那麼，皇太后也是天天見的囉？』

這些地方，就見得瑞錦山有分寸，不敢瞎吹：『我們哪到得了老佛爺跟前？』他說：『就是有頂戴的人，不奉呼喚，也不敢走過去呀！』

『說得是！』盛宣懷用關切的聲音說：『皇太后就相信李總管一個；不定甚麼時候召喚，從早到晚侍候在那裡，眞要有龍馬精神才對付得下來。』

『是！不要說李總管，就是我們，也夠受的。』瑞錦山說：『御藥房倒多的是補藥；不過性子熱，也不敢亂吃。』

提到補藥，盛宣懷立刻就向侍候倒茶裝煙的丫頭說：『妳進去問一問姨奶奶；上個月法國領事送的葡萄酒還有幾瓶？都拿來！』

『說葡萄酒活血，是不是？』瑞錦山問。

『對了！這種酒養顏活血，藥性王道，常服自有效驗。不過，法國的葡萄酒也跟我們的「南酒」，要出在紹興才好那樣，得是內行才知道好歹。』

『凡事都一樣，總要請教內行才有眞東西。』瑞錦山說：『遇著假充的內行，瞎撞木鐘，花了錢還受氣。』

盛宣懷心中一動，細細體味他的話，似乎在暗示門路獨具；果然搭得上話，花幾萬銀子，弄一任上海道當當，倒眞不壞。

就這沉吟之際，丫頭已來回報，酒還剩下六瓶。盛宣懷叫分做兩份，一份四瓶送李蓮英；另一份兩瓶送瑞錦山，『你不要嫌少！原是不値錢的東西，只是眼前不多。』他說：『等我託法國領事多買它幾箱；一到就送進京去。府上住哪裡？』

『我住在後門。』瑞錦山說了地址；盛宣懷親自拿筆記了下來。

『宮中也用外國酒不用？』

『有的。一種「金頭」，一種「銀頭」。』

這一說將盛宣懷楞住了，他亦頗識洋酒之名，卻再也想不出『金頭』、『銀頭』是甚麼酒？

『爲這兩種酒，還闖一場大禍。洋玩意眞不是東西！』

盛宣懷越發詫異，必得追問：『怎麼會闖大禍？』

『是去年八月半，老佛爺在瀛台賞月；一時高興，叫拿法國公使進的酒來喝。瓶塞一開，只聽「梆」的一聲響，好大的聲音，嚇得皇上臉色都變了！』

『原來驚了駕；糟糕！』

『這還不算糟！一聲響過，酒跟一支箭似地往外直鏢；鏢得大公主一身都是。小太監急了，拿手去捂瓶口，越捂越壞，白沫亂噴，搞得一塌糊塗。老佛爺這下可眞動了氣了！』

『這小太監呢？當然倒了楣？』

『倒楣倒大了！一頓板子，打得死去活來；不是大公主心好，替他求情，只怕小命都不保。』

盛宣懷明白了，所謂『金頭』、『銀頭』，原來是香檳酒。不過不必逞能，爲瑞錦山說破；只問：

『那以後吶？還喝這兩種酒不喝？』

『自然要喝。』

『要喝不又要闖禍了嗎？』

『不會了。請教高人，得了個竅門，先拿瓶口的金銀紙包封取下來，再拿釘書用的鑽子在瓶塞上鑽個洞，酒氣放光就不礙了。』

這眞是匪夷所思的『妙計』！盛宣懷笑道：『這一著眞高！那位「高人」可是誰呀？』

『內務府的立大人。』

『原來是立豫甫！』盛宣懷點點頭說：『也只有他想得出。』

『立大人還說，這種酒，規矩是要聽那一聲響聲。不過咱們中華大邦，跟夷情不同；他也是怕驚了駕，不敢進這種酒。』

『虧得是法國公使進的。』盛宣懷說：『如果是立大人進的，只怕他也要倒楣！』

『那還用說！就算老佛爺不追究；挨了板子的可記上進酒的人的恨了。』

這算是讓盛宣懷學了一次乖。不由得想起乾隆年間有人進貢上好的徽墨，『萬壽無疆』四個金字，磨到後來變成『萬壽無』；進墨的人，竟因此嚴譴。以後進獻新奇珍品，務必考慮周詳，不然弄巧成拙，關乎一生富貴得失。

也就因爲有此警惕，便格外要打聽宮中的事事物物。主人虛心求教，客人正好賣弄；賓主談得十分投機，直到聽差來請入席，方始告一段落。

坐上飯桌，換了話題。這時候該瑞錦山向盛宣懷有所打聽了，先是問北洋衙門聘請客卿的薪水；接下來問到北洋所收『海防捐』的實數。談來談去是錢，盛宣懷自具戒心，不盡不實地敷衍著。

瑞錦山也很厲害，耐著性子套問，提到購船經費，終於問出花樣來了。

『咱們跟外國買船，也是給現銀子嗎？』

『不是！』盛宣懷說：『要買英鎊匯了去。』

『到哪兒去買啊？』

『哪家外國銀行都可以買。不過總是請教匯豐銀行。』

『爲甚麼呢？』瑞錦山問：『莫非跟匯豐銀行買，可以少算一點兒？』

『不！鎊價是一律的；逐日行情不同，是高是低，都看外國電報來掛牌。』盛宣懷答說：『至於專跟匯豐銀行買鎊，是因爲海軍經費存在匯豐銀行生息；買鎊只要轉一筆帳，可以省許多手續。』

從這幾句話中，瑞錦山知道了兩件事：一件是北洋有款子存在匯豐；一件是鎊價的行情，逐日不同——這跟銀價與錢價一樣，有時銀貴錢賤；有時錢貴銀賤，如果貴進賤出，就是吃虧，否則便佔了便宜。

懂了這個道理，瑞錦山發覺其中大有講究，『盛大人，』他很謙虛地說：『這我可要跟你老討教了。鎊價行情，既然有高有低；那麼買鎊是該趁低的時候買，還是趁高的時候買？』

『自然是趁低的時候買。』

『如今是高是低？』

『如今算是低的。』

『既然鎊價低，就該多買一點兒擱在那裡；反正是要用的。盛大人，你說是不是呢？』

一句話將盛宣懷問住了，心裡不免失悔；不該將洋務上的訣竅，輕易教人。雖然這筆購船的經費不由自己經手；但自己經手過別樣向外洋購料的經費，買辦總是低價高報，而外匯牌價，不用跟銀行查詢，《申報》上每天登得就有，倘或調帳徹查，弊竇立見，那時要彌補解釋就很難了。

這樣轉著念頭，竟忘掉應該答話；瑞錦山見他發楞，知道自己的話是問在要害上，笑笑說道：『盛大人，我是瞎琢磨，問得大概不在理上。』

『不，不！』盛宣懷這才想起，還該有句話回答：『如果是自己做買賣，照你的辦法，一點不錯。不過公家的事，又當別論；甚麼時候該買鎊匯出去，要看咱們駐外國的欽使，甚麼時候來電報？早匯了去，人家也不肯收的。』

最後一句話不但成了蛇足，而且成了騙小孩的話；彼此交易，買方願早交款，賣方豈有不收之理？瑞錦山陰惻惻地一笑：『洋人買賣的規矩，跟咱們不一樣。』

這一笑，笑得盛宣懷很不自在；不過他的臉皮厚，不會出現慚色，定定神答道：『洋人做買賣，一切照合同行事；遲了不行，早了也不行。再說，既然是拿銀子存在匯豐生息，早買了鎊，白貼利息，也不划算。』

這番掩飾，總算言之成理；再看他從容自若的神態，瑞錦山倒有些疑惑自己的想法，似乎不見得對，因而丟下不談，換了個話題。

『外國銀行的利息怎麼樣？』他問：『是不是比咱們的銀號錢莊要高一點兒？』

『也不見得。』盛宣懷學了個乖，不肯透露確數，『而且存的是活期；比定期的更低。』

『既然如此，貪圖甚麼呢？』

『貪圖他靠得住。還有一層好處……』話到口邊，盛宣懷突生警覺，眞所謂言多必失，心中悔恨不迭。

然而漏洞已經出現，瑞錦山當然捉住不放，『甚麼好處？』他說：『盛大人也教教我！』

逼成箭在弦上之勢，盛宣懷無法閃避；轉念一想，教他一個乖也好，便放低了聲音說：『洋人做買賣有樣好處，最看重主顧。譬如說，你有款子存在他那裡，不但靠得住不會倒；而且有人去查，他們也不肯透露的。』

『這就是說，誰有款子存在他們那裡，除了本主兒以外，沒有人知道？』

盛宣懷一拍掌說道：『對了！錦山，你行！一點就透。』

『這……』瑞錦山有些不大相信，『奉旨去查也不行？』

『是的。』

『那不成了抗旨了嗎？』

這話說得嚴重了，盛宣懷有些不安，『不是這麼說，不是這麼說！』他趕緊搖手：『外國銀行，自有他們國度的公使管轄。咱們皇太后的懿旨行不到他那兒，就談不到抗旨。』

『這麼說……』瑞錦山也縮住了口，他本來想說：『盛大人總也有款子存在外國銀行？』這話要說出來，可能會搞成不歡而散，大可不必。

話雖未說，意思已明明白白地顯在言外；盛宣懷當然不會追問，但很想解釋，自己並無存款在外國銀行。轉念一想，這樣說法，就如俗語所謂『越描越黑』，是很傻的事。

賓主之間，開始出現了沉默。因爲一直談得很起勁，忽然有話不投機的模樣，彼此都覺得難堪；也都覺得該打破這一難堪的沉默。

『錦山……』

『盛大人……』

兩個人是同時開口，也都同時停住，『錦山，』盛宣懷讓客：『你有話先說！』

『盛大人，我再想跟你老討教；跟外國銀行借款行不行？』

『當然行！不過要看甚麼人借。』盛宣懷低聲說道：『錦山，是不是你想用錢？』

瑞錦山心中一動。照此光景，只要自己開口，幾千銀子可以穩穩到手；如果打李蓮英的旗號，十倍於此的數目，也是手到擒來。

他的念頭尚未轉定，盛宣懷卻又開口了：『如果你想用錢，我可以替你想辦法；不用花利息。』

『怎麼呢？』

『你要用錢，想來不會多，無非萬兒八千；我想法子在那裡替你挪一挪。電報局在外國銀行裡也存得有款子，利息很微，算不了一回事；我替你墊上就是。』

瑞錦山恍然大悟，其中還有官款私借的花樣。而且盛宣懷的口氣甚大，『萬兒八千』還說不多；那麼多則就是以十萬計了。

『多謝盛大人！』瑞錦山站起來請個安：『等我要用的時候，再來求盛大人。今兒打擾不少時候，該告辭了。』

醇王是四月二十六回京的。不過早就電奏在先，要五月初一才能覆命；因爲此行帶回許多船艦、炮台、船塢的圖說，尚待整理進呈；同時十幾天巡行數千里，見聞極多，關於大辦海軍應興應革事項，亦需通盤籌劃，至少要有三四天的工夫，才能畢事。

不過醇王巡視的經過，慈禧太后不待他覆命，就已明瞭；因爲李蓮英亦需覆命。照他的看法，辦海軍根本不需那麼多錢，尤其養船的費用，可以大事撙節。此外也談到北洋衙門氣派之大，以及北洋官員薪俸之優，言下頗有不平之意。

這自然有些過甚其詞，他的意思是要迎合慈禧太后早就存在心裡的一個想法：與其讓你們胡花，不如我自己來花。果然，慈禧太后當時就做了一個決定：早日降懿旨宣示歸政——這也就是決定催促醇王將該興修的禁苑工程，早早完工。

五月初一清早，醇王的覆奏遞到，共是一摺一片。奏摺中陳述察度北洋形勢、應建海軍規模及練兵選將，首重人才，所以軍事學堂，必須推廣的大概情形。附片是密保得力的海陸將領，文武人員。慈禧太后看得很仔細，印證了李蓮英的陳述，對於北洋的全盤情勢，已了然於胸了。

召見之後，自然有一番獎勉。然後聽醇王口述看操的情形。他拙於口才；一件很熱鬧的事，講得索然無味，遠不如李蓮英的刻劃，來得生動。然而，慈禧太后不便打斷；耐著性子，聽他講完，方始問道：『海軍不過剛剛開辦；照你這一次去看的情形來說，將來還得要有大把銀子花下去。怎麼樣籌款，你跟李鴻章談過沒有？』

『這是一定要談的。辦法是有幾個，不過一時似乎還不宜明示。』醇王答道：『海防新捐，限期將到；看來一定要展限。』

『可以。』慈禧太后答道：『這不妨早早宣示。』

『回皇太后的話，目前因爲限期將到，直隸報捐的人很踴躍；如果宣示過早，大家一定會觀望，對北洋的入款，大有關係。』

『嗯！嗯！那就慢慢來再說。』慈禧太后又問：『除了戶部在籌劃的辦法以外，你們還談出點兒甚麼生財之道？』

『李鴻章有幾句話說得不錯，海軍是國家的海軍；北洋的安危，不僅關係京師，也關係海內，所以辦海軍應由各省量力籌款，由海軍衙門統籌運用。這話在眼前似乎言之過早，等將來正式建軍的時候，再請旨分諭各省照辦。』

『既然還早，就不必去談它了。』慈禧太后問道：『李蓮英這次跟你出去怎麼樣？有沒有甚麼不守規矩的地方？你可別瞞著我！』

『臣不敢瞞，也沒有甚麼好瞞的。李蓮英這趟跟臣出去，他的行動舉止，實在是臣想不到的。』不待慈禧太后動問，醇王便大讚李蓮英如何守規矩，知分寸；尤其是謝絕外客，苞苴不入，那種操守，著實難及，因此，大小衙門的官員，對他不但佩服，而且敬重。

醇王是由衷地讚揚，情見乎詞，一無虛假；最後當然歸結到『頌聖』上面，說北洋官員的議論，無不敬仰皇太后知人善任，法度嚴明，所以派出去的太監，才會這樣守法盡禮。

這對慈禧太后來說，當然是極好的恭維；同時也覺得李蓮英確是可以充分信任的。不過她心裡雖很看重此事，表面卻頗淡漠，聽醇王很起勁地說完，只答一句：『他能懂規矩，就算他的造化。』接下來便談到拆遷北堂之事。

拆遷北堂的交涉，進行得很順利。敦約翰不負使命，說動了教皇，同意拆遷；電飭教廷駐北京的代表樊國樑，回羅馬面商移堂的辦法。

這是三月底的事。李鴻章接到敦約翰的電報，便託津海關稅務司德璀琳，邀約樊國樑到天津會商。移建的地點，原有成議，是在西安門大街路北的西什庫地方。這西什庫又稱西十庫，明朝在這裡設甲、乙、丙、丁、戊、承運、廣盈、廣惠、廣積、贓罰等十庫，專貯絲絹、顏料、油漆之類的物件，及抄家沒入官府的贓物；入清以後，西什庫歸內務府接收，曾經三十多年的封錮，到康熙年間，才略加清點。其地荒僻，而十庫所貯，久成廢物；所以內務府一向棄置不問，正好用來供北堂遷移之用。

照最初所許的條件，朝廷不但要另撥建堂之地，而且要照原來的式樣，代爲興建。而戶部及內務府造辦處，都不願承辦這一工程，因爲價錢不好開，照實開報，相形之下會顯得正在興修的三海工程，過於虛冒虛濫；如果照一向承辦宮苑工程的例規來開，這樣一座大教堂，工價算它五十萬銀子也不爲過，又哪裡來的這筆鉅款？而況有洋人參預，事事過問，處處頂眞，最後必是好處不曾落到，麻煩多得不可勝言，因而都敬謝不敏；推託之詞只有一句：『洋房不會造；天主教堂更不會造。』

這樣就只好折價，讓天主教自己去造了。李鴻章要跟樊國樑磋商的，主要的就是折價的多少。而在談錢之先，還有件更要緊的事，先要說妥，就是北堂的鐘樓，高達八丈四尺，俯瞰禁苑，十分不妥。文宗在日，對此耿耿於懷；同治年間，亦曾多次交涉，希望北堂將鐘樓拆低而一直不得要領，此刻遷堂，自然力戒前失；李鴻章以極堅決的態度告訴樊國樑，爲了風水的關係，西什庫新堂的鐘樓，以五丈爲度，斷斷不准高出屋脊。

原來以爲樊國樑必有難色，哪知他竟一口允諾照辦。李鴻章喜出望外，對於折價的數目，手便鬆了；而樊國樑的本意，亦是拿這個讓步，換取實益，所以李鴻章一許二十萬，他意猶不足，一直加到三十萬，仍舊要再添五萬。

就在這時候，醇王到津；李鴻章向他請示，照三十五萬兩定議，訂立了合同五條。

醇王此刻要面奏的，就是五條合同的內容。他特別提到第五條，規定北堂所收集的『異方珍禽異獸』，一切古董，以及傳教唱詩所用的風琴、喇叭等等，經李鴻章力爭，樊國樑終於不得不答應，『全數報效』；載明在合同以內。這些東西，價值不貲；折算扣除，給價實在不到三十五萬銀子。

『總而言之，這一次仰賴皇太后的鴻福，交涉極其順利。避過法國，直接跟教廷接頭；這個宗旨，定得很高明。』醇王很興奮地說：『國運否極泰來，如今軍事、洋務，都有起色；臣與李鴻章內外支持，勉圖報稱，總算有了一點結果。不過，臣的才具短，總要求皇太后時時教誨。』

聽了醇王這番表功的話，慈禧太后少不得有一番嘉勉；然後又將話題拉了回來：『北堂甚麼時候遷讓呢？』

『從明年正月初一起，以兩年爲限，遷讓完畢。』醇王答道：『新堂地基，預備十一月裡交，動工要在明年；因爲今年西北方向不宜破土。』

『風水是要緊的。』慈禧太后急轉直下地問：『北堂遷讓，已經定議了；那麼三海工程甚麼時候可以完呢？』

『這……』醇王遲疑著，『要看工款來得是不是順利？』

『這話我就不明白了！如果工款來得不順利，工程就擱在那兒，老不能完工了？』

話中有責備之意，使得醇王微感不安，急忙答道：『臣所說的順利不順利，也不過進出幾個月的工夫。三海工款總計一百八十多萬，責成粵海關籌一百萬，是個大數，到現在爲止，報解到京的，不過十幾萬。眼前要發放的，就得三十多萬；欠下商人的款子，工程就不便催，因爲內務府催工程，商人就要催款。臣估計至遲明年冬天，總可完工。』

『颳西北風的時候，就得回宮了；明年冬天完工，不就等於後年夏天完工嗎？』

醇王心想不錯，歷來的規矩，春秋駐園；夏天如果不是巡幸熱河，也是住園，唯有冬天在宮裡。三海工程在冬天完工而不能用；閒置在那裡，反要多花人工費用，細心照料，這是甚麼算盤？

轉念到此，不假思索地說了一句：『臣准定催他們明年夏天完工。』

『那還差不多！』慈禧太后的聲音和緩了，『可是，催工就得催款，那又怎麼著呢？』

『臣盡力張羅就是。』

『你也不必太勞神！』慈禧太后體恤地說：『北洋不是有款子存在外國銀行生息嗎？先提三十萬來用好了。』

『那筆款子，是要付船價的……』

『怕甚麼？』慈禧太后不耐煩了，搶白的聲音很大，『等粵海關的款子一來，不就歸上了？上百萬銀子擱在洋人那裡，不但生不了多少息；說不定還給人挪用了呢！』

醇王不知道慈禧太后的話是有根據的，只當指責海軍衙門有人挪用造船經費，極力申辯，絕無其事。慈禧不便透露消息來源，只說了句：『外面的事你不大明白；照我的話做，沒有錯兒。』

醇王自然不敢違拗，行文北洋衙門，借款三十萬兩。李鴻章接到諮文，大爲高興，因爲預定向英德兩國訂造的四條鐵甲快船，本有二百四十八萬兩銀子，存在匯豐銀行，陸續結匯兌付，現在還剩一百萬兩，原可夠用；哪知駐英駐德的公使劉瑞芬、許景澄一再來電，不是增添設備，就是材料漲價，要求增加款項，計算之下，還差八十萬兩。正愁著無法啓齒時，有此一道諮文，恰好附帶說明，解消了一大難題。

不過三十萬兩卻還一時不能解京；當初與滙豐訂約時，有意留下騰挪的餘地，規定提銀在一萬兩以上時，需早一個月通知。所以這筆款子，要到六月中旬才能解送海軍衙門。

六月初五，皇帝奉慈禧太后移居寧壽宮；因爲三大殿及東西六宮各處的溝渠，要徹底修理之故。寧壽宮在大內最東面，乾隆三十七年開始興修，預備歸政以後，作爲頤養之處；一直修建了十四年才落成。佔地約當整個內廷的四分之一，其中規模，完全仿照內廷各正宮正殿，大門名爲皇極門，二門名爲寧壽門，等於乾清門；門內皇極殿，規制如乾清宮；殿後的寧壽宮，跟坤寧宮一樣，也有祭神肉的大鍋，吃肉的木匠以及跳神的法器等等。

寧壽宮後門是一條橫街，正中一門叫作養性門；門內養性殿，跟養心殿相仿，所不同的是有奉佛的塔院與坐禪之處，現在作爲皇帝的寢宮。

慈禧太后所住的是樂壽堂，在養性殿之後；原是高宗的書齋。此外還有三友軒、頤和軒、隨安室、如亭、導和養素軒、景祺閣等等亭台樓閣；景祺閣之後，就是寧壽宮的後門貞順門，有三間寬的一個大穿堂；還有一口極深的井，井水甘洌非凡。

這座宮觸發了慈禧太后的許多想像，一几一椅，一草一木，都使她想到，是當年高宗歸政後，盤桓摩挲過的。八十多歲的太上皇，五代同堂，五福駢臻，雖說是天下第一位福氣人，然而頭童齒豁，想玩也玩不動了。不如及今未老，早早歸政，可以多享幾天清福。

因此在移居寧壽宮的第六天，便打定了主意；這天召見醇王，特地傳諭，皇帝也入座。

這是極大的例外。由於醇王與皇帝是父子，禮節上有所不便；所以召見醇王時，皇帝向不在座。這天忽然在養心殿相見，醇王一時有手足無措之感；不過稍微想一想也就不礙，皇帝雖坐在御案之前，而慈禧太后卻坐在御案之後，醇王跪在兒子面前，只當跪在慈禧太后面前就是了。

『皇帝今年十六歲了；書也讀得不錯。』慈禧太后說道：『我想明年正月裡就可以親政了。讓我也歇一歇。』

醇王大爲詫異，不知道慈禧太后怎麼想了一下，會有此表示？

這是不容遲疑的事，醇王立即跪了下來，高聲說道：『請皇太后收回成命。』然後便一面想理由，一面回奏：『時事多艱，全靠皇太后主持；皇帝年紀還輕，還挑不起這副擔子。再說，學無止境，趁現在有皇太后庇護，皇帝甚麼都不用煩心，扎扎實實多唸幾年書，將來躬親庶務，就更有把握了。照臣的想法，皇帝親政，至早也得二十歲以後。請皇太后爲社稷臣民著想，俯從所請；想來皇帝亦感戴慈恩。』

他說到一半，就已想到了一個主意；所以膝行而前，接近皇帝，此時便拉一拉龍袍，指一指地上，示意皇帝跪求。

皇帝正在困惑疑難之中。慈禧太后的宣示，在他亦深感意外；然而他並未想到應該請『皇額娘』收回成命——從小養成的習慣，凡有慈命，只知依從。所以聽慈禧太后說要歸政，心裡惴惴然、茫茫然地有些著慌，怕自己一旦親裁大政，不知如何下手？

等聽見醇王的回奏，才知道自己錯了；但卻不知應做何表示？現在是明白了，要跪下來附和醇王的說法，力懇暫緩歸政。

於是他站了起來，轉身跪在御案旁邊說道：『醇親王所奏，正是兒子心裡的話。兒子年輕不懂事；社稷至重，要請皇額娘操持，好讓兒子多唸幾年書！』說完，磕一個頭，依然長跪不起。

『你年紀也不小了！順治爺、康熙爺都是十四歲親政。』慈禧太后轉過臉來，對醇王說：『垂簾本來是權宜之計。皇帝成年了，我也該歇手了。你們也要體諒體諒我的處境才好。』

『皇太后的話，臣實在汗顏無地。總是臣下無才無能，這幾年處處讓皇太后操心。目前政務漸有起色，正是由剝而復的緊要關頭；總要請皇太后俯念天下臣民之望，再操持幾年。』

『我的精力亦大不如前了。』慈禧太后只是搖頭，『好在皇帝謹慎聽話；如果有疑難大事，我還是可以幫他出個主意。至於日常事務，皇帝看摺看了兩三年，也該懂了。再有軍機承旨，遇到不合規矩的地方，讓他們仔細說明白，也就錯不到哪裡去的。總而言之，這件事我想得很透徹。你跪安吧，我找軍機來交代。』

醇王無法再爭；他爲人老實，亦竟以爲無可挽回，所以一退出養心殿，立即關照太監分頭請人，御前大臣伯彥訥謨詁與克勤郡王晉祺；慶王奕劻和三位師傅翁同龢、孫家鼐、孫詒經到朝房來議事。

被請的人到了五個，伯彥訥謨詁已經回府。醇王說知經過，問大家有何意見？兩王面面相覷，因爲不知道醇王的意思如何，不敢有所表示；翁同龢卻是看事看得很清楚，爲醇王著想，應該再爭，所以開口說道：『這事太重大！王爺應該帶領御前大臣，跟毓慶宮行走的人，見太后當面議論。』

『很難！』醇王答道：『皇太后的意思很堅決。且等軍機下來再說。』軍機只來了一個禮王世鐸，一進門手便一揚，不用說，上諭已經擬好了。

『沒有法子！』世鐸苦笑著，『怎麼勸也不聽，只好承旨；已經請內閣明發了，這是底稿。』

於是傳觀上諭底稿。親政的程序是仿穆宗的成例，以本年冬至祭天爲始，躬親致祭；親政典禮由欽天監在明年正月裡選擇吉期舉行。

『事情要挽回。』翁同龢看著醇王說：『請王爺跟軍機再一起「請起」，痛陳利害，務必請皇太后收回成命。』

醇王躊躇著，無以爲答；遲疑了一會才說：『養心殿的門，怕都關了。算了吧，另外想辦法。』

『萊山倒有個主意，』禮王說道：『上一個公摺，請皇太后訓政。』

這是仿照乾隆內禪以後的辦法，凡事稟承慈禧太后的懿旨而行；慶王奕劻首先表示贊成：『這個辦法好。』

『我看亦只有這個辦法了。』醇王說道：『上公摺先要會議；明天總來不及了，後天吧！』

翁同龢認爲請皇太后訓政，不如請暫緩歸政，比較得體，但已經碰了兩個釘子，不便再開口。回家以後，通前徹後想了一遍，決定另外上摺。

在適園，醇王亦在召集親信密商，應該單獨上摺。情勢很明顯的擺在那裡，皇帝親政，一切都不會變動；唯一的例外就是醇王，再不能像現在這樣從海軍管到三海的工程了。

因此，歸政的懿旨，亦可以看作不願醇王再問政事的表示。果眞如此，自己就不宜奏請暫緩歸政；但皇帝一親政，要將所有的差使都交了出去，亦實在有些不能割捨——平生志向，就是步武祖宗，恢復入關之初的那一番皇威雄風；如今海軍剛辦，旗營亦正在徹底整頓，正搞得興頭的當兒，倒說因爲兒子做皇帝，裁決大政，反不暢行平生之志，想起來實在不能甘心。他只是不甘心，而跟他辦事的卻是不放心；第一個就是立山，得到消息，如見冰山將倒，忐忑不安。很想找到李蓮英探一探底蘊，卻又因宮門已經下鎖，無法交通，唯有趕到適園，見了醇王再說。

醇王剛找了孫毓汶、許庚身在商議如何上摺？聽得侍衛傳報，立山來見，倒提醒了他一件事，海軍衙門的經費，好些移用到三海工程上去了，一旦交卸，這筆帳如何算法？

『我不瞞你們兩位，海軍經費借給奉宸苑的不少；這些帳目不足爲外人道。總要想個辦法，不能讓皇帝爲難才好。』

醇王拙於言詞，但這最後一句話，卻說得似拙而巧；他的意思是，修園移用海軍經費，底細如爲外界所知，必有言官說話。而這是奉懿旨辦理，皇帝既不能違慈命論究其事；又不能不理言官的糾參，豈不是左右爲難？

孫毓汶和許庚身默默交換了一個眼色；然後是許庚身開口：『最簡捷的辦法，莫如王爺仍舊管海軍。說實在的，亦眞非王爺來管不可，不然有哪位能凌駕李中堂而上之？』

『星叔說得是！』孫毓汶附和：『王爺無需避此小嫌。』

『嫌是不小。』醇王說道：『似乎不能自請；過天我的摺子一抄發，字面上不好看。』

『那容易。』許庚身立即接口：『加一個附片好了！原摺發到軍機，把附片抽下來，不發抄就是。』

醇王想了一會兒，表示同意：『那就費兩位的心了，就請在這裡替我擬個稿子。附片上只說等海軍辦成一支就交卸。』

『請星叔命筆。』孫毓汶說：『我已擬了個王公大臣的公摺，怕思路撇不開，意思犯重了倒不好。』

『哪一位都可以。』醇王起身說道：『失陪片刻，去去就來。』

醇王抽身到別室去接見立山。一見面先就告訴他，決定在親政以後，仍舊掌管海軍。這是顆定心丸，立山鬆了口氣，神態頓時不同，腦筋也很靈活了。

『原該如此。不過我倒要請示七爺，將來一切工程上的事務，到要請旨辦理的時候，是跟皇太后請旨，還是跟皇上請旨？』

『啊！不錯。我倒沒有想到。』醇王失聲而言：『我自然不能跟皇帝請示。』

『尤其是宮裡的事，更應該跟皇太后請旨。』立山緊接著他的話說：『這就好比人家大家一樣，少爺成年了，自然要接管外事；不過大小家務，總得聽老太太的。七爺，你說我這譬仿呢？』

譬仿得一點不錯。醇王想起小時候的光景；那時的老太后是仁宗的側福晉鈕祜祿氏，仁宗即位，封爲貴妃。宣宗的生母孝淑皇后，嘉慶二年駕崩，太上皇以敕令命鈕祜祿氏繼位中宮。宣宗即位，尊爲恭慈皇太后；這位太后風裁整峻，雖爲宣宗的繼母，卻如嚴父，宮中大小事務，宣宗一定稟命而行；偶然違忤慈命，惹得恭慈太后生了氣，宣宗往往長跪不起。

醇王想到他的這位祖母，立刻便有了一番意思，急急又回到原處說道：『星叔，慢點，慢點，話要這麼說……』

等他說明白了，許庚身將已擬了一半的稿子細看了一遍；便又加了一段，同時改了事由，原來只論治國，現在兼論齊家，說是『宮廷政治，內外並重，敬擬齊治要道，仰祈慈鑑』。

『說得好！』醇王一看便大讚；接下來再讀正文，前一段是敷陳皇太后的功德，由兩宮垂簾，『外戡寇亂，內除權奸』接到『同治甲戌，痛遭大故，勉允臣工之請，重舉聽政之儀』，筆尖輕輕一轉便到了『自光緒辛巳以來』；那是光緒七年，慈安太后暴崩以後，『我皇太后憂勤益切』，就專門恭維慈禧太后了。

這一段話的主要意思，是建議等皇帝到了二十歲，再議『親理庶務』；下面使用『抑臣更有請者』的進一步語氣，談內治的齊家之道，說將來皇帝大婚後，一切典禮規模，固有賴皇太后訓教戒飭；就是『內廷尋常事件，亦不可少弛前徽』。接下來的兩句話，說得非常切實。

這兩句話是：『臣愚以爲歸政後，必須永照現在規制，一切事件，先請懿旨，再於皇帝前奏聞。』爲的是『俾皇帝專心大政，博覽群書，上承聖母之歡顏，內免宮闈之劇務。』最後特別表明：『此則非如臣生長深宮者，不能知亦不敢言也。』

執筆的許庚身，眞能曲體醇王內心的委曲，抓住了全局的關鍵。話說得很直率，也很有力，一方面破除了慈禧太后心中最微妙曲折的疑忌——深恐醇王以『太上皇』的身分攬權，自己設下了一重樊籬；『永照現在規制，一切事件，先請懿旨，』就是表示，如果有『太上皇』，是在御苑頤養的慈禧太后，而非在適園養老的醇親王。

另一方面是明白規定了皇帝，至多過問國事，不能干預『家務』；這樣，凡有宮廷興工事件，就可以直接請懿旨，不必理會皇帝的意思。

第二天上午，醇親王跟軍機大臣、御前大臣、毓慶宮的三位師傅，分別見面，將上摺籲請慈禧太后繼續掌理大政一事，做了一個規定：一共上三個摺子，醇王以『生長深宮』的身分，單銜建言；王公及六部九卿由禮親王領銜上公摺，請慈禧太后再訓政數年，『於明年皇上親政後，仍每日召見臣工，披覽章奏，俾皇上隨時隨事，親承指示。』

再有一個摺子，就是翁同龢的底稿，有伯彥訥謨詁領銜，作爲御前大臣及毓慶宮師傅的公摺；他們是側近之臣，見聞較切，所以立言又別是一種法度，列舉三個理由，認爲皇帝還未到可以親政的時候。

第一個理由是說皇帝雖然天亶聰明，過目成誦，然而經義至深，史書極博，講習之事，猶未貫徹；第二個理由是說國事至重亦繁，軍機處的章奏諭旨，固然已奉命抄呈一份，請皇帝見習講解，但大而兵農禮樂，細而鹽務、海關、漕糧、河運，哪能一一明瞭？批答之事，還待講求；第三個理由，其實並不重要，是說皇帝的滿洲話還沒有學好。滿蒙章奏，固然有用所謂『國書』的；可是稍涉重要的章奏諭旨，都用漢文，所以滿洲話不能聽、不能說，實在沒有關係，不過總也是一個理由。

在此三個理由之下，所建議的不是訓政，而是暫緩歸政。翁同龢所以如此主張，自然是有深意的，稍微想一想，就可以知道，是表明責任，所謂『典學有成』，任何人都可以這樣恭維；唯獨毓慶宮的師傅不能說：皇帝的書唸得很好了，經天緯地，足以擔當任何大事。

再深一層的意思是，寧可遲幾年親政，而一到親政，大權獨攬，乾綱獨斷，再不需慈禧太后插手。這就是他所謂『請訓政不如請暫緩歸政爲得體』這句話後面的眞意。

然而這層深意，沒有人能理會；即令有人能領會，亦不敢說破。所以照形勢去看，是訓政的成分居多。

這三個摺子在慈禧太后看來，是意外亦非意外。她早料定臣下就爲了尊崇皇太后的禮節，也一定會有再請她垂簾幾年的請求；而且李蓮英早有立山等人傳來的消息，王公大臣無不認爲皇帝尚未成年，未到親裁大政的時候，預備公摺籲請，所以不算意外。

覺得意外的是醇親王的態度。原以爲他會奏請暫緩歸政，不想竟出以訓政的建議；而且『永照現在規制，一切事件，先請懿旨，再於皇帝前奏聞』這兩句話，等於說是訓政永無限期。這是醇王表明心跡，他永遠不會以皇帝本生父之尊，生甚麼妄想。用心很深也很苦；倒不能不領他的情。

不過她最注意的，卻是翁同龢草擬的那個奏摺。反覆玩味，看出具名在這個摺子上的人，與具名在禮王世鐸領銜的摺子上的人，主張並不相同；在御前大臣與毓慶宮的師傅看，請皇太后暫緩歸政，是有限期的；『一二年後，聖學大成，春秋鼎盛，從容授政』，這『一二年』就是限期，而不提訓政，也就是表示：一到歸政，大權應歸皇帝獨掌，皇太后不宜再加干預。

了解到此，慈禧太后不免心生警惕；燈下輾轉思量，總覺得這一兩年，得要好好利用——果然能在這一兩年中，完成自己的心願；又能教導皇帝成人，同時設法定下一重很切實的禁制，不讓醇王在任何情況之下成爲太上皇，也就可以心安理得地歸政了。

主意是打定了。但茲事體大，想起『智者千慮，必有一失』的成語，要找心腹來問一問，看看有失算的地方沒有？

這個心腹自然是李蓮英，『你說呢？』她問：『是暫時不歸政的好；還是訓政的好？』

『這些大事，奴才不敢瞎說。』李蓮英答道：『不過奴才在想，從古到今，皇上總得聽老太后的話；兒子漫不過娘去，就算歸政了，不訓政了，老佛爺有話交代，皇上不敢不遵。再說，皇上也孝順；有甚麼事也一定會奏稟老佛爺，聽老佛爺的意思辦。』

『若能這個樣子，還說甚麼？』慈禧太后淡淡地說：『就怕人心隔肚皮，誰也摸不透；母子假的，父子才是眞的。你說你是聽眞的，還是聽假的？』

『奴才不問眞假，只問良心。』李蓮英答道：『皇上四歲進宮，老佛爺親手撫養成人；讓皇上繼承祖宗基業，眞正是天高地厚之恩。要講眞，當皇上才是眞；要講親，哪裡還有比十二年天天見面的來得親。』

『你這話倒也是。皇帝如果認不清這一層，就天理不容了。』慈禧太后緊接著問：『萬壽山的工程，如果即刻動工，得要多少時候才能成功？』

『總要兩年工夫。』李蓮英說：『等奴才明天去問了立山，再來跟老佛爺回話。』

『不必問了。只告訴他就是，馬上預備起來；一定得在兩年以內辦成。』

『是！』李蓮英又接一句：『悄悄兒預備。』

這是暗中點一句，是不是要讓醇王知道？慈禧太后好半天不作聲；最後終於下了決斷：『我來關照七爺。』

有這句話，李蓮英便可以直說了：『七爺一定遵懿旨。不過讓七爺辦事，最好先替他把道兒畫出來。』李蓮英放低了聲音說：『萬壽山的工程一動，就先得有幾百萬銀子擺在那裡。』

『幾百萬！』慈禧太后皺眉了。

『其實也不難。』李蓮英說：『一條船就是兩三百萬銀子；不過少買兩條船而已。』

這一下提醒了慈禧太后。不久以前嚴飭各省認籌海軍經費，兩江、兩廣，必有鉅款報效；因而自語似地說：『得結結實實催一催，等錢到了好辦事。』

李蓮英知道她指的何事。接口說道：『等各省報解到京，總要年底了，怕耽誤了正用。』
『那？』慈禧太后愕然相問：『那怎麼辦？』
『奴才在天津的時候聽說，洋人相信李中堂，只要他肯出面借，一兩百萬不過一句話的事。』
『喔！李鴻章有這麼大的能耐？』
『是！老佛爺重用他，洋人自然就相信他了。』
這無形中的一句恭維，聽得慈禧太后心裡很舒服，『我當然不便跟李鴻章說，讓七爺去跟他想辦法。』她又問：『此外，看看還有甚麼來路？』
『大宗款子總要到明年下半年才用；眼前能有一百萬銀子，加上內務府跟木廠的墊款，工程可以湊付了。至於明年下半年要用的工料，奴才倒想得有一處款項，可以挪動……』
『噢！』慈禧太后大感興趣，揮一揮手打斷他的話：『你先別說，讓我想一想。』
這當然是一筆大款，而且也不是經常歲入之款；歲入大宗經費，無非關稅、地丁，都歸戶部支配停當，絕不能挪動。慈禧太后凝神思索，終於想到了。
『你是說大婚用款？』
李蓮英陪著笑說：『眞正是，甚麼事都不用想瞞老佛爺！』
『這倒是一條生財大道。』慈禧太后很高興地說：『大婚還早，款子不妨先籌。不過……』她沉吟著沒有再說下去。
話雖未說完，她所顧慮的事，卻是可想而知的；挪動不過暫假，拿甚麼來歸還？這一層李蓮英是早就跟立山算計好了的，所以此時從容不迫地答說：『其實修園子也是爲大婚。尋常人家娶兒媳婦，少不得也要粉刷粉刷，添蓋幾間屋子甚麼的。何況是皇上的大婚？將來這些帳，自然是併在一起來算！』

這就是說，借大婚爲名，籌款來修園子；這個移花接木的辦法，名正言順，比移用海軍經費是冠冕堂皇得太多了。

『說得一點不錯。』慈禧太后越發高興，『現在先別忙，我自有道理。反正將來是你「總司傳辦事件」，一切都好辦。』

慈禧太后到這時候才算徹底了解整個利害關係，統籌全局，很精明地駁了世鐸和伯彥訥謨詁分別領銜的摺子；卻准了醇王的奏請，先將內廷事務的全權，抓在手裡。至於訓政數年，三勸三讓，還得要有一番做作。

然而誰也不敢認定她是做作，只覺得她歸政的意思極其堅決，眞有『倦勤』的模樣。因而群情惶惶，頗有國本動搖的恐懼；王公大臣紛紛集議，決定再上公摺。

這些情形看在翁同龢眼裡，痛心極了！因爲明明有皇帝在，何需有這等『國不可一日無君』的惶恐？說來說去，只爲皇帝難當重任，大家才覺得少不了慈禧太后。這是當師傅的人的恥辱；然而誰又能體味得到當師傅的人，有著如俗語所說的『恨鐵不成鋼』的心情？

巧的是，這天在毓慶宮爲皇帝講歷朝實錄，正好遇到聖祖幼年誅鰲拜；未成年便親政那一段。翁同龢一時感觸，極力陳述時事艱難，爲君之責甚重，苦勸皇帝振作，講到一半，悲從中來，竟致涕泗交流。

皇帝聽太監說過：翁同龢爲穆宗授讀時，有一次苦諫勿嬉遊過度，亦是聲淚俱下。穆宗將書上

『君子不器』那句話，用手指掩住最下面的兩個『口』字，讀來便成『君子不哭』；因而使得翁師傅破涕爲笑。自己沒有這樣的急智；更沒有這種在師傅傷心之時還能開玩笑的心情；而且也沒有甚麼話可以安慰師傅——所有的亦只是兩行清淚。

這一下讓翁同龢深爲不安，亦深爲失悔；天子垂淚，豈是等閒之事？所以趕緊站起身來，肅然相問：『必是臣的話說得重了？』

『不與你相干。』皇帝搖搖頭說：『我恨我自己。』

『皇上這句話錯了！萬乘之身，繫天下臣民之殷望，至貴至重；怎麼可以輕易自責？』

皇帝默默半晌才答了句：『你不明白我心裡的事；我亦沒法跟你說。』

這是皇帝心中有委曲；而且可以猜想得到，必是宮闈骨肉之間的隱衷。毓慶宮耳目眾多，翁同龢不敢多問；只覺得不管爲皇帝還是爲自己，都必須設法將皇帝的那句話，掩飾一番。

於是他很快地看了看侍立在門口的太監——長春宮派來，名爲照料，其實監視的總管太監王承南，然後略略提高了聲音說：『皇上的心事臣知道，必是因爲皇太后不允訓政之故。臣下環請，未蒙恩准；不如皇上親自求一求，皇太后心有不忍，或者倒肯俯允。』

『這幾天，也求過好幾次了。』

『皇上再求！務必請皇太后回心轉意，才能罷手。』

『好！我再求。』

皇帝面求，臣下奏請，慈禧太后覺得再做作不但無味，而且可能弄巧成拙，因爲居然有人以爲

『親政關係綦重，請飭廷臣會議』，彷彿太后與皇帝之間的大權授受，要由臣下來決定似地。這在慈禧太后認爲是一件不能容忍的事。

於是又有一篇煌煌上諭，由軍機處承旨，發交內閣，頒行天下，說皇帝初親大政，決疑定策，不能不遇事提撕，以期妥善。既然王公大臣一再懇求，又『何敢固執一己守經之義，致違天下眾論之公』？決定在皇帝親政後，再訓政三年。至於醇親王曾有附片，在親政期前交卸掌管神機營印鑰差使，現在既已允許訓政，醇王亦當以國事爲重，略小節而顧大局，照常經理。

這道上諭，讓恭王想起辛酉政變以後，兩宮垂簾，他被封爲議政王的詔旨，又是一筆你捧我、我抬你，彼此互利的交易；所不同者，交易的一方，由哥哥換作弟弟。二十五年前塵如夢；恭王攬鏡自顧，鬚眉斑白，瘦骨嶙峋，自覺當年的英氣，再也找不出來了。

相形之下，反不如八十歲的寶鋆，精神矍鑠；恭王嘆口氣說：『我眞羨慕你！』

『此山望著那山高。』寶鋆答道：『還有人羨慕你吶！而且此人是你想不到的。』

『誰啊！』

『七爺。』

恭王不作聲。提起醇王，他總有種悃悃不甘之情；不管從哪方面看，而且任憑他如何虛心自問，也找不出醇王有哪件事勝過自己的?照旁觀的冷眼，榮枯大不相同，都在羨慕醇王；而醇王羨慕自己的又是甚麼?

『七爺最近的身子不好，氣喘、虛弱；每天還非上朝不可。從海軍大兵輪侍候到三海的畫舫，紅是紅極了；忙是忙極了；苦也苦極了！』說罷，寶鋆哈哈大笑。

『他是閒不住的人。』恭王意味深長地說：『經過這一兩年的折騰；他大概知道了，閒即是福。』

『所以說，他要羨慕你。』寶鋆忽然問道：『六爺，你可曾聽說，皇后已經定下了？』

『誰啊？』

『你想呢！』寶鋆又點了一句：『親上加親。』

『莫非是桂祥的女兒？』恭王問道：『是第幾個？』

『自然是二格格。』

『對了！』恭王想起來，桂祥的大女兒跟小女兒，都由慈禧太后指婚，分別許配『老五太爺』綿愉的長孫輔國公載澤，與孚王的嗣子貝勒載澍；自然是他的第二個女兒，才有入居中宮的資格。

『我記不起來了。』恭王問道：『長得怎麼樣？』

『長得不怎麼樣！不過聽說是個腳色。這一來，皇上……』寶鋆回頭看了一下，將話嚥了回去。

『唉！』恭王搖頭不語；想起穆宗的往事，惻然不歡。

『方家園快成鳳凰窩了！』寶鋆又說：『虧得本朝家法好；如果是在前明，父子兩國丈；還有，親王、貝勒、公爵之女婿，這門「皇親」的氣燄還得了。』

『咱們大清的氣數，現在都看方家園的風水了！』

『這話說得妙！』寶鋆撫掌稱賞：『眞是雋語。』

『算了吧！但願我是瞎說。』

談到這裡，心情久如槁木的恭王，突然激動了，他說慈禧太后始而不准他在五十萬壽時，隨班祝嘏；繼而又不准他隨扈東陵，連代為求情的醇、惇兩王都碰了釘子，看起來對他是深惡而痛絕之，好像認為連年遭受的外侮，都是他誤國的罪過。持這種看法的，大有其人，亦不能說不對，但是太浮淺了。

『她為甚麼這樣子不念親親之誼？說起來並不是她的本心；她是不得已而出此。』恭王問寶鋆：『你我在一起多年，你總應該有點與眾不同的看法吧？』

這句話將寶鋆問住了，想了好半天答道：『我想是期許過深的緣故。』

『不是，不是！你莫非看到了不肯說？』恭王冷笑著說：『如果她心中還有憚忌之人；此人非別，就是區區。你懂了吧？她為甚麼拒人於千里之外？』

這一下寶鋆自然懂了。慈禧太后不是吝與予恭王以任何恩典；她雖跟恭王不和，到底飲水思源，要想到當年保全孤兒寡婦是誰的功勞？至今大公主的恩寵不替，就可以想見她跟恭王沒有甚麼解不開的私恩。而所以一再貶斥恭王，絲毫不假以詞色，誠然如他所說，只是為了要『拒人於千里之外』。

因此，說穿了是慈禧太后有意裝作深惡而痛絕之的態度，不讓恭王有見她的機會；見她原不打緊，就怕一見了面，恭王有所諍諫，就很難處置了。寶鋆記得很清楚，有好幾次，慈禧太后示意動工興修離宮別苑，恭王只是大聲答應，不接下文。不但土木之事，力加裁抑；在禮法上恭王尤其不肯讓步。寶鋆印象最深的是，當穆宗親政以後，慈禧太后曾經想在乾清宮召見群臣，宣示垂簾聽政以來，平洪楊、剿捻匪，使宗社危而復安的種種艱辛；恭王對此不表異議，只反對在乾清宮召見，因為乾清宮是天子正衙，皇太后不宜臨御。

如今呢？慈禧太后不但大興土木，修三海之不足，還要重興清漪園；不但移駐太上皇頤養之處的寧壽宮，而且經常在乾清宮西暖閣召見王公大臣。這一切，在恭王當政之日，是不會有的事。

這樣想到頭來，寶鋆忍不住大聲說道：『七爺平時侃侃而談，總說別人不行；誰知他自己比旁人更不行。』

『這就是我說的，「看人挑擔不吃力」。如今老七知道吃力了，想找個人幫他；然而有人不許。我看，這副擔子，越來越重，非把他壓垮了不可！』

『唉！』寶鋆雙手一攤，『愛莫能助。』

『話雖如此，你我也不可抱著看熱鬧的心，哪怕了解他的苦衷，說一兩句知甘苦的話，對他也是安慰。』

『六爺！』寶鋆眞的感動了，『你的度量實在了不起。我不如你！有時候想起來不服氣，還要說一兩句風涼話。從今以後，倒眞要跟你學一學才好。』

『也不光是對人！』恭王慨然說道：『國家興亡，匹夫有責；何況你我？雖說不在其位，不謀其政；關切國事的心，卻是不可少的。』

因爲如此，寶鋆對朝政便常常在有意無意間要打聽一下。他的故舊門生很多，交遊亦仍然很廣；平時來謁見的人，總以爲他退歸林下，是不得已的事，爲了避免刺激，都有意避談朝局。現在他自己熱心於此，別人當然不需再有顧忌；因而朝中的舉措與內幕，在寶鋆不斷能夠聽到。

除了興修三海和萬壽山的消息以外，朝中當前的要政，便是理財；說得更明白些，是如何增加戶部與內務府的收入。而在這方面，慈禧太后有她的一套主張；與善於理財聞名的閻敬銘的看法，格格不入，君臣之間，常有齟齬。

慈禧太后最熱心的一件事是恢復制錢。京中原用大錢；恢復『一文錢』的制錢，便需辦銅鼓鑄。為此曾特地召見戶部尚書翁同龢，而論該籌三百萬銀子，採辦洋銅。翁同龢自然面有難色；慈禧太后便又表示，預備將宮中數年節省下來的『交進銀』發交戶部，作為『銅本』，以示率先提倡。

這一來翁同龢只有硬著頭皮，答應下來；出宮就去看閻敬銘談錢法。閻敬銘大不以為然，簡單扼要地指出：行使制錢，必先收回大錢。私鑄的大錢，分量極輕；盡以輸入官府，豈不是白白便宜了奸民，苦了小民？同時京師錢舖，以『四大恆』為支柱；維持市面，功不可沒。收大錢、行制錢，造成動亂，『四大恆』恐怕支持不住，那時市面大亂，將成不可收拾的局面。

話是一針見血之論，然而醇王亦是打著如意算盤，滿心以為三百萬銀子的洋銅，可以鑄成值六百萬銀子的制錢，一轉手之間，憑空賺了三百萬銀子，修園就不需再動用海軍經費，豈不大妙？

閻敬銘執持不可，說值六百萬銀子的制錢一發出去，錢多銀少，必致錢賤銀貴，用制錢的是升斗小民，用銀子的是達官貴人，結果苦了小民，樂了貴人，那就要天下大亂了。

話說的太質直，醇王大起反感，認為制錢的使用，有各種方法，絕不致引起市面混亂。接著又提到王安石的變法，法並不亂，只是無謂的阻力太大，以致不能暢行其法，引經據典，論古證今，雖不能自圓其說，但要駁他卻很困難。

反覆研究，最後終於有了成議，籌款照籌，洋銅照購，購到以後，在天津、上海兩地用機器鼓鑄，鑄成存庫，三年以後，察看情形，再定行使之法。

這是個不徹底的辦法，明明是敷衍公事。照此辦法，不僅不能在制錢上生利；而且先要墊本三百萬，三年以後，方有收回之望，這是甚麼算盤。

慈禧太后因此大爲不悅，召見醇王，說他爲戶部堂官蒙蔽。同時又談到不辦洋銅，而整頓雲南的銅礦。這個消息一傳，有人替繫獄的唐炯高興，認爲他的生路來了。

唐炯是因爲中法戰爭中，在雲南擅自退兵，被逮到京，定了斬監候的罪名。轉眼冬至將至，如果『勾決』在內，便活得不多幾日了。

唐炯繫獄已經兩年，去年不在勾決的名單之內，得以不死，但亦未蒙特赦；所以看樣子這一年是逃不過的了。他本人倒還泰然，這年夏天在獄中，寫了一部自己的年譜，一切後事亦早有交代。不過他的家族親友，當然還要盡營救的全力；尤其是整頓錢法的詔旨一下，有了一線生路。因爲唐炯在四川服官多年，久有幹練的名聲，以後爲他的同鄉前輩丁寶楨重用，整理川鹽，頗著成效。再則，他又當過雲南的藩司與巡撫；如果能用他去經理銅礦的開採與運輸，可以說是人地相宜。而且雲南採銅所下的本錢，一向是由四川鹽稅項下撥給；凡是這種『協款』，出錢的省分，總是萬分不願，想出種種理由來拖延短解，而如唐炯在雲南、四川就很難耍甚麼花樣去『賴債』了。

所苦的是貴州在朝中沒有甚麼煊赫的大員，這番可爲唐炯出死入生的建議，很難上達天聽。他的故舊至好，只有另走門路，先是託閻敬銘；而閻敬銘慈眷在衰落之中，自覺建言碰個釘子，反使別人難以說話，所以指點轉懇醇王。誰知醇王也怕碰釘子——李鴻章、左宗棠、丁寶楨都曾爲唐炯乞過恩，請棄瑕錄用；結果這些奏摺或附片都留中不發，可以想見慈禧太后對此人如何深惡痛絕！越來越小心謹慎的醇王，當然不肯插手管這個閒事；因爲當初主張重懲唐炯、徐延旭的，就是醇王。

冬至將到，勾決期近，唐炯的同鄉親友，都已在替他備辦後事；而他的家人還不死心。唐炯的兩個兒子唐我墉、唐我圻都在京裡，每天鑽頭覓縫，想保住老父一條性命，卻是到處碰壁；最後碰出一條路子來了——唐我圻經高人指點，備辦了一份重禮，特地去拜訪立山，磕頭求援。

『不敢當，不敢當！』立山跪下還禮，扶起唐我圻說：『尊大人的罪名是判得重了些。現在我可以替你託一個人去試試看。不過話說在前面，所託之人肯不肯管，以及管了以後，有何結果？都不敢說。萬一不成，你不要怪我。』

『是，是！立大人這樣幫忙，我們父子已經感激不盡。盡人事而後聽天命；如果立大人盡了力，依舊無濟於事，那就是再也不能挽回的了。家父果眞不測，他老人家在泉台之下，亦是記著大恩的。』說著，流下淚來，又趴在地上，重重磕了兩個響頭；然後起身取出一個紅封套，雙手奉上。

立山不等他開口，便連連搖手：『此刻不必，此刻不必。』他說：『事情成功了，少不得跟老兄要個兩三千銀子，各處開銷開銷。事情不成，分文不敢領。』

唐我圻自是執意要送，而立山執意不收；最後表示，如果唐我圻一定要這樣，他就不敢管這件事了。聽得這話，唐我圻才不敢勉強。立山送客出門，約定兩天以後聽回音。

第三天所得到的回音是，所託的人，已經肯管了；但有何效驗，不得而知。

到了勾決前一天，亦竟無恩旨。那就只有等到行刑那一天，看看能不能發生刀下留人的奇蹟？倘或唐家祖宗有德，這年免死，就算多活兩年；因爲明年皇帝親政，事同登極，可望大赦天下，停勾一年。如果後年大婚，則再停勾一年，便起碼有三年可活了。

這天是十一月十六，天不亮就有人趕到刑部大獄去跟唐炯訣別。他雖是斬監候的重犯，卻住的是刑部『火房』，自己出錢，整修得頗爲清潔，左圖右史，瓶花吐豔，身入其中，談得久了會使人忘記是在獄中。然而這兩間『精舍』能不能再住，已無法猜測；唐炯兩年住下來，一几一榻都生了感情，所以不但對淚眼婆娑的客人，無以為懷，就是屋中一切，亦無不摩挲流連，不忍遽別。

到了天亮，提牢廳的司官來了。刑部左侍郎薛允升雖跟唐炯不和；刑部的司官對他卻很客氣，一則是他原來的督撫身分；再則是逢年過節的紅包；三則是兩年『作客』，日久生情。因此，並未為他上綁；讓他身穿大毛皮褂，頭戴沒有頂子的暖帽，坐上他家所預備的藍呢後檔車，直駛菜市口。

這天菜市口看熱鬧的人特別多，因為自從殺過肅順及兩江總督何桂清以後，菜市口有二十多年沒有殺過紅頂子的大員了。前兩年李鴻章、盛宣懷想賣招商局時，因為是馬建忠出面跟旗昌洋行辦的交涉，所以被指為『漢奸』，盛傳將朝服斬於市，亦曾轟動九城，將菜市口擠得滿坑滿谷；結果大家撲了一場空，馬建忠根本就沒有被逮。而這天大概要殺唐炯，事絕不假；並且要殺的大官不止唐炯一個，還有一個同案的趙沃，大家都要看看這個說盡了已經病故的廣西巡撫徐延旭的三品道員，跟戲台上言大而誇的馬謖，可有些相像？

趙沃的待遇就遠不如唐炯了，脖子上掛著『大如意頭鎖』，在北半截胡同的蓆棚下席地而坐；唐炯是坐在官廳一角。正面高坐堂皇的是軍機大臣許庚身；他的本缺是刑部右侍郎，勾決行刑之日，照例由這位刑部堂官與刑科給事中監斬，此時正在等候京畿道御史賫來勾決的黃冊，便好下令開刀。

將近午時分，宣武門內來了一匹快馬，卻不是賫本的京畿道御史，而是個軍機章京；只見他直到官廳下馬，疾趨上前，向許庚身請了個安，站起來說：『張中堂關照我來送信，唐某有恩旨。』

張中堂是指協辦大學士刑部尚書張之萬，唐炯是張之洞的大舅子，跟他亦算有葭莩之親，所以於公於私，他都不能不派個人來送信。

『恩旨！喔，』許庚身問：『緩勾還是發往軍台效力？』

官犯臨刑而有恩旨的，不出這兩途；誰知兩者都不是，『是發往雲南交岑制軍差遣。』那章京又說：『趙沃佔了便宜，連帶沾光，發往軍台效力。』

『這……』許庚身點點頭說：『意外而非意外。你回去跟張中堂說，我知道了。』

接著許庚身便請司官過來商議；因爲如何處置是一大難題。

因爲向來秋決那天，所有在監候斬的人犯，一律綁到法場；靜等京畿道御史賫到勾決的黃冊，再定生死。不死的人，亦要在場，這就是俗語所說的『陪斬』。

陪斬以後的發落，不外乎兩種，若是緩勾，依舊送監收押。倘有恩旨減罪，必是由死刑改爲充軍，那就是兵部武庫司的事；直接由菜市口送交兵部點收發配。現在既非緩勾，亦非充軍，該當如何處理？秋審處的坐辦，雲南司的郎中等等該管的司官，都拿不出辦法。

『有律按律，無律循例。我想兩百年來，類似情形，亦不見得獨一無二；尤其是雍正、乾隆兩朝，天威不測，常有格外的恩典。』許庚身向秋審處的坐辦說：『薛大人律例精熟，一定知道。他住得也近；老兄辛苦一趟，登門求教吧！』

這是命他去向刑部左侍郎薛允升請示。薛允升住在菜市口以北，教場口以西，稱爲老牆根的地方；秋審處坐辦叩門入內，道明來意。薛允升始而詫異，繼而搖頭，淡淡地說了一句：『倒記不起有這樣的例子。』

『那麼，照大人看，應該怎麼辦才合適？』

『那就很難說了。』薛允升答道：『你們瞧著辦吧！』

秋審處的坐辦很不高興，便又釘上一句：『現在人在菜市口，不知道該往哪裡送？』

『那要問右堂才是。』

『就是許大人叫司官來請示的。』

『你跟我請示，我又跟誰請示？』薛允升沉下臉來；接著將茶碗一舉。

這是逐客的表示，廊上的聽差，隨即高喊一聲：『送客！』

秋審處坐辦碰了個大釘子，極其氣惱；然而還得盡司官的禮節，起身請安告辭。薛允升送到滴水簷前，哈一哈腰就頭也不回地往裡走了。

一場沒結果！告訴了許庚身；他知道是薛允升與唐炯有私怨，故意作難。然而律例森嚴，他亦不敢擅自區處；只能吩咐，帶回刑部，再做道理。

帶回刑部，自然送監。提牢廳的主事卻不肯收了：『加恩發遣的官員，哪能再進這道門？』他說：『不行，不行！』

『你不收，讓我送他到哪裡？』

『這，我們就管不著了。』

『何必呢？』秋審處坐辦說：『他的行李箱籠，都還在裡面。老兄怎麼不讓他進去住？』

這話將提牢廳主事惹火了，『莫非我要侵吞他的東西不成？』他氣鼓鼓地說：『人犯在監之物，如何取回？自有定章。讓他家屬具結來領就是！』說完，管自己走了。

唐炯的兩個兒子都等在門外，然而無法進衙門；刑部大獄，俗稱『天牢』，又是最冷酷的地方，所以內外隔絕，搞得唐炯棲身無處。

不過，唐炯到底跟獄卒有兩年朝夕相見的感情；平時出手也還大方，所以有個吏目『瞞上不瞞下』地，悄悄兒將唐炯放了進去，住了一夜。

第二天卻不能再住了。提牢廳主事依照發遣的規矩，派差役將唐炯送到兵部武庫司；那裡的司官自然也不收。就在進退維谷之際，幸好有個唐炯的同鄉後輩，也是蜀中舊識的兵部職方司郎中陳夔龍，出面將他保釋，才能讓他回到長子家中。

這無非暫時安頓；究竟如何出京到雲南，聽候雲貴總督岑毓英差遣？猶待發落。反正既非充軍，兵部可以不管；如說分發派用，是吏部的事，可是似此情形，吏部亦無例可援，不肯出公事。在刑部，這是右侍郎許庚身所管，督飭司官，翻遍舊檔，竟無恰當的案例可以比照引用，堂堂大軍機，竟如此大勞其神；最後兩尚書、四侍郎會議，才商定一個變通辦法，由刑部六堂官具銜出公函給岑毓英，讓唐炯帶到雲南面報，權當到任的文憑。

轉眼到了年下，各省及藩屬進貢的專差專使，絡繹於途。由於一開了年，元宵佳節，就是皇帝親政；皇太后訓政的盛典舉行之日，所以藩屬的專使，除了貢獻土儀以外，還來賀表。

其中之一是朝鮮的專使金定熙，他還負有一項『王命』，與朝鮮王父子間的利害衝突有關——那是光緒八年的事，當時朝鮮爲日本勢力所侵入；親日派李載冕、金宏積、朴定陽之流，號稱新黨；組織總理機務衙門，以師法日本爲職志，因而與守舊派明爭暗鬥，終於勢成水火。

守舊派的首腦之一是大院君李昰應。朝鮮國王李熙以旁支入承大統；他的本生父就是李昰應，由於爲外戚閔氏所抑制，閒居雲峴宮，抑鬱已久。以後新黨改革兵制，聘請日本軍官實施新式訓練，求效過急，爲士兵所不滿，叩訴於李昰應；竟造成極大的內亂。李昰應率領這批士兵，進犯王宮，殺王妃閔氏，殺總理機務衙門的官吏；而舊黨乘機起事，演變成排日的大風潮。

日本駐朝鮮的花房公使，走仁川，歸長崎；日本政府正好以此爲藉口，發兵攻擊。朝鮮王李熙向中國乞師，但李鴻章不願與日本軍隊發生衝突，派吳長慶率准軍渡遼爲朝鮮平亂；逮捕大院君李昰應，禁閉在保定，然後與日本議和，讓日本取得與中國軍隊同駐朝鮮京城的權利。

事定以後，本來應該釋放李昰應；而且朝鮮亦曾數度上表乞恩，可是慈禧太后執意不允，亦不說原因。因此，朝鮮始終不放棄努力。及至醇王執政，朝鮮使臣求到他門下；醇王慨然應諾，找了個機會向慈禧太后面奏，說祖宗向來懷柔遠邦，加恩外藩；大院君李昰應幽禁已久，不如放他歸國，保全李昰應、李熙的父子之情。

慈禧太后微微冷笑，『我不放他是有道理的。』她說：『你應該明白。』

『臣愚昧！』醇王實在想不通。

慈禧太后笑笑：『你不明白就不必問了！』

醇王卻一定要問，微微仰臉用相當固執的聲音說：『總要請皇太后明示。』

那神態中微帶著不馴之色，慈禧太后心中一動；心腸隨即便變硬了，『我不知道你裝糊塗還是眞的不明白？』她從容自若地說：『我是要教天下有那生了兒子當皇帝的，自己知道尊重！如果敢生妄想；李昰應就是榜樣。』

這兩句話豈僅取瑟而歌，簡直就是俗話說的『殺雞駭猴』！醇王沒有想到受命過問政事，竟遭來這樣深的猜忌。因而顏色大變，渾身發抖，癱在地上動彈不得；那光景就像穆宗駕崩的那晚，聽到慈禧太后宣示：醇親王之子載湉入繼大位那樣，所不同的，只是不曾痛哭流涕而已。

慈禧太后知道將他嚇怕了，也就滿意了；『你不要多心！』她安慰他說：『我知道你忠心耿耿，絕不會有甚麼！我的話不是指著你說的。』接著便吩咐太監將醇王扶出殿去。

從這一次以後，醇王一言一行，越發謹愼小心。而李昰應亦終於由於李鴻章的斡旋；在去年秋天遣送回國，負護送之責的是袁世凱。他本來一直帶兵駐在漢城，此時更由總理衙門加委『辦理朝鮮通商交涉事宜』；成爲朝鮮京城中最有力量的外國使節。而袁世凱少年得志，加以不學而有術，未免頤指氣使，目空一切；因此，不但朝鮮王李熙漸起反感，各國公使亦多不平。

不幸的是，袁世凱又捲入朝鮮宮廷的內爭之中。他本來與李熙的內親閔泳翔交誼甚篤，而閔泳翔與大院君李昰應是世仇；由於袁世凱護送李昰應回國，一路上談得很投機，因而招致了閔泳翔的猜忌。於是而有流言，說袁世凱將用武力廢去李熙，用李昰應爲王。這一來，父子之間，又成參商。金定熙此來，就是想設法能讓中國召回袁世凱，以絕後患。

這當然要在總理衙門下手。慶王奕劻受了金定熙的一份重禮，便得幫他說話；特地去看醇王，很委婉地陳述來意。

一聽牽涉到李昰應，醇王就雙手亂搖，『你不要跟我談這件事！』他說：『外藩的是非，中朝管不了那麼多。』

『不管也不行啊！』奕劻說道：『袁世凱人很能幹，就太跋扈了，不但李熙見他頭痛，各國在那裡的使臣，亦對他不滿。倘或因此激出外交上的糾紛，很難收拾。再有一層，袁世凱如果眞的擁立大院君，那就會把局面搞得不可收拾了！』

『甚麼？』醇王這時才聽清楚，急急問道：『他要擁立大院君？』

『朝鮮有這樣的流言；外交使節中更是傳說紛紜。袁世凱是功名之士；此人的膽子很大，年紀又輕，說不定就會闖出禍來。』

『那不行！』醇王說道：『你應該出奏。』

『是！』奕劻問道：『怎麼說法？』

『自然是召回袁世凱。』

『老七！』奕劻用徵詢的語氣問：『是不是以面奏為宜？我看，咱們一塊兒「請起」吧！』

醇王考慮了一會兒，覺得此事必須『獨對』；但總理衙門的事務，又不便撇開奕劻，只有分別陳奏之一法，因而做了決定：『還是你那裡上摺子，說簡略些不要緊；反正上頭一定要問我，我再談好了。』

奕劻照言行事。奏摺到了慈禧太后那裡卻無動靜；醇王自不便查問，同時也無暇查問——已經到了快封印的時候，還有上百萬銀子的開銷沒有著落；而旗營將弁向來逢年過節，都要靠醇王周濟，年久成例，也得一大把銀票，才能應付得了。公私交困，幾幾乎又要累得病倒。

累倒還不怕；最使醇王心裡難過的是，三海工程將完，重修清漪園的工程亦已開始，兩處工款又積欠到一百五十多萬，只發半數，亦需七八十萬。慈禧太后聽了李蓮英的獻議，責成醇王轉告李鴻章借洋債；卻又不願居一個借洋款修園的名聲，只好以興辦海軍學堂為名，密密囑託李鴻章設法。

李鴻章亦知道此舉是冒天下之大不韙，不敢彰明較著地進行；只關照天津海關道周馥私下探問，這一來事情就慢了。好不容易到了臘八節才有消息，匯豐銀行願意借八十萬，年息六厘，兩年還清；

法國東方銀行肯借一百萬，年息五厘七五，照英鎊折算，分十年拔還；德國德華銀行亦願意借一百萬，年息只要五厘五，期限亦比較長。然而不管哪一家銀行，都是等運河解凍，才能將銀子運到天津，那是春暖以後的事了。

爲此，醇王特地派專差到天津，傳達口信，要李鴻章無論如何在封印以前，湊集八十萬現銀，趕運進京，否則就會耽誤『欽工』。如今又是十天過去，尙無消息，立山亦頗爲著急；他不敢催醇王，只有託李蓮英進言。

於是慈禧太后特地召見醇王，詢問究竟。醇王不敢說實話；一說實話必遭呵責，心一橫，大包大攬地說：『款子一定可以借成。不過洋人辦事，一點一劃，絲毫不苟；所以就慢了。反正年前總可以取到。』

『今天臘月二十一了！』慈禧太后問道：『莫非眞要等到大年三十方能發放？』

這近乎責備的一問，將醇王噎得氣都透不過來；只不過供她一個人遊觀享樂的費用，倒像比發放軍餉還重要似地，心裡眞想頂一句：『這筆款子本來就可以不必借的！』然而心念甫動，便生警惕；自己替自己嚇出一身汗。

『怎麼著？』慈禧太后又在催了，『總得有個日子吧？』

『准，准定二十五交到內務府。』

『好吧，就是二十五！可別再拖了。』

醇王又是一陣氣結。話中倒好像他有錢勒住了不放手似地。他勉強應了一聲：『是！』

『總理衙門有個摺子，說袁世凱如何如何，你聽說了沒有？』

『袁世凱要扶植大院君李昰應簡直胡鬧！』

『怎麼胡鬧呢？』

『聽說了。』醇王答道：光是這平平淡淡的一問，就使得醇王不知話從何處說起了！因爲一時想不出慈禧太后是眞的不明白，還是裝作不明白？多想一想，袁世凱果眞有擁立大院君李昰應的企圖，那麼他的胡鬧之所以爲胡鬧，是用不著做何解釋的。尤其是慈禧太后看了二十多年的奏摺，甚麼言外之意，話中之刺，入眼分明，誰也不用想瞞她，豈有看不懂奕劻的奏摺的道理？

照此說來是裝作不明白。然則用意又何在？轉念到此，令人心煩意亂，話就越加說不俐落。本來的意思是想用大院君自況，袁世凱要擁立朝鮮王本生父；豈非就像中土有人要擁立光緒皇帝本生父一樣的荒唐胡鬧？這番意思原也不難表達，但胸中不能保持泰然，便覺喉間處處荊棘，聽他的話，好像因爲朝鮮王與他本生父意見參商，所以袁世凱要擁立大院君才荒唐；反過來說，如果他們父子和睦，那麼推位讓國由李昰應接位倒是順理成章的事了。

話一出口才發覺自己立言不僅不得體，簡直是促使他人生出戒心：當今皇帝要與醇王不和，彼此猜忌才是；如果父子一條心，帝系就有移改之虞。那不等於自絕天倫之情。這樣又悔恨，又惶恐，不由得滿頭冒火，汗出如漿。

慈禧太后見此光景，覺得他可笑、可氣亦可憐，就不忍再繞著彎子說話，讓他爲難了。『袁世凱是人才，要說伸張國威，也就只有袁世凱在那裡的情形，還有點像大清朝興旺時候的樣子。』她說：『這些事讓李鴻章料理就行了。奕劻的摺子我不批，不留，也不用交軍機；你現在就帶去，說給奕劻：不用理那個姓金的使臣，有話叫他跟李鴻章說去。』

醇王除了稱『是』以外，更無一語。退出殿來，滿心煩惱；回到適園，便覺得頭暈目眩，身寒舌苦，又有病倒下來的模樣。

到晚來霍然而癒，只爲李鴻章打來一個電報，說德華銀行願借五百萬馬克，按時價折付銀子，約有九十多萬兩。年息五釐五，分十五年還清，前五年付息不付本；往後十年，分年帶利還本。李鴻章說，自借洋債以來，以這一次的利息最輕。這件事就算辦得很漂亮了。

美中不足的是，得在開年二月下旬才能交銀；每七日一交，分十次交清。不過，無論如何算是有了的款，要借也方便；當時便派護衛去請了立山來商議。

『今天上頭召見，我已經答應，准二十五交銀到內務府。我看怎麼挪動一下子，好讓我維持信用？』醇王問道：『是不是先出利息借一筆款子，應付過去再說？』

這筆利息如何出帳；還不是在內務府想辦法？而且年底下借錢也不容易，利息少了，別人不肯；多了又加重內務府的負擔，倒不如索性假借王命壓一壓，又省事又做了人情。

『不要緊。上頭要問到，就說工款已經發放了就是。』

『商人肯嗎？』

『我去商量。』立山答說：『只要說是王爺吩咐，延到二月底發放；大家一定肯的。』

醇王聽得這話，心頭異常舒坦；意若有憾地嘆口氣：『唉！不容易；一年又算應付了過去！』

開了年，日子卻又難過了。皇帝親政，慈禧太后訓政，大權仍舊在握，卻省下了接見無關緊要的臣工的時間，得以用在三海和清漪園的興修上面。德國銀行所借五百萬馬克而折算的現銀，到春末夏初，花得光光；又要打主意找錢了。

主意是早就打好了的，只嫌為時尚早；然而工程不能耽誤，說不得只好提早下達懿旨——仍舊是召見醇王，當面吩咐：大婚費用先籌四百萬，戶部與外省各半，撥交大婚禮儀處備用。同時派長春宮總管太監李蓮英，總司一切傳辦事件。

這是五月二十的事。奉旨不久，醇王就病倒了；病在肝上——鬱怒傷肝，完全是為了籌款四百萬的那道懿旨。皇后在何處；大婚禮儀處在哪裡？大婚更不知何日！這四百萬銀子用在甚麼地方，只有慈禧太后與李蓮英才知道。

等皇帝得到消息，醇王已經不能起床；他很想親臨省視一番，可是這話不敢出口。甚至於連最親近的翁同龢面前亦不敢說；因為他怕翁師傅會貿然一奏，引起慈禧太后的不悅。

慈禧太后倒是常派太監去探病；可是回來覆命，總是避著皇帝。他只能偶爾聽到：『醇親王病又重了！』『醇親王這幾天像是好些了！』就是聽到了，亦不敢多問，唯有暗中垂淚。過了皇太后萬壽，醇王病勢愈見沉重的消息，在王公大臣之間，已無所避忌。首先是貝子奕謨，說病情已到可慮的程度；慶王奕劻，亦是這樣說法；而軍機領班禮王世鐸則在許庚身的敦促之下，特意上摺奏報，醇王手足發顫，深為可慮。

奏摺先到皇帝那裡，看完以後，心中悽苦，卻不敢流淚；直等到毓慶宮，看見翁同龢終於忍不住了。『醇親王病重！』他哽咽著說：『恐怕靠不住了。』說完，淚下如雨，而喉間無聲。

翁同龢亦陪著掉眼淚，可是他無法安慰皇帝；此時唯一能安慰皇帝的，只有一道命皇帝親臨醇王府視疾的懿旨。翁同龢曾經想聯合御前大臣，請這樣一道懿旨下來；看看沉默的多，附和的少，他亦只有暗地裡嘆口氣作為罷論。

不過，他到底是師傅，在大關節上的輔導是不會忽略的，特地檢了一篇文章進呈。這篇文章名為〈濮議〉，是宋朝大儒程頤所撰，論宋仁宗的姪子濮王繼承大統以後，對於仁宗及本生父應如何尊崇？提醒皇帝，醇王果眞薨逝；他應該如何節哀順禮，有以自處。免得引起明朝嘉靖年間的大紛擾。

皇帝不肯看這篇文章，愁眉苦臉地說：『醇親王的病，皇太后著急，我亦很著急！怎麼辦呢？』

『天祖在上，必能默佑。』翁同龢用純孝可以格天的說法，卻隱諱其詞：『皇上如此關切，必能回天。』

皇帝懂他的意思；點點頭問道：『你去看過醇親王沒有？』

『臣去過幾次，不敢請見醇親王。』

『為甚麼不見他？』這話出口，皇帝才發覺自己問得多餘；他知道醇王對翁同龢，一向如漢人之待西席，尊敬而親熱，見了面，醇王一定要問起皇帝對他的病，做何表示？這話就會讓翁同龢很難回答；答得不妙，不僅關礙著自己的前程，也可能為皇帝找來麻煩。因此，不待翁同龢回答，便又問道：『你今天還去不去？』

翁同龢本來不打算去；聽皇帝這一問，自然改了主意：『今天要去。』

『我心裡實在惦念。你，』皇帝想到以萬乘之尊，竟不及窮家小戶的百姓，可以一申父子之情；刹那間千種委曲，萬種的悲傷；奔赴心頭，梗塞喉頭，語不成聲地哭著說：『你把我這句話帶去！』

翁同龢卻不敢再陪著皇帝哭，以恪守臣道的姿態，奉命唯謹而毫無表情地答一聲：『是！』

於是午間從毓慶宮退了下來，他立即坐車到適園；跟往常一樣，在書房中由王府姓何的長史接待。

『王爺這兩天怎麼樣？』

『越發不好了！』何長史蹙眉答道：『吃得少，睡得少；簡直就是不吃不睡。手跟腳，自己動不了啦。前天大解了一次；十三天才大解。』

『精神呢？』

『自然萎頓之極。』

說到這裡，慈禧太后特派的御醫凌紱曾從窗外經過；翁同龢跟他亦相熟，便喚著他的別號喊住他：『初平！請進來談談。』

所談的自是醇王的病情。凌紱曾倒是不矜不伐的人，既未誇張，亦未隱諱，說醇王的本源已虧；但如說危在旦夕卻也未必。

聽得這一說，略略可以放心。翁同龢便將皇帝的惦念之意，告訴了何長史，託他轉達醇王，隨即告辭回家。第二天上書房，皇帝不待他開口，先就很高興地說：『今天軍機面奏，醇親王的病有起色！』

『是！』翁同龢便瞞著何長史的話，只這樣覆命：『御醫凌紱曾告訴臣說：醇親王的病雖重；一時也還不要緊。』

『嗯！』皇帝說道：『皇太后已有懿旨：二十五臨幸醇親王府看他的病。今天十七，但望這八天之中，不會出事。』說著，神色又悽楚了。

這就是說，皇帝巴望醇親王這八天中不死；不然，父子之間連最後一面都會見不著！翁同龢嘆了口無聲的氣；輕聲說一句：『今天該做詩；請皇上構思吧！』

皇帝何來做詩的意興？而不做不可。因爲慈禧太后對他的功課查問得很嚴。所以只能打起精神答道：『師傅出題。』

翁同龢也知道皇帝無心於功課，卻不能如民間的西席放學生的假；只出了極寬的一個詩題：〈多日即興〉，七絕兩首。限的韻也寬，是上平的十一眞與下平的七陽。

接題在手，皇帝想到的是盛世樂事，五穀豐登，刀兵不起，冬藏的農閒時節，一家人圍爐閒話，融融洩洩，暢敘天倫。然而這番嚮往，又何能形諸吟詠？皇帝做詩亦像下場的舉子做八股，代聖人立言那樣，有一定的程式，像這樣的詩題，總是借物興感，由冬日苦寒，想到民生疾苦，憫念小民不知何以卒歲？或者由瑞雪想到明年必是豐歲，欣慰不已。這些詩篇，列代御製的詩篇中多得是；皇帝取宣宗的《養正書屋全集》來翻了一下，襲意套句，敷衍成章。然而寫完以後，自己都記不得是說些甚麼？

朝夕盼望的六月二十五，終於到了。皇帝照舊召見軍機及引見人員，直到九點鐘方始起駕；慈禧太后晚半個鐘頭啓鑾，以便皇帝在醇王府門前跪接。

正午時分，皇帝到了適園，卻不能立刻就見生父醇王；因爲要等慈禧太后駕到，一起臨視。不過，皇帝總算看到了出生不久，初次見面的小弟弟——醇王福晉一共生過五個孩子，長女、長子在同治五年先後夭折；次子就是皇帝。光緒初年，又生過兩個孩子，老三只活了一天半；老四載洸亦只活到五歲。倒是側福晉劉佳氏連生三子，病痛甚少，老五載灃五歲，老六載洵四歲，老七在幾天前才命爲載濤。醇王最鍾愛的是載洵，又白又胖，十分茁壯。

慈禧太后一到，鳳輿一直抬到大廳；下轎正坐，等醇王福晉率領闔府眷屬行過禮。她隨即轉臉向榮壽公主說道：『看看妳七叔去吧！』

榮壽公主雖是隨扈而來，卻又是受託爲醇王府主持接駕的人，當即答道：『醇親王奏：病在床上，不能接駕。萬萬不敢勞動皇太后臨視。』接著又以她自己的語氣問道：『老佛爺在七叔臥房外頭瞧一瞧吧？』

『不！我到他屋裡看看。他不能起床，就不必起來。』

話雖如此，醇王何能不力疾起床。無奈手足都動彈不得；勉強穿上袍褂，由兩名侍衛扶了起來，名爲站著，實在是凌空懸架著。

跟在慈禧太后後面的皇帝，一見醇王那副骨瘦如柴，四肢僵硬，目光散滯無神的樣子，便覺得心如刀割；然而他不能不極力忍住眼淚，而且也還不敢避開眼光，必須正視著醇王。

醇王一樣也是傷心不敢哭，並且要裝出笑容，『臣萬死！』他語音不清地說：『腿不聽使喚，竟不能跟皇太后磕頭。』

『早就想來瞧瞧你了。也無非怕你勞累了，反而不好；一直拖到今天。』慈禧太后說了這兩句體恤的話；回頭看著皇帝說：『拉拉手吧！』

『拉手禮』是旗人的平禮；跟互相請安不同，拉手有著熟不拘禮的意味。醇王聽慈禧太后規定皇帝跟他行此禮節，心中頗爲欣慰。

但是想拉手卻是力不從心，榮壽公主便閃了出來，扶起醇王的手，交到皇帝手裡；父子骨肉之親，就僅此手手相接的片刻了。

噙著淚的四目相視，皇帝有千言萬語鯁塞在喉頭；而千揀萬挑，只說得一句話：『好好將養！』做父親的自然比較能克制，很吃力地答道：『保住大清天下不容易！皇帝哪知道皇太后操持的苦心？總要守祖宗的家法，聽皇太后的訓誨，好好讀書；上報皇太后的付託之重，下慰天下臣民之望。』

『是！』這個字出口，皇帝立即發覺，此非天子對臣僚的口氣，馬上又補了一句：『知道了！我會記住。』

『讀書倒還不錯。』慈禧太后接口，『看摺、講摺也明白。』

『這都是皇太后的教訓。』醇王答說：『總還要求皇太后訓政幾年。』

『看罷！總要皇帝能拿得起來，我才能放心。』

慈禧太后一面說，一面看著他們父子拉住不放的手；榮壽公主趕緊插進去向慈禧太后說道：『老佛爺請外面坐吧！讓七叔好歇著。』

『啊，我倒忘了。』慈禧太后向醇王說道：『你安心靜養。姓凌的倒像看得對症；倘不合適，我叫太醫院再派人。』

醇王與家人都巴望著慈禧太后能派薛福辰或者汪守正來診視。薛福辰不次拔擢，現任順天府府尹；慈禧太后稍有不適，就要傳召他入宮診治；汪守正在天津當知府，召入京來，亦很方便。然而她就偏偏不肯派這兩個醫術名震海內的官員為醇王療疾；不知用意何在，亦就沒有人敢貿然開口請求了。

皇帝在適園一共逗留了三個鐘頭，跟醇王相見四次之多；只是每次相見，不過一盞茶的工夫，而且沉默的時候居多。就是交談，不過翻來覆去那幾句話，一個勸醇王安心靜養；一個勸皇帝要聽話，要用功。只有最後一次；當皇帝回鑾到病榻前作別時，醇王才說了一句緊要話：『別忘了海軍！』同時將去年出海巡視之前，慈禧太后所賜的一柄金如意，交付了皇帝。

醇王的心事，也是委曲，都在這句話上——老早他就託慶王奕劻，轉告當朝少數比較正直的王公大臣；請大家體諒他的苦衷，昆明湖換了渤海；萬壽山換了灤陽。意思是大辦海軍變成大修萬壽山下、昆明湖畔的清漪園了。如今清漪園的工程，至多半年就可告成；而且已由慈禧太后決定改名爲頤和園。醇王的這句話，不妨視爲遺囑，意思是頤和園一落成；還得設法將海軍擴充整頓起來。不過，他是不久於人世了；這番心願，期待皇帝爲他實現。而將慈禧太后所賜的金如意轉付皇帝，又不僅寄予祝福之意；而是提醒皇帝，倘或有人諫阻海軍的擴充，不妨抬出慈禧太后來作擋箭牌：大辦海軍，原是奉懿旨辦理。醇王巡海，蒙賜金如意，就可想見慈禧太后是如何重視其事？

皇帝雖約略能夠領會醇王的深意，卻無寧靜的心境去深思；因爲病勢又見沉重，脈案措詞簡略：『食少神倦，音啞氣弱，竭力調治。』大有聊盡人事之意。用的藥是生地、地骨皮、天門冬、麥冬，都是潤肺清火的涼藥；當然亦有人參、白朮之類扶元氣、健脾胃的補劑，但分量不重，無非點綴而已。

慈禧太后由血崩而成骨蒸的一場大病以後，亦頗識得藥性了；加以李蓮英從各處打聽來的消息，亦都說醇王危在朝夕。一旦薨逝，當然要另眼相看；雖非大喪，亦不應與其他親王的喪禮相提並論。因此，慈禧太后特地召見軍機，專談醇王的生死。

一提到醇王的病，自都不免黯然，『看樣子是拖日子了。』慈禧太后感歎地說：『不過時候可眞是趕到不巧！』

禮王世鐸不知她是何意思，照例只答應一聲：『是！』

『醇親王萬一出事，皇帝當然要穿孝？』

就不談生父，以胞叔而論，皇帝亦應穿孝，所以世鐸又答應一聲：『是！』

『是不是縞素？』

這話就使得世鐸瞠目不知所對；回頭看一看許庚身，示意他代奏。

『皇太后聖明。如醇親王之例，本朝還是創見；萬一不諱，皇上以親親之義，喪儀恤典自然要比別的親王不同些。將來再請懿旨，交禮臣悉心研商，務期允當。』

『不錯，總要比別的親王不同些。此刻也無從談起。』

略停一下，慈禧太后又自問自答地說：『怎麼說時候趕到不巧呢？皇帝大婚，該要定日子了；倘或立了后，定了吉期，醇親王倒出了事，皇帝有服制在身，怎麼辦？』

『皇太后睿慮周詳，臣等不勝欽服。』許庚身不管世鐸，顧自己直言陳奏：『大婚是大喜之事，自然要愼敬將事。』

『你的意思是，看看醇王的病情再說。』

『是！』

慈禧太后環視諸臣，徵詢意見：『你們大家可都是跟許庚身一樣的意思？』

大家都不肯輕易開口，最後是世鐸回奏：『請皇太后聖衷獨斷。』

『我也覺得再看一看的好。喜事喪事夾在一起辦，也不合適。』慈禧太后說道：『我本來打算年內立后，現在只好緩一緩了。緩到明年春天再說。』

『是。』許庚身又答一句：『春暖花開，才是立后的吉日良辰。』

這一下倒提醒了慈禧太后，決定喜事重重，合在一起也熱鬧些，『暫時就定明年四月裡吧！』明年四月是頤和園落成之期；她說：『但願醇親王那時候已經復元了。』

這是一個希望，而看來很渺茫。但如醇王不諱，皇帝穿孝是一年的期服；那麼明年四月立后，後年春天大婚，孝服已滿，亦無礙佳期。這樣計算著，大家便都要看醇王是哪天嚥氣？

在都以爲醇王命必不保的一片嗟歎聲中，卻有兩個人特具信心，一個是御醫凌紱曾，主用與鹿茸形似而功效不同的麋角，以爲可保萬全。但其時已另添了兩名御醫莊守和、李世昌，他們都認定醇王肺熱極重，主用涼藥；對於熱性的補劑，堅持不可輕用。

另一個是在京捐班候補的司官，名叫徐延祚，就住在翁同龢對門；有一天上門求見。翁同龢聽僕役談過此人，久住上海，沾染洋氣，平時高談闊論，言過其實，舉止亦欠穩重，『不像個做官的老翁』，因而視之爲妄人，當然擋駕不見。

『我有要緊話要說，不是來告幫，也不是來求差的。請管家再進去回一聲，我只說幾句話就走。』

『徐老爺！』翁宅總管答道：『有要緊話，我一定一字不漏轉陳敝上。』

『不行！非當面說不可。』徐延祚說：『我因爲翁大人是朝廷大臣；又是受醇王敬重的師傅，所以求見。換了別人，我還不高興多這個事呢！』

翁宅總管無奈，只有替他去回。翁同龢聽徐延祚說得如此鄭重，便請進來相見；徐延祚長揖不拜，亦無寒暄，頗有布衣傲王侯的模樣。

『翁大人！我是爲醇王的病來的。』徐延祚開門見山地說：『都說醇王的病不能好了，其實不然！

我有把握治好；如果三服藥不見效，甘願領罪。』

這種語氣便爲翁同龢所不喜，冷冷地問一句：『足下何以有這樣的把握？』

『向來御醫只能治小病，不能治大病。大病請教御醫，非送命不可。慈禧皇太后不就是薛府尹、汪明府治好的嗎？』

『請足下言歸正題。』

『當然要談正題。』徐延祚說：『我看過醇王的脈案，御醫根本拿病症看錯了。醇王的病，如葉天士醫案所說：「悲驚不樂，神志傷也。心火之衰，陰氣乘之，則多慘戚。」絕不宜用涼藥。』

翁同龢悚然心驚。病根是說對了！然而唯其說對了，他更不敢聞問；不再讓他談醇王的病，只直截了當地問：『足下枉顧，究竟有何見教？』

『聽說醇王對翁大人頗爲敬重。而且翁大人是師傅，宜有以解皇上垂念懿親之憂。我想請翁大人舉薦我到醇王府去看脈。』徐延祚再一次表明信心，『我說過，倘或三服藥不見效，甘願領罪。』

這眞是妄誕得離譜了！翁同龢心想，此人無法理喻，只有拿大帽子當逐客令，『足下既知懿親之重，就應該知道，醇王的病情，隨時奏聞，聽旨辦理。』他搖搖頭說：『薦醫，誰也不許。』

『既然如此，就請翁大人面奏皇上請旨。』

越發說得遠了！翁同龢笑笑答道：『我雖是師傅，在皇上面前也不能亂說話的。足下請回吧！你的這番盛意，我找機會替你說到就是。』

徐延祚無言而去，翁同龢亦就將這位不速之客，置諸腦後了。

過不了四五天，皇帝忽然問翁同龢說：『有個徐延祚，你知道不知道，是甚麼人？』

翁同龢心中一動，不敢不說實話，很謹愼地答道：『此人住臣家對門；是捐班候補的部員。臣與此人素無交往。』

『前幾天他到醇親王府裡，毛遂自薦，願意替醇親王治病，說如三服藥沒有效驗，治他的罪。聽他說得那麼有把握，就讓他診脈開方，試試瞧。哪知道服他的藥，還眞有效驗；現在醇親王的右手，微微能動了。』

有這樣的咄咄怪事！翁同龢有些不大相信；但也有些失悔，一時楞在那裡，竟無話說。

『聽說他開的方子是甚麼「小建中湯」。』皇帝問道：『翁師傅，你懂藥性；小建中湯是甚麼藥？』

翁同龢想了一下答道：『這是一服治頭痛發熱、有汗怕風的表散之藥，以桂枝爲主，另加甘草、大棗、芍藥、生薑、麥芽糖之類。治醇親王的病，用小建中湯，倒是想不到的。』

『另外還有一樣，是洋人那裡買來的魚油。』

翁同龢心裡明白，皇帝所說的魚油，其實名爲魚肝油。他從常熟來的家信中聽說過，魚肝油治肺癆頗有效驗。不過，醇親王的病有起色，究竟是小建中湯之功，還是魚肝油之效，無法揣測，也就不敢輕下斷語。

不過他到底是讀書人，不肯掩人之善；所以這樣答說：『既然服徐延祚的藥有效，當然應該再延此人來看。』

『是啊！我也是這麼跟皇太后回奏。』

徐延祚成了醇王府的上賓。每天一大早，府裡派藍呢後檔車來接；爲醇王診脈以後，便由執事護衛陪著閒話，『徐老爺』長，『徐老爺』短，十分巴結。中午開燕菜席款待；飯後診過一次脈，又是陪著閒話，領著閒逛。黃昏再看一次；方始用車送回。隨車而來的是一個大食盒，或者一個一品鍋，加一隻燒鴨子；或者四菜四點心，頓頓不空。當然，另外已送過幾份禮；雖不是現銀，古董字畫，也很值錢。

這樣診治了十天，醇王一天比一天見好，右手和左腿都可以略略轉動了。徐延祚見此光景，越覺得有把握；這天開的方子是：『鹿茸五分，黃酒沖服。』

一看這個方子，何長史說話了：『徐老爺，鹿茸太熱吧！』

『不要緊！』徐延祚說：『藥不管是涼是熱，只要對症就行。』

『是！』何長史胸有成竹，不再爭辯，『請徐老爺園子裡坐。』

等徐延祚在園中盤桓，玩賞臘梅時，何長史已將藥方專送宮中——慈禧太后有旨：凡是方子中有大寒大熱，關於生死出入的要緊藥，要先送宮中看過。鹿茸號稱爲『大補眞陽要藥』，何長史當然不敢造次。

上午送方子，近午時分就有了回音，慈禧太后聽了莊守和之流的先入之言，不但不准用這張方子；而且認爲徐延祚輕用狼虎藥，過於膽大，會出亂子，傳旨不准再延徐延祚爲醇王治病。

徐延祚哪知片刻之間，榮枯大異；第二天一早依然興致勃勃地，穿戴整齊，靜候醇王府派車來接。直到日中，音信杳然，心裡倒不免有些嘀咕，莫非鹿茸沖酒這味藥闖了大禍？

這樣想著，深爲不安，趕到醇王府一看，門前毫無異狀；便向門上說明，要見何長史。

何長史不見。回話的帶出來一封紅包，內裝銀票一百兩；還有一句話：『多謝徐老爺費心；明天不必勞駕了。』

『好好兒的，不叫徐延祚看了，』皇帝困惑地問翁同龢：『這是爲甚麼？』

翁同龢也聽說了，是鹿茸上出的毛病。他頗爲徐延祚不平，然而也不敢違忤懿旨，唯有默然。

『我的意思，仍舊應該服徐延祚的方子。』皇帝又問：『你今天去不去醇王府？』

『臣無事不去。』

『明天去一趟！』

『是。』

啣命而往的翁同龢，三個月來第一次見到醇王。他的神氣，不如外間所傳的那樣兇險。目光相當平靜，手指能動；說話的聲音很低，舌頭僵硬，有些不聽使喚，但整個神情，只是衰弱，並無『死相』。翁同龢是懂醫道的，心知這就是徐延祚的功效。

『近來好得多了！』翁同龢問道：『王爺看，是服甚麼人的藥見效？』

『我竟不知道是誰的藥好？』

聽得這樣說，翁同龢心裡明白，徐延祚表面上受到尊敬；其實深受排擠——爲醇王診脈的不止徐延祚一個；御醫冒了他的功，所以醇王不知道誰的藥有效。

因此，他很見機地，暫且不提徐延祚，只問：『睡得好不好？』

『稍微能睡一會兒。』

『能不能吃湯飯？』

『吃不多。』

『也……』翁同龢看著他的腿說：『能起來走動嗎？』

『走動亦不能暢快。』醇王嘆口氣說：『不想一病至此。前一陣子，我自己都絕望了；這兩天好一點。』說著，張口微笑，露出陰森森的一嘴白牙；但精神愉快，卻是顯而可見的。

翁同龢亦很安慰；想了一下，決定照實傳旨：『皇上的意思，仍舊可以服徐延祚的方子。』接著又婉轉地修改了說法：『請王爺自己斟酌，總以得力者常服爲宜，不必拘泥。』

『徐某的方子，實在亦不見效，凌紱曾開了個方子，說是代茶常喝；不知甚麼藥，難吃得很，懶得吃它。』

比較得力的徐延祚、凌紱曾，在醇王口中忽然都說成無足輕重；其故何在？是他親身的感受，還是聽信了讒言？翁同龢不能確知；猜想著是有人進讒的成分居多。這正也就是醇王庸愚之處，而況是在病中，自更偏聽不明。轉念到此，翁同龢覺得不必再多說甚麼了。

當然，他不會將他的想法告訴皇帝，只說醇王自會斟酌服藥，請皇帝不必惦念。過了幾天，慈禧太后帶著皇帝再度起駕視疾；醇王的病勢居然大有起色——這還得歸功於徐延祚；他本人雖被排擠，他的看法卻爲御醫所襲用，摒棄涼藥，注重溫補。只是『病來如山倒，病去如抽絲』；一直到第二年三月底才能起床。

立后的日子卻是一延再延，要到秋末冬初，才能定局。大家都說，這是慈禧太后體恤未來的后家；因爲八旗秀女，一旦被立爲后，用鼓吹送回府第，舉家自后父以下，大門外長跪迎接。同時灑掃正室，敬奉皇后居住；父母兄弟姊妹相見，必得肅具衣冠，不得再行家人之禮。而且內有宮女，外有侍衛，親黨上門，稽查甚嚴。說實在話，有女成鳳，榮耀固然榮耀，痛苦也眞痛苦；而立后愈早，痛苦愈深。因而慈禧太后不忙著立后，確可以看成一種極大的恩典，只不知這個恩典爲誰而施？

未來的皇后出於哪家？直到九月裡還看不出來，因爲一選再選，到這時候還有三十一名『小妞妞』。九月廿四那天又加複選，地點是在西苑新修，帶些洋式的儀鑾殿；時間是子未丑初。因爲每次選看多在上午；慈禧太后要看一看燈下的美人，所以定在深夜。

深宵看起，五鼓方罷；奉懿旨留下十五名。由於有此燈下看美人的一舉，大家都相信慈禧太后爲皇帝立后，重在顏色；也因此認爲都統桂祥家的二妞，恐怕難得其選，因爲慈禧太后的這個內姪女，姿色平庸，儀態亦不見得華貴；若非椒房貴戚，只怕第一次選看就該『撂牌子』。

如果慈禧太后的內姪女被黜，那麼入選的應該是江西巡撫德馨的兩個女兒之一。德家的這兩位小姐豔冠群芳，二小姐更是國色。又因爲德馨久任外官，這兩位小姐到過的地方不少，眼界既寬，見識自廣，伶牙俐齒，又佔優勢。然而，亦有人說，德馨的家教不好；那兩位小姐從小被縱容慣了的，有時柳林試馬，有時粉墨登場，不似大家閨秀的樣子，論德不足以正位中宮。

過了三天，舉行最後一次複選。十五名留下八個；慈禧太后吩咐住在宮內，意思是要仔仔細細考查。這八名秀女之中，除掉桂祥家二妞以外，有兩雙姊妹花，一雙就是德家姊妹；另一雙是長敘的兩個女兒，跟文廷式讀過書，一個十五歲，一個十三歲。

這八名秀女，分住各宮。桂祥的女兒，住在姑母——也就是慈禧太后宮裡；當然爲大家另眼看待。

其次是鳳秀的女兒，住在壽康宮她的大姊那裡；她的大姊就是穆宗的慧妃。當年兩宮太后爲穆宗立后，發生絕大的暗潮；慈禧太后所屬意的，就是鳳秀的長女。哪知穆宗竟順從嫡母慈安太后的意旨，選中了崇綺的女兒阿魯特氏；終於引起倫常之變，穆宗『出天花』夭折，皇后殉節，而慈安太后亦不明不白地送了性命。鳳秀的長女，先被封爲慧妃；光緒即位，以兩宮皇太后之命，封爲穆宗敦宜皇貴妃，移居慈寧宮之西的壽康宮。這座宮殿在開國之初，是奉養太皇太后頤攝起居之地；先朝太妃太嬪，亦一起居住，是不折不扣的一個養老院，而敦宜皇貴妃卻還不過三十出頭。

姊妹相見，敦宜皇貴妃又歡喜、又感傷，想起自己長日淒涼、通宵不寢的歲月，淚如雨下。然而也只得避人飲泣；選秀女，又是爲光緒立后，是何等喜事？不能不強自收淚，按照宮中的規矩行事；聽從宮女指點她胞妹如何行禮、如何稱呼、如何答話；她就像素不相識的陌生人似地，端起皇貴妃的架子，淡淡地問了幾句話，然後吩咐帶出去吃飯。

各宮妃嬪的伙食，都有自己的『分例』，按月計算，多少斤肉，多少隻雞鴨，自己帶著自己的宮女開小廚房。鳳秀的小女兒這時甚麼身分也沒有，是隨著宮女一起進食；直到宮門下鑰，敦宜皇貴妃方始派人將她的妹妹喚到臥室中來，親自關上房門，轉臉相視，未曾開口，兩行熱淚已滾滾而下。

見此光景，做妹子的心裡發慌；敦宜皇貴妃進宮之時，她還在襁褓之中，這位大姊根本沒有見過，陌生異常，所以楞在那裡不知道該怎麼稱呼。

敦宜皇貴妃知道嚇著了她，便強忍涕淚，拉著她的手問：『妳還記得起我的樣子不能？』

『記不起了。』

『當然記不起了。』敦宜皇貴妃說：『那時妳還沒有滿周歲。唉！一晃十六年了。』

『大姊！』鳳秀的小女兒怯怯地問：『日子過得好？』

一句話又問到敦宜皇貴妃傷心的地方，低聲說道：『阿瑪怎麼這麼糊塗？坑了我一個不夠，爲甚麼又把妳送了進來？』

『奶奶原不肯報名的。阿瑪說：不能不報；不報會受處分，所以報了。』

『哼！這也是阿瑪自己在說。果然不打算巴結，又有甚麼不能規避的？』敦宜皇貴妃問道：『妳自己是怎麼個打算呢？』

『我……』做妹子的遲疑著，無從置答，好半天才說了兩個字：『我怕！』

『難怪妳怕，我就不相信有甚麼人過這種日子有個不怕的。』敦宜皇貴妃指著堆了一坑的零零碎碎的綢緞針線說：『做不完的活兒！一針一針，像刺在心上一樣！』

『這，這是給誰做的呀？』

『孝敬老佛爺。』敦宜皇貴妃說：『也不是我一個；哪處都一樣。』

鳳秀的小女兒大惑不解，每一位妃嬪都以女紅孝敬慈禧太后，日日如是，該有多少？『老佛爺穿得了嗎？』她問。

『哼！還不愛穿吶！』敦宜皇貴妃自嘲似地冷笑，『不是這樣兒，日子怎麼打發？小妹，妳千萬不能葬送在這兒。』

小妹悚然心驚！但所驚的是她大姊容顏慘淡的神態；卻還不能體會到長年寂寂，長夜漫漫，春雨如淚，秋蟲嚙心的那萬種淒涼的滋味，因而也就不大明白她大姊爲何有如此嚴重的語氣。

『別說妳選不上，就選上了能當皇后，妳以爲那日子是人過的嗎？從前的蒙古皇后……』

剛說到這兒，只聽有人突如其來地重重咳嗽；小妹不明就裡，嚇一大跳，臉色都變白了。敦宜皇貴妃卻如經慣了似地，住口不語，只苦笑了一下。

『誰啊？』

『是玉順。』敦宜皇貴妃說：『她在窗子外頭「坐夜」。』

『幹嘛這麼咳嗽，倒像是有意的。』

小妹說得不錯。玉順是敦宜皇貴妃的心腹，為人謹慎，深怕隔牆有耳，多言賈禍；所以遇到敦宜皇貴妃發牢騷、說閒話過了分的時候，總是用咳嗽提出警告。

這話她不便跟小妹說破；怕她替自己擔心；只凝神想了想說：『妳今天就睡在我這兒吧！』

『行嗎？』小妹問道：『內務府的嬤嬤說：宮裡有宮裡的規矩，各人有各人的身分，不能混扯。』

『不要緊！妳在我床前打地舖好了。』

於是喚進宮女來鋪床。床前打兩個地舖；小妹與宮女同睡。姊妹倆因為有那名宮女在，不便深談；卻都輾轉反側，不能入夢，一個有擇席的毛病；一個卻是遽見親人，勾起思家的念頭，心潮起伏，再也平靜不下來。

半夜裡宮女的鼾聲大起，越發攪得人意亂心煩；敦宜皇貴妃便輕輕喚道：『小妹，妳上床來，我有話跟妳說。』

小妹答應一聲，躡手躡腳地爬上床去，頭一著枕，不由得驚呼：『妳哭了！』

敦宜皇貴妃將一方綢巾掩蓋哭濕了的枕頭，自語似地說：『我都忘記掉了。』

是忘掉枕頭是濕的。可見得這是常有之事！小妹這才體會到宮中的日子可怕；打個哆嗦，結結巴巴地說：『但願選不上才好。』

『想選上不容易，要選不上不難。不過，也別做得太過分；惱了上頭，也不是好開玩笑的事。』

『大姊，妳說明白一點來。該怎麼做？要怎麼樣才算不過分？』

作法說來容易，與藏拙正好相反，盡量遮掩自己的長處；倒不妨暴露自己的短處。然而不能過分，否則惹起慈禧太后的厭惡，會影響她倆父親的前程。

『譬如說吧，』敦宜皇貴妃怕小妹不能領會，舉例解釋：『妳白天穿的那件粉紅袍子，就不能穿。該穿藍的。』

『爲甚麼呢？』

『老佛爺不喜歡兩種顏色，一種黃的，一種藍的。黃的會把皮膚也襯得黃了；藍的呢，顏色太沉，穿上顯得老氣。』

『我懂了。我有一件寶藍緞子繡紅花的袍子，那天就穿那一件。』

『對了！有紅花就不礙了。』敦宜皇貴妃問道：『有一樣顏色的坎肩兒沒有？』

『沒有。』

『我替妳找一件。』敦宜皇貴妃又說：『老佛爺喜歡腰板兒一挺，很精神的樣兒；妳就別那麼著，她一看自然就撂牌子了。』

就這樣教導著、商量著，說得累了，反倒有一覺好睡。但不過睡得一兩個時辰，便得起身；敦宜皇貴妃匆匆漱洗上妝，來不及吃甚麼，便得到儲秀宮去請安。臨走囑咐小妹，不要亂走，也別亂說話；又將她託付了玉順，方始出門。

這一去隔了一個時辰才回來；卻不是一個人，同來的有位三十左右的麗人，長身玉立，皮膚似象牙一般，極其細膩；配上一雙顧盼之際，光芒直射的眼睛，更顯得氣度華貴，令人不能不多看幾眼。

『玉順姊姊，』小妹在玻璃窗內望見，悄悄問說：『這是誰啊？』

『敬懿皇貴妃。』

『啊！是她！』

小妹聽家人說過，敬懿皇貴妃初封瑜嬪，姓赫舍哩氏，她的父親是知府，名叫崇齡。同治立后之時，豔冠群芳的就是她。穆宗當年所敬的是皇后，所愛的卻是瑜嬪。

正在這樣想著，敦宜皇貴妃已領著敬懿皇貴妃進了屋子；小妹也像玉順那樣，肅立等待，然後當視線相接時，請安迎接。

『這就是妳妹妹？』敬懿皇貴妃問了這一句；招招手說：『小妹，來！讓我瞧瞧。』

小妹有些靦腆；敦宜皇貴妃便謙虛地說：『小孩子，沒有見過世面；不懂規矩。』接著便吩咐：

『過來，給敬懿皇貴妃請安。』

『不用了，不用了！』敬懿皇貴妃一把拉住她的胳膊，含笑凝視；然後眼珠靈活地一轉，將她從頭看到腳：『好俊的模樣兒。我看看妳的手。』

一面拉著手看，一面又不斷誇獎。小妹明知道她是客氣話，但心裡仍舊很高興，覺得她的聲音好聽；能得這樣的人誇讚，是一種榮耀。

小妹也趁此機會細看敬懿皇貴妃。近在咫尺，而且一立一坐成俯視之勢，目光不接，毫無顧忌，所以看得非常清楚——遠望儀態萬千，近看才知道憔悴不堪；皮膚乾枯，皺紋無數，只不過隱藏在上好的宮粉之下，數尺以外便不容易發現而已。

等發現眞正面目，小妹暗暗心驚；三十剛剛出頭，老得這樣子，就不知道她這十四年受的是甚麼無形的折磨？更不知道折磨要受到甚麼時候爲止？看來是除死方休了！

如果自己被選中了，十幾年後說不定也就是這般模樣。這樣想著，小妹急出一手心的汗；敬懿皇貴妃很快地覺察到了，『怎麼啦？』她關切地問：『妳哪裡不舒服？手心好燙。』

小妹確有些支持不住，只想一個人靜下來好好想一想心事，因而藉她這句話，裝出頭暈目眩的神態，『大概受了涼了。』她說：『頭疼得很；心裡慌慌的。』

這一下，使得敦宜皇貴妃也著慌了，連聲喊『玉順』。宮中的成藥最多；玉順管藥，自然也懂些醫道，聽說了『病情』，便取來些『保和丸』，讓她用『燈心水』吞服。然後帶她到套房裡躺下休息。

小妹心裡亂糟糟地，好半天才比較平靜。於是聽得前面有人在悄悄談話，『妳這個主意不好。』是敬懿皇貴妃的聲音，『妳知道她討厭藍的，偏偏就讓妳小妹穿藍衣服；她心裡會怎麼想：好啊！安心跟我作對來了！』

語聲未畢，只聽敦宜皇貴妃輕聲驚呼：『啊！我倒沒有想到，虧得妳提醒我。不妥，不妥！』

『當然不妥。別人穿藍的，也許不知道避忌，猶有可說；就是妳小妹不行！就算是無心，在她看亦成了有意。妳不是自個兒找麻煩吧？』

『是啊。可是，』敦宜皇貴妃是憂煩的聲音，『總得另外想個辦法！我們家已經有一個在這兒受罪了，不能再坑一個。』

『妳別忙！我替妳出個主意。』敬懿皇貴妃說：『這件事，要託大格格才行。』

大格格就是榮壽公主。提到她，敦宜皇貴妃也想起來了，曾經聽說，留住宮中的八個秀女；除了桂祥家的女兒以外，都歸榮壽公主考查言語行止；能從她那裡下手疏通，倒是釜底抽薪的辦法。

『這是條好路子。』敦宜皇貴妃問：『妳看該怎麼說？』

『那容易。就說妳小妹身子不好。妳不便開口，我替妳去說。』

『那可眞是感激不盡了。』

聽到這裡，小妹頓覺神清氣爽，一挺坐了起來；轉念一想，不如仍舊裝睡，可以多聽些她們的話。

『妳看呢？』是她大姊在問：『那柄金鑲玉如意，到底落到誰手裡？』

『很難說了。』敬懿皇貴妃說：『到現在爲止，上頭還沒有口風。』

『據妳看呢？』

『據我看呀，』敬懿皇貴妃突然扯了開去，『漢人講究親上加親，中表聯姻。』

她的看法說得很明白了。方家園是皇帝的舅舅家；立后該選桂祥的女兒。但皇帝對他這位表妹，是不是也會像漢武帝對他的表妹陳阿嬌那樣，願築金屋以貯？自是敦宜皇貴妃所深感興趣的事。

說她感興趣，不如說她感到關切，更能道出她的心情。這種心情，也是敬懿皇貴妃和另一位莊和貴妃——蒙古皇后阿魯特氏的姑姑所共有的。因爲她們雖是先朝的妃嬪，卻跟當今皇帝是平輩；與未來的皇后彷彿妯娌。皇后統率六宮，對先皇的太妃，自然有適當的禮遇；不過同爲平輩，則以中宮爲尊，將來要受約束。這樣，未來皇后的性情平和還是嚴苛，對她們就很有關係了。

『瑜姊，』敦宜皇貴妃從穆宗崩逝，一起移居壽康宮時，就是這樣稱她，『皇后到底是老佛爺選，還是皇上自己選？』

『誰知道呢？倒是聽老佛爺一直在說，要皇帝自己拿眼光來挑。』敬懿皇貴妃將聲音放得極輕，『這位「主子」的口是心非，誰不知道？』

敦宜皇貴妃先不作聲，沉吟了好一會兒才說：『我看，把她們八個人先留在宮裡看幾天，另外有個道理在內。名爲八個人，皇上能看見的，只有一個；這一個自然就比別人佔了便宜了。』

敬懿皇貴妃深深點頭：『妳看得很透，就是這麼回事。』

『咱們，』敦宜皇貴妃很起勁地說：『明兒早晨去請安，倒仔細瞧瞧；看皇上對他那位表妹是怎麼著？』

『怕瞧不出甚麼來！皇上在老佛爺面前，一步不敢亂走；一句話不敢亂說，就算他看中意了，可也不敢露出半點輕浮的樣子啊！』

『不是這麼說，一個人心裡要有了誰的影子，就會自己都管不住自己；那雙眼睛簡直就叫不聽使喚，說不看，說不看，可又瞟了過去了。』

『眞是！』敬懿皇貴妃笑道：『妳是哪兒得來的這一套學問？』

『還不是妳教的。』

『我教的？』敬懿皇貴妃依然在笑，卻是駭異的笑，『這不是沒影兒的事嗎！』

『我一說妳就明白了。萬歲爺在的日子，不論到哪兒，只要有妳在；妳就看他那副魂不守舍的樣兒吧！妳的影子到哪兒，他的眼睛到哪兒；哪怕跟兩位太后說著話，都能突如其來地扭過臉看妳一眼。』

想想果然！敬懿皇貴妃有著意外的欣喜，而更多的是淒涼。當年六宮恩寵，萃於一身，只爲慈禧太后所願未遂，就爲眼前的這位『慧妃』不平，將蒙古皇后視爲眼中之釘，連帶自己也受了池魚之殃。想不到以前妒忌不和的『慧妃』，如今提到她以前的恨事，竟能這樣毫無芥蒂地當作笑話來談，實在令人安慰；但如『萬歲爺』仍舊在世，『慧妃』就不會有這樣的氣量。這樣想著，心中所感到的安慰，立刻就化爲無限的悵惘哀傷了。

『唉！』敬懿皇貴妃長嘆，『還提它幹甚麼？大家都是苦命。』說著，眼眶潤濕了。

『是我不好。』敦宜皇貴妃歉然地，『惹妳傷心，咱們聊別的吧！』

於是話題轉到慈禧太后萬壽將屆，該有孝敬。妃嬪所獻壽禮，無非針線活計；這也實在沒有甚麼好深談的，而她倆娓娓不倦，爲『鹿鶴同春』花樣上的那隻鹿，該不該扭過頭來？談了一個多鐘頭，還沒有結果。

被關在套房裡的小妹，在好不耐煩之中，有了領悟；深宮長日，不是這樣子聊天，又如何打發辰光？

由於前一天的默契，清晨到儲秀宮請安時，敦宜皇貴妃與敬懿皇貴妃不約而同地格外注意皇帝對他表妹的神態。但誠如敬懿皇貴妃所意料的，『瞧不出甚麼來』！因爲皇帝在儲秀宮逗留的時間不多；而桂祥的女兒，即令是慈禧太后的內姪女，卻因爲沒有甚麼名分，在特重禮制的宮內，不能像榮壽公主那樣侍立在慈禧太后身後，只不過居於宮女的前列。加以貌不出眾，言不驚人，很容易爲人忽略。

但敦宜皇貴妃有她的看法，斷定皇帝絕不會選中他的表妹爲皇后，『左看右看，怎麼樣也看不出她像個皇后。而且也不是有福氣的樣兒。』敦宜皇貴妃悄悄問敬懿皇貴妃說，『我看老佛爺大概也知道她娘家的這個姑娘，不怎麼樣！所以到現在都不起勁。看樣子也是讓她碰碰運氣，碰上了最好；碰不上也無所謂。』

『這是多大的事！怎麼說是「無所謂」。也許，老佛爺已經跟皇上提過了。』

『如果老佛爺跟皇上提過了，大格格一定知道。她怎麼說？』

『她沒說甚麼，我也不便問她。倒是妳小妹的事，我替妳託了她；她也答應了。不過能不能辦到，可不敢說。只等十月初五吧！』

立后的日子選在十月初五，時辰定的是天還未亮的寅時，是欽天監承懿旨特選的吉日良辰。

立后的地點在體和殿。本來是儲秀門：西六宮的翊坤宮跟儲秀宮打通以後，拆去此門，改建為殿。這時燈燭通明、爐火熊熊；一切陳設除御座仍披黃緞以外，其他都換成大紅，越顯得喜氣洋洋。與選的又經過一番淘汰，出現在體和殿的，只剩下五個人了。桂祥的女兒以外，就是德馨和長敘家的兩雙姊妹花。此外三個，只有乾清門一等侍衛佛佑的女兒，被指婚為宣宗長曾孫貝子溥倫的夫人，其餘兩個包括敦宜皇貴妃的小妹在內，都賞大緞四疋、衣料一件被『撂』了下去。

忽然間，殿內七八架自鳴鐘，同時發聲，打過四下；聽得太監輕聲傳呼，慈禧太后駕到了。她沒有坐暖轎；因為儲秀宮到體和殿，只有一箭之路。

兩宮——皇太后、皇帝出臨的行列極長，最前面是輕聲喝道的太監，後面隔個十來步是慈禧太后，隨侍在側，斜簽著身子走路，一會兒望地上，一會兒望前面，照護唯謹的是李蓮英；只聽他嘴裡不斷在招呼：『老佛爺可走好？寧願慢一點兒！』

除這兩個太監的語聲以外，就只聽見腳步聲了。緊隨在慈禧太后身後左面的是皇帝，然後是榮壽公主、福錕夫人、榮祿夫人；這一公主二命婦，最近在慈禧太后面前很得寵，爲太監概括稱作『三星照』，因爲稱謂中正好有『福、祿、壽』三字。慈禧太后對這個總稱亦有所聞，覺得口采很好，便讓太監們叫去，不加理會。

除此以外，再無別的福晉命婦——當年穆宗立后，諸王福晉，只要是『全福太太』無不參與盛典，而這一次慈禧太后並未傳召，亦沒有人敢請示，因爲大家心裡都明白，倘或宣召，第一個便應是皇帝的生母醇王福晉，而這正是慈禧太后所忌諱的。尤其是歸政之期漸近的這兩三年，慈禧太后總是有意無意地不斷表示：皇帝是一母之子；而帝母自然是太后。在立后的今天，爲了讓『兒媳婦』切切實實體認到：只有一個『婆婆』；沒有二個『婆婆』！更不能有醇王福晉在場，但如宣召他人，而獨獨摒絕醇王福晉，未免大傷感情，所以一概不召。

這以後只有宮女太監了。先朝妃嬪，照規制不能在場，不獨是這樣的場合，在任何地方，先朝妃嬪亦無與皇帝正式見面之禮，除非雙方都過了五十歲。至於宮女、太監是照例扈從，幾於每人手中都捧著東西——皇太后、皇帝不管到何處，只要一離開一座宮殿，便有許多必攜之物，從茶具、食盒、衣包、藥品到盥洗之具，應有盡有，最後是一乘軟轎。而這天卻與平日不同，多了一長二方，三個裝潢得極其華美的錦盒，而且捧了這三個錦盒的太監是在隨扈行列的最前面。

體和殿已經安設了寶座；寶座前面擺一張長桌。慈禧太后在桌後坐定，首先便問：『福錕呢？』『在廊上等著吶！』李蓮英回答了這一句；便向身旁供他奔走的小太監說：『叫福中堂的起！』於是福錕進殿磕完了頭；慈禧太后問說：『預備好了沒有？』

『都預備好了。』

『軍機呢?』

『已經通知了。』福錕答道:『孫毓汶已經進宮;喜詔由南書房翰林預備,亦都妥當了。』

『好!回頭乾坤一定就宣旨。』慈禧太后轉臉說道:『把東西擺出來吧?』

『喳!』

李蓮英向那三個捧著錦盒的太監招一招手,一起彎腰走到長桌前面;他揭開錦盒,將一柄金鑲玉如意供在正中,兩旁放兩對荷包,一色紅緞裁製,繡的是交頸鴛鴦,鮮豔異常。

這三樣東西一擺出來,便有人納悶了。向來選后所用的『信物』是一如意,一荷包,候選秀女被授以如意,便是統攝六宮的皇后;得荷包的秀女封皇貴妃或者貴妃,如今,出了新樣,荷包竟有兩對之多!

其中最困惑的是福錕;想得最深的也是福錕。他是從《大清會典》想起,規制中妃嬪的定額是一皇貴妃、二貴妃、四妃、六嬪,『常在』和『答應』則並無限制。立后之日雖說同時封皇貴妃,但順治、康熙當年的情形,一時無從查考;雍正以後,都是由王妃正位中宮,陸陸續續封妃封嬪,只有穆宗即位後大婚,卻並不限於立后之日,只封一位皇貴妃。

正在這樣思索著,慈禧太后卻又開口了,『福錕!』她說:『入選的,帶上來吧!』

福錕領旨退到殿外;向西偏小屋在待命的司官吩咐,將最後選留的五名秀女,傳召上殿——五名秀女,早就等在那裡了;每人兩個內務府的嬤嬤照料。由於家裡早就花了錢,這些嬤嬤們十分殷勤,一直在替她們搿鬢整髮,補脂添粉,口中不斷小聲叮囑:『沉住氣!別怕!別忘了,不教起來,就得跪在那兒!』這時聽得一聲傳宣,個個起勁。自己所照料的秀女,能不能當皇后,就在這一『露』,

所以沒有人敢絲毫怠忽，前後左右，仔細端詳，深怕有一處不周到，或者衣服縐了，花兒歪了，爲皇帝挑了毛病，不能中選，誤了人家的終身，自己遺憾終生。

『別蘑菇了！』內務府的司官連聲催促，『老佛爺跟皇上等著吶！走，走，快走！』

誰先走是早就排定了的。桂祥的女兒葉赫那拉氏領頭；其次是德馨家的兩姊妹；最後是長敘家的兩姊妹，姊姊十五歲，妹妹才十三歲，一對烏溜溜的大眼睛，嬌憨之中，未脫稚氣。

五個人由福錕領著進殿，一字兒排定行禮；演禮不知演過多少回了，自然不會差錯。跪拜報名已畢，聽慈禧太后說道：『都起來吧！』

等站起來一看，福錕恍然大悟；五個人都可以入選。皇后自然是領頭的葉赫那拉氏；兩雙姊妹，必是兩妃兩嬪，而且看起來是長敘家的封嬪，因爲最小的十三歲，還在待年，封妃尚早。

『皇帝！』慈禧太后喊。

侍立在御案旁邊的皇帝，趕緊旋過半個身子來，朝上肅然應聲：『兒子在。』

『誰可以當皇后，你自己放出眼光來挑。合意了，就拿如意給她。』

『這是大事。』皇帝答道：『當然請皇額娘作主；兒子不敢擅專。』

『不！要你自己選的好！』

『還是請皇額娘替兒子選。』

『我知道你的孝心。你自己選；你選的一定合我的意。』

說著，慈禧太后去拿如意，皇帝便跪了下來。如意太重，李蓮英伸手幫忙，才能捧了起來；皇帝跪著接受，再由李蓮英幫忙攙扶，方得起身。

這柄如意交給誰，實在是很明白的事。因此，紅燭煒煒，眾目睽睽，雖靜得幾乎連一根針掉在地上都聽得見，卻都只是看熱鬧的心情，並不覺得緊張。

所有的視線自然都集中在皇帝身上，尤其是在那柄如意上面。他的腳步毫無踟躕的樣子，而且目未旁鶩，見得胸有定見，在這天之前的幾次複選中，就已選好了。

然而，從他身後及兩側望去，卻看不出目光所注在誰？可以斷定的是，絕不是最後兩個，因為方向不對。等他從容地一步一步接近，也就越來越明顯了，如慈禧太后所期望；大家所預料的，如意將落在居首的葉赫那拉氏手裡。

但是，突然之間，見皇帝的手一伸，雖無聲息，卻如晴天霹靂，震得每一個人的心都懸了起來——那柄如意是遞向第二個人，德馨的長女。

『皇帝！』

在靜得每一個人都能聽見自己呼吸的時候，慈禧太后這突如其來的一聲，眞像迅雷一樣；將好些一顆心原已提到喉頭的人，震得一哆嗦。皇帝也是一驚，差點將玉如意摔落在地上。

而眞正受驚，卻是在回過臉來以後；他此時所見的慈禧太后，臉色發青，雙唇緊閉，鼻梁右面突然抽筋，眼下那塊肌膚不住往上牽動，以致右眼半張半閉，襯著瞪得特別大的那隻左眼，形容益發可怕。

雖然如此，仍可以明顯地看出，慈禧太后在向皇帝努嘴，是努向左邊。於是皇帝如鬥敗了的公雞似地，垂下頭來，看都不看，將一柄如意遞了給葉赫那拉氏。

這實在很委曲，也很沒有面子。換了個嬌生慣養、心高氣傲的女孩子，亦許當時就會哭了出來。

然而葉赫那拉氏卻能沉得住氣；笑容自然勉強，而儀節不錯，先撩一撩下襬，跪了下去，方始雙手高舉，接受如意；同時說道：『奴才葉赫那拉氏謝恩。』

皇帝沒有答話，也沒有說『伊里』——滿洲話的『站起來』；管自己掉轉身去，走回原位，臉上一點笑容都沒有。

慈禧太后右眼下抽搐得更厲害了。她心裡很亂，說不出是憤、是恨、是憂、是懼、是抑鬱還是掃興？然而她考慮利害關係卻仍能保持清明冷靜；控制局面也依然有她的手腕。皇帝的意向已明；將來『三千寵愛在一身』，自己的姪女兒，還是存著個心腹之患。文宗當年對自己及麗妃的態度，就是前車之鑑。轉念到此，她毫不猶豫地喊：『大格格！』

『在！』榮壽公主從御座後面閃出來，靜候吩咐。

『拿這一對荷包，給長敘家的姊妹。』

說完，她檢視排列在面前的五枝綠頭籤，取出其中第二、第三兩枝；厭惡地往桌角一丟。這就是『撂牌子』，江西巡撫的兩位小姐被擯了。

『恭喜！』榮壽公主將一對荷包，分別送到長敘的兩個女兒手裡。

兩人也是跪著接受。年長的老實，忘了該說話；反倒是年幼的說道：『給皇太后、皇上謝恩！』站起來又請個安：『也謝謝大公主。』說完，甜甜地一笑。

榮壽公主心情沉重，笑不出來；輕輕答一句：『謝我幹甚麼？』隨即轉身走回原處。

心情沉重的不止她一個人，滿殿皆是。一個個面無表情，彷彿萬分尷尬而又不能形諸顏色似地。大好一場喜事，鬧得無精打采，人人都在心裡嘆氣。

福錕原是預備了一套話的，只等『乾坤一定』，就要向慈禧太后與皇帝叩賀大喜。見此光景，心知以少開口爲妙；只跪了安，帶著原來的五名秀女退出殿外。

『回宮吧！』慈禧太后說了這一句，甚麼人也不看；站起身來，仰著臉往後走。

『老佛爺只怕累了。』李蓮英說：『坐軟轎吧！』

慈禧太后無可不可地坐上軟轎；照例是由皇帝扶轎槓，隨侍而行。李蓮英趁這當兒，退後數步，悄悄將乾清宮的總管太監黃天福一拉，兩個人輕輕地掩到一邊去交談。

『你看看！』李蓮英微微跌腳，『弄成這個樣子？你們在幹甚麼！』

『實在沒有想到。』黃天福痛心地在自己胸口捶了一拳，『早知道萬歲爺一點都不明白老佛爺的意思，我不管怎麼樣，也得提一句。可是，誰想得到呢？』

『事情糟到極處了。閒話少說，你趕緊預備如意。』李蓮英說：『你侍候萬歲爺換衣服的時候，提一句，千萬要多裝笑臉。』

照旗人的規矩，呈遞如意是晚輩向長輩賀喜之意。因此，立后之日，皇帝要向太后獻如意。由於有此一場絕大的意外，黃天福再不敢怠慢；慈禧太后未回儲秀宮之前，就預備了一柄金鑲珊瑚如意，由間道先趕到宮前等候。

慈禧太后一到，先回寢殿更衣；黃天福趁這當兒將李蓮英的意思，說知皇帝。都預備妥當了，才告訴李蓮英去回奏。

『老佛爺請出殿吧！萬歲爺等了好一會兒了。』

『他還在這兒幹甚麼？』慈禧太后冷冷地說道：『翅膀長硬了，還不管自己飛得遠遠兒的？』

李蓮英不敢接她的話，只說：『今天是大喜的日子。外頭都在聽喜信兒呢！請老佛爺讓萬歲爺盡了孝心，就見軍機宣懿旨吧！』

這句『外頭都在聽喜信』，提醒了慈禧太后；宣旨太遲，可能會引起許多猜測，化成離奇的流言，教人聽了生氣。

因此，她接受了李蓮英的勸告，由寢殿出來，居中坐定；皇帝便滿面含笑地踏了上來，先請安，後磕頭，裝出歡愉的聲音說：『兒子叩謝皇額娘成全。這柄如意，請皇額娘賞收。』說著，從單腿跪在一旁的黃天福手中，連盒子取過如意，高舉過頂。

『難爲你的孝心！』慈禧太后淡淡地說。

語氣與神態都顯得冷漠，而且也沒有接納皇帝所獻的如意。榮壽公主看不過去，踏出來拿起如意，強納在慈禧太后懷中，才算消除了快將形成的僵局。

於是皇帝又陪笑說道：『請皇額娘賞兒子一天假，撤了書房；讓兒子好侍奉皇額娘好好兒樂一天。』

『嗯！嗯！』慈禧太后轉臉向榮壽公主用微帶詫異的聲音：『樂一天？』

榮壽公主裝作聽不懂她的話風，只是湊趣：『老佛爺就傳懿旨，撤書房吧！讓漱芳齋的戲早一點兒開鑼。今天備的戲多，晚了怕聽不完。』

『好吧！』慈禧太后是那種懶於問事的懈怠神色：『我也放我自己一天假。立后宣旨，就皇帝自己說給軍機好了。』

『是！』皇帝答應著，站起身來，仍舊立在慈禧太后身邊；顯得依依孺慕地。

『你就去吧！』

等慈禧太后這樣再一次吩咐；而且聲音中似乎也有了暖氣，皇帝方始覺得心頭的壓力輕了些；答應一聲，退出儲秀宮，換了衣服，到養心殿召見軍機。

這時御前大臣、軍機大臣，都已得到喜訊。國有慶典，要穿俗稱『花衣』的蟒袍；好在事先都有準備，即時在朝房換穿整齊。同時各備如意，有的交奏事處轉遞；有的當面呈送。御前和軍機的如意，自然面遞；金鑲玉嵌，琳瑯滿目地擺滿了御案。皇帝看在眼裡，不由得在口中默唸著雍正硃批諭旨中一句話：『諸卿以爲如意；在朕轉不如意。』

磕賀既畢，禮王世鐸呈上兩道黃面紅封裡的諭旨，已經正楷謄清，皇帝先看第一道，寫的是：

欽奉慈禧端佑康頤昭豫莊誠皇太后懿旨：皇帝寅紹丕基，春秋日富，允宜擇賢作配，佐理宮闈；以協坤儀，而輔君德。茲選得副都統桂祥之女葉赫那拉氏，端麗賢淑，著立爲皇后。

看到『麗』字，皇帝毫不猶豫地提起硃筆來塗掉；然後略想一下，註上一個『莊』字。接著再看第二道。

這道上諭，仍用『奉懿旨』的語氣，宣封長敘兩女。在『著封爲』三字下，空著兩格；另外附著一張單子，上面寫著八個字，都是『玉』字旁。皇帝雖是初次處理此類事件，但也不難想像；這八個字是用來選作稱號的。

此時世鐸還有話：『皇后以外；另外兩位封妃，還是封嬪？請旨定奪。』

皇帝這才想起，應該請懿旨決定。但他實在怕提到立后封妃之事，惹起慈禧太后的不快而碰了釘子；同時也耽誤工夫，便自己作了主張：『封嬪！』

『是。』世鐸又說：『請圈定稱號。』

皇帝略看一看，圈定了兩個字：『瑾』與『珍』；提筆塡在空格中，十五歲的他他拉氏爲瑾嬪；十三歲的他他拉氏爲珍嬪。

這天就處理了這麼一件事，便即退朝。皇帝重又換便衣，趕到儲秀宮，奉侍慈禧太后臨御漱芳齋聽戲。漱芳齋亦已重新修得煥然一新；慈禧太后先在後殿隨安室休息了一會兒，然後出殿，傳旨開戲。

這天的戲，依然是以傳宣入宮當差的『內廷供奉』爲主；安排戲目，分派腳色，都由立山提調。完全迎合慈禧太后的愛好，更因爲事先已得李蓮英的通知，說慈禧太后這天不太高興，當差要特別巴結；倘或出了差錯，很難挽救。所以立山暗暗囑咐後台，格外『卯上』；他說：『各位務必捧一捧我。我心裡知道。』

立山是歌台舞榭的豪客，也是梨園的護法，有他這句話，沒有人敢輕忽；出得台去，個個大賣力氣，唱得精彩紛呈，兩齣小戲下來，慈禧太后爲了立后惹來的一肚子氣，已經消掉了一半。

第三齣戲上場，開始傳膳。向例安排在這時候的一齣戲，總比較差些。因爲傳膳的時候，食盒絡續，御前奔走不絕；加以顧到口腹之奉，總不免忽略耳目之娛，有好腳色也錯過了，未免可惜。

這時候的一齣戲是捉放曹，慈禧太后認得扮曹操的花臉叫李連重；扮陳宮的卻未見過。因爲正在進膳，便未問起；哪知一上場四句蓋口的搖板，將慈禧太后聽得停箸注目，扮陳宮的生得一條好嗓子，寬窄高下，隨心所欲，聽來痛快極了；尤其是第四句『見一老丈在道旁』，唱到煞尾，嗓子突然一放，就像打了個悶雷似地，殷殷之聲，久久不絕，令人既驚且喜。

『這是誰啊？』慈禧太后問李蓮英。

察言觀色，他知道慈禧太后心賞此人；便有意照應立山，讓他來獻一次功，『是立山找來的，奴才只知道姓孫；原來是有功名的。』他說：『要問立山才知道。』

『有功名的？』慈禧太后詫異，『怎麼唱了戲呢？你找立山來，我問問他。』

立山便在殿前侍候，一傳便到；磕過頭還跪在那裡聽候問話。慈禧太后格外假以詞色，吩咐他站著回話。

『這個唱陳宮的是誰啊？』

『叫孫菊仙。藝名「老鄉親」，剛打上海到京，奴才聽過他幾回，覺得他嗓子挺痛快的；特意讓他來試一試。因爲還不知道合不合老佛爺的意，所以事先不敢回奏。』

『挺不錯的，就讓他進宮來當差好了。』

『是！』

『怎麼說他有功名？』慈禧太后問道：『他原來幹甚麼的？是誰的「老鄉親」啊？』

『孫菊仙是天津人。原來是個武秀才；陳國瑞駐紮天津的時候，他在……』

說到這裡他停住了。因爲台上正唱到呂伯奢出門沽酒，曹操聽得廚下磨刀霍霍，呂家的人正在商量：『綑而殺之；綁而殺之？』不由得疑雲大起，打算先下手爲強。這是個緊要關節，吸引了慈禧太后的眼光；立山怕攪亂她的視聽，見機住口。

慈禧太后這一下直看到急風驟雨的『行路』結束；『宿店』上場，起二黃慢三眼的長過門，方又問到孫菊仙的生平。

孫菊仙的生平，立山完全知道；但此時此地，沒有細陳一個伶官的履歷的道理。只簡略地回奏，孫菊仙中了武秀才以後，投在陳國瑞營中，當過管理軍械的差使，以後改投安徽巡撫英翰標下，充當武巡捕，並曾隨著英翰到過廣東。官職由軍功保到三品銜的候補都司，賞戴過花翎。

『既有三品頂戴，不好好做官，可又怎麼去唱了戲了呢？』

『就是爲的唱戲丟了官。』立山答道：『有年孫菊仙由廣東公幹經過上海，他的同鄉知道他唱得好；大夥兒起哄，非要他露一露不可。孫菊仙卻不過意，拿票友的身分，唱了三天。海報上貼的是「老鄉親」；可是瞞不過人。現任三品武官，公然登台唱戲，未免不成體統。有人要參他；他自己知趣辭了官，做官的時候沒有甚麼積蓄，日子過不下去，索性下海了。』

『這倒是少有的奇事！』慈禧太后很感興味地說：『等他唱完了，你把他傳來；等我問問他。』

『是！』

立山答得倒是很響亮，心中卻不免嘀咕；因爲孫菊仙棄官入伶，滿腹牢騷，平時說話喜歡與人抬槓，加以天津人的嗓門又大，所以聽來總是像在大吵其架似地。如果在慈禧太后面前，亦復這樣不知檢點，非闖大禍不可。

爲此，立山特意趕到後台去招呼。等孫菊仙唱完，只聽台前有太監在喊：『奉懿旨放賞！』接著是『曹操』與『陳宮』跪在戲台上謝恩。這時立山已守在下場門了；等孫菊仙一進來，親自替他打簾子，迎面笑道：『成了！我的「老鄉親」！趕快卸妝吧，老佛爺召見。』

孫菊仙一楞；突然間兩目一閉，雙淚交流，上過妝的臉，現出兩道極明顯的淚痕。在旁人看，自是喜極而涕，誰知不然。

『我一刀一槍替皇家賣過命，沒有人賞識；不想今兒皇太后召見，這，這，這是哪裡說起？』

聽這話，牢騷發得更厲害；立山機變極快，立即正色說道：『菊仙，你錯了，你別覺得你那三品頂戴了不起；湘軍、淮軍由軍功上掙來的紅藍頂子黃馬褂，不知道多少？十八省的三品都司數不清；鋼喉鐵嗓的孫菊仙可只有獨一份。不是物以稀爲貴，老佛爺會召見你嗎？』

孫菊仙收住眼淚，細想一想，請個安說：『四爺，你的話對！』

『那就趕快吧！』

於是好些『跟包』，七手八腳地幫孫菊仙卸了妝，換上長袍馬褂，臨時又抓了頂紅纓帽替他戴上，由立山親自領著去見慈禧太后。

『菊仙！』立山小聲囑咐，『你說話的嗓門兒，可收著點兒！』

『我知道。在太后跟皇上面前，自然要講禮數。』

『對了！』立山很欣慰地，『好好兒上去吧！也不枉你扔了三品頂戴來就這一行！』

孫菊仙連連稱是，立山益發放心。誰知一到了慈禧太后面前，開口便錯，召見伶人，原是常有之事，凡是所謂『內廷供奉』，都算隸各內務府，因而禮節亦與內務府相同，自稱『奴才』；孫菊仙卻不用這兩個字，但也不是稱『臣』，而是自稱『沐恩』。

慈禧太后倒是聽懂了這兩個字，不過入耳頗有新鮮之感；這個漢人武官對上司的自稱，還是三十幾年前在她父親惠徵的安徽池太廣道任上，聽人叫過。這自然是失儀，甚至可以說不敬，然而慈禧太后不以爲忤；依然興味盎然的問他學戲的見過。

孫菊仙是票友出身，沒有坐過科，自道師承程長庚，也學余三勝；這天的一齣『捉放曹』，就是余派的路子。

之後便問他的出身。孫菊仙的回答，大致與立山的話相同；提到他剿捻曾受傷兩次，慈禧太后居然有動容的樣子，彷彿很愛重他的忠勇似地。

『你當過三品官嗎？』慈禧太后問道：『聽說你是爲唱戲丟的官？』

『是！』

『你覺得很可惜是不是？』

『是！』

『不要緊。我賞你個三品頂戴就是了。』

這是異數，連立山都替他高興；便提醒他說：『孫菊仙，碰頭謝恩。』

孫菊仙依言碰頭，但非謝恩，『請老佛爺收回成命。』他說：『沐恩不敢受頂戴。』

此言一出，立山失色；這不是太不識抬舉了嗎？惴惴然地偷覷慈禧太后，卻是一臉的詫異之色。

『你爲甚麼不受頂戴？倒說個道理我聽。』

『頂戴是國家的名器；沐恩自問是甚麼人？敢受老佛爺的恩賞！』

這越發不成話了，無異指責慈禧太后濫授名器。立山急得汗流浹背；已打算跪下來陪著孫菊仙一起賠罪了，哪知慈禧太后居然平靜地說：『你的話倒也說得實在。我賞你別的吧！』接著便轉臉吩咐：『賞孫菊仙白玉四喜扳指一個；玉柄小刀一把！』

這通常是對作戰有功的武官的頒賞；孫菊仙喜出望外，恭恭敬敬地磕頭謝了賞。立山也才鬆了一口氣；心裡卻大生警惕；慈禧太后眞有此喜怒不測，以後當差，更要謹愼。

這一天漱芳齋唱戲，總算盡歡而散。慈禧太后回到儲秀宮，興致還是顯得很好；但宮門下鑰，命婦不能留宿在宮內，陪她燈下閒話的，只有一個榮壽公主。

談來談去，又談到立后這件不愉快的事。經歷了一整天，她的怒氣已經消失；但心頭的創傷卻留下了。『好好一件事，妳看，臨了兒弄得這麼窩囊！』她惋惜地說：『皇帝難道眞的不明白我的意思？』

榮壽公主不敢答話，也不願再談此事，很想轉換一個話題；而慈禧太后卻有骨鯁在喉，不吐不快之勢，不等她有何表示，只以一傾委屈爲快。

『我倒是打算滿好，心裡一直在想，古人說的「娶妻娶德」，百姓人家如此，立后更應該講德行。』她略停一下又說：『我也知道德馨家的兩姊妹長得俊；長敘家姊兒倆也不賴，打算都留了下來，兩妃兩嬪，兩雙姊妹花，不也是從古到今，獨一無二的佳話？誰知道我的苦心，皇帝竟一點兒也不能體會；白操了十幾年的勞，妳想，教我傷心不傷心？』

榮壽公主也是這一下才能完全了解慈禧太后的苦心，想想眞要如她所說的，留下兩對姊妹花在宮中，確是冠絕前代的美談。自己一直以爲慈禧太后總是爲她自己打算，立她的內姪女爲后，將來歸政以後，仍可以假手皇后，左右皇帝的意志，間接操縱朝局。如今看來，亦不盡然；慈禧太后在爲自己打算以外，亦不是全不顧皇帝。照她的安排，遠比皇帝僅選德馨的長女爲后來得美滿；可惜，她這番用心太深了，而且事先毫無透露，以致搞成一著錯，滿盤輸的局面，實在可惜！

這要怪誰呢？想想還是要怪慈禧太后自己。她的這個打算，只要略微透露一點風聲，就可以讓皇帝欣然照辦；而竟吝於一言，未免自信太甚。想到這裡，不由得長長地嘆了口氣。

『妳也不用嘆氣。』慈禧太后說道，『凡事都是命中注定。我也想開了！自己親生的兒子都不聽我的話，何況隔一個肚子？』

這是連穆宗都埋怨在裡頭了。榮壽公主很不安地說：『老佛爺說這話，我可替先帝跟皇上委曲；誰敢不孝順老佛爺？只不過……』

『怎麼？』

『只不過見識不及老佛爺，看不透老佛爺操持苦心有多深？』

慈禧太后不響，好一會兒才點點頭說：『妳這話倒也是！說中了我的病根。』

『女兒可沒有那麼個意思，敢胡說老佛爺行事有甚麼欠缺。』

『我知道，我知道。我不是說批評我不對。我只是覺得我的想法，有時候是太深了一點；好像讓人莫測高深似地。』慈禧太后緊接著又說：『從此以後，我倒要改一改了。』

榮壽公主覺得她這話還是莫測高深，便不敢接口；只是輕輕地替她捶著背。

『妳看，皇帝眞能拿這副擔子挑得下來嗎？』

這是指皇帝掌理大政而言。不過，榮壽公主雖懂她的意思，卻只好裝作不懂；因爲此事關係太大，不便回答，唯有裝糊塗：『女兒不明白老佛爺的意思。』

榮壽公主不贊成一詞，慈禧太后也就不再往下多說。就這句話已經多了；大婚定在明年正月廿六，緊接著在二月初三歸政，一切都成定局，萬無變更之理，說是怕皇帝難任艱鉅，彷彿還捨不得撒手似地，豈非多餘？

因此，明知道榮壽公主守口如瓶，謹密可靠，她仍舊不能不叮囑一句：『咱們娘兒倆隨便聊聊的話，妳可別說出去！』

看似一句親切的家常話，在此時此地此人，可就不比等閒；榮壽公主一時勾起心事，百感交集，霍地雙腿一彎，跪在慈禧太后膝前。

『妳這是幹甚麼？有話起來說。』

『女兒有幾句話，不能不跪著說。只怕忠言逆耳，惹皇額娘生氣，所以先跪在這裡賠罪。』

榮壽公主的舉止向來穩重，凡事看得深、想得透；這時候有這樣的舉動與言語，可想而知必是極重要的話，便點點頭喊一聲：『來啊！』

在殿外侍候的是儲秀宮首領太監崔玉貴，內務府的人都管他叫『二總管』；在太監中的地位與得寵的程度，僅次於李蓮英。此時聽得召喚，捧著個腆起的肚子，疾步而來，單腿往下一跪，聽候吩咐。

『看有甚麼人在屋裡？都叫他們出去！』

崔玉貴領命逐屋去查，查一處、攆一處、關一處；只聽不斷有房門碰上的聲響，最後連殿門都關上了。

於是慈禧太后平靜地說道：『有話妳就說吧！不管妳說甚麼，我都不會怪妳。妳知道的，我有大事，只跟妳商量。』

『可惜，立皇后這件大事，皇額娘沒有跟女兒說。不然會辦得更順利。』榮壽公主說道：『皇上的孝心，女兒是知道的；就為這件事，皇上心裡不安得很，怕是違背了皇額娘的意思。其實這也怪不得皇上，他沒有一個親近的人好商量。翁師傅倒是皇上親近的；然而皇上不提這件事，翁師傅素來謹愼，絕不敢提。總而言之，皇額娘的一片慈愛，皇上領會不到，無意之中弄擰了，絕不是有心的。皇額娘的養育之恩，如天之高，如地之厚，女兒在想，總不見得會拿皇上這個無心的過失，老放在心裡吧？』

『當然！不過，』慈禧太后沉吟了好一會兒說：『有此事，妳想拿它扔開，它偏偏兒上心來，眞教沒法子。』

『皇額娘，女兒說話要放肆了。』榮壽公主一字一句地說：『皇額娘的兒子只有皇上一個。』

『就是這話囉！因爲只有一個，我才把我一片心都給了他。無奈……』慈禧太后躊躇著嘆口氣：『唉，不提了！』她慈愛地撫著榮壽公主的臉，『我總算還有個眞心向我的好女兒。』

『女兒自然要孝順皇額娘。不過，女兒也要做一個好姊姊；做皇上的好姊姊！』

『對啊！凡是好女兒，一定也是好姊姊。』

榮壽公主十分欣慰，『眞是再沒有比皇額娘更聖明的。』她也忍不住有些激動，『母慈子孝，天下太平，皇額娘儘管享福吧！』

這句話說得慈禧太后很高興，『我是得享幾年福了。』她躊躇滿志地說：『總算有個太平局面交付給皇帝，自覺也對得起祖宗了。』

由於榮壽公主的苦心調護，慈禧太后與皇帝母子君臣之間，總算保住了一團和氣。慈禧太后也覺得國事既已決定付與皇帝；『家事』也不妨讓『女兒』代勞，所以大婚典禮一切踵事增華的點綴，以及照例應有的儀節，幾乎都讓李蓮英向榮壽公主請示辦理。慈禧太后自己從萬壽以後，就住在西苑；一場瑞雪，正多樂事，只苦了皇帝，冒雪衝寒，晨昏定省以外，還得回宮辦事讀書。

這時的第一大事自然是密鑼緊鼓地籌備大婚。欽天監挑定十一月初二的吉日行納采禮，派定禮部尚書奎潤爲正使，戶部尚書福錕爲副使；納采的儀物，雖是照例備辦，榮壽公主仍舊一一親自檢點——因爲風傳后家倚恃慈禧太后的威勢，竟如民間的陋習，事事挑剔。桂祥整天躺在鴉片煙榻上，昏天黑地，倒還不大生事；他那夫人悍潑無比，花樣極多。李蓮英跟榮壽公主商量，都覺得這種情形，不宜奏聞慈禧太后，免得她生氣，也免得她爲難。那就只好委曲求全，盡量遷就，所以連照例的納采儀物，亦需仔細檢查。

納采禮之前十天，李蓮英愁眉苦臉地來跟榮壽公主說：『「方家園」又出了點子了。今兒有話過來，十一月初二那天，要大宴群臣。』

『大宴群臣？』榮壽公主詫異地問：『哪裡有這個規矩？再說，大宴群臣，又哪裡輪得到皇后家來過問？』

『不是萬歲爺大宴群臣；是皇后家。』

『豈有此理？這不太離譜了嗎？』

『原是。』李蓮英說：『方家園的意思是，請一道懿旨，在皇后家賜宴。』

『那，』榮壽公主說：『他們不會自己請客？愛怎麼請，怎麼請，誰也管不著。』

『如果明白這個道理就好了。承恩公夫人是怕請了客，客人不給面子，辭席不到，太沒有面子；所以要請老佛爺出面。大公主，妳給提一聲吧！』

『提一聲？』榮壽公主問道：『請客誰給錢啊？』

『那，大公主，妳就別問了。』

榮壽公主想了一會兒答道：『你先到外面打聽打聽，可有人會說話？那班都老爺當中，書呆子很多；回頭上個摺子，說不合儀制，請皇太后收回成命。那是多不合適的事！』

『這一層，大概不會。』李蓮英說：『如今的都老爺，也不比幾年前了；怕事的多。再說，這是辦喜事；也總不好意思掃興。』

『好吧！反正麻煩還多的是。就依他們吧！咱們大清——。』榮壽公主猛然將話嚥住；她本來要說的那句話，出自她生父恭王之口：咱們大清天下會斷送在方家園。

於是榮壽公主找了個機會，從容向慈禧太后回奏，說后家打算大宴王公大臣，但得先看皇太后的意思，如果可行，便請頒發一道懿旨，否則作罷。話說得很婉轉，可進可退；倘或慈禧太后不以為然，亦不算碰了釘子。

哪知慈禧太后既不說准，亦不說不准；反問一句：『妳看呢？』

這一問就讓榮壽公主很難回答了，因為她平日侃侃諤諤，常是有意無意地講究禮制；現在明明一件不合規矩的事，如說破例不妨，那麼以後再遇著違制之事，就無法奏諫了。

也因為有此警覺，便想到慈禧太后可能是有意試探；所以措詞格外謹慎，想了一下答道：『這是從前沒有過的例子。不過例由人興，只要無礙國計民生，興一個新例也不妨。女兒在想，像這樣的情形，言官亦不致說話。』

『這一陣子言官又在起勁了，少惹他們為妙。』慈禧太后想了一下說：『桂祥打算請一次客，也沒有甚麼不可以；不過不必降旨。妳告訴他們，只請一二品大臣好了；王公不必請，他一個三等承恩公，敍禮敍不過人家。』

榮壽公主暗暗佩服——這樣安排，才眞是給桂祥做面子；因爲只請一二品大臣，就顯得桂祥這個公爵唯我獨尊了。而況要請王公親貴，人家也許不到；三五個還不打緊，辭謝的多了，席次上空著一大片，反而傷面子。

『妳再傳話給他們，開一張單子來我看；席位要好好排。』

這是變相的降懿旨。一二品大臣自然會知道，席次是經『欽定』的；那就不敢不來了。

『再告訴他們，可也不必太招搖。』慈禧太后又說：『這幾天，那班「都老爺」正在找毛病，避著他們一點兒。』

『找毛病？』榮壽公主不解地問了一句。

『還不是就是那幾輛火車嗎？』

榮壽公主想了一下，才恍然大悟。李鴻章進了幾輛火車，是在法國定造的，一共七節，一節機車；六節車廂，其中最講究的一節，是專爲慈禧太后預備的。另外上等車二輛，預定爲皇帝、皇后的座車；中等車二輛，供隨扈人員乘坐。再有一節就是行李車。

此外又有七里路的鐵軌，已經在中海紫光閣西面的空地上開始敷設，不久就可完工；供慈禧太后試乘遊覽。西洋的奇技淫巧，一向爲衛道之士所深惡痛絕，言官自然要動奏摺諫勸了。

『大家都以爲我坐火車好玩兒，就跟去年造好，擱在昆明湖的「翔雲」、「捧日」那兩條小火輪一樣，那實在是錯了。』慈禧太后說道：『妳看妳七叔，從前那樣子反對西洋的東西的人，這兩年也變過了，上個月上摺子，主張造天津到通州的鐵路。我倒也要看看，鐵路究竟好在甚麼地方？』

這是慈禧太后解釋她爲甚麼准在御苑之內建造鐵路的理由。榮壽公主對這件事，不甚明瞭，也就沒有甚麼話好說。只不過記著慈禧太后的告誡，通知李蓮英轉告方家園后家，宴請一二品大員一舉，千萬不可招搖鋪張。

承恩公桂祥『大宴群臣』；尙未由大清門入宮的皇后，已接受一二品大員三跪九叩的遙拜，這一不合禮制的盛舉，倒沒有惹起言路的糾彈，慈禧太后所擔心的，諫阻天津至通州修造鐵路一事，卻終於見諸奏章了。

一馬當先的是國子監祭酒盛昱，接下來有河南道監察御史余聯沅、山西道監察御史屠仁守，抗章響應。這些詞氣凌厲，認爲開天津至通州的鐵路，掘人墳墓，毀人田廬，而且足以使津通道上的舟子、車伕、與以負勞爲生的苦力，流離失所的議論，使得大病初痛的醇王，氣惱之至；所以當慈禧太后將那些奏摺發交海軍衙門會同軍機處『一併妥議具奏』時，他決定擱置不理，內心的想法：『見怪不怪，其怪自敗』；不理那些『無理取鬧』的奏摺，這一陣風潮，久而久之，自然而然地會平息下來。

局勢外弛內張，好些人在注視著慈禧太后的動靜，紫光閣西的鐵路已經敷設完工，看她是不是會在禁苑以內試坐這西洋奇技淫巧之物？如果慈禧太后居然坐了火車，那就表示她贊成興建津通鐵路。這就非同小可了，非直言極諫，拚死力爭不可。

十二月十五，正當一場大雪以後，半夜裡禁城之中起火，地點是在太和殿前的太和門。

太和門九楹三門，一水環縈，上跨石梁五道，就是金水河與金水橋。門內東西廡各三十二楹，迴廊相接，除了體仁閣與宏義閣以外，便是內務府的銀庫、衣庫、緞庫、皮庫、茶庫及武備院貯藏氈毯鞍甲之處。起火就在茶庫；很快地延燒到了太和門西的貞順門。

大內有災，百官都需奔救；一時九城車馬，破雪而來。外城的『水火會』，一批接一批，鳴鑼而至。門外雖有現成的金水河，但爲堅冰所封；費了好大的勁，才鑿開一尺厚的冰，而河底的水只有數寸，毫不得力，只有坐視烈燄飛騰；由西而東，燒到太和門，再燒到昭德門。重檐高聳，石欄繚折的太和門，四面是火，只聽嗶嗶剝剝地爆響不斷，眼看著畫棟雕樑，霎時間都化爲灰燼；急得內務府大臣福錕，只不斷地頓足大喊：『斷火路，斷火路！』

於是救火的護軍，找到工匠，冒著熾烈的火勢拆掉昭德門東的兩間屋子；大樑凌空而墜，傷了十幾個人，不過火勢終於不致蔓延了。在場的王公大臣，相顧喘息，總算可以鬆一口氣。

就這時有兩乘轎子，飛奔而至；轎前有『頂馬』開路。到太和門前，轎子停下，一先一後出來兩個人，鬚眉皆白；前面是恭王，後面是寶鋆。

所有的王公大臣，一齊上前迎接；恭王搖頭嘆息：『驚心動魄，奈何，奈何？』

『這場火來得太不巧了！』寶鋆接口說道：『一開年就是大婚盛典，天子正衙的太和門，燒成這個樣子，太難看了。』

這一說提醒了大家，相顧憂急，竟忘了還在救火，談起如何從速修復太和門的善後事宜？這樣的大工，光是勘估議價、鳩工集材就非數月不辦；如今只有四十天的工夫，看來縱有鬼斧神工，亦難如願。

外廷計無所出，深宮更深繫念。慈禧太后從半夜裡驚醒以後，一直到下午兩點鐘，得報火路已斷，不至於再蔓延，方始鬆了口氣。

這是件太糟心的事。唯一的安慰是，聽說王公大臣，包括恭王及所有請假不上朝的大員，無不親到火場救災；能急君父之難，都算是有良心的。其次是內外城的『水火會』、步軍統領衙門、神機營、順天府、大興、宛平兩縣的兵丁差役，亦很出力；慈禧太后特別傳旨，發內帑犒賞，兵丁伕役，每人二兩；受傷的每人十兩。因此，皇太后仁慈的頌揚，倒是傳遍了太和門內外。

其次就要查問起火的原因了。這場火起得很奇怪，值班的護軍，在貞慶門東值宿之處烤火，半夜裡，星星一火，竄入柱子的蛀孔中；太和門重修在康熙三十四年，將近兩百年的木柱，不但風燥無比，而且柱中也蛀得空了，所以一點火星，釀成大患。先是悶在柱子中燒；等到發覺，已無法灌救。當然，典守者不得辭其咎，值班的章京及護軍，拿交刑部嚴辦，不在話下。

但是，就拿失職的護軍砍腦袋，亦無補於這一場火所帶來的損失與煩惱；慈禧太后也跟外廷的王公大臣一樣，著急的是大婚期近，如何能將太和門趕快修起來？縱不能盡復舊觀，至少也要將被災的遺蹟掩飾得不刺眼才好。

善於窺探意旨的李蓮英，無需慈禧太后開口，就先已想到她必以此為憂，早就問過立山，得到了相當滿意的答覆；隨即奏報：『老佛爺別為這個心煩。到時候準有照式照樣的一座太和門。』

『你又胡說了。』慈禧太后嗔道：『簡直就是說夢話。』

『奴才哪敢撒謊？老佛爺倒想想，去年上西陵，一路的行宮，都修得四白落地，跟新的一樣；那不都是趕出來的嗎？』

『啊！』慈禧太后想起來了，『是找裱糊匠搭一座太和門？』

『是！奴才說呢，哪裡有瞞得過老佛爺的事？』李蓮英說：『這要找搭棚匠、裱糊匠、紮彩匠，他們有法子，能搭出一座太和門來。』

『行嗎？』慈禧太后還有些疑惑。

『行！』李蓮英斬釘截鐵地答道：『奴才問過立山了，他說一定行！這是多大的事，他沒有把握就敢說滿話了？老佛爺等著瞧吧；到了大喜的日子，準有一座看不出假來的太和門。』

是這樣斬釘截鐵的答覆，慈禧太后不能不信。不過這也只是消滅了她心頭重重憂慮的若干分之一；更大更多的煩惱，即將接二連三地到來。她一想起來就揪心，眞怕去觸動這方面的思緒；然而她到底是經過無數大風大浪的，深知躲避不了的煩惱，只有昂起頭來硬頂，所以咬一咬牙，決定自己先做打算。

打算未定以前，先要有一番了解，『外頭有甚麼話？』她問李蓮英，『你總聽到了；別瞞我！』

李蓮英也跟慈禧太后同樣地煩惱，同樣地擔心；所不同的是，他多一分希冀之心，總覺得慈禧太后必能從容應付，大事化小，小事化無。所以此時看到她是有擔當的態度，心頭先已感到安慰。

不過，回奏的措詞，卻需謹慎，既不宜隱瞞眞相；也不宜添枝加葉，免得激怒了慈禧太后。有此理解，說話就慢了，『總怨這場火不巧！』他說：『人心本來就有點兒浮動，這場火一起，好像更有話說了。』

『說甚麼？』慈禧太后問：『說我不該在頤和園裝電燈，西苑不該修鐵路？』

『西苑修鐵路，他們倒不敢管；天津到通州的鐵路，都說不該修。』李蓮英說：『有句話，怕老佛爺聽了生氣，奴才不敢說。』

『不要緊，你說好了！』

『說這場火是，是天怒。』

慈禧太后明白，這是半句話；原來那句話，必是由人怨激起天怒，太和門之災，是天意示警。這句話聽來當然刺耳；可是也無需生氣。

『還有呢？』

『還有……』李蓮英覺得有句話瞞不得，『說是這兩年花費太多了。』

慈禧太后默然。平心靜氣地想一想，修三海、修頤和園、大婚，再加上興辦海軍，花費是忒多了一些；如今重修太和門，又得幾十萬銀子，看來非得收斂不可了。

不過，可怪的是李蓮英居然也這樣說；雖是轉述他人的話，卻不妨看作他自己亦有此想法。這倒不能不問一問：『你說呢？是不是多了一點兒？』

李蓮英原是一種試探。兩大工程，加上總司大婚傳辦事件這個差使，他也『摟』得很不少了。盈滿之懼，時刻縈心；此時特地要試探慈禧太后的意思，果然有收斂之想，也是惜福之道。只不防她有此反問，倒覺得難以回答。

這時候不容他猶豫，更不能惹惱慈禧太后，唯有先做違心之論，『其實也不能算多。』他說：『只爲幾件大事擱在一起辦，就顯得花的錢多了。』

這兩句話在慈禧太后覺得很實在，『說得不錯。』她毫不考慮地表示，『先緩一緩吧！等緩過氣來再說。』

『是！』李蓮英答道：『老佛爺聖明。』

『你說給立山，看頤和園未完的工程，有甚麼可以暫緩的？讓他寫個說帖來我看。』慈禧太后又問：『皇帝呢？你聽他說了甚麼沒有？』

皇帝只說過一句話：『早就知道要出事！』此外便只是兩副面孔，在慈禧太后面前，勉強裝出豁達的神情；背轉身立刻就是陰沉抑鬱的臉色，而且不斷地吁氣，彷彿撐胸塞腹，有數不清、理不完的積鬱似地。

那另一副面孔，慈禧太后看不到，而李蓮英是看得到的。可是，他不敢告訴慈禧太后，並且還嚴厲告誡他所管得到的太監，包括『二總管』崔玉貴在內，不准到『老佛爺』面前搬弄口舌，否則重責不饒。因爲他看得很清楚，宮中從『東佛爺』暴崩以後，便是『西佛爺』唯我獨尊的局面。維持這個局面最要緊的一件事，便是安靜；倘或無事生非，放著好好的日子不過，搞得雞犬不寧，那不僅是極傻之事，簡單就是不可饒恕的罪過。

就因爲他是持著這樣的想法，所以也跟榮壽公主一樣，無形中處處衛護著皇帝；這時當然不肯說實話。但如說皇帝一無表示，慈禧太后也未必會信；皇帝親政在即，每天批閱章奏，要拿出辦法來稟命而行，然則對當前這一連串拂逆，豈能默無一言？

李蓮英只有揀能說的說；能說的是國家政事，不能說的是慈禧太后的爲了她自己享樂的一切作爲，秉持此一宗旨，他這樣答說：『萬歲爺彷佛對修天津到通州的鐵路，不以爲然。』

『喔，』慈禧太后很注意地，『他怎麼說？』

『奴才也不十分清楚。看意思是覺得北洋衙門管的事兒太多。』

『修鐵路是七爺上的摺子。』

慈禧太后這話的意思，一下子不容易明白；李蓮英聽到『七爺』跟『萬歲爺』連在一起的事，總是特別小心；想了一下答道：『萬歲爺只聽老佛爺的話；七爺上摺子，也得看他說得對不對？說得不對，萬歲爺不一樣兒的駁回嗎？』

慈禧太后不即答言，臉上卻是欣慰的神情；好半天，才點點頭說：『他能這麼想，心地總算明白。往後有他的好處。』

慈禧太后意料中的事，果然發生了。言路上接二連三有摺子，山西道監察御史屠仁守、戶科給事中洪良品，都有極其率直的奏諫。此外翰林與上書院的師傅，亦都說了話；而且除津通鐵路以外，也隱隱然提到興修頤和園的不足爲訓。這些摺子先由皇帝閱看，看一個，讚一個；然而在慈禧太后面前，他卻噤若寒蟬，甚麼話也不敢說。

慈禧太后也知眾怒難犯。好在心裡已早有打算，召見軍機，接連頒了兩道懿旨，一道是就太和門災，有所曉諭，她承認這是天意示警，應該『寅畏天威』；而在深宮修省以外，也勉勵『大小臣工，精白一心』。

另一道懿旨，是根據立山的說帖，決定頤和園的工程，縮減範圍，除了正路及佛殿以外，其餘的一切，全部停工——當然，正路及佛殿這兩個主要部分的工程，究有多大的範圍，並未明言。

這兩道上諭，是慈禧太后爲自己穩一穩腳步；卻不能彌補清議對醇王和李鴻章的不滿。只是抗章搏擊，也還有分寸；不過看起來對事不對人，其實是既對事亦對人，因而醇王的精神又壞了。

皇帝也覺得修津通鐵路一事，不能只是將原摺交議，跡近拖延；所以悄悄向翁同龢問計。

『師傅，』他說：『民之所好好之，民之所惡惡之；如今該有個決斷，自然是以公意為斷。可是公意又在哪裡？老百姓的話，從哪裡去聽？』

『民間疾苦，不易上聞。』翁同龢答道：『臣亦只是聽聞而已。』

『你聽到些甚麼？』

『傳言津通百姓，呈訴通永道衙門者，不下二三百起；該管衙門不理。向總督衙門申訴，因為是奏定辦理的案子，不肯據情入告。據說百姓都含淚而去。』

『豈有此理！只怕李鴻章也不知道這些情形，是他下面的人瞞著他；不然，李鴻章也不能置之不理。』

皇帝太天眞了，竟當李鴻章是湯斌、于成龍之流的好督撫。翁同龢不便直言，然而也不能附和，唯有保持沉默。

『怎麼？』皇帝醒悟了，『李鴻章是知道的？』

『李鴻章不是懶於理政的人。』

這句話就盡在不言中，皇帝黯然搖頭；然後又問：『你知道不知道，百姓的訴狀中是怎麼說？』

『無非廬舍墳墓，遷徙為難。子孫見祖父的朽骨，豈有不傷心之理？就算公家給價，其心亦必不甘。』翁同龢又說：『有人引用聖祖仁皇帝的上諭……』

一提到康熙，皇帝趕緊起身；翁同龢自然站起得更快，『那時的上諭怎麼說？』皇帝問。

『容臣檢來呈閱。』

檢來一本《十朝聖諭》，翻開康熙一朝，有關河工的諭旨，其中有一條是：『所立標竿多有在墳上者，若依所立標竿開河，不獨壞民田廬，甚至毀民墳塚。朕惟恐一夫不獲其所，時存己饑己溺之心，何忍發此無數枯骨？』

『聖祖之爲聖，仁皇帝之爲仁；即此可知！』翁同龢忽然激動了，『轉眼就是歸政大典，皇上履端肇始，而盈廷多風議之辭；近郊有怨咨之口，誠恐有累聖德，更恐埋沒皇太后多少年操持的苦心，實在不妥。』

『師傅，』皇帝立即接口，『你何不也上一個摺子？』

翁同龢這下才發覺『言多必失』，惹出麻煩來了。可是此時此地，不容他退縮，只能答應：『是！臣想跟毓慶宮行走諸臣，聯銜上奏。』

『好！你快辦去吧。』

翁同龢下了書房，立刻草擬奏稿。以他的見識、文采，像這樣的奏摺，原可一揮而就；結果費了一個下午才能脫稿，因爲顧慮太多，不能不仔細推敲。

當天便將毓慶宮行走的另外兩位大臣請了來，一個是兵部侍郎，也是狀元出身的孫家鼐；另外一個是吏部侍郎松溎，他是正藍旗人，進士出身，但教皇帝讀『滿文』，在毓慶宮的身分就差了，只是所謂『諳達』。向來師傅們有甚麼公摺，諳達是不列銜的；翁同龢爲了壯聲勢，所以將他亦算上一個。

折柬相邀，專車奉迓；孫、松二人一到，翁同龢拿出摺底來『請教』。看上面寫的是：

查泰西之法，電線與鐵路相爲表裡，電線既行，鐵路勢必舉可辦，然此法試行於邊地，而不遽行於腹地。邊地有運輿之利，無擾民之害。腹地則壞田廬、平墳墓，民間譁然。未收其利，先見其害矣。

今聞由天津至通州擬開鐵路一道。查天津距通州二百餘里，其中廬舍相望，桑麻被野，水路則操舟者數萬人，陸路則驅車者數百輩，以及村𣇈、旅店、負販爲活者更不知凡幾？鐵路一開，本業損失，其不流而爲盜者幾希！

近來外間議論，無不以此事爲可慮。臣等伏思皇太后、皇上勤恤民隱，無微不至。偶遇四方水旱，發帑賑濟，惟恐一夫之失所，豈有咫尺畿疆，而肯使小民窮而無告乎？況明春恭逢歸政盛典，皇上履端肇始，而盈廷多風議之辭，近郊有怨咨之口，似非所以光昭聖治，慰安元元也。

夫稽疑以卜，眾論爲先，爲政以順民心爲要。津通鐵路，宜暫緩辦，俟邊遠通行，民間習見，然後斟酌形勢，徐議及此，庶事有序，而患不生。

松溎先看，看完遞給孫家鼐；等他亦看完了，方始徵詢意見：『如何？』

『比上齋諸公的公摺，緩和得多了。』

『不但語氣緩和；持論亦平正通達。我謹附驥尾。』

松溎說完，提筆在後面署了名；孫家鼐亦然如此。這在翁同龢自是一大安慰；也有些得意，覺得推敲的苦心，畢竟沒有白費。

處理了自己的事，要問問旁人的態度，『上齋諸公的公摺，怎麼說法？』他問。

『上齋』就是上書房的簡稱。在上書房行走，亦稱爲『師傅』，但因爲教皇子而非皇帝，所以地位、恩遇，都不及皇帝的『師傅』。但上書房的人多，加以是協辦大學士恩承與吏部尚書徐桐任『總師傅』，在這兩位衛道之士支持之下，上書房的公摺，措詞就嚴峻得多了；語氣中明攻李鴻章，暗責醇王。恩承和徐桐雖以地位與翰林懸殊，不便列名上摺，卻以私人身分寫了信給醇王。當然，詞氣恭順而論事激切，使得醇王大爲不悅。

翁同龢是醇王很看重的人，平時禮遇甚周；就彷彿漢人書香世家敬重西席那樣。因此，對於醇王在病中遭遇這種爲清議所不容的拂逆之事，他自然覺得難過；同時也有許多感慨和惋惜。

『醇邸完全是替人受過。』翁同龢還有許多話，到喉又止，只付之喟然長歎。

孫家鼐了解他的意思，卻不肯接口；松溎的性子比較直，立即說道：『替人受過，也要看值不值？替李鴻章受過不值；替皇太后受過就值得。』

修三海，修頤和園，昆明湖設小火輪，裝設電燈，以及紫光閣畔建造鐵路，凡此爲清議所痛心疾首的花樣，說到頭來都怪在醇王頭上——不是說他『逢君之惡』，而是本乎春秋賢者之意，認爲他不能據理力諫，未免過於軟弱。就這一點上，恭王與他的賢愚便極分明；這幾乎已成定評。

然而翁同龢卻比較能體諒醇王的苦衷，『醇邸的處境甚難。』他說：『要避擅專的嫌疑，就不能不唯命是從；千錯萬錯……唉！』他又不肯說下去了。

『千錯萬錯，錯在不甘寂寞。』松溎說得很率直，『如果不是他靜極思動，就不會有恭王被逐，軍機全班盡撤的大政潮。到今天，安富尊榮，優遊歲月，何來如許煩惱？』

話說得太深了，翁同龢與孫家鼐都不肯再往下談。做主人的置酒款客，取出珍藏的書畫碑帖來展玩品評，而松溎對此道的興致不高，所以談來談去又談到時事了。

幾杯佳釀下肚，松溎趁著酒興，越發放言無忌，『今上的福分，恐還不如穆宗。』他說：『就拿立后來說；當年穆宗遠離中宮，是有激使然，加以宮闈中有「大力」干預，以致有後來的彌天鉅禍。然而穆宗與嘉順皇后之間，相敬如賓，琴瑟調諧，至少也是一種福分。今上呢，方家園的皇后，未曾入宮，只怕就注定了是怨偶……』

『壽泉！』翁同龢喚著他的別號，打斷他的話說：『酒多了。』

『我不是醉話，是實話。外面有人說，皇后的福分，也只怕有限。試看，冊立未幾，有太和門的奇災；這就像民間新婦妨夫家那樣，不是好徵兆。』

『偶然之事，無需穿鑿。壽泉，來，來，請！這松花江的白魚，來之不易；別辜負了口福。』孫家鼐亂以他語，松溎卻越說越起勁：『今上實在是天下第一苦人，五倫之中，僅剩得一倫，你想，可憐不可憐？』

『僅剩得一倫！』翁同龢不由得要問：『是哪一倫？』

『就那一倫，也還得看將來。』松溎說道：『「父子」一倫，在皇上最苦，這不用說；雖有「兄弟」，並無手足之親，這一倫雖有似無；做皇帝的沒有「朋友」，更何需說；「夫婦」一倫，眼看也是有名無實的了。』

話是有些過甚其詞，但大致與實情不差，尤其是父子一倫，在皇帝是隱痛。所以翁、孫二人，默然無言；靜聽松溎再往下談。

『今上只剩下「君臣」一倫了。五倫的君臣，原非爲君立論；聖人垂教，重在勉事君者以謹守臣道。爲人臣者，能得君之專，言聽計從，如昭烈帝之與武侯，所謂如魚得水，亦是人生難得的際遇；即使其他四倫不足，亦可以稍得彌補。』松溎略停一下又說：『我在想，今上實在是雖君亦臣；慈禧太后雖母亦父；母子實同君臣。歸政以後，而慈禧太后果然能完全放手，以萬壽山色、昆明湖光自娛，優遊頤養不顧政務，那麼今上的君臣一倫，總算是佔到了。然而，今日之下，亦還言之過早。』

這段話說得很深，翁同龢與孫家鼐，都在心裡佩服，只是表面上卻不能承認他所析之理。而翁同龢又有進一步但相反的看法。

『君則君，臣則臣。縱如所言，我輩能謹守臣道，善盡輔佐；讓皇上能暢行大志，這才算是全了君臣一倫。』

『說得是！』松溎看著孫家鼐說：『我輩亦唯有以此上慰聖心了。』

一開了年，局勢外弛內張。從表面上看，大婚費用一千多萬，帶來了很興旺的市面；諸工百作，直接間接都沾著光，無不笑逐顏開。加以這年本是己丑會試正科，各省舉子爲了順便瞻仰大婚盛典，多提早在年內到京；又因爲明年還有恩科，如果本年場中不利，不妨留在京裡用功，免得往返跋涉；所以都帶足了盤纏，而且大都懷著得樂且樂，先敞開來花一花再說的念頭，使得客棧酒樓、戲園妓館，買賣更盛，紙醉金迷，好一片昇平氣象。

暗地裡卻有許多令有心人不安的情勢存在。正像新紮製的太和門那樣，儼然畫棟雕樑，幾乎可以亂眞；而外強中乾，內裡朽木爛紙一團糟——一個月以前，反對修建津通鐵路的十幾道奏摺，都爲海軍衙門壓了下來；一班看得透、想得深的清剛鯁直之士，便計議著要用釜底抽薪的治本之計。

其中最認眞的就是山西道監察御史屠仁守。他是湖北孝感人，同治十三年的翰林；由編修轉御史，風骨稜稜，是清流中的後起之秀。他對於醇王一系，千方百計攻去恭王；以及創立海軍衙門，侵奪軍機處與總理衙門的職權，形成政出多門的混亂現象，深惡痛絕。所以凡是醇王及海軍衙門的敝政，如變相賣官鬻爵的『海軍報効』等等，無不大肆抨擊。

反對津通鐵路的修建，屠仁守的態度極其堅決。這個把月以來，他一直在盤算，此事是李鴻章所主張，而恃醇王爲護符。不去醇王，不能攻李鴻章；所以釜底抽薪之道，即在攻掉醇王。

就在這時候，海軍衙門與軍機處奉旨妥議群臣奏請停辦津通鐵路一案，有了初步結果。由醇王與禮王世鐸聯銜覆奏的摺子，洋洋數千言，將言官、翰林、部院大臣所上的七個摺子，駁得體無完膚，最後的結論是：『言者之論鐵路，乃云：「即使利多弊少，亦當立予停止。」此臣等所甚不解也。現當大婚，歸政舉行在即，禮儀繁重，諸賴慈慮親裁。臣等以本分應辦之事，若然局外浮議，屢事牴牾，嘵嘵不已，以致重煩披閱，實非下悃所安，而關係軍國要務，又不敢爲眾咻牽制，遽萌退諉之志。惟有將臣等所見所聞，確切可查之事，據實臚陳，伏乞聖鑑。至於事關創辦，本屬不厭求詳，然局外浮議，恆多失實。查防務以沿江沿海最爲吃緊；各該將軍督撫，利害躬親，講求切實，可否將臣等此奏，並廷臣各原奏，發交各該將軍督撫，按切時勢，各抒所見，再行詳議以聞。屆時仰稟聖慈，折衷定議，尤爲審慎周妥。』

這一覆奏，對反對之詞，用『嘵嘵不已』、『眾咻』、『局外浮議』的字樣，措詞很不客氣；而懿旨卻認爲『所陳各節，辯駁精神，敷陳剴切；其於條陳各摺內似是而非之論，實能剖析無遺。』袒護之意，十分明顯；當然也接納了醇王的建議，分飭沿海沿江各省督撫『迅速覆奏，用備採擇』。

『明發上諭』一經傳佈，促成了屠仁守的決心，一共擬了三個奏摺；去跟盛昱商酌。他的第一個摺子上說：『歸政伊邇，時事方殷，請明降懿旨，依高宗訓政往事，凡部院題本，尋常奏事如常例；外省密摺，廷臣封奏仍書「皇太后聖鑑」字樣，懇恩披覽，然後施行。』

盛昱駭然，『梅君，』他掩紙問道：『這是請皇太后當太上皇，比垂簾的權宜之舉，更進一層。倘或見聽，你考慮過後果沒有？』

『自然考慮過；深切考慮過。兩害相權取其輕，與其讓醇王把持朝政，不如請皇太后當太上皇。』

『此話怎講？』

『試看妥議鐵路一摺，明明裡應外合的把持之局已應，歸政之後，醇王若有陳述，可以單銜共奏，逕達深宮，這是挾太后以令皇帝；而下面呢，禮王唯命是聽，只看這個摺子，醇、禮兩王覆奏；而軍機承旨擬上諭，完全照醇王的意思行事。如今雖交各省督撫妥議具奏，又有誰不敢仰承鼻息，而獨持異議？皇太后、軍機、督撫，都在醇王利用擺布之下，皇上將來的處境如何？不問可知！』

『見得是，見得是！』盛昱恍然大悟，『你的意思是，不讓皇太后偏聽。』

『正是！』屠仁守答道：『雖然歸政，皇上仁孝，有大事自然仍舊稟命而行；而皇太后將來的見聞，一定不如目前，凡事都聽了醇王的先入之言，其弊何可勝言？皇太后畢竟是女中丈夫，精明強幹；能廣訪博聞，聖衷自有權衡。無論如何比庸佾的醇王隱在幕後，把持朝政要好得太多。』

不過，這個奏摺，其實只是一個引子；倘或採納，居仁守便等於建了擁立的大功，慈禧太后當然另眼相看。退一步說，至少可以證明他的話說對了路，賡續建言，便有力量了。

於是他要上第二個摺子，也就是屠仁守全力以赴，力求實現的主張：醇王以皇帝本生父之尊，絕不宜再與聞政事。然後還有第三個摺子，繼王先謙、朱一新之後，專攻李蓮英。

盛昱覺得他的步驟定得不錯，大爲贊成，而且做了承諾，只要第一個摺子有了效驗；上第二個摺子時，他必定助以一臂。即令自己不便出面，亦必邀約些人，同聲響應，壯大聲勢。

各衙門正月廿一開印；屠仁守搶先遞了他的第一個摺子。送達御前，皇帝困惑之至，不知道他的用意何在？想來想去，不敢擅作主張；親手封入黃匣，派太監立刻送到儲秀宮。

一看是屠仁守的職銜，慈禧太后先就有反感；他奏諫省興作、節遊觀的摺子，已經不少，『留中』以後，專門存貯在一處，打算找個機會，跟他算總帳。所以看到摺面，以爲又是那一套專會掃興的不中聽的話；哪知竟不是這麼回事！這一下，使得她的困惑比皇帝更深。

『看來倒是忠心耿耿？』慈禧太后自語著；弄不清屠仁守是好意還是惡意？如果是好意，此人不像是肯作這種主張的人；如果是惡意，他的作用何在？慈禧太后不相信屠仁守是好意，只往壞處去想，終於自以爲想明白了。

『可惡！』她拍著桌子生氣，『居然敢這樣來試我！』

於是她派人將皇帝找了來，問道：『你見了這個摺子沒有？』

『看過了。』皇帝答道：『屠仁守所奏，原是正辦。』

慈禧太后心裡在想，皇帝莫非是違心之論？當然，這不便問他；只冷笑著說：『難道連你都不知道我的苦心？出爾反爾，讓天下後世，把我看成怎麼樣的人？』

這話責備得很重，皇帝十分惶恐，低著頭不敢作聲。

『這件事關係甚重。』慈禧太后斷然決然地說：『屠仁守該罰。』

『他，』皇帝爲屠仁守乞情，『他的奏摺一向言過其實。皇額娘不理他吧！』

『這樣的大事，怎麼能不理？如果不理，彷彿顯得他的話說得有道理似地。以前的摺子，或者言過其實，不理他也就算了，這一次可不行！』慈禧太后又說：『你也得替我表白、表白我的苦心。』

這話說得更重了，皇帝唯有連連應聲：『兒子聽吩咐。』

『且先見了軍機再說。』

召見軍機，發下原摺；禮王世鐸茫然不知所措。孫毓汶在這些事上面最機警，心知其中必有緣故；所以格外注意慈禧太后的態度。

『垂簾本來是萬不得已的事，我早就想把這副千斤重擔卸下來了。』慈禧太后激動的情緒，漸趨平靜；所以語氣變得相當緩和，但卻十分堅定，『到今天還有人不明白我的苦心，這該怎麼說？』

『垂簾跟高宗純皇帝的訓政不同。』世鐸答道：『屠仁守拿這兩件事擱在一塊來議論，是錯了。』

『大錯特錯！』慈禧太后說道：『這兩年的言路上，還算安分；如今屠仁守胡言亂語，這個例子開不得！我不願意處分言官，可是這件事關係太大，要交部！』

慈禧太后問道：『皇帝，你說呢？』

皇帝站起身來，答應一聲：『是！』然後吩咐世鐸：『你們稟承懿旨去擬上諭來看。』

於是世鐸示意孫毓汶先退出殿去，向『達拉密』述旨擬稿。慈禧太后便提到兩度垂簾以來，種種驚疑危難的事件，如何苦心應付；最後很鄭重地宣示：『二十多年當中，很有些人出了力；他們是爲國家，可也是幫了我的忙。如今我可以說是功成身退了；對幫過我忙的人，該有個交代。皇帝，你說是不是？』

『是！』皇帝建議：『可以開單子，請懿旨褒獎。』

『說得不錯！世鐸，你們開單子來看。第一個是醇親王。』

『是。』

『恭親王實在也出過力。』慈禧太后說：『從咸豐十一年冬天到現在的軍機大臣，都開上去。現任的在前，以前的在後。還有僧格林沁。』

『是！』世鐸問道：『王公貝勒，是不是另開一張單子？』

『要有功的才開。王公貝勒，等皇帝大婚以後，另外加恩。』

於是世鐸回到軍機處，與同僚商議著，一共開了九張單子，最少的三張都只有一個人，一張上面是醇王；另一張上面是頭品頂戴賞花翎的總稅務司赫德；再有一張是僧王。此外六張是：現任及前任軍機大臣；現任及前任軍機章京；各國駐京使臣；殉難的將帥及一二品大員；現任各省封疆大吏；以及下世的大學士、督撫、將帥。總數不下三百人之多，生者加官晉爵，頒賜珍物；逝者賜祭一壇，或建專祠。覃恩普施，澤及枯骨。

在這些恩旨的對照之下，屠仁守所得到的，『為逞臆妄言，亂紊成法者戒』，『開去御史，交部議處，原摺著擲還』的處分，格外顯得令人矚目。所以在第二天一早，當他捧著被『擲還』的原摺出宮門時，已有好些慰問的人在守候著了。

這一慰問，都是泛泛其詞；大家只覺得他向有鯁直的名聲，不愧鐵面御史的美稱，而上摺言事，招致嚴譴，應該寄以同情。但細細考究，竟不知因何而應慰問？勸皇太后學太上皇，不是一件好事，值得慰問嗎？當然不值；而且反應該說他咎由自取。只是以屠仁守的為人，絕不肯阿附依違，或者有意搏擊，像張之洞、張佩綸當年那樣，建言的作用在獵官。因此，交情比較深的朋友，便要率直相問：何故出此？

屠仁守被逼不過，同時覺得所謀不成，開去御史職務，就不能再上摺建言，等於事過境遷，談談不妨。因而將其中的原委曲折，細細訴諸於幾位至交之前；一再叮囑：不足爲外人道。

哪知道底蘊還是洩漏了；有人將屠仁守的祕密，悄悄告訴了新升任刑部尚書的孫毓汶。他想起前一天慈禧太后召見翁同龢時，曾表示屠仁守雖然妄言亂政，卻不失爲台諫中的賢者；看樣子老太后有回心轉意的模樣，對屠仁守的觀感果眞有了改變，卻是一種隱憂。

因此，孫毓汶特地去見醇王，摒人密談，決定下辣手將屠仁守逐出京城。不過此案由吏部主辦，目前還不能運用軍機的職權干預，只有靜候『交部議處』的覆奏到達，再作道理。

吏部主辦此案的是考功司郎中鈺麟與主事盧昌詒。處分言官，事不常有，律例中無明文可查，研究了好些時候，認爲只有比照『違制律』議處。

『違制』的處分，有輕有重，由罰薪到革職不等。而論情課罪，屠仁守的情形，竟似求榮反辱，究竟不是甚麼了不起的處分。但特旨交議事件，又不便擬得過輕，斟酌再三，擬了個『革職留任』的處分。

抱牘上堂，這天是尚書徐桐、錫珍、與左侍郎松溎在衙門裡；長揖參謁以後，鈺麟說明原委，靜候示下。

徐桐本來是黨附醇王的，因爲醇王忽然由守舊衛道一變而爲與恭王一樣，好談洋務，頗有深惡痛絕之感；所以知道了屠仁守崇太后的本意在黜醇王，便覺得應該保全。錫珍是長厚君子；認爲這樣的處分亦夠重了，表示同意。不過尙書與侍郎同爲堂官，還需要問一問松溎的意思。

松溎很鯁直，『照我看，似乎不應該處分，』他說：『屠某亦是一片好意。如果建議太后訓政應該革職；那麼，倘有人說，皇上早已成年，太后何不早日歸政？這又該怎麼樣？該獎勵嗎？』

『說得是。』錫珍點點頭，『大婚、歸政兩大盛典，喜氣同沾，似乎對屠某不宜做過分之舉。』

『那就這樣吧，「革職留任」！不過，他已經開去御史，何職可革？』徐桐問鈺麟，『這有說法沒有？』

『屠仁守開去御史，應該另案辦理。開去職務，不是免官，自然要另外調補對品的官職；即以調職之日，爲革職留任之日。』

『噢！噢！』徐桐又問：『將來調甚麼官？』

『自然是調部屬；不可能再回翰林院的。』

『好吧！將來替他找個好缺。拿稿來！』

徐桐、錫珍、松溎依次畫了行；另外還有三位侍郎也應該畫稿，不過可以補辦手續。欽命要件，當日便辦稿覆奏。

慈禧太后正忙著大婚的喜事，而且覆奏的辭句含混，不暇細辨，便發交軍機辦理。原奏到了孫毓汶手裡，立刻就看出了其中的深意。

於是他提筆擬了一個奏片：『查屠仁守開去御史，交部議處，經部覆奏：「比照違制律，議以革職留任，惟現已開缺，應於補官日辦理。」又奏：「屠仁守開去御史一節，另行辦理。」究竟做何辦理？議以補官日革職留任，係補何官？均所不知。擬請旨著吏部明白回奏。』

寫完以後，孫毓汶自己先在最後具名，然後送交許庚身、張之萬、額勒和布，一直到軍機領班的禮王世鐸，一一列銜，方能呈上御前，可是除他自己以外，第一關就未能通過。

『萊山，』許庚身輕聲說道：『得饒人處且饒人，不爲己甚吧！而且，皇后的嫁妝亦快進宮了；上上下下，喜氣洋洋，何必殺風景？』

『我與屠梅君無怨無仇，何必跟他過不去。是「這個」的意思。』孫毓汶做了個『七』的手勢。

『那麼，壓一壓總不要緊。過了好日再遞。』

『這倒可以。』孫毓汶說：『你先列銜。』

許庚身無奈，只好寫下名字。軍機處差不多就是他們兩人，稟承醇王的意思在主持一切；張之萬隨波逐流，額勒和布沉默寡言，世鐸全無主張，都是問都不問，便書名同意。

這天是正月廿四，一早有極好的太陽；萬人空巷在旭日中看皇后的妝奩，總計兩百抬，分兩天進宮。由東城方家園迤邐而至，進東華門、協和門、後左門，抬入乾清宮。同時，瑾嬪與珍嬪亦有妝奩，數目不及皇后之多，也不能由正面進宮：是從神武門抬到東六宮安置。

兩家妝奩，從上午八點鐘開始，到下午兩點鐘方始發完；天氣就在這時候突變，濃雲密布，到晚來竟飄起雪來了。

這是件殺風景的事，且不說廿七大婚正日如何；起碼第二天發第二批妝奩，雨雪載途，就有許多不便。兩家執事的人，連夜備辦油布，將待發的妝奩，遮得嚴嚴密密。這一來就如『錦衣夜行』，看不到甚麼了；而且也不見得會有多少人冒著風雪出來看熱鬧——多少天的辛勞，期待著這兩天的榮耀，作爲補償，不道一半落空；桂祥大爲喪氣。

『眞沒意思！』他向他夫人說：『看是出了一位皇后，備辦嫁妝，就傾了我的家。這還不說，傾家蕩產能掙個面子，也還罷了，偏偏又是這樣的天氣！』

『這怕甚麼？』桂祥夫人說：『好事多磨，倒是這樣子好。』

『好？』桂祥冷笑，『好甚麼？眼看就要歸政了，妳以爲皇上會有多少恩典到咱們家？』

『不管怎麼樣，你總是承恩公；前兩天又有懿旨，以侍郎候補。宮裡有皇太后，外面有七爺，還怕少了你的官做。就怕你丟不下這桿煙槍；再好的差使，也是白搭。』

『算了，算了！我眞不想當甚麼承恩公。妳看崇文山……』

『咄！』桂祥夫人搶著打斷，『越說越好了；怎麼拿這個倒楣鬼來比你自己？也不嫌忌諱！』

桂祥將頭一縮，煙槍入口，呑雲吐霧，百事不問。桂祥夫人看夫婿如此，實在有些傷心，也有些擔心——二月初五，皇帝賜宴后家，百官奉陪；桂祥沒有做過大官，也沒有經過大場面，到了那天，高踞東面首座，位在大學士之上，爲殿內殿外所一致矚目。看他這委瑣的形容，到那時候會不會失儀，鬧出離奇的笑話來？實在難說得很。

一夜飄雪，積素滿地。到了下午，寸許厚的雪完全融化，而道路泥濘，反不如下雪好走。夜裡濃雲漠漠，下弦月躲得無影無蹤；雲端中卻不時熠熠生光，尤其是西北方面，如有火光。然後東面、南面、西面亦都出現了這樣的光燄；午夜時分，光集中天，倏忽之間，又散入四方。有人說，這叫『天笑』；又有人說是『天開眼』。不知主何祥瑞？

第二天——正月廿六，便是宣制奉迎皇后之日。午時未到，百官齊集；午正三刻，皇帝在太和殿升座，在淨鞭『刷啦、刷啦』瀏亮清脆的聲音中，王公百官，行了三跪九叩首的大禮，然後禮部官員宣制——宣讀冊封皇后的詔書，奉迎正使武英殿大學士額勒和布；副使禮部尚書奎潤，以及特派的奉迎十臣十員，跪著聽完，等皇帝還宮，隨即捧節由丹陛正中下殿，護送皇后的金冊玉寶，以及內中安放一柄御筆親書『龍』字金如意的鳳輿，出太和門，過金水橋，經午門、大清門，折而往東，緩緩往后邸而去。

一到並非立刻奉迎皇后入宮，依照欽天監選定的時辰，直到午夜交進二十七的子時，皇后方始恭受冊寶；其時西風大作，恍如萬馬奔騰。幸好鑾儀衛會得辦差，數百對畫鳳喜燈，改用玻璃作燈罩，作得十分精緻靈巧，雖有大風，喜燭煒煒，不受影響。苦的是四位『奉迎命婦』，照例應該騎馬；風號馬嘶，在鞍上坐不穩當，個個嚇得膽戰心驚，拚命抱住馬鞍上的『判官頭』，口中不住唸佛。

因此，奉迎的儀仗就走得慢了。子正出后邸，由方家園經史家胡同、東大街、長安牌樓、兵部街、東江米巷，進大清門，已將寅時。午門的景陽鐘大撞，聲震九城；天子腳下的百姓都知道皇后進宮了。

鳳輿一入乾清門，有十二名太監，手執藏香提爐，引入乾清宮後的交泰殿，將鳳輿從火盆上抬過，在殿門外停下，皇后降輿，由四名女官扶著進殿。

進殿又有花樣。門檻上預先橫放一個馬鞍；下藏蘋果兩枚，蓋上紅氈，皇后須從鞍上跨過；進殿交拜天地，然後引入交泰殿後的坤寧宮。

大婚的洞房，照例設在坤寧宮東暖閣。但合巹宴設在西屋；皇帝與皇后在一雙全福侍衛高唱滿語『合巹歌』聲中，進用膳房所備的筵席。這自然是一個形式；歌聲一終，筵宴已畢，再由女官引入洞房。

其時曙色已露，而帝后初圓好夢以前，卻還要經過好些儀節，先是由四位福晉——惇王下世不久，『五奶奶』居孀，這天根本不能進宮；恭王福晉早已去世；醇王福晉是皇帝的生母，有意迴避。當年穆宗大婚，爲皇后梳妝上頭的這三位福晉，死別生離，一個不見；此時當差的四位福晉是：禮親王世鐸、肅親王隆懃、豫親王本格、怡親王載敦的髮妻。她們七手八腳地爲皇后梳成雙鳳髻，戴上雙喜如意玉釵，換上雙鳳同和袍；進用『子孫餑餑』以後，將一個內置金銀米穀的『寶瓶』，納入皇后懷中，讓她抱著坐在床沿上。看看窗紗已經發白，顧不得再仔細檢點，還遺忘了甚麼儀節，相將跪安退出；兩名女官，隨即闔上殿門。

當皇帝皇后雙雙上龍鳳喜床時，宮中自慈禧太后到宮女、太監，早都起床了，而有些人，如榮壽公主、李蓮英，這一夜根本就未曾睡過。

辦這一件大喜事，榮壽公主是承上啓下的樞紐，已經好些日子沒有安安穩穩睡過一覺了。慈禧太后看她臉上又黃又瘦，實在於心不忍，此時便憐愛地說道：『妳夠累的！這會見總算忙過了，息一會見去吧！回頭來陪我聽戲。』

『不累。』榮壽公主陪著笑說：『一點兒都不累。』

『胡說！一宵不睡，有哪個不累的？』

『人逢喜事精神爽嘛！』

『妳別跟我逞能，快回去睡！不到傳晚膳的時候，不准到我跟前來。』

是這樣體恤，榮壽公主不能不聽話。但請安退出儲秀宮，卻不回長春宮西廂樂志軒的住處；帶著太監、宮女，一逕往前，穿過體和殿，進入翊坤宮去看瑾嬪和珍嬪。

翊坤宮在明朝叫萬安宮，向爲妃嬪所居；慈禧太后當貴妃的時候，就住在這裡，誕育了穆宗。如今瑾嬪、珍嬪奉懿旨同住翊坤宮，可以看作慈禧太后眷愛這兩姊妹；但亦不妨說是置於肘腋之下，便於監視。

而榮壽公主此來，卻不是甚麼惡意的監視，純然一片好心——瑾嬪十五歲，珍嬪更小，才十三歲，雖然都很懂事了，到底初入深宮，儀制繁重而舉目無親，可以想像得到，她們的內心，不僅寂寞淒涼，而且畏懼惶惑，渴望著能有人指點安慰。

她就是爲此而來的。所以一進宮便先在院子裡傳喚首領太監王得壽，高聲問道：『兩位新主子剛剛進宮，許多規制還不明白；你跟兩位主子回稟過了沒有？』

『回稟過了。規制太多，一時也說不盡，只好慢慢兒回。』

『慢慢兒回不要緊，可記著守你的本分，該怎麼著，就怎麼著。別以爲兩位新主子新來乍到，跟你們客氣，你們就敢沒規沒矩！』

榮壽公主的聲音清朗爽脆，最能送遠；在東廂慶雲齋的瑾珍兩姊妹，自然聽得出是她的聲音，頓時精神一振，不自覺地都浮起了喜色，而且也都站了起來。

瑾嬪一站起來便又坐下，因爲突然警覺到自己的身分，以及在家時，父母長輩的告誡：宮中規矩大，一舉一動，全要穩重；切忌亂走亂說話。而珍嬪雖也記得這些告誡，並不以爲行動要那樣子拘束；自己掀著棉門簾便迎了出去。

這時榮壽公主已經上了台階，廊下相遇，珍嬪喜孜孜地叫一聲：『大公主！』接著便雙腿一蹲請個安。

榮壽公主是皇帝的姊姊，不但是長公主；而且在姊妹中年齡最長，是大長公主；除去對皇后以外，與並輩的妃嬪，平禮相見，因而不慌不忙地回了禮，站起來問道：『妳姊姊呢？』

『在屋裡。』

在裡面的瑾嬪已經問過管事的宮女，應該出殿迎接；她跟她妹妹一樣，先叫聲榮壽公主，然後延入慶雲齋正屋，喚宮女取紅氈條，打算正式見禮。

『不必！』榮壽公主率直糾正，『等給皇太后行禮，咱們再見禮。我是抽空來看一看；妳們別客氣。』

說著，她移動腳步，逕自往瑾嬪的臥室走了去；進屋卻又不坐，四下裡打量了一番，回頭問道：『這屋子不夠暖和，是不是？』

『還好！』瑾嬪答說。

珍嬪卻不似她姊姊那樣懂得人情世故，老實說道：『我覺得寒氣挺重的。這磚地上，要鋪上厚厚的地毯才好。』

宮中的陳設供應，都有『則例』；如果要換地毯，必須請旨，榮壽公主也作不得主；而且這時候也不便跟她細說緣故。不過寒氣重是實情；略想一想說道：『先換個大火盆吧！』她轉臉吩咐她的貼身宮女：『喜兒，妳別忘了；一回去就說給她們，拿老佛爺去年給的那個特大號兒的雲白銅火盆，馬上找出來，送到這兒。』

『不，不！』瑾嬪趕緊說道：『大公主自己要用。』

『我不用。我一個人用那麼大一個火盆幹甚麼？』榮壽公主又說：『宮裡有宮裡的許多老規矩，妳住長了就知道了，有時候跟他們要點東西，還眞不方便。妳們姊妹倆缺甚麼用的，派人到我那裡去要。』她又指著喜兒，『只跟她說就是了！』

『是！』瑾珍姊妹倆雙雙請安：『多謝大公主。』

『妳呢？』榮壽公主問珍嬪，『妳住道德堂？』

『是。』

『上妳那裡看看去。』

道德堂是翊坤宮的西廂，布置與慶雲齋相仿。但房屋的隔間不同，小巧精緻，就覺得比慶雲齋來得舒適。榮壽公主坐定下來，一隻手按著珍嬪的膝蓋，笑著問道：『怎麼樣？想家不想？』

這一問，觸及珍嬪的傷心委曲之處，立刻眼圈就紅了。這一下讓做姊姊的，大爲著急；剛剛進宮，又是大婚的吉日良辰，掉了眼淚，豈不大大地觸犯忌諱？所以瑾嬪連連咳嗽示意。

慧黠的珍嬪，立即會意。她的傷感來得快，去得也快，抽出掖在腋下的手絹，拭一拭眼睛，嫣然笑道：『本來倒有些想，見了大公主就不想了。』

明知道她是順口揀好聽的話，榮壽公主依然很高興；而且很奇怪地，竟眞的有著如同對自己同胞幼妹那樣的憐愛之情——憐她天眞爛漫，彷彿不知人世的機詐險惡；而置身在這爾虞我詐，步步荊棘，重重束縛的深宮之中，將來不知道在何時何地，誤蹈禍機？

這樣轉著念頭，便不由得有個想法：趁她還在『待年』的時候，最好能讓她跟自己住在一起，朝夕教導指點；以她的聰明，不過一兩年的工夫，必能教得她禮制嫻熟，言行有法，如何保護自己，如何駕馭下人？這才不負自己的一片憐愛之心。

如果自己跟慈禧太后提出這樣的要求，必蒙許諾；這一層她是有把握的。然而往深裡想一想，又覺不妥。皇后是何等樣人；皇帝對皇后的感情如何，都難說得很。倘或將來后妃爭寵，自己跟珍嬪結下這樣深的一重淵源，便必然會捲入漩渦；不但不能暗地裡對所愛者有所迴護，甚至會被逐出宮去。那一來還有甚麼臉見人？

榮壽公主悚然心驚，慶幸自己幸而沒有走錯了路；同時由此一番省悟，也更珍惜她自己的地位──在慈禧太后面前，自己是唯一可以匡正她的缺失的人；就因爲自己不偏不倚，大公無私。一旦失去這樣一種立場，所說的話，不管如何有理，也不會再爲慈禧太后所看重了。

瑾珍姊妹見她怔怔望著窗外，不知道她在想些甚麼？只是覺得局面有些冷澀，令人很不自在；尤其是珍嬪，急於想打開僵局，便從宮女手裡要過榮壽公主那桿方竹鑲翠的煙袋來，親自裝了一袋煙，遞到她面前。

『喔，』榮壽公主這下才發覺自己想得出了神，歉然道謝：『勞駕，勞駕，眞不敢當！』

抽著煙又閒談，談到瑾珍的伯父長善，彼此不免傷感；長善在京裡閒居了好幾年，不久以前放了杭州將軍，一到任就病倒，終於不治。噩耗到京，正在大婚前夕，也就是惇王病危的時候；好人不壽，而在『花衣期內』，不能大辦喪事，更使瑾珍和榮壽公主都爲她們的伯父感到委曲。

由長善談到他在廣州將軍任內所延攬的名士；榮壽公主問道：『聽說有個姓文的，教妳們姊妹唸過書，有這話沒有？』

『是！』瑾嬪答道：『就是最近的事。』

『喔，這姓文的叫甚麼？是翰林嗎？』

『不是，文老師是舉人。他叫文廷式，江西人。』

『教妳們唸些甚麼？』

『教《史記》，也教詩。』

『那妳們會做詩囉！』榮壽公主問道：『總有窗稿吧，拿來我看看。』

『我哪裡會做詩？平仄都還弄不清楚。』瑾嬪向她妹妹說：『把妳的稿子拿出來，請大公主看看吧！』

『醜死了！見不得人。』珍嬪笑道：『等我學好了，再請大公主指點。』

榮壽公主於文墨上頭，本來也就有限，要看她們姊妹的詩稿，無非好玩而已。既然都不肯出手，亦就不必強求。閒談了一會兒，告辭而去；臨走的時候，再一次諄諄叮囑，有事儘管找她，不必見外。

等榮壽公主一走，兩姊妹的心情又壞了，說不出是寂寥、抑鬱、蕭瑟，還是煩悶？

『咱們倒是該幹些甚麼呢？』

瑾嬪無法回答她妹妹的話；因爲她也不知道該幹些甚麼？甚至不知道自己究竟是甚麼身分？這天是誰的好日子？

『咱們就這麼坐著？』珍嬪問道：『可等甚麼呢？』

是等著覲見皇太后嗎？不是！連皇后都要到二月初二才能初覲慈寧宮——不知道是誰定下的規矩？大婚竟不似民間娶兒媳，入門先拜翁姑；要隔六天，皇后才見得著『婆婆』。位居西宮的妃嬪，自然更落在後面。

是等著皇帝臨幸嗎？只怕也不是。第一天當然得讓皇后。然則終身大事有著落的第一天，沒有一個女孩子不重視的『洞房花燭』之夜，就這麼糊糊塗塗地過去？瑾嬪嘆口無聲的氣，起身回自己屋裡去了。

珍嬪卻沒有她姊姊想得那麼多；她只覺得拘束得慌。無處可走，無事可做，而且無人可談；坐立不安而又不能不裝出莊重的神態，端端正正坐在那裡。這樣下去，不要逼得人發瘋嗎？

不行！她對自己說，非得想法子排遣不可。至少也可以找人來問問話。這樣一想，便向侍立在窗外的宮女，含著笑招一招手。

進來了兩個宮女，雙雙請安；站起來垂手肅立，等她問話。

『妳叫甚麼名字？』她問年長的那個。

『奴才叫珍兒。』

『妳呢？』

『奴才叫福三。』年幼的宮女回答。

『妳們在宮裡幾年了？』

『奴才進宮六年。』珍兒指著福三，『她是去年才挑進來的。』

『在宮裡六年，懂得的事很多了。』珍嬪問道：『妳們也常見皇上不？』

『不！』珍兒答說：『不傳，不准到萬歲爺跟前。』

『妳本來就在翊坤宮？』

『不是。奴才本來在如意館；這一次特地挑進來侍候主子。』珍兒接著請個安，『奴才手腳笨，嘴也笨；求主子包涵。』

『妳別客氣。』珍嬪高興些了，『宮裡的規矩，我不大懂；妳們得教給我才好。』

就在這時候，珍嬪發覺院子裡人影雜亂，奔走匆匆，彷彿有所警戒似地；心中一動，以爲皇帝駕臨，頓時一顆心往上一提，有些忸怩得不自在了。

她只猜對了一半，是有人來了，卻不是皇帝，而是李蓮英。『請主子出殿聽宣，老佛爺有賞賜。』王得壽很殷勤地說：『特爲派李總管來傳旨；那可眞是有面子的事。主子請快出去吧！』

珍嬪的心定了。不過她並不重視王得壽的話；心裡在想：都說李蓮英氣燄薰天，連禮王在私底下都跟他稱兄道弟的。大不了是個太監的頭腦，有甚麼了不起的！

在這童心猶在的想法之下，她偏不理王得壽的話，慢條斯理地踏出道德堂，走進正殿，發覺景象一變，台階下面東首，她姊姊瑾嬪領頭肅立，以下是宮女太監，站成一排，鴉雀無聲；台階上面站著一個身材高大、三品服色的太監，微揚著臉，姿態不算倨傲，而看上去卻令人有昂首天外之感。不言可知，這就是李蓮英。

李蓮英、瑾嬪，以及所有的人的視線，都投向珍嬪。很顯然，只等她到，便可宣旨。這樣的場面，原足以使人心怯；加上遲到的不安，更覺得受窘。可是珍嬪立刻想到，自己雖只有十三歲，但目前的身分僅次於皇后；在這裡除了自己的姊姊，無需對任何人謙卑。凡事第一次最要緊，自己只守著禮制與身分，該怎麼便怎麼！不必遷就，免得讓人小看了。

因此，她挺一挺腰，雙眼平視著，不慌不忙地走近台階；然後停了下來，將右臂一抬，眼睛微微向後看了一下。這個動作做得從容不迫，恰到好處，所以意思是很明顯的；要人攙扶。

於是她身後的珍兒搶上一步，雙手扶起她的右臂，眼看著地上，小心地扶她下了台階，直到瑾嬪身邊站定。

她這樣端足了嬪妃的架子，倒讓李蓮英刮目相看了，垂下雙手，先說一聲：『奉懿旨。』然後停下來等瑾珍兩嬪跪好，方始提高了聲音說：『老佛爺面諭：賞瑾嬪、珍嬪喜膳一桌。謝恩！』

在瑾嬪、珍嬪向北磕頭時，李蓮英已經下了台階，站在西面；等她們姊妹一起身，隨即便請了個雙安。

『奴才李蓮英，給兩位主子磕賀大喜！』他起身向王得壽說：『給我一個拜墊！』

這是還要磕頭道賀。瑾嬪不知道宮裡的規矩，太監給主子磕頭，是不是還要先找拜墊？只覺得世家大族的規矩，尊其上、敬其下；李蓮英既是慈禧太后面前得寵的人，就該格外客氣。

『不敢當，不敢當。不用磕頭了！』

『是！』李蓮英原本無意給這一雙姊妹行大禮，便即說道：『恭敬不如從命。』

『你等等！』瑾嬪娘家早就替她們姊妹備下了賞賜，最重的一份二百兩銀子，就是專爲李蓮英所預備的；此時已捧在宮女手裡；她順理成章地發了賞。

『兩位主子賞得太多了。』李蓮英又請了個安。

李蓮英傳宣懿旨的任務，到此告一段落，本可以就此辭去；而況在漱芳齋聽戲的慈禧太后，亦已到了傳晚膳的時刻，應該在那裡侍候照料，也不容他在這裡多作逗留。可是他居然拋開一切，留了下來，自告奮勇地執持侍膳的差使。

賞賜的喜膳是由位在養心殿以南，軍機處以北的御膳房所備辦。名爲一桌，其實不止一桌；一共是大小七桌，另加十來個朱漆食盒，由一隊穿戴整齊的太監抬著、捧著，從西二長街經崇禧門，入翊坤門，安設在翊坤宮正殿。李蓮英套上白布袖頭，親自動手擺設菜肴；等一切妥帖，方始來請瑾嬪和珍嬪入座。

入殿一看，才領略到所謂『天家富貴』；說『食前方丈』，還是淺乎言之。擺設在兩張大長方桌上的菜肴，起碼也有五六十樣；食具是一式朱紅字細瓷的加蓋海碗，或者直徑近尺的大盤。盤碗中都有一塊銀牌；這是爲了防毒而設，如果食物中下了毒，銀牌一沾這些食物就會發黑。

除此以外，還有四張小膳桌，分別置放點心、小菜、火鍋與粥膳——飯不准叫飯而叫『膳』；吃不准稱吃而稱『進』，所以吃飯叫『進膳』。

『請兩位主子進用喜膳！』李蓮英接著便喊：『打碗蓋！』

於是由王得壽領頭動手，四五個太監很快地將碗蓋一起取下，放在一個大木盒中拿走。瑾珍姊妹倆東西並坐；隨即便有宮女遞上沉甸甸金鑲牙筷，同時視她們姊妹倆眼光所到之處，報著菜名。

這種吃飯的方式，在瑾珍姊妹是夢想不到的。尤其是珍嬪，在那麼多人注視之下，眞個舉箸躊躇，食不下嚥。而想到神廟上供的情形，又不免忍俊不禁，差一點笑出聲來。

『老佛爺的賞賜，』謹愼持重的瑾嬪向她妹妹說：『多吃一點兒。』

這一來，珍嬪不得不努力加餐，只是膳食實在太豐富了，就算淺嘗輒止，也嘗不到三分之一，便覺得脹飽無比；而進膳的時間，卻整整花了一個鐘頭。

等她們漱過口下座，李蓮英才請安告辭；接著，宮門便下鑰了。

『這麼早就關門上鎖，』珍嬪問王得壽，『晚上就不能到哪裡串串門子？』

『是！規矩這樣。』王得壽答說：『宮裡跟外面不一樣；都是半夜裡起身，所以歇得也早。』

『萬一，萬一有甚麼意外呢？』珍嬪問道：『譬如像上個月，太和門走火？』

『那……』王得壽很老實，不知何以爲答；遲疑了好半天才說了一句：『那時候，敬事房總管會來通知該怎麼辦！』

『敬事房總管是李蓮英嗎？』

『不是。可是他的權柄大；敬事房總管也得聽他的。』

『喔，還有呢？』珍嬪問道：『還有哪些人是掌權的？』

這『哪些人』自是指太監而言，王得壽便屈著手指數道：『李蓮英下來就得數崔玉貴，是二總管；再下來是硬劉……』

『怎麼叫硬劉？』

『他的脾氣很硬，有時候連老佛爺都讓他一兩分，所以叫他硬劉；只有李蓮英管他叫小劉。他年紀很輕，可是唸過書，常常看《申報》；老佛爺有時候要跟人談談時事，只有硬劉能夠對付得下來。』

『原來如此。』珍嬪又問：『皇上跟前呢？得寵的是誰？』

『萬歲爺跟前，沒有甚麼特別得寵的。不過，』王得壽回頭看了一下，放低了聲音，『有個人，主子可得稍微留點兒神。』

看他這種惟恐隔牆有耳的戒備神態，珍嬪倒吃了一驚，睜大了眼問：『誰啊？』

『是乾清宮的首領太監，姓王，名叫王香；大家都叫他香王。他是……』

王得壽突然頓住，臉上的表情很奇怪，恐懼與失悔交雜；顯然是發覺自己失言，不敢再往下說了。

珍嬪當然不肯默爾以息，『你怎麼不說完？』她追問著。

『奴才是瞎說。』王得壽陪著笑，『主子別把奴才的話記在心上。』

『不要緊，你儘管說。』

『實在沒有甚麼好說的！奴才是胡言亂語；主子只當奴才甚麼都沒有說。』

居然賴得乾乾淨淨！珍嬪有著被戲侮之感，心中十分不悅。但剛剛進宮，似乎不便眞的拿出『主子』的派頭，追究個水落石出。而就此不聞不問，卻又於心不甘。那麼，該怎麼辦呢？她這樣自問著。

楞了一會兒，突生一計，隨即冷笑一聲，『你不說，隨你！不過你要讓我忘掉，那可是辦不到的事。』她說：『過幾天等我問王香自己就是。你下去吧！』

說完，珍嬪亦即起身，連正眼都不看王得壽，打算往後而去。這一下，王得壽可嚇壞了，趕緊喊道：『主子，主子，奴才有下情。』

珍嬪站定了，回過臉來說：『我可不願意聽你呑呑吐吐的話。』

『奴才全說。不過，奴才說了，主子得包涵奴才；不然，奴才一條命就不保了。』

說得如此嚴重，珍嬪倒覺惻然，也諒解了他不敢輕易透露眞情的苦衷，便放緩了聲音說：『你是這裡的人，我自然包涵你。可是，你也得拿眞心出來才行。』

『是！奴才不敢欺主子。』王得壽低聲說道：『主子當心王香，他是老佛爺派在萬歲爺跟前的坐探。』

『坐探？』珍嬪困惑地問：『打探些甚麼呀？』

『那就不知道了。』王得壽很吃力地說：『反正主子將來要見了王香，留點神就是。』

『嗯，嗯！』珍嬪靜靜想了一會兒，弄明白了是怎麼回事；點點頭說：『虧得你告訴我。我會留神；也不會說破。你很忠實；很好！以後就要這樣子，聽見了甚麼有關係的話，要趕快來告訴我。』

『是！』王得壽覺得這位『主子』，年紀雖小，說話行事卻很老練；便有了信心，也生出敬意，很誠懇地答道：『主子萬安！奴才不幫著主子，可幫著誰呢？』

一連三天，除了大婚禮成，加恩王公及內廷行走諸臣，頒發了四道上諭以外，皇太后與皇帝都不曾召見臣工。皇帝依舊每天侍奉慈禧太后在漱芳齋聽戲；皇后與瑾珍兩嬪，亦依舊各處深宮，要等二月初二，皇后朝見了皇太后，才能到各處走動。

翊坤宮的兩姊妹，一直沒有見過皇帝。珍嬪還在待年；瑾嬪亦未能與皇帝同圓好夢。王得壽倒是每天都懸著心在等待，怕皇帝會突然駕臨；這樣到了月底，估量皇帝在這三天之中，是絕不會到翊坤宮來了，因為歸政大典期前，皇帝親祭社稷壇，必須齋戒三天，獨居毓慶宮西的齋宮，絕不能召幸妃嬪。

哪知就在這一天宮門將要下鑰之時，敬事房總管匆匆趕了來通知：皇帝駕臨翊坤宮；瑾嬪和珍嬪大妝朝見。

這一下讓王得壽慌了手腳，一面稟報兩位主子；一面傳召宮女，侍候大妝，先穿香色龍紋朝袍；再穿下幅『八寶立水』；兩肩前後繡正龍的朝褂；披上金約，掛上珊瑚朝珠；最後戴上朱緯薰貂，滿鑲珠寶的朝冠；另外還要配上各項首飾。手忙腳亂地剛剛穿整戴齊，已聽見宮門外有『起——起——』的響聲，知道皇帝快到了。

『趕緊吧！』瑾嬪慌張地問：『我的手絹兒呢？』

『不慌，不慌！』最年長的那宮女，名叫翠喜，見多識廣，比較從容，『來得及，來得及！』

果然來得及。因為皇帝駕臨，有一定的儀注；嘴裡不斷發出『起——起——』聲響，警告閒人迴避的是敬事房的太監；在他後面二三十步遠是兩名總管太監，並排走在兩側，任務是察看道路，有甚麼不妥之處，可以及早戒備。

然後，又隔一二十步遠，才是皇帝的軟轎，走得極慢；所以等先行的敬事房太監到了翊坤宮，瑾珍兩嬪出迎，也還不遲。

這是第一次覲見皇帝，依照正式的儀注，得在宮門跪接；同時應該報名。等皇帝軟轎進宮，方始跟隨在後，進入正殿朝見。

行過三跪九叩的大禮，只聽皇帝說道：『起來吧！』

『是！』瑾嬪答應一聲，站起身來；珍嬪跟著姊姊一起行動，只比她姊姊膽大，站起身子，大大方方地看了皇帝一眼。

反而是皇帝，倒有些靦腆，不由自主地將視線往旁邊一避；這樣也就自然而然地看到了瑾嬪。

瑾嬪端莊大方，而且謹守禮法，此時垂著手也垂著眼；因此能讓皇帝從容平視——不能只看不說話，皇帝問道：『妳住在哪兒？』

『奴才住東廂慶雲齋。』

『喔！』皇帝說道：『皇太后前年在那裡住過。』

前年因為修理儲秀宮，慈禧太后一度移居於此；住雖不久，事先一樣大事修葺，珍嬪便即說道：

『怪不得，東廂比西廂新得多了。』

這很平常的一句話，在此時此地便覺得不平常。宮中規制嚴格，尤其是在皇太后、皇帝面前，絕不能胡亂答話；而珍嬪竟彷彿是在自己家裡那樣，想到就說，毫無忌憚，以致瑾嬪不安，下人詫異，而皇帝卻有新奇之感。

『這樣說，』皇帝看著珍嬪問：『妳是住西廂？』

『是！奴才住西廂道德堂。』

『翊坤宮倒來過好幾回，從沒有到過道德堂；我上妳那裡看看去。』

『是！』珍嬪答應著：『奴才領路。』

照規矩，該由王得壽側著身子領路；而珍嬪以意為之，不循法度，卻拿她無可奈何。因為皇帝並沒有發話，同時她做得那麼自然；瀟瀟灑灑地，不即不離的行動，並不能使人覺得她不對。

就這一下，將那些刻板的規矩都打破了。王香和王得壽還有敬事房的太監，全不知道該怎麼辦？跟到道德堂院子裡，都站住了腳；眼看珍嬪在前，皇帝居中，瑾嬪在後，陸陸續續進了屋子，打門簾的宮女，將棉門簾一放，內外隔絕，只有守在外面待命的份兒了。

而皇帝卻覺得很舒服，他是第一次擺脫了寸步不離左右的那些執事太監，有著解除了束縛的輕鬆之感，很隨便地就坐了下來。

『皇上請上座！』珍嬪請個安說。

上面是匟床，宜於躺而不宜於坐；坐著兩面臨空，不如在椅子上靠著舒服，皇帝便即笑道：『就這兒很好。妳倒碗茶我喝！』

皇帝到哪裡都帶著專用的茶具；當初防微杜漸，恐怕有人下毒，所以派專人侍候，久而久之，形成規制，太監宮女無不清楚。因此，有宮女便待傳諭『進茶』，卻爲皇帝攔住了。

『別叫他們！』皇帝對那宮女說：『把妳們主子喝的茶，倒一碗我喝！』

『奴才喝的是菊花茶。』珍嬪答說：『只怕皇上喝不慣。』

『菊花茶消食敗火，很好。』

於是珍嬪親自去泡了一碗菊花茶，捧到皇帝面前。滾水新沏，茶還燙得很；口渴的皇帝卻有些忍不得了。

『太燙！有涼一點兒的沒有？』

『涼的是奴才喝殘了的，可不敢進給皇上。要不……』珍嬪用手指扶著太陽穴，偏著頭想了一下；然後一掀眉說：『有了，對一點兒蜜水吧！』

語音清脆，眞有嚦嚦鶯聲之感；加上她那嬌憨的神情，皇帝未曾飲蜜，便已甜到心頭。而珍嬪卻不待他置可否，已經扭轉腰肢，捧來一個青花小磁缸，裡面是調淡了的蜜水。這時瑾嬪也幫著動手，逼出蓋碗中的茶汁，對上三分之一的蜜水，珍嬪接了過來，抽手絹拭淨杯沿的茶漬，方始雙手捧上。

『挺香的！』皇帝喝了一口，又喝一口；接連不斷地，很快地喝了一半，『回頭妳說給他們，以後也照這個樣子侍候菊花茶。』

『是！』瑾珍姊妹同聲答應。

『去年我嗓子不舒服，也喝菊花茶，覺得不如這個好。』

『這菊花是杭州來的。』

『喔，』皇帝想到了，『必是長善給妳捎來的。是嗎？』

『是。』珍嬪戚然，『是奴才伯父給的；菊花到，出缺的電報也到了。』

『長善可惜！』皇帝安慰她說：『他的兒子很好，志銳是長善的兒子嗎？』

『不是！是奴才大伯父長敬的兒子。』珍嬪答說：『奴才二伯父當廣州將軍的那幾年，志銳一直在廣州讀書。』

『都說長善在廣州的時候，風雅好客；很有些有才氣的，在他那裡，倒是些甚麼人呀？』

『有奴才的老師文廷式，他的才氣最大。』

『是妳的老師？』皇帝覺得很新奇似地，轉臉問瑾嬪，『也是妳的老師嗎？』

『是。』

皇帝看看她們姊妹倆，十五歲的瑾嬪，已有大人的模樣；十三歲的珍嬪，稚氣多少未脫，不像是肚子裡有墨水的，所以又問：『那姓文的教了妳們幾年書？』

『不過一年多。』瑾嬪惟恐皇帝考問，趕緊聲明：『奴才姊妹，不過跟著文先生認幾個字，不敢說是讀書。』

『名師必出高徒，姓文的既有才氣，想來妳們的書，一定也讀得很好。』皇帝接下來問：『當時還有些甚麼人?』

『有于式枚,他是廣西人,跟志銳都是光緒六年的翰林。還有梁鼎芬……』

『喔,梁鼎芬,我知道。是參李鴻章的!』

『是。』

『他革職以後,在幹甚麼?』

『在廣州。張之洞請他在廣雅書院講學。』

『于式枚呢?』

『聽說在北洋幕府裡。』

『姓文的點了翰林沒有?』皇帝想了一下,『姓文的翰林,有個文治,是旗人啊!我記不得漢人有姓文的翰林。』

『他不是翰林,是光緒八年北闈的舉人;中了舉就丁憂,到光緒十二年才會試,沒有考上。』珍嬪很認眞地說:『考不上不是他的學問不好;決不是!』

看她那惟恐他人不信的神情,皇帝覺得天眞有趣,不由得就笑出聲來,『我知道妳那老師是才子。』皇帝是撫慰的語氣,『幾時倒要看看他的文章。』

『奴才這裡有他的詩稿。』

『好啊!拿來我看看!』

珍嬪答應一聲,立刻就去開抽斗;卻又臨事躊躇,最後終於取來薄薄的一個本子,送到皇帝手上。

『啊,是宮詞!』

聽得這一聲，瑾嬪臉上立即顯得不安；但卻無可奈何，她不能從皇帝手上去奪回那個本子，只微微向她妹妹瞪了一眼。

『我帶回去慢慢兒看。』

皇帝起身離去；翊坤宮上上下下，跪送如儀。回進宮來，瑾嬪將珍嬪拉到一邊，悄悄埋怨。

『文先生的宮詞，都是有本事在內的。妳怎麼隨隨便便送給皇上看！不怕鬧出事來？』

珍嬪也有些懊悔自己輕率，不過她向來好強，不肯認錯，『皇上很厚道，很體恤人的。』她說：『絕不會出亂子。』

『皇上是不會。就怕別人見到了，傳到……』瑾嬪嘆口氣，不敢再往下說，甚至不敢再往下想。

珍嬪也省悟了。那些宮詞如果讓慈禧太后見到了，一定會有禍事。可是事已如此，急也無用；索性放出泰然的神色，笑笑不響。

在齋宮中的皇帝，這夜有了一樣很好的消遣；玩賞那本詩冊。冊子是用上好的連史紙裝訂而成的，朱絲界欄，一筆媚秀而嫩弱的小楷。可以想像得到，出於珍嬪的手筆。

詩是二十一首七絕。題目叫作〈擬古宮詞〉。皇帝聽翁同龢講過，凡是『擬古』，往往別有寄託；可知這二十一首〈擬古宮詞〉，就是詠的時事。這樣一想，越有一種好奇的趣味；在燈下喝著茶，很用心地一句一句讀：

釵工巧製孟家蟬，孤穩遺裝尚儼然；何似玉梳留別譜，鏡台相伴自年年。

皇帝有些失望，第一首就看不懂。姑且再往下唸；唸到第三首，非常高興，到底明白了：

鼎湖龍去已多年，重見昭宮版築篇；珍重惠陵純孝意，大官休省水衡錢。

看到『惠陵』兩字，通首可解。『惠陵』是指穆宗；那麼『鼎湖龍去』當然也是指穆宗。『版築』與『昭宮』連在一起用；自是指慈禧太后修西苑與頤和園；而用『重見』的字樣，是說穆宗在日，曾有重修圓明園之議。

這就是說，當年穆宗爲了重修圓明園，數度微行，感染『天花』，竟致不壽；『鼎湖龍去』十來年，前事淡忘，深宮重見修園的燙樣和圖說。雖然有人諫阻，並且像閻敬銘那些大官，不肯動用部款；但穆宗當年爲了頤養聖母而有重修圓明園詔旨的孝心，需當珍重，不該吝予撥款。皇帝記得『水衡錢』的典故出在《漢書》上：命小太監檢書來看，〈宣帝記〉中果然有『以水衡錢爲平陵徙民起第宅』這句話。漢朝的『水衡都尉』掌管皇室私藏，『水衡錢』就好比如今內務府的收入；但是漢宣帝卻用來爲『陵戶』起造住宅。相形之下，修禁苑就顯得自私了。

『果然是才子！這個典用得好！』皇帝輕聲自語著，重新又諷詠了兩遍；覺得就這二十八個字，比連篇累牘，義正辭嚴來諫止園工的奏摺，更有力量。

經此領悟，第二首也看得懂了：

內廷宣入趙家妝，別調歌喉最擅場；羯鼓花奴齊斂手，聽人演說蔡中郎。

那是慈禧太后大病初癒時候的事。爲了替她遣悶，內務府曾經傳喚了『落子館』的幾個姑娘，在長春宮演唱『八角鼓』。爲此惹得惇王大爲不滿；一天在內務府朝房午飯喝了酒，正好奉懿旨召見，便穿一件葛布小褂，將辮子盤在頂上，口中哼著『什不閒』小調，倘佯入殿。李蓮英大驚失色；慈禧太后卻無可奈何，說得一聲：『五爺醉了！』命太監將他扶了出去；心知惇王譎諫之意，從此不再『聽人演說蔡中郎』了。

想到惇王的譎諫，皇帝又記起一件令人好笑而痛快的往事。一次惇王進獻黃花魚，而敬事房的太監有所需索；他便在召見時，親自端了一盤魚，呈上御案。慈禧太后不免詫異相問；惇王答道：『敬事房的太監要紅包，不給不讓送進來。臣沒有錢，有錢也不能給他們；只好自己端了來。』慈禧太后大怒，將敬事房的太監，交付內務府杖責。

都說惇王粗略不中繩墨，其實也是賢王。皇帝心裡在想，慈禧太后在親貴之中，亦唯有對惇王還有三分忌憚。如今一死，就更沒有人敢在她面前直言切諫了。

掩卷長嘆，傷感了好一會兒；皇帝方始又翻開詩冊來看，第六首也是很容易明白的：

千門魚鑰重嚴宸，東苑關防一倍眞。廿載垂衣勤儉德，愧無椽筆寫光塵。

這是頌揚慈安太后。從咸豐十一年垂簾到光緒七年暴崩，整整二十年——如果慈安太后在世，今日是何光景？頤和園會不會出現？都難說了。

看到第十一首，皇帝入目心驚，這首詩可當作嘉順皇后哀詞：

富貴同誰共久長？可憐無術媚姑嫜！大行未入瑤棺殯，已遣中官撤膳房。

皇帝記不起嘉順皇后是怎麼一個樣子了。這十來年也很少聽人提到她。只隱約聽說，嘉順皇后是絕食而亡的；照這首詩看來，似乎不然。

『大行』是大行皇帝的簡稱，指穆宗；『瑤棺』便是白玉棺，皇帝記得是《後漢書》中王喬的故事，吳梅村的〈清涼山禮佛詩〉，就曾借用『天降白玉棺』這個典故，暗喻世祖駕崩。世祖也是出天花而死的，所以文廷式用『瑤棺』的字樣，更顯得工穩；而隱指穆宗之崩，也就更無可疑了。

殯是殯舍。這句詩是指明時間，穆宗初崩已殮，梓宮尚未移入景山壽皇殿以東的觀德殿殯宮，『已遣中官撤膳房』；絕了皇后的飲食。照此看來，哪裡是嘉順皇后絕食殉節；竟是爲慈禧太后活生生逼死的。

想到這裡，皇帝不寒而慄；同時也不肯相信有這樣的事。因而轉臉吩咐侍候香案的小太監：『找張亦英來！』

張亦英自然也是太監。這個太監的出身與衆不同，原是秀才，鄉試不第，下幃苦讀；三年之後，又復入闈，場中十分得意，自覺下筆如有神助，得心應手，必中無疑。誰知第三場墨污了卷子，就此貼出『藍榜』。張亦英憤而『自宮』；居然不死，卻成了廢人。他是定興人；此地從明朝起就出太監，便有人援引他入宮，補上太監的名字，派在乾清宮侍候穆宗讀書。

光緒皇帝即位，張亦英仍舊在乾清宮當差。因爲他是秀才出身，便無形中成了『諳達』；皇帝剛上書房的那兩年，回宮溫習功課，每每求助於張亦英。以後又成了皇帝閒談的伴侶；宮中許多故事，皇帝都是從他口中聽來的。

此時奉召來到御前；皇帝率直問道：『當年嘉順皇后是怎樣故世的？』

張亦英一楞，隨即反問一句：『萬歲爺怎麼想起來問這個？』

『隨便問問。你別管！你說就是了。』

『嘉順皇后……』張亦英放低了聲音說：『是吞金死的。』

『怎麼說是她絕食呢？』

『其實絕食不絕食，根本沒有關係。』

『這話是怎麼說?』

『同治爺龍馭上賓，嘉順皇后哭得死去活來;打那時候起，就不打算活了。哪裡還有心進飲食?』

『飲食是有的?』

『自然有的。』張亦英說:『后家也常常進食物。』

皇帝一聽這話，便立刻追問:『為甚麼后家要進食物?』

張亦英毫無表情地答說:『那也是常有的事。』

『總有點緣故吧?』

張亦英不答。眼睛骨碌碌地轉了兩下，慢吞吞地答道:『奴才不知道有甚麼緣故。』

這是有意不說。皇帝當然也知道他是謹慎。但以前對嘉順皇后的故事，只是好奇，聽完無非嗟歎一番;此刻卻不知如何，特感關切，若不問明，竟不能安心。

無奈張亦英已警覺到多言足以賈禍，越發裝聾作啞;皇帝要想深入追問，卻又苦於難以措詞，只得作罷。

再看下面一首:

綿繡堆邊海子橋，西風黃葉異前朝;朱牆圈後行驄斷，十頃荷花鎖玉嬌。

這首詩有確切的地名，皇帝讀過《嘯亭雜錄》、《天咫偶聞》這些談京師變遷及掌故的書，知道『海子橋』就是地安門外，什剎海上的三轉橋，橋北不遠就是恭親王府，本來是和珅的府第。乾隆末年，皇子私議儲位;皇十七子貝勒永璘表示:『天下至重，何敢存非分之想?只望有一天能住和珅的房子，於願已足。』其後永璘同母的胞兄皇十六子受內禪，就是嘉慶;嘉慶四年太上皇帝駕崩，和珅隨即遭禍，下獄抄家，有『和珅跌倒，嘉慶吃飽』之謠。而那座巨宅便賜給了已封爲慶郡王的永璘。咸豐初年，方改賜恭王。

但是玩味詩意，卻又似別有所指。恭王近年固然韜光養晦；當政之日，亦未曾擴修府第，所謂『朱牆圈後行驄斷』這句詩毫無著落。而且既是宮詞，亦不應該談藩邸之事。

細想一想，或者是指拆遷蠶池口教堂，擴充西苑一事。三海在明朝稱爲『三海子』，又稱『西海子』；海子橋大概泛指三海子的某一座橋。那一帶本來是相當荒涼的，今昔相比，自是『西風黃葉異前朝』。一經拆遷蠶池口教堂，劃入禁苑，行人不到，即所謂『朱牆圈後行驄斷』；然則『十頃荷花』是寫中南海的夏日風光；只不知『玉嬌』指誰？皇帝想不懂。

想得懂的是這一首：

九重仙會集仙桃，玉女眞妃共內朝；末座誰陪王母宴？延年女弟最妖嬈！

這是指李蓮英的胞妹，慧黠善伺人意，常常由慈禧太后召入宮來，一住十天半個月不放出去。去年慈禧太后萬壽，召集宮眷賜宴，她居然亦敬陪末座，一時詫爲異數。

皇帝覺得這首詩中最有趣的是，將李蓮英比作漢武帝朝的李延年，不但切姓，而且李延年父母兄弟，一門倡優，他本人又犯法受過腐刑，供職於狗監；與李蓮英的身分相合。李延年善解音律，李蓮英亦唱得極好的皮黃，其事相類。李延年有寵於漢武帝，則李蓮英有過之無不及。文廷式將此二李相擬，巧妙之至。

最巧的是，二李都有一個『妖嬈女弟』。李延年的妹妹就是李夫人；病歿以後，漢武帝爲她廢寢忘食，召方士齊少翁來招魂，導致了漢武帝好祠禱之事，成爲漢朝盛極而衰的原因之一。那麼李蓮英的妹妹會不會成爲李夫人呢？

皇帝覺得這一自問，匪夷所思，實在好笑；隨即拋開，看另一首。

這首詩一開頭就用的是漢武帝的故事：

金屋當年未築成，影娥池畔月華生；玉清追著議何事？親攬羅衣問小名。

皇帝記得『影娥池』也是漢宮的池沼，便命小太監拿《三輔黃圖》來看，果然在第四卷的〈池沼門〉中找到了。

影娥池，武帝鑿池以玩月，其旁起望鵠台以眺月；影入池中，使宮人乘舟弄月影，名影娥池。亦曰眺蟾台。

又是漢武帝的典故，襯托得『金屋』更明顯了——武帝初封膠東王，喜愛長公主的女兒陳阿嬌；能得阿嬌爲妻，願築金屋以藏。這便是『金屋藏嬌』這句成語的由來。武帝與阿嬌是表兄妹；正跟皇帝與皇后葉赫那拉氏的情形相同。

於是，皇帝由『影娥池』上，想起『親攬羅衣問小名』的往事。那是在去年夏天，西苑擴修告成，慈禧太后在儀鸞殿避暑。有一天召集妃嬪宮眷在北海泛舟；正好皇后也在宮中，是隨扈的一員，但並不在慈禧太后船上。

皇帝是在瀛台附近的補桐書屋做完功課，隨後趕了來的；遙遙望見一隻大船，以爲是慈禧太后的御舟，追上去一看，方知不是。而皇后卻在船頭跪接；皇帝與她雖是姑表兄妹，但清朝的規矩，不重外戚，所以他並未臨幸過方家園舅家，而對這位表妹，亦只是在挑選秀女時識過面。此時似乎不能置之不理；所以親自扶了她一把，也問了問她的小名。

不想這段經過，也讓文廷式知道了，而且賦入詩篇。他記得當時是下午兩點多鐘，不是黃昏，何來月華？所謂『月華生』不過就影娥池這個典故描寫而已。

然而那第一句與第四句卻頗使皇帝不快：『金屋當年未築成』加上『親攬羅衣問小名』的說法，似乎皇帝早就中意這位表妹。這完全是無稽之談！

因此，皇帝就不想再往下看了。闔上詩冊，從頭細想，由皇后想到德馨的女兒，再想到瑾珍姊妹，有著無可言喻的悵惘。

慢慢心靜下來了。可是其他的幻影消失，唯有珍嬪嬌憨的神態，盤旋在腦際不去。

第二天下午，皇帝再度駕臨翊坤宮；這一次是在瑾嬪那裡坐。

『我看過了。』皇帝從袖子裡抽出文廷式的詩冊，遞了給珍嬪，『詩筆是很好，有些才氣。不過，道聽塗說，很多失實之處。』

一聽這話，瑾嬪先就害怕了，『文人喜歡舞文弄墨，不知道忌諱。』她說：『皇上不必理他。』

『我可以不理，傳到「裡頭」，可就不得了啦！』皇帝向珍嬪說道：『妳最好拿它燒掉！』

『是！』仍舊是瑾嬪回答：『奴才姊妹遵旨。』

皇帝還待有話要說，但見門簾掀動；隨即喝問：『是誰？』

『是奴才！』王香掀簾而入，請個安說：『老佛爺宣召；這會兒在儲秀宮。請萬歲爺的示下。』明為請示，其實是催促。皇帝顧不得再多說甚麼，隨即穿由翊坤宮後殿，很快地到了儲秀宮。

『這兒有兩個奏摺，你看看！』慈禧太后平靜地說：『從後天起，千斤重擔都在你一個人肩上；我就知道，必有這些花樣。』

是何花樣？皇帝無從揣測。但聽慈禧太后的語氣，卻不能不有所警惕；所以將奏摺看得很仔細。

第一個摺子是吏部的覆奏；解釋關於屠仁守『以補官日革職留任』一事，所謂『開去御史，另行辦理』，是應該先行文都察院，提出補用爲屠仁守遺缺山西道監察御史的人選；然後，屠仁守改用爲六部的司員，同時予以革職留任的處分。

這樣處置，皇帝覺得並沒有甚麼不對。御史與司員，品級相近，而身分大不相同；屠仁守建言不當，不教他再負言責，這個處分，順理成章；而況調了司員，也還需『革職留任』，處罰已經很重了。

話雖如此，慈禧太后的意向不明，不便貿然發言；皇帝便先擱了下來，再看第二個。

第二個奏摺是去年七月剛調補了河道總督的吳大澂所上。皇帝一看事由是：『請飭議尊崇醇親王典禮』；心裡便是一跳，看得也越仔細了。

奏摺中一開頭先稱頌醇王，說他『公忠體國，以謙卑謹愼自持，創辦海軍衙門各事宜，均已妥議章程，有功不伐，爲天下臣民所仰望。』然後提到醇王的身分：『在皇太后前則盡臣之禮，在皇上則有父子之親。』

這句話又使得皇帝一震，但不能不出以鎭靜；往下讀到『我朝以孝治天下，當以正名定分爲先。凡在臣子，爲人後者，例得以本身封典，貤封本生父母。此朝廷錫類之恩，所以遂臣子之孝思至深且厚。屬在臣工，皆得推本所生，仰邀封誥；況貴爲天子，而於天子所生之父母，必有尊崇之典禮。』

話是說得不錯，可是天子與臣子，何得相提並論？臣子貤封父母，連像赫德這樣的客卿，都可錫以三代一品封典；而皇帝的本生父，不能也尊以皇帝的大號，不然豈不是成了太上皇帝？

皇帝知道，犯諱的事出現了！不自覺地偷覷了一眼；只見慈禧太后在閉目養神，臉色雖很恬靜，卻別有一種深不可測的神態。因而越發小心。

再看下去，是引用孟子『聖人人倫之至』的話，認為『本人倫以至禮，不外心安理得。皇上之心安，則皇太后之心安，天下臣民之心，亦無不安。』皇帝覺得正好相反，這個奏摺上得令人不安，且再看了再說。

這下面的文章就很難看了，考證宋史與明史，談宋英宗與明世宗的往事；緊接著引用乾隆《御批通鑑輯覽》中，關於宋英宗崇奉本生父的論據，做了一番恭維。

乾隆雄才大略，而身分與常人不同，所以論史每有無所忌諱的特殊見解。對於明朝的『大禮議』，認為明世宗要推尊生父，本屬人子至情；臣下一定要執持宋英宗的成例，未免不近人情，說是世宗對本生父興獻王，『以毛裡至親，改稱叔父，實亦情所不安。』因此，乾隆認為在群臣集議之初，就早定本生名號，加以徽稱，讓世宗對生父能夠稍申敬禮，略盡孝意，則張璁、桂萼之流，又哪裡能夠針對世宗內心的隱痛，興風作浪？這意思是能一開頭就讓世宗追尊生父為興獻皇帝，使他盡了人子之禮，就不會有以後君臣之間的意氣之爭，而掀起彌天風波。

吳大澂引用乾隆的主張，自以為是有力的憑藉，振振有詞地說：『聖訓煌煌，斟酌乎天理人情之至當，實為千古不易之定論。本生父母之名不可改易，即加以尊稱，仍別以本生名號，自無過當之嫌。』

看到這裡，皇帝大吃一驚；警覺到自己必須立刻有個嚴正的表示，否則不僅自己會遭受猜忌，而且亦將替生父帶來許多麻煩。

『吳大澂簡直胡說。』皇帝垂手說道：『兒子想請懿旨，把他先行革職拿交刑部治罪。』

『也不必這麼嚴厲。拿事情弄清楚了，讓普天下都明白，如今究竟是誰當皇帝，將來又是該誰當皇帝，這才是頂頂要緊的事。』慈禧太后接著又說：『我倒問你，你看吳大澂的議論，錯在哪兒？』

『不但錯，簡直荒謬絕倫。』皇帝答道：『高宗純皇帝的本意，興獻王已經下世，尊為皇帝，加上徽稱，不過是一個虛的名號，無害實際；如果明世宗入承大統，而興獻王在世，純皇帝一定不會發這麼一個議論。』

『對了！』慈禧太后點點頭：『吳大澂的意思，要大家會議醇王的稱號禮節。我就想不明白了，已經是親王了，還能改個甚麼稱號；眞的當太上皇帝？那一來，該不該挪到寧壽宮來住？我呢，莫非還要三跪九叩朝見他？』

這話其實是無須說的；而慈禧太后居然說了出口。雖是絕無可能的假設之詞，聽來依然刺耳驚心，皇帝不由得就跪下了。

『那是萬萬不會有的事。吳大澂太可惡了；說這麼荒唐的話，非重重治他的罪不可。』

皇帝是這樣憤慨的神色，慈禧太后當然覺得滿意，卻還有些不放心；因爲她很有自知之明，皇帝對自己一直是畏憚多於敬愛。這時候看來很著急；過後想想，或許會覺得吳大澂的話，不無可取。總要讓他知道，這件事鐵案如山，醇王不管生前死後，永遠是親王的封號，才能讓皇帝眞正死了那條心。

這樣想停當了，她和顏悅色地說：『你起來。我知道你很明白事理。不過，當初爲了你的繼統，鬧成極大的風波，甚至還有人不明不白送了命，只怕你未必知道。』

這是指光緒五年穆宗大葬，吏部主事吳可讀奉派赴惠陵襄禮，事畢在薊州三義廟，服毒畢命，作爲尸諫，遺疏請爲穆宗立后一事。那時皇帝只得九歲，彷彿記得慈安太后一再讚歎：『吳可讀是忠臣！』而慈禧太后卻說：『書呆子可憐！』除此以外就不甚了然了。

此時聽慈禧太后提到，便即答道：『當時吳可讀有個摺子；兒子還不曾讀過，倒要找出來看一看。』

『原來你還不曾看過這個摺子？』慈禧太后訝然地：『毓慶宮的師傅們，竟不曾提過這件事？』

『沒有。』

『那就奇怪了！這樣的大事，師傅們怎麼不說？』慈禧太后隨即喊一聲：『來人！』

進來的是李蓮英，他一直侍候在窗外，約略聽知其事；卻必須裝作不知道，哈著腰靜等示下。

『你記得不記得，光緒五年，吳可讀那一案，有好些奏摺，該抄一份存在毓慶宮，都交給誰了？』

『敬事房記了檔的，一查就明白。』

『快去查！查清楚了，拿原件取來。』

『是！』

等李蓮英一走，慈禧太后便又問：『本朝的家法，不立太子，你總知道？』

『是！』

『所以吳可讀說要給穆宗立后，其中便有好些難處。吳可讀奏請將來大統仍歸承繼穆宗的嗣子繼承；就等於先立了太子，豈不是違背家法？』

『是。』

『現在我又要問你了，你知道天下是誰的天下？』

問到這話，過於鄭重；皇帝便又跪了下來。他不敢答說：『是我的天下』，想了想答道：『是太祖皇帝一脈相傳，先帝留下來的天下。』

這話不算錯，但慈禧太后覺得語意含混，皇帝還是沒有認清楚他自己的地位，隨即正色說道：『天下是大清朝的天下，一脈相傳，到了你手裡，是你的天下；將來也必是你兒子的天下，這是一定的。可有一層，你得把「一脈相傳」四個字好好兒想一想，本來是傳不到你手裡的；你是代管大清朝的天下，將來一脈相傳，仍舊要歸穆宗這一支。你懂了吧？』

皇帝細想一想，明白而不明白，所謂仍舊要歸穆宗這一支，是將來將自己的親子繼承穆宗為嗣子，接承大統這是明白的。然而嗣皇帝稱穆宗，自是『皇考』；那麼對自己呢？作何稱呼？這就不明白了。

眼前只能就已明白的回答：『將來皇額娘得了孫子，挑一個好的繼承先帝爲子，接承大統。』

『對了，正就是這個意思。』慈禧太后說道：『將來繼承大統的那一個，自然是兼祧；不能讓你沒有好兒子。』

『是！』皇帝磕一個頭，『謝皇額娘成全的恩德。』

『這話也還早。』慈禧太后沉吟著，彷彿有句話想說而又覺得礙口似地。

『快起來。』

慈禧太后俯下身子，伸出手去，做個親自攙扶的姿態；皇帝覺得心頭別有一般滋味，捧著母后的手，膝行兩步，仰臉說道：『兒子實在惶恐得很！只怕有負列祖列宗辛苦經營的基業；皇額娘多年苦心操持，今日之下，付託之重。兒子的才具短，沒有經過大事；不知道朝中究竟有甚麼人可以共心腹？如今像吳大澂之類，抬出純皇帝的聖訓來立論，兒子若非皇額娘教導，一時眞還看不透其中的禍機。兒子最惶恐的，就是這些上頭；將來稍微不小心，就會鑄成大錯，怎麼得了？』

『大主意要自己拿，能識人用人，就甚麼人都可以共心腹。不然，哪怕至親，也會生意見。』慈禧太后安慰他說：『你放心吧，我在世一天，少不得總要幫你一天；有我在，也沒有人敢起甚麼糊塗心思。』

『是！遇有大事，我自然仍舊要稟命辦理。怕的是咫尺睽違，有時候逼得兒子非立刻拿主意不可，會把握不住分寸。』

『這倒是實話。我也遇見過這樣的情形。』慈禧太后緊接著又說：『我教你一個祕訣；這個祕訣只有兩個字：心硬！』

『心硬？』

『對了！心硬。國事是國事，家事是家事；君臣是君臣，叔姪是叔姪；別攪和在一起，你的理路就清楚了。』

這兩句話，在皇帝有驚心動魄之感，刹那間將多年來藏諸心中的一個謎解開了——他常常悄自尋思，滿朝親貴大臣，正直的也好、有才具的也好，爲甚麼對慈禧太后那麼畏憚，那麼馴順？而慈禧太后說的話、做的事，也有極不高明的時候，卻何以不傷威信，沒有人敢當面駁正？就因爲慈禧太后能硬得起心腸，該當運用權力的緊要關頭，毫不爲情面所牽掣；尤其是對有關係的人物，更不容情。像兩次罷黜恭王，就是極明顯的例子。

如今對醇王應該持何態度？就在她祕傳的這一『心法』中，亦已完全表明。皇帝確切體認到這一點，用一種決絕而豁達的聲音答說：『兒子懂了，兒子一定照皇額娘的話去做。』

『你能懂這個道理，就一定能擔當大事。』慈禧太后很欣慰地說：『做皇帝說難很難，說容易也很容易；總在往遠處、大處去想。時時存著一個敬天法祖的心；遇到爲難的時候，能撇開一切，該怎麼便怎麼，就絕不會出大錯。』

『是！』皇帝問道：『兒子先請示吏部這個奏摺，該怎麼辦？』

『屠仁守的摺子，我留著好幾件；他的話說得不中聽，卻不是有甚麼私心，照我的意思，原可以不理他。不過他們有意見，就仍舊交給他們去擬吧！』

『他們』是指軍機大臣。皇帝便在奏摺上用指甲畫了個『交議』的掐痕，放在一邊；再議論吳大澂的奏摺。

這時李蓮英已經從毓慶宮將抄存的奏摺取來，卻不捧到皇帝面前；只來回一聲：『請萬歲爺看摺。』

皇帝看摺，通常在兩處地方，不是在養心殿西暖閣，便是就近在慈禧太后寢宮的書齋；這間書齋設在後殿西室，名爲猗蘭館。李蓮英親自引導入座，吩咐宮女奉上一碗茶，擺上幾碟子皇帝喜愛的蘇式茶食，然後悄悄退了出去，輕輕帶上房門。

皇帝坐下來揭開紫檀書案上的黃匣子；但見黃絲條束著一疊文件，最上面的一份，紅底黃綾裝裱的封面，大書『懿旨』二字。揭開來一看，用『廷寄』的格式，每面五行，每行二十字，端楷寫著：

光緒五年四月初五日奉兩宮皇太后懿旨：前於同治十三年十二月初五日降旨，係嗣皇帝生有皇子，即承繼大行皇帝爲嗣，原以將來繼緒有人，可慰天下臣民之望。第我朝聖聖相承，皆未明定儲位，彝訓昭垂，允宜萬世遵守；是以前降諭旨，未將繼統一節宣示，具有深意。吳可讀所請，頒定大統之歸，實與本朝家法不合；皇帝受穆宗毅皇帝付託之重，將來誕生皇子，自能慎選元良，纘承統緒。其繼大統者，爲穆宗毅皇帝嗣子，守祖宗之成憲，示天下以無私，皇帝亦必能善體此意也。所有吳可讀原奏；及王大臣等會議摺；徐桐、翁同龢、潘祖蔭聯銜摺；寶廷、張之洞各一摺，並閏三月十七日及本日諭旨；均著另錄一分，存毓慶宮。

接下來看抄件，第一通是那年閏三月十七的諭旨，命群臣廷議吳可讀的原摺——這個原摺，已無法得見；皇帝所看到的是抄件，字跡端正，筆姿飽滿，當然不能顯示吳可讀絕命之頃，以淚和墨的悲慘景象。然而想到以皇帝的家務，而竟有人不惜一死建言，這份赤忱，實在可敬；因而肅然默誦，一個字都不敢輕易放過。

一讀再讀，方始明白，吳可讀是怕帝系移到醇王一支；而在這移轉之間，有人想以擁立取富貴，所以，最要緊的一句話，還不是『將來大統仍歸承繼大行皇帝嗣子』；而是下面的：『嗣皇帝雖百斯男，中外及左右臣工，均不得以異言進！』

這是吳可讀的過慮嗎？吳大澂的奏摺，就是『異言』的開端嗎？皇帝一時想不明白；喝著茶，怔怔地在思索。

突然有聲音打破了沉寂，回頭一看；是李蓮英正推開了門，門外是慈禧太后。皇帝急忙起身，親自上前攙扶。

慈禧太后就在皇帝原來的座位上坐下；看一看桌上的抄件問道：『都看完了？』

『還沒有。只看了吳可讀的一個摺子。』

『唉！』慈禧太后微喟著：『都是姓吳！』

言外之意是，同爲姓吳，何以賢愚不肖，相去如此之遠？這也就很明顯地表示了慈禧太后的態度，對於吳大澂一奏，深不以爲然；換句話說，也就是對醇王存著極重的猜忌之心。

這固然是皇帝早就看了出來的事，然而慈禧太后卻從來沒有一句話，直接表示對醇王有所防範。皇帝覺得這種曖昧混沌的疑雲，如果不消，將來的處境，便極爲難。不僅自己會動輒得咎；甚至深宮藩邸之間，隔閡日深，更非家國之福。

因此，皇帝脫口說道：『兒子奇怪，當時醇親王何以沒有奏摺？』

聽得這話，慈禧太后深深看了他一眼，不斷地慢慢點頭，呈頗爲嘉許的神態，『你這話問在關鍵上。事理上頭是長進了！』慈禧太后轉臉看著李蓮英說：『去！把我梳妝台右首第一個抽斗裡面的那隻小鐵箱拿來。』

『是！』

等李蓮英一走，慈禧太后向皇帝又說：『醇親王當時捲在漩渦裡頭，不便說甚麼。好在他早就說過了；等李蓮英一回來，你就知道了。』

李蓮英來得很快，攜來一具極其精緻的小鐵箱，鍍金鑿花，是英國女皇致贈的一只首飾箱；有鎖而無鑰匙，跟保險箱一樣，用的是轉字鎖。慈禧太后一面思索，一面親手撥弄，左轉右轉轉了好半天，到底將箱子打開了。

『你看吧！』慈禧太后說：『沒有吳大澂的奏摺，今天我還不會給你看。最好你永遠不必看；太平無事。』

皇帝悚然、肅然地接過來，翻開一看，是醇王的奏摺；於是先看摺尾，日期是光緒元年正月初八，是十四年前的話。

『你唸一唸，我也再聽聽。』

『是！』皇帝不徐不疾地唸：

臣嘗見歷代繼承大統之君，推崇本生父母者，備載史書。其中有適得至當者焉，宋孝宗之不改子偁秀王之封是也。

讀到這裡，皇帝不由得就停了下來；因爲這是醇王開宗明義，有所主張。而提到旁支入承大統，不是談宋英宗的『濮議』，就是論明世宗的『大禮議』，不道還有宋孝宗的故事。

皇帝只記得由宋孝宗開始，宋朝的帝系復歸長房；也就是由太宗轉入太祖一系——孝宗爲太祖幼子秦王德芳之後；生父名叫子偁，如何得封秀王，可就記不起來了。

『你怎麼不唸了？』慈禧太后問。

『兒子在想，秀王子偁是怎麼回事？』皇帝答道：『兒子唸宋史，倒不曾注意。』

『我告訴你吧。』慈禧太后身子往後一靠，坐得更舒服；雙手捧著一杯茶，意態悠閒地說：『大宋天下是趙匡胤的天下；趙光義燭影搖紅，奪了他哥哥的基業，所以金兵到開封，二帝蒙塵，子孫零落。這是報應！』

皇帝讀過《宋史紀事本末》，對於這段所謂『金匱之盟』的史實，記得很清楚。當時杜太后本乎國賴長君的道理，遺命定下大位繼承的順序，兄弟叔姪，依次嬗進。趙光義兄終弟及之後，應該傳位魏王廷美；再傳位燕王德昭，天下復歸於太祖的子孫。結果是趙光義背盟，六傳至徽宗而有金兵入寇，國破家亡之禍。時隔一百五十年，本來是毫不相干的兩回事；如今爲慈禧太后輕輕一句『這是報應』而綰合在一起，皇帝不由得心頭一震，泛起了天道好還，報施不爽的警惕。

『宋室南渡，高宗只有一個兒子；三歲的時候，得了驚風，小命沒有能保住，高宗從此絕嗣。那時候，吳后從江西到杭州行在，得了一個怪夢；』慈禧太后停了一下又說：『是個甚麼怪夢？沒有人知道；想來總不外乎因果報應，夢中示警，倘或高宗不能悔悟，爲他祖宗補過，一定還有大禍。這個夢，吳后說了給高宗；高宗就決計拿天下還給太祖的子孫。降旨訪求太祖的子孫，第一要「伯」字輩，就是高宗的姪子；第二，要七歲以下；第三要賢德。結果初選選了十個；複選選了兩個，一個胖、一個瘦。胖的是福相，自然佔便宜。』

『那就是孝宗？』

『不是！』慈禧太后喝口茶，極從容地往下講：『瘦的賞了三百兩銀子，已經要打發走了；高宗忽然又說：「再仔細看看！」就再看；兩個人並排站在那兒，有隻貓從他們腳下過，瘦的不理，胖小子淘氣，一腳就踹了去，這一腳把他的皇帝給踹掉了。』

『怎麼呢？』皇帝興味盎然地問。

『這就叫「觀人於微」。』慈禧太后略略加重了語氣，使得這句話帶著一種訓誨的意味；接著又說：『高宗當時便跟左右說：「這隻貓偶爾走過，又不曾礙著他甚麼；幹嘛踢牠？本性這麼輕浮，將來哪能治理天下？」就拿瘦的給留了下來；這才是宋孝宗。現在要講孝宗的父親，就是封秀王的子偁……』

子偁是高宗的族兄。徽宗宣和元年，宗室『舍試』合格，調補『嘉興丞』；這年生子，取名伯琮，就是後來的孝宗。伯琮被選入宮教養，子偁父以子貴，但也不過升到五品官；十幾年之後病故。其時伯琮已受封爲普安郡王；子偁恩贈爲太子少師。普安郡王被立爲太子，子偁才追封爲王；因爲嘉興又稱秀州，所以封爲秀王。

『後來高宗內禪，孝宗做了皇帝。秀王是他生父，不也該追尊爲皇帝嗎？』慈禧太后深深看了皇帝一眼，似乎咄咄逼人地等著答覆。

皇帝最畏憚她這樣的眼色，自然而然地將頭低了下去；默唸著醇王奏摺上的那句話：『有適得至當者焉，宋孝宗不改子偁秀王之封是也！』恍然大悟，醇王自願地表示，他絕無非分之想。既然自己父親有此意向，而且醇親王的封號，眼前也絕無更改的可能；那就聰明些吧！皇帝這樣在想。

『無論國事私恩，從哪一方面看，都以不改王封爲是。』

『噢，』慈禧太后似有意外之感，『你好像很有一番大道理可以說？』

『是！兒子也不敢說是大道理。』皇帝答道：『論私恩，孝宗七歲入宮蒙高宗教養成人，這番撫育深恩，自然永永記在心頭；而況又付託大位？裁成之德，過於生父。當時高宗內禪，退歸德壽宮；如果孝宗追尊秀王爲皇帝，稱爲「皇考」，豈不傷老人之心？』

『嗯，這是私恩。國事呢？』

『宋室南渡，偏安之局，凡事以安靜爲主。如果追尊秀王爲皇帝，於禮未協，必有人上書爭辯；就像英宗朝的「濮議」那樣，自非國家之福。』

慈禧太后靜靜聽完，臉上浮現出恬恬的神色，『你說的道理很透徹。如今真該以國事為重！』她說：『你再往下唸；聽聽你「七叔」說的道理。』

於是，皇帝接著唸醇王的奏摺：

有大亂之道焉，宋英宗之『濮議』；明世宗之『議禮』是也。張璁、桂萼之儔，無足論矣；忠如韓琦，乃與司馬光議論牴牾！其故何歟？蓋非常之事出，立論者勢必紛沓擾攘，雖立心正大，不無其人；而以此為梯榮之具，迫其主以不得不視為莊論者，正復不少。

『也不多。』慈禧太后突然插進來說：『如今只有吳大澂一個。他拿乾隆聖諭作擋箭牌，你能說他不是「莊論」嗎？真虧得你七叔見得到，早有這麼一個摺子，可以塞他的嘴。你再唸！我記得這就該提到你了。』

慈禧太后沒有記錯；下面正是提到皇帝入承大統之事：

恭維皇清受天之命，列聖相承，十朝一脈，至隆極盛，曠古罕覯。詎穆宗毅皇帝春秋正盛，遽棄臣民；皇太后以宗廟社稷為重，特命皇帝入承大統，復推恩及臣，以親王世襲罔替。渥叨異數，感懼難名，原不需更生過慮；惟思此時垂簾聽政，簡用賢良，廷議既屬執中，邪說自必潛匿。倘將來親政後，或有草茅新進之徒，趨六年拜相捷徑，以危言故事，聳動宸聰。不幸稍一夷猶，則朝廷徒滋多事矣！

唸到這裡，皇帝想起張璁六年工夫由一名新進士當到吏部尚書、謹身殿大學士的故事，不由得憬然自警；特地停下來說道：『兒子不會聽那些「危言」的！』

『原要你心有定見。』慈禧太后不勝感慨地說：『不想草茅新進倒都安分；做了幾十年官的，反而這麼飛揚浮躁。』

這是指責吳大澂。皇帝停了一下，見慈禧太后別無議論，便又往下唸：

合無仰懇皇太后將臣此摺，留之宮中，俟皇帝親政時，宣示廷臣，世賞之由及臣寅畏本意。千秋萬載勿再更張。

醇王的建議，不僅止此；還有更激切的話：

如有以宋朝治平、明朝嘉靖之說進者，務目之爲奸邪小人，立加屏斥。果蒙慈命嚴切，皇帝敢不欽遵？是不但微臣名節，得以保全；而關乎君子小人消長之機者，實爲至大且要。所有微臣披瀝愚見，豫杜僉壬妄論緣由，謹恭摺具奏，伏祈慈鑑。

原奏是唸完了，因爲內有『果蒙慈命嚴切，皇帝敢不欽遵』的話；所以皇帝接下來便請示，除了宣示原摺以外，是不是還要將吳大澂革職？

『不必！』慈禧太后的態度很平和，『本來我連這個摺子都不想拿出來；如今看來，倒像你七叔不幸而言中了！既然吳大澂有那麼一種說法，原摺似乎不能不發抄。讀書人看重的是聲名；你七叔的摺子一發抄，吳大澂也許自己就會告老了。』

一夜過去，是慈禧太后垂簾聽政的最後一天；也是皇后初次朝見太后的一天；這天也是皇帝親祭社稷的日子。內務府官員分幾處照料，忙得不可開交；當然最要緊的是照料慈寧宮的典禮。

皇后朝見太后的吉時，欽天監選定辰正；也正就是平時慈禧太后召見軍機的時刻。爲了不誤吉時，只好提早跟軍機見面；又爲節省工夫，破例改在慈寧宮召見。

這天必須請懿旨的，就只是與醇王有關的兩個奏摺。一個是吏部覆奏處分屠仁守一案；孫毓汶秉承醇王的意思，決定嚴辦。同時打擊吏部尙書徐桐，爲了報復他反對修建津通鐵路。

這個摺子已經交議，所以先由禮王世鐸出面覆奏：『吏部辦事，實在有欺蒙的嫌疑。奉旨交辦事件，哪可這樣子敷衍？明明是有意包庇屠仁守。』他說：『臣等幾個公議，屠仁守違旨妄言，過失不輕；吏部議以革職留任的處分，已嫌太輕。御史開缺之後，又不拿應補甚麼官敘明。如果前一個摺子奉准了，屠仁守不過由御史調爲部員，哪有這麼便宜的事？』

『那麼，』慈禧太后問道：『你們的意思怎麼樣呢？』

『屠仁守應該革職，永不敘用。吏部堂官交都察院議處；承辦司員，查取職名，交都察院嚴議。』

『這樣的處分，不太重了些嗎？』

『皇太后明見，』世鐸將孫毓汶教他的一番話說了出去，『皇太后聽政，各部院不敢馬虎；如今歸政在即，不免鬆懈。皇太后如不爲皇上立威，以後辦事就難了。』

這幾句話說得籠統含混，但意思已很清楚。慈禧太后不願在最後一天跟軍機大臣的意見不合，便點點頭說：『好吧！就照你們的意思，寫旨來看。』

處分了這一案，就要談吳大澂的密摺了。慈禧太后不即說破緣由，卻先打聽吳大澂的一切，第一是問他的官聲如何？

禮王世鐸心裡奇怪，何以忽然問起吳大澂的官聲；莫非有人參劾？河督雖是個肥缺，但鄭州黃河決口，寬至五百五十餘丈，朝命特派李鴻藻主持修復，前後兩年有餘，耗費部款數百萬，縱有經手人中飽，與吳大澂不會有太大的關係。因為他是去年八月間才署理河督；秋汛以後，鄭工合龍，去年年底實授河東河道總，賞加頭品頂戴，不似會出甚麼差錯。倘有差錯，首當其衝的也是李鴻藻與吳大澂的前任李鶴年。

這樣飛快地轉完念頭，便決定看醇王的面子，說幾句好話，『吳大澂是肯做事的人，不怕難，不怕苦。』世鐸說道：『操守也還靠得住；除了喜歡金石碑版之外，倒不曾聽說他有喜歡別樣。』

『他跟醇親王是不是常有往來？』

吳大澂的奧援就是醇王，與李鴻章處得也很不壞；他之有今日，就是這兩個人的力量。此為盡人皆知之事；但世鐸卻不肯實說。因為在慈禧太后面前，一提到醇王與朝官名士結交的情形，便得謹慎；為了怕替醇王招來一個樹黨結援的名聲。

『奴才不甚清楚。』世鐸這樣答道：『縱有書信往還，想來談的也是公事。』

『那還罷了。如果吳大澂是受了醇親王的好處，想有所報答，又不知道怎麼樣報答。隨便上摺子，那就不但他本人荒唐，也是害了醇親王。』慈禧太后拿起吳大澂和醇王的兩個摺子，『你們看罷！』

世鐸接過來匆匆看完，為吳大澂揑了一大把汗；心裡在想：這自然是為醇王『仗義執言』，卻不想是中了醇王自己的『埋伏』。這反手一巴掌，打得可眞不輕了。如今看樣子是要預備一名河道總督接吳大澂的缺；大可以從中搞它一個大大的紅包。倒想想看，誰是出手豪爽的人。

他在打著乘機賣官鬻爵的算盤，慈禧太后卻有些不耐煩了，催促著說：『你們是怎麼個意思，儘管說；大家商量。』

指是指的『大家』，包括平時常有獻議的許庚身、孫毓汶在內，都瞠然不知所對；因為吳大澂到底說了些甚麼？毫無所知，所以一齊都望著世鐸，等他發言。

世鐸覺得很難措詞，定定神答道：『茲事體大，臣等不敢擅專。不過醇親王用心正大，原摺似乎可以即日宣示。』

『那是一定的。』慈禧太后說：『吳大澂呢，既然引用了太爺爺的聖訓，似乎不便有所處分。我想，他上摺子的時候，大概就知道不妥，老早找好了擋箭牌。這塊擋箭牌太大，還眞拿他無可奈何。』

『是！』世鐸答應著；賣官鬻爵的念頭，一下子冰涼了。

慈禧太后口中的『太爺爺』指的是乾隆皇帝。吳大澂眞是幸虧用了這塊擋箭牌，才得免予嚴譴；同時軍機處擬上諭，也就不便公然斥責。

即令如此，上諭連同醇王的原摺一起明發，士林已經大譁；出身蘇州府的大官，如潘祖蔭、翁同龢等等，更有面上無光，在人前抬不起頭來的感覺。因爲上諭中『茲當歸政伊始，吳大澂果有此奏；若不將醇親王原奏及時宣示，後此邪說競進，妄希議禮梯榮，其患何堪設想？用特明白曉諭，並將醇親王原奏發鈔。嗣後闞名希寵之徒，更何所容其覬覦』的話，固然是視吳奏爲希寵的邪說；而醇王的原奏，『如有以宋治平、明嘉靖等朝之說進者，務目之爲奸邪小人』；以及『豫杜僉壬妄論』等等措詞，更如指著吳大澂的鼻子痛罵。這在下僚尙且難堪，何況是一品大員，而且是翰林出身的一品大員？

從二月初三起，是一連串的慶典。首先是親政受賀；第二天是大婚受賀。都是皇帝先率王公百官在慈寧宮外向皇太后行了禮，然後在太和殿受賀；當然，醇王是奉懿旨不必隨班行禮的。

兩天受賀禮成，都要頒發喜詔；也是恩詔，但恩典不同，親政『特沛恩施，以光巨典』，重在旌晉赦罪，與民更始。大婚的『光昭慶典，覃被恩施』，比較實惠，從親王福晉到二品以上大員的命婦，俱加恩賜；民間高齡婦女而孤貧殘疾，無人養贍者，由地方官加意撫恤；以及犯罪婦女，除十惡及謀殺故殺不赦外，其餘一概赦免；這都不在話下，最大的恩惠是各省民欠錢糧，由戶部酌核，奏請蠲免；八旗綠營兵丁，賞餉一月；會試、鄉試，以及各地貢生名額，都酌量增加。『謄黃』貼處，歡聲雷動，眞箇喜氣洋洋了。

但是，皇帝卻累倒了。二月初五一早起身，便說頭暈；接著是吐黃水，只嚷著『胸口不舒服』。於是，御前大臣急忙傳召御醫；一面到儲秀宮奏報慈禧太后。

『怎麼？』慈禧太后詫異，『好端端地病了？』

『那是累的，息一會兒就不礙了。』李蓮英自是找安慰的話說。

『今天不是賜宴嗎？定在甚麼時候？』

『午正。』

這還不要緊——這天午正賜宴后父桂祥及后家親族；王公大臣，奉旨陪宴，早在上個月就曾演過禮，慈禧太后對這一可爲母家增光的盛典，自然希望順利進行。所以一遍、一遍派人到養心殿西暖閣，去探問皇帝的病情。

到了十點多鐘，文武百官陸續入朝；桂祥也抽足了鴉片，另外帶上一盒煙泡，早早進宮，在內左門東面的侍衛值宿之處，精神抖擻地與一班年輕的貝勒、貝子在大談養鴿子的心得。

桂祥沒有讀過甚麼書，也沒有做過甚麼事，既無威儀，更無見識，實在一無所長；只是他的際遇特佳，姊姊是太后，女兒做皇后，又是醇王的舅爺，才能與王公大臣，平起平坐。只是老一輩的，看在慈禧太后的份上，雖心薄其人，不能不保持相當的禮遇；少年親貴不大理會人情世故，不免就出以狎侮了。

最喜歡拿桂祥取笑的，是惇王的次子，郡王銜的貝勒載漪；不過這天不在場，因爲惇王薨逝不久，熱喪之中，不入內廷。其次是肅親王隆懃的長子善耆；最近賞給頭等侍衛，挑在乾清門當差，生性豁達詼諧，開玩笑謔而不虐，所以桂祥跟他在一起，雖有時不免受窘，卻仍舊樂予親近。這天正因爲善耆在乾清門值班，才特地到這裡來坐的。

正談得熱鬧的時候，有人掀簾子探頭進來，大聲說道：『蒙古王公都散出去了！筵宴停了。』

聽得這話，一屋子的人都站了起來，相顧愕然；而桂祥的臉色，立刻便很難看了，『別是開玩笑吧？』他說：『好端端的，怎麼說停就停呢？剛才那人是誰？』

善耆答說：『是個二等「蝦」。』滿洲話侍衛叫『蝦』；這個『蝦』很老實，向來不說瞎話，善耆拍拍桂祥的肩，『一定有甚麼緣故在內；我替你去打聽。』

一出門就遇見世鐸的兒子輔國公誠厚；他新近挑在『御前行走』，正是爲此事來傳旨。

『伯王讓我來通知承恩公，奉皇上面諭：賜宴停止。桌張讓大家分著帶回去。』

『是、是爲甚麼呢？你問了沒有？』

『問了。伯王說，皇上剛服了藥，要避風；不能到前殿。這話，如果承恩公不問原因，就不必說。』

『那奇了。聖躬果然違和？』善耆問道：『傳召御醫，怎麼我們都不知道？』

『這個，我就說不上來了。聖躬違和是不假。』誠厚說：『我算傳過旨了；交代給你吧！』

『好！交代給我。』善耆走近兩步，將聲音放得極低，『到底是爲了甚麼？』

誠厚不即答話，四顧無人，方始以同樣低微的聲音答道：『我也是聽來的，不知道那話靠得住，靠不住；只當閒聊，聽過就丟開，別往心裡擱……』

『嘚，嘚！』善耆忍不得了，『我懂，你就快說吧！』

『說是不知道甚麼人在皇上面前說了一句，今兒本應當是「會親」，王公百官都到齊了，就是七爺不能露面；未免美中不足。這句話觸了皇上的心境，神氣就很難看了。當時還查問，同治十一年大婚，可曾賜宴后父？回說沒有。皇上就不言語了。過了一會兒，伯王出來傳旨停了筵宴。』

『照這樣說，避風是託詞？』

『那就不知道了。』誠厚推一推善耆，『咱們奉命辦事，上頭怎麼交代怎麼說，事不干己，別琢磨了。』

善耆爲人頗識大體；覺得皇帝剛剛親政，便似有意貶薄后家，大非好兆。其間因由，只宜沖淡化解，不宜張揚渲染。同時他本性也相當忠厚，知道桂祥正在興頭上，遭此當頭一盆冷水，其情難堪，更需安慰；所以在傳旨的時候，一而再，再而三地說皇帝確是因爲服藥需要避風，不得已而停止筵宴；想來聖心亦以爲憾，這才使得桂祥心裡好過些；領了賜宴的肴饌，悄然回家。

『皇帝到底哪兒不舒服？』疑雲塞胸的慈禧太后問道：『爲甚麼要避風？』

『是這幾天累著了。又說胃寒，服了藥要出汗，不能不避風。』李蓮英這樣回答；語氣平靜，是那種據實而陳的神態。

『也不是甚麼了不得的病，就勉強行一行禮，又有甚麼要緊？再說，停止筵宴，也得告訴我一聲啊！』

李蓮英聽慈禧太后的話風不妙，不敢答話；顧而言他地問道：『老佛爺昨兒不是交代，想到西苑看新綠；請旨哪天起駕，奴才好告訴他們早早預備。』

『哪裡有甚麼看綠？何況時候也還早得很。』

『今年的春氣發動得早，年前立春；大後天就是春分了。這兩天的東風，颳得人棉衣服都穿不住；老佛爺帶大家逛逛去吧！』

他這樣故意用央求的口吻，慈禧太后完全了解，是怕她由於皇帝停止賜宴后家而生氣，有心勸慰排解，想想也眞犯不著爲此生氣；倘或做了甚麼嚴厲的措施，傳到外面，說皇帝剛剛親政，母子便已不和。自己面子上又有甚麼光彩。眞正『家醜不可外揚』，忍住這口氣吧！

『好吧！』慈禧太后自語似地說：『且擱著他的；倒要看他怎麼跟我說？』

李蓮英聽出話風。皇帝一時任性，自己惹了麻煩，宮闈總以安靜爲主；慈禧太后如果眞的跟皇帝有了意見，常常生氣，上上下下提心吊膽地侍候差使，那滋味可不好受。

這樣想著，便覺得應該從速有所彌補。於是抽個空將乾清宮的總管太監找了來問道：『萬歲爺這會兒怎麼樣？』

『在書房裡看書。快好了。』

『你勸萬歲爺歇著。御醫請脈的時候，悄悄兒告訴他，就說我說的，脈案上要切切實實寫明，一定得避風，步門不能出；不然……』李蓮英想了一下說：『不然會發風疹塊。』

『是了。』

『再關照大家，停止筵宴那件事，不准多說；就當沒有那回事。不然，』李蓮英沉著臉說：『大婚、親政，喜事重重，誰要攪出是非來；他自己估量著有幾個腦袋？』

乾清宮總管太監諾諾連聲地承命而去──也眞虧得李蓮英有此一番安排；慈禧太后親臨視疾，才能圓滿地應付過去。

她的必將來看皇帝，親自查察病情，原在李蓮英意料之中；所顧慮的是，去得太早，未到御醫照例請脈的時候，安排尙未妥貼。因此，李蓮英回到儲秀宮便一直不離慈禧太后左右，防她忽然說要去看皇帝時，好斟酌情形，如果時機不適，就得設法拖延一下。

一直到下午四點鐘，快將傳膳了，尙無動靜。但等侍膳的皇后和瑾、珍兩嬪到齊，慈禧太后終於開口了：『咱們瞧瞧皇帝去吧？』

雖是徵詢的語氣，其實就是不折不扣的命令。於是李蓮英一面派人先去通知；一面照料慈禧太后上了軟轎，在皇后、兩嬪、榮壽公主扈從之下，由西一長街進交泰殿西的隆福門，在弘德殿前下轎，皇帝已在西穿堂前跪接了。

『你不是要避風嗎？』慈禧太后一開口就這樣問。

『是！』皇帝因爲總管太監的密奏，心裡已有準備，所以能從容答說：『出來一下，不要緊！』

『快進去吧！』

『是。』皇帝口中答應，卻仍舊親自來攙扶母后。

『萬歲爺遵懿旨，快請進去。』李蓮英插嘴說道：『招了風可不是玩兒的。』

『對了！你快進去。』

經過這一番做作，皇帝方走在前面。慈禧太后進了西暖閣，自然先問病情，再看方子；看到脈案上所寫，切囑『避風』的話，心中的懷疑和不快都消釋了。

『這兒太冷。』慈禧太后看著匾額上高宗御筆的『溫室』二字：『乾隆爺的體質最好，不覺得冷，別人可受不了。其實從雍正以後，就都住養心殿了；你也挪回去吧！』

『是！』皇帝答道：『兒子是因爲皇額娘吩咐，每天改在乾清宮東暖閣辦事，爲了方便，住在這裡，明天就挪回去。』

『也不必這麼忙吧？』榮壽公主提醒慈禧太后：『皇上得避風；這兩天怕不能挪地方。』

『說得不錯！』慈禧太后點點頭，『等好了再挪。在養心殿，起居飲食有皇后就近照料，我也放心些。』

皇后已經移居養心殿西的體順堂。這是好幾代相沿下來的規矩；當年嘉順皇后住體順堂時，慈禧太后干預子媳的房幃，穆宗憤而獨宿乾清宮，才有微行之事，終於肇致『天子出天花』的大不幸。所以她說這話是寓著無限的感慨；也有懲前毖後的意思在內。只是皇帝與穆宗不同；雖在新婚，對皇后已不大願意親近，所以並不覺得慈禧太后的話是一種體恤。

當然，心裡的感覺是一回事；要盡子道孝心又是一回事，此時便看了皇后一眼，恭恭敬敬答一聲：『是！』

『咱們走吧！』慈禧太后對榮壽公主說道：『這兒太冷，還是我自己那個「窩」舒服。』

母子君臣之間，可能激起的猜嫌，總算在李蓮英的掩蓋之下消除了。但是宮廷之外，卻不是這樣的看法；尤其是醇王，對於皇帝的突然停止賜宴后家，別有感受。他猜測皇帝此舉，不是無意的；是有意貶辱后家；是有意表示對慈禧太后爲他所立的皇后的不滿和抗議。

皇后也就是醇王的內姪女；從小就見慣了的，在醇王意中，實在不是皇帝的良配。然而貴爲親王，卻不能行使『父母之命』來過問兒子的婚事；這已是極大委曲，而且這份委曲還是說不出的苦，因而也是難宣的抑鬱。迫不得已，只有盡量自寬自解，寄望於大婚以後，皇帝對他的『表妹』觀感一變，琴瑟調協，便是如天之福。

誰知他這唯一的希望也落空了，大婚才不多幾日，宮中已有傳聞；皇帝對皇后眞正是『相敬如賓』，淡得不像夫婦；更不像新婚夫婦。這些傳聞，如今看來是證實了；如果皇帝是像穆宗那樣敬愛嘉順皇后，就絕不會有此令皇后失望、失面子的停止賜宴后父的旨意。

一親政就有這樣任性的舉動，使得醇王憂心忡忡，眠食不安。雖說『知子莫若父』，而他對慈禧太后的了解，更比對不是朝夕承歡膝下的『兒子』來得深切；慈禧太后能容忍皇帝獨行其是嗎？能容忍皇帝對她所立的皇后冷落嗎？穆宗是她的親子，尚且不能容忍；何況是她一手扶立的嗣子？

宮闈中從此要多事了！醇王在他最親密的僚屬面前嘆息；幾瀕於死的宿疾，也就可想而知地，必然會復發。

『千萬要瞞著皇上！』醇王在病中一直叮囑，『別讓他惦念，別讓他爲難。』

一直瞞了一年多，皇帝始終不知道醇王的病情。而這一年多的吏治，也就像醇王的病一樣，日壞一日。皇帝亦微有所聞；卻不是在書房裡得自師傅們的陳述，而是從珍嬪口中打聽到的。

『妳哪裡得來的這些消息？』

『奴才是聽人說的。』珍嬪笑道：『他們都當奴才不懂事，說話不怎麼瞞奴才。』

『原來如此！』皇帝悚然動容，『妳可要當心，妳聽到些甚麼，除了我，千萬別跟第二個人說。』

『奴才知道。奴才除了跟皇上密奏以外，也不能那麼不懂事，到處亂說，自己招禍。』

『對！妳懂就好。』皇帝很欣慰地，『妳說的「他們」是誰？是太監？』

『是！』

『是哪些太監？』

『這，』珍嬪嬌憨地笑著，『奴才可不能跟皇上說了。說了是奴才造孽。』她又正一正臉色說：『皇上要想聽這些新聞，就別追問來源；不然就聽不到了。』

皇帝料知珍嬪絕不肯明說消息來源，也就不再多問。不過自此後，便對慈禧太后交下來的名條；或者口頭交代：某官某缺叫某人去，都持著戒心；召見的時候，詢問履歷，格外詳細。言詞明白，文理清通的固然也有；而資歷不相當，語言無味的卻眞不少。尤其是旗人，特別是內務府所屬的司員，像這樣子的更多；不言可知，是走了門路的。

這是怎樣的一條門路？皇帝決心要弄個明白。在宮內，自然是李蓮英經手；宮外呢？李蓮英不常回家；而走門路的又不能逕自進宮來跟李蓮英交談，可知宮外必有一個人居間。這個人又是誰呢？

慢慢地皇帝看出端倪來了，有個道士名叫高峒元，是西便門外白雲觀的住持。白雲觀建於遼金，本名太極宮；元朝改稱長春宮，因爲供奉著長春眞人邱處機的塑像。到明朝正統年間重修，改名白雲觀；萬曆末年刊行一部五千四百餘卷的《道藏》；由主持在虛子撰著《道藏目錄詳註》。這比以符籙丹爐唬人的方士，高明得太多，實在不愧爲道家北派之宗。

道家派系繁多，共有八十六派。但大別爲南北兩宗，北宗全眞教，南宗天師道；以白雲觀與江西貴谿龍虎山上清宮爲兩派之宗。但是，明朝的皇帝，雖都崇尙道教；嘉靖尤其著迷，可是近在咫尺的白雲觀道士，卻遠不如來自江西龍虎山的道士吃香。因爲全眞教不飮酒、不吃葷、不畜家室，是『出家道士』；而天師道與俗家無甚分別，有妻有子；非齋戒之期，亦可進酒肉，是『火居道士』。這些道士講修煉合藥，講長生不老，講房中術；眞是富有四海的天子所夢寐以求的事。

到了清朝不同了。鑑於前明之失，摒棄方士。乾隆做得最痛快，認爲『正一眞人』張天師，雖爲世襲，但絕不能與世襲的衍聖公相提並論，因而將張天師的品秩由一品降爲五品，相形之下，無榮無辱的白雲觀道士的地位，反見提高了。

白雲觀從明朝中葉以來，便是遊觀的勝地。最熱鬧的一天是正月十九；這天稱爲『燕九』節；或者叫作『宴邱』；又叫『閹九』，因爲邱處機跟自願投身宮中的太監一樣，曾經割掉了『那話兒』。他的自宮，或許是爲了『斬斷是非根』，以堅問道之誠；但太監卻不暇細考其故，只因爲邱眞人也『淨』了『身』，便隱隱然奉之爲祖師，當白雲觀是太監的『家廟』。到了正月十五日白雲觀開廟，大小太監都要參謁，呼朋引友，絡繹不絕；久而久之，成爲習俗。於是而有好些引人入勝的離奇傳說；最著名的是『會神仙』，據說燕九節的前一天，必有神仙下降，或化爲縉紳，或化爲乞丐；也許是老嫗，也許是孺子，唯有有緣的方能相遇。其中當然也可能『化』作風流跌宕的白面書生；遇見『問道心誠』的少婦幼女，成就了『仙緣』的『韻事』，亦時有所聞。

因爲白雲觀流品混雜，所以在士大夫心目中，它的地位遠不如崇效寺、龍樹寺、花之寺這些古刹來得高尙。然而近年卻不同了；達官貴人的高軒，亦往往出現在白雲觀前，就因爲是高峒元當了主持的緣故。

高峒元字雲谿，說得一口山東話；有人知道他是山東任城人，家境孤寒，幼年在一家商店當學徒，不知道怎麼用虧空了經手的帳款，無法交帳，遁入城西呂仙廟做了道士。但那家商店的主人放不過他；不得已只好出走。中間不知隔了幾年多，也不知他是何手腕，竟一躍而爲白雲觀的主持；這還在其次，最令人刮目相看的是，高峒元與李蓮英義結金蘭，而且居長，爲李蓮英叫作『高大哥』。

『高大哥』習知前朝掌故，每每爲李蓮英談些前明大璫馮保、魏忠賢等人如何煊赫；以及前明帝后如何禮遇道士的故事。當然也談到前明道士如何精通法術，能上致神仙，爲凡夫俗子禱請延年益壽，降福延麻的靈異事跡，聽得多了，李蓮英不免心動。恰逢慈禧太后歸政以後，頤養多暇，千方百計在找尋消遣；李蓮英認爲讓高峒元跟慈禧太后談談神仙，也是破悶的好法子，因而舉薦入宮。高峒元的辯才無礙，兼以善窺人意，只揀慈禧太后愛聽的話，旁敲側擊地恭維。所以一番召見，大有好感，不久，便有人傳說，慈禧太后將高峒元封爲『總道教司』。

《大清會典》上只有『道錄司』的官職；而掌理道教的職權，則歸於世襲的『正一眞人』張天師。縱然慈禧太后眞個封了高峒元爲『總道教司』，也是個黑官。但是，高峒元因爲交通宮禁，而有賣官鬻爵的眞門路，卻是無可懷疑的事實。皇帝也就是因爲每一次高峒元被召入宮不久，慈禧太后便有升官授職的示諭，而猜想到這個道士大有花樣。

然而要查高峒元的劣跡，卻很困難。因爲他的靠山太硬，手段很高，不但好些太監受他的籠絡，幫他遮掩；更因爲賣官鬻爵的是慈禧太后，投鼠忌器，動彈不得。

因爲如此，高峒元越發肆無忌憚；而狗苟蠅營之徒，亦不愁問津無路──高峒元每次進城，必住楊梅竹斜街的萬福居；這是一家館子，原以滑鱔出名，後來又增加一味拿手菜炒雞丁，鮮嫩無比，據說是高峒元所祕傳，這味菜就叫『高雞丁』。

萬福居偏東有個院子，就是高峒元會客之處；論缺分的肥瘠，定價錢的高下，昌言無忌。這天來了一個客，生得肥頭大耳，穿一身簇新的緞子衣服；大拇指上套一個碧綠的玻璃翠板指；手裡捏一具『古月軒』的鼻煙壺。光看他這一身裝飾，便知是內務府來的人。

果然，他是靠內務府發的財；是西城一家大木廠的掌櫃，承包頤和園一處工程，賺了二三十萬銀子。

玉銘來見高峒元，自然是有人穿針引線的；此人名叫恩豐，是內務府造辦處的一個筆帖式，專管料帳，與玉銘是換帖弟兄。他跟高峒元是下圍棋的朋友，棋力在伯仲之間；而且識得眉高眼低，口舌謹慎，很得高峒元的賞識，有時指揮他奔走傳話，總是辦得妥妥帖帖；日久天長，成了高峒元很得力的爪牙。

玉銘之所以鑽營，其實是受了恩豐的鼓動；他本人除了會做本行生意以外，一無所長。應酬更非所擅，因而道三不著兩地亂恭維了一番以外，不知如何道入正題？少不得還是恩豐爲他代言。

『二哥，』恩豐使個眼色，『你請外面寬坐。若是有興，上西邊去喝一鍾；我一會兒過來陪你。』

『好！我在外面坐。等老弟台的回話。』玉銘拿過一個鼓了起來的『護書』，便待打開，『我把銀票先點給你。』

一聽這話，高峒元便皺了眉；恩豐趕緊說道：『不忙，不忙！二哥，沉住氣。』

『是，沉住氣。』

等他一退到外面，高峒元便發話了：『恩老弟，你哪裡搬了來這麼個大外行？』

『人土氣，心眼兒不壞。』恩豐陪笑問道：『道爺，你老精通麻衣相法，看此人如何？』

『憨厚有餘，一生衣食無憂。』

『官星呢？』

『難說得很，要仔細看了才知道。』

『何用仔細看？他的官星透不透，全看道爺肯不肯照應。』恩豐踏上兩步，拖張椅子在高峒元身旁坐下，低聲說道：『我自己跟道爺沒有討過人情，這回可要請道爺賞我一個面子了。他是我把兄，我在他面前已經吹出去了；高道爺一定給我面子。你老可別駁我的回才好。』

『能幫忙，我無有不幫忙的；何況是你？不過，你跟我辦事，也不是一回兩回了，你總知道規矩。』

『那當然，你老沒有看見，他剛才不是要取銀票嗎？』恩豐說道：『他預備了十萬銀子。』

高峒元很注意地看了恩豐一眼，『十萬銀子？』他問：『手面不小啊？他看中了哪個缺？』

『想個道缺。』恩豐說道：『他本人是同知的底子；捐了好幾年了。』

『捐班不捐班，不去提它；五品同知跟三品道員，差著一大截呢！』

『那不要緊；加捐就是。』

『好吧，等他捐好了再辦也不遲。』

『不行啊！道爺，』恩豐湊近去說：『四川鹽茶道有件參案在那裡；已經打聽確實，吏部擬的處分是降三級調用。要趁這個機會補他的缺；倘或放了別人，就大費手腳了。』

『好傢伙！』高峒元笑道：『他的胃口倒不小，四川鹽茶道！他可知道那是天下獨一無二的缺？』

玉銘當然知道。各省的鹽官都稱『鹽法道』；唯有四川『獨一無二』地稱爲『鹽茶道』。鹽之成爲大利所在，不在產量多；而在銷得掉。銷鹽各有地盤，稱爲『引地』；川鹽的引地除本省以外，還有五處：西藏、湖南、湖北、貴州、雲南。兩湖不出鹽，食用兩淮、廣東、四川的鹽；洪楊軍興，江南道阻，兩淮的鹽到不了兩湖，湖北自然就近吃川鹽。四川鹽業，大發利市；但鹽稅收入並沒有增加多少，這自然是鹽商勾結鹽官偷漏舞弊的緣故。

後來號稱『一品肉』的四川總督吳棠在任上病歿，山東巡撫丁寶楨調升川督，銳意改革，重用唐炯爲鹽茶道，定下『官運商銷』的章程十五條，在瀘州設立鹽運總局，徹底整頓，遏制偷漏，剔除中飽，鹽價降低，而官課反而激增；『公費』亦就水漲船高，滾滾而來，成爲合法的肥缺。

茶的運銷，亦跟鹽一樣有『引地』，有『邊引』、『腹引』之分，邊是邊境，腹是腹地。四川列爲『邊引』；川茶專銷西藏；西藏高原，不出蔬菜，所以茶是必不可少之物。到了同治年間，西藏生齒日蕃，耗茶更多；因而川茶跟川鹽一樣，大爲繁榮。但『茶引』向有定額，每引五包，每包二十斤；所以一道引只能運銷一百斤茶，而茶引由戶部發給，相沿多年的定數，多給一道都不行。於是有人向鹽茶道獻計，在引茶以外，另行『票茶』——由四川自發運銷的茶票，其實有稅無票，只不過銷茶入藏，過關抽稅而已。

票茶的稅輕，因而成爲『公私兩便』；配額既無限制，西藏需茶又多，所以實力不充分的外行，亦大做茶生意。爲了爭取銷路，競相跌價，而茶的品質日壞；有些從乾隆年間就經營茶業，以貨眞價實爲號召的『老商』，看看不是回事，多方陳情；票茶總算停止了。

可是到了光緒初年，又行票茶；由於本輕利重，改行做茶商的，不知凡幾。茶葉不足，攙上樹葉；運銷既盛，茶稅激增，抽成的『公費』相當可觀。四川的『鹽茶道』，成了雙料的肥缺。

玉銘不但聽恩豐詳細談過；也向好些熟悉川中情形的人打聽過，眾口一詞，無不認爲值得全力一謀，所以才下定決心，棄商做官。他所備的『資本』，並非只有如恩豐所說的十萬兩銀子，而是三十萬兩。高峒元當然也知道，其中大有討價還價的餘地；但『鹽茶道』既是獨一無二的缺，入息如何，應該賣一個甚麼價錢；或者李蓮英是不是已許了別人，都無所知，不敢貿然答應。只答說可以試一試，成功與否，還不敢說。約定三天以後給回話。

三天還是不行。因爲李蓮英亦沒有把握；還需要幾天，找到進言的機會，才能向慈禧太后試探。這本來是要耐著性子慢慢靜候水到渠成的事，無奈官癮如歸心，不動則已，一動便不可遏制；玉銘滿心以爲『火到豬頭爛，錢到公事辦』，夢寐以思的還不止於日進斗金的收益，而是暗藍頂子，綠呢大轎，鹽商和茶商包圍恭維的那一番官派。因此聽得恩豐轉來還需等待的回音，大失所望；對於他的勸慰寬解之詞，自然也聽不入耳。當面催促拜託之外，少不得自己也去鑽頭覓縫，恨不得能面見李蓮英，親口討一句切實回話。

玉銘的躁急不安，在內務府傳爲笑談；然而有些人卻不免怦然心動。有個也是在造辦處當差的筆帖式，名叫全庚，平時看恩豐奔走於李蓮英與高峒元之間，十分羨慕；此時心裡就想，拉縴人人都會，現成放著一條路子，成功了起碼有上千銀子的好處，不成亦不虧折甚麼，何不試他一試？

他這條路子也可以通得到皇帝面前——景仁宮的首領王有，是他的好朋友。這時的珍嬪，已由翊坤宮移居景仁宮；王有忠實能幹，頗得信任。珍嬪向皇帝密奏的那些『新聞』，就都是由他去打聽來的。這天到了內務府，全庚使個眼色，將他招呼到僻靜之處，促膝密談。

『玉銘的事，你聽說了沒有？』

『聽說了。』王有答道：『不都當笑話在談嗎？』

『倒也不是笑話。白花花的銀子二三十萬，不是假的。王老有，我倒先跟你打聽；你知道這件事，怎麼擱淺了呢？』

『不容易打聽。那面現在提防著我；明明有說有笑地，一見了我，把嘴都閉上了。』王有說道：『照我看，大概因爲老佛爺這一陣子心境不大好，他怕一說碰釘子，所以沒敢開口。』

王有口中的『那面』和『他』都是指李蓮英；彼此心照不宣，全庚亦用『他』來稱李蓮英：『我在想，他跟老佛爺面奏過了，老佛爺還得說給皇上。反正要由皇上交代了軍機，才能下上諭；既然如此，也不必一定找他。你說是不是呢？』

『不找他找誰？』

『找你啊！』

『找我？』王有覺得有些匪夷所思；笑笑答道：『我可沒有那麼大的面子。』

『王老有，』全庚正色說道：『你可別把自己看低了。只要你肯試，通天的路子你有。聽說你們那位主子挺得寵的；你又是你們那位主子的一隻胳膊。你何妨打打主意？』

『這……』王有沉吟了好一會兒，才躊躇著說：『不知道行不行？』

『不行也不要緊。大不了小小碰個軟釘子，怕甚麼？』全庚又說：『何況你也是爲你們主子好；幾萬銀子說句話，多好的事！』

王有心動了，『可是，』他說：『也得人家願意託我才行。』

『那都有我。』全庚拍著胸脯說：『恩豐這點拉馬牽線的能耐，我有！』

『好吧，你去跟人家談談。』王有問道：『你看開價多少？』

『聽說恩豐經手，一開口就許了高道十萬；還不連玉銘自己加捐「過班」的花費在內。咱們當然也是要十萬。就這樣已經便宜了。因爲恩豐經手，自然另外要好處；咱們是包裡歸堆在內，一共十萬。』

『要得太多了吧？』王有覺得漫天要價，等於空談，犯不著去作徒勞無功之事；所以提醒全庚：『一個巡撫也不過十萬。』

這是指著李鴻章手下紅人之一的邵友濂而說的。邵友濂由上海道升任台灣藩司，與巡撫劉銘傳不和，形同水火；劉銘傳不是好相與的人，蒐集邵友濂的劣跡，預備拜摺嚴參。督撫參監司，沒有不准的道理；邵友濂得到信息，急急稱病內渡，由基隆直航天津，趕到京裡，託人向李蓮英活動。頭一天將十萬兩的銀子，存入李蓮英指定的銀號；第二天便有上諭，懸缺的湖南巡撫，特簡邵友濂接充。

這個故事全庚也知道；搖著頭說：『如今行情大不同了。前兩年上海道才不過八萬銀子；最近聽說有個姓魯的謀這個缺，「八字不見一撇」，已經花了十幾萬下去了。』

所謂『八萬銀子』的上海道；其事與邵友濂的故事相關。這位上海道，來頭甚大，是曾國藩的小女婿；襲侯曾紀澤的嫡親妹夫，名叫聶緝槼，湖南衡山人。他不是科第中人，好的是有一個勳名蓋世的老丈人；當他在江蘇候補的時候，左宗棠外放兩江總督，顧念舊交，派了他一個江南製造局的好差使。左宗棠離兩江，接手的又是他的叔岳曾國荃，祿位越發穩固。

當邵友濂在京裡活動之際；他亦正好由試用郎中加捐道員，進京引見。一看邵友濂的門路如響斯應；便也如法炮製，不過多費一道手腳，請他的叔岳曾國荃『內舉不避親』，上摺力保他充任『上海道』。軍機所開，由皇帝圈定的上海道候簡名單，聶緝槼名列第十，照常理而論，絕無硃筆點中的希望；誰知竟由於內外湊泊，居然超越前面九名一步登天。又有人說，曾國荃那個力保的摺子，也是他在兩江總督衙門的文案那裡，花了一萬銀子才弄得到的。這個上海道的實價是九萬；所以文廷式向他道賀，說是『足下眞可謂「扶搖直上」了。』因爲有句詩：『扶搖直上九萬里』；是譏嘲他花九萬銀子買的一個上海道。

這個故事王有也知道；但卻不信有人爲謀這個缺，『八字不見一撇』已用了十幾萬，便即問道：『那姓魯的是誰啊？』

『聽說叫魯伯陽。』

有名有姓，似乎不能不信，『那麼，』王有問道：『這十幾萬花在哪兒了呢？』

『路子沒有走對，是花在七爺府裡。』

醇王居然也幹這種事？王有可眞不敢相信了；『不會吧？』他大搖其頭。

『我想也不至於。不過話是眞不假；或許是七爺府裡甚麼人插著七爺的旗號在招搖，也是有的。』

『旁人的事暫且不管它了。』王有定神想了一會兒，將因果利害關係，下手的步驟都考慮到了；認爲不妨一試，便即收束話題，做了一個約定：『咱們這件事，第一要隱祕；第二要順著勢子走，不能勉強。如果你肯照我的話做，我就去探探口氣看。可有一件，倘或不成，你可別怨我。』

『那當然。這不是拿鴨子上架的事；再說，我也識得輕重，你放心好了。』

全庚口裡說的是一套；心裡所想的又是一套。他對珍嬪，倒是較之王有對他的主子，還要來得有信心；這因爲內務府在內廷行走的人多，各宮各殿的事都知道一些，所以反比只在景仁宮當差，見聞限於一隅的王有，更了解珍嬪在皇帝面前的分量。

凡是常有差使進宮的人都知道，帝后的感情已經冷淡得不可救藥；不但單獨相處談不上，甚至每天爲慈禧太后請安之時，亦是望影互避。長日多暇，皇帝總是跟珍嬪在一起共度黃昏；因此，又有兩首宮詞，第一首是：

鵓鴣聲催夜未央，高燒銀蠟照嚴妝；台前特設朱墩坐，爲召昭儀讀奏章。

這是說，皇帝彷彿仿照文宗當年命『懿貴妃』侍候書桌、代批章奏的故事；特召珍嬪來唸奏摺。第二首則是唐明皇的典故了：

鳳閣春深電笑時，昭容舞袖御床垂；霓裳未習渾閒事，戲取邠王小管吹。

其中的旖旎風光，雖不爲外人所知；但玉管聲清，遙度宮牆，也可以想見皇帝在景仁宮的情致。

像珍嬪這樣的寵妃，如果有所干求，皇帝是絕不忍拒絕的。

因此，全庚覺得自己的這條路，極有把握；不怕人爭，也不怕人阻斷，儘不妨大大方方地去接頭。不然倒像假名招搖，亂撞木鐘，反而引人懷疑。

在王有，卻始終持著小心之戒。事情是好的，就怕沉不住氣，第一句話不得體，不中聽；珍嬪答一聲：少管這種閒事！那就甚麼話都無法往下說了。

盤算又盤算，還要等機會。這天慈禧太后派人來頒賞件，只是兩個荷包；照例遙叩謝恩以後，還要發賞。賞號也有大致的規矩，像這種賞件，總得八兩銀子；而王有卻故意少給，扣下一半。

『怎麼回事?』儲秀宮的小太監平伸手掌，托著那四兩銀子，揚著臉問：『這四兩頭，是給蘇拉的不是?』

『兄弟!』王有答道：『你就委曲點兒吧!也不過就走了幾步路，四兩銀子還少了?』

儲秀宮派出來的人，因爲靠山太硬，無不跋扈異常；這名小太監連珍嬪都不放在眼裡，哪還會在乎王有?當下破口大罵，而且言詞惡毒；說『看其上而敬其下』，必是看不起『老佛爺』，所以照例的賞賜，有意扣剋。他也不是爭那四兩銀子；『是替老佛爺爭面子，爭身分!』

這頂大帽子壓下來，可沒有人能承受得住。便另外有人出來打圓場；連王有自己也軟下來了，說好說歹，又給了八兩銀子，反比例分倒多花了四兩。

珍嬪一直在玻璃窗中望著。心裡非常生氣，但不便出頭；因爲身分懸殊，如果讓那小太監頂撞兩句，就算慈禧太后能替她出氣，重責無禮的小太監，也仍舊是件不划算的事，所以一直隱忍著，直到事完，方始將王有找來細問。

王有對那小太監的前倨後恭，以及有人出來打圓場；都是他預先安排好的，爲的是要引起珍嬪的注意，好重視他所歎的苦經。

他替珍嬪管著帳。景仁宮的一切開支，都由他經手，『主子的分例，每個月三百六十兩，按說伙食不必花錢，零碎雜用，每個月用不到二百兩；能有一百六十兩剩下，攢起來到逢年過節賞人，實在也很寬裕的了。可是，』他緊皺著眉說：『這兩年不同了。去年收支兩抵，就虧空也有限；打今年起，每個月都得虧空百把兩。這樣下去，越虧越多，有金山銀山也頂不住呀!』

珍嬪驚訝，『原來每個月都鬧虧空!我竟不知道。』她微帶焦灼地問：『虧空是怎麼來的呢?』

『這還不就是奴才剛才跟人吵架的緣故。』王有答道：『老佛爺平時派人頒賞件；來人的犒賞，原來不過二兩銀子。也不知是誰格外討好，給了八兩，就此成了規矩。這還是「克食」，賞肴膳；像今天這樣子賞荷包，照說，就應該給十二兩銀子。老佛爺的恩典太多，可眞有點受不了啦！』

『那……』珍嬪突然想到，『別的宮裡，怎麼樣呢？』

『別的宮裡也是叫苦連天。不過，他們的賞件沒有主子的多，比較好些。』王有又說：『就連萬歲爺也不得了。新定的規矩，跟老佛爺去請安，每一趟得給五十兩銀子。』

『那不是要造反了嗎？誰定的規矩？』珍嬪氣得滿臉通紅，『不給又怎麼樣？』

『不給就會招來不痛快。譬如說吧，』王有踏上兩步，彎下腰來，聲音越發低了，『萬歲爺不是不願意跟皇后照面嗎？給了錢了，那兒就會想法子給挪一下子，錯開了兩不見。或者老佛爺哪天甚麼事不痛快，忌諱甚麼，私底下遞個信給萬歲爺，就都是那五十兩銀子的效用。倘或不然，他們隨便使個壞，就能教萬歲爺好幾天不痛快。』

『有這樣的事！』珍嬪重重地嘆口氣；咬一咬小小的一口白牙，『總有一天……』

『主子！』王有大聲一喊；卻又沒有別的話。

機敏的珍嬪，並不覺得王有這樣突然打斷她的話是無禮；她能領受他的忠心，知道這是出於維護的魯莽，阻止她去說任何可以招致他人對她起戒心的話。

經過這樣一頓挫，她爲皇帝受欺的不平之氣是消失了；但皇帝亦要受太監需索的好奇之心，卻還存在，略想一想，便又問道：『照這樣說，大官兒進宮，也得給門包囉？』

『是！』王有答說：『這原是早有的規矩。不過從前都是督撫，或者藩司進京才打發；而且是客氣的面子事兒，不能爭多論少。如今可大不同了，有誰進貢，或者老佛爺賜膳、賞入座聽戲，都得給「宮門費」。外省的督撫不用說；紅頂子的大人也還能勉強對付；最苦的是南書房、上書房的老爺們。南書房的翰林，更不得了。』

『怎麼呢？』

『也不知是誰興的規矩，南書房翰林奉旨做詩寫文章，繳東西的時候，得送個紅包，不然就有麻煩。』

『我倒不信。』珍嬪問道：『難道他們還敢玩兒甚麼花樣？』

『怎麼不敢？花樣多著呢！』

『甚麼花樣？你倒說給我聽聽。』

『譬如說吧，稿子上給來塊墨跡，老佛爺見了當然不高興。或者東西取了來，先不交上去；老佛爺不提就不說。到有一天，老佛爺忽然想了起來要查問；就說根本沒有交來。事情隔了好多天，交了沒有交，哪兒分辯去？主子請想，這個翰林吃了這麼個啞巴虧，官運還能好得了嗎？』

『可惡！』珍嬪恨恨地；接著又問：『皇上那兒也是這樣子？』

『比較好一點兒。』

『不行！我可得跟皇上提一提。』

『奴才求主子別這麼做。』王有放低了聲音說：『如今忌主子的人，已經挺多的了。主子就不爲自己著想，也得爲老大人想一想，犯不著招小人的怨。』

聽得這話，珍嬪便覺得委曲。桂祥補了工部右侍郎；德馨在江西的官聲很不好，但仍舊安然做他的巡撫；只有自己的父親長敘，至今未曾補缺。聽說皇帝倒跟慈禧太后提過；不知爲何沒有下文？是不是有人說了甚麼壞話的緣故呢？

見珍嬪怔怔地在想心事，王有覺得進言的機會到了；便用低沉而誠懇的，那種一聽便生信賴之感的聲音說：『奴才替主子辦事，日日夜夜，心心念念想的，就是怎麼樣替主子往好裡打算？如今用度太大，不想個法子，可眞不得了。有幾位宮裡，都是娘家悄悄兒送錢來用；那是眞教莫可奈何！這麼尊貴的身分，按說應該照應娘家；誰知沒有好處，反倒累娘家！自己想想也說不過去。』

『是啊！』珍嬪焦灼地說：『那就太說不過去了。何況……』她想說：『何況，我娘家是詩禮世家，沒有出過貪官，也貼不起！』但以年輕好面子之故；話到口邊，又縮了回去。

不過，話雖沒有說出來，因爲『何況』是深一層說法的發端之詞，所以王有能夠猜想得到，她還別有難處。這樣，話就更容易見聽了。

於是，王有輕輕巧巧地說了一句：『其實只要主子一句話，甚麼都有了。』

珍嬪一楞，她的心思很快，立刻就想到了；而且也立刻做了決定，『你要我給皇上遞條子可不行！』她凜然作色地答說。

王有想不到一開口就碰了釘子！費了好大的勁，話說得剛入港，自然不甘半途而廢；所以他定定神，重新鼓起勇氣來說：『主子何不探探萬歲爺的口氣？作興萬歲爺倒正找不著人呢！』

『你是說，甚麼缺找不著人？』

『四川鹽茶道。』

珍嬪沒有聽清楚，追問一句：『甚麼道？』

『鹽茶道，管鹽跟茶葉。』

『有這麼一個缺？我還是第一次聽說。』珍嬪看到王有的臉色陰暗，很機警地想到，宮中用途不足，不論想甚麼辦法彌補，眼前總得他盡力去調度，不宜讓他太失望，且先敷衍著再做道理；因而便又接了一句：『等我想一想。』

『是！』王有答應著；不告辭卻也不說話。

這像是在等她的回話。珍嬪覺得他逼得太緊，未免不悅；正想發話，忽然想到，他不是在等回話；是在等自己問話。

要敷衍他，就要裝得很像；是甚麼人謀這個缺；打算花多少錢？不問清楚了，從何考慮起？所以問道：『倒是甚麼人哪？』

『是……』王有忽然警覺，絕不能說實話；因而改口答道：『是內務省有差使的，旗人；很能幹的，也在四川待過，鹽茶兩項都很熟悉，名字叫玉銘。』接著，他將預先寫好的一張白紙條，從懷中取了出來，雙手奉上。

珍嬪看上面寫的是：『正藍旗，玉銘』五個字，便問：『他是甚麼身分呢？』

『候補同知。』王有答說：『正在加捐；捐成道員，才能得那個缺。』

『那個缺當然是好缺，不然他也不必費那麼大的勁。他是怎麼找到你的呢？』

『也是聽說主子在萬歲爺面前說得動話；所以親自來找奴才，代求主子。許了這個數。』王有伸出右手，揸開五指，上下翻覆了一下。

『多少？』珍嬪不解也不信，『十萬？』

『是。』

『那個缺値這麼多錢?』

『這本來沒有準數的。』王有又說:『中間沒有經手人,淨得這個數。』

『中間沒有經手人?』珍嬪自語著;在估量這件事能不能做?

這一夜燈下凝思,翻覆考慮,眞正懂得了甚麼叫作左右爲難。賣官鬻爵,一向爲自己所輕視,而且皇帝亦很了解自己的性情,持正不阿;如今出爾反爾,爲人關說,這話怎麼出得了口?若是捨棄這條路子;宮中用途日增,虧空越積越重,如何得了?心裡巴不得有個人可以商量,但宮女們不懂事,不但拿不出主意,而且不知輕重,將這些話洩漏出去,會招來禍事,絕不能讓她們共機密。此外只有姊姊瑾嬪;洩漏倒是不怕,無奈她爲人老實,說知其事,必定害怕,那又何苦害她?

想到頭來,計無所出,只有一個結果:慢慢再想。因此第二天王有來探問時,她含含糊糊地,沒有肯定的答覆。這是看看再說的意思;而王有卻誤會了,以爲珍嬪只是在等機會向皇帝進言。

在宮外,全庚的暗中奔走,倒有了很多切實的結果。他是找到玉銘手下的一個工頭,跟玉銘搭上了線。開門見山,直言相談;玉銘聽說有這樣一條終南捷徑,當然願意去走。但是,走得通走不通,卻要仔細看看。

『全大爺,你既然肯幫我這個忙,想來總也知道,我已經託了人在辦。一個「榫頭」一個「竅」,總要對得上才行。好不好這樣,等我先問一問我那方面的人;再給你老回話,怎麼樣?』

『這就談不成了。』全庚答道:『你那方面的路子,我當然知道。那條路子也很有名;但不見得快。爲甚麼呢？因爲轉手太多；而我這裡，只轉一道手。你想想呢！』

玉銘心想，這面先託高道士，再託李蓮英；而李蓮英得要找機會才能跟慈禧太后提。如果一時不得其便；或者提倒提過了，慈禧太后一時記不起交條子給皇帝，又得找機會提醒她。這樣就不知哪年哪月才能如願？

這樣想著，便決定先走一走王有的路子；可是究竟是眞有門路，還是瞎撞木鐘，毫無影響？不能不愼重。否則白白丟一筆錢，還落個話柄，未免太不上算。

他的這番沉吟，全庚自然明白；自己是初幹這個行當，不比高道士、李蓮英，『招牌』已經做出去了，『信譽卓著』，上門『交易』的人，會放心大膽地先付銀子。因此，他亦早就想好了一個可以取信於人的辦法；此時應該明說了。

『玉掌櫃，你不必擔心，事情不成，一個蚌子不要。你不妨先試一試我這面；那條路子拿他停下來。等有了效驗，再收你的銀子；你看好不好？』

『那太好了。』玉銘欣然答說：『你看半個月，能不能辦成？』

『半個月當然可以了。不過你現在還是同知。』

『我已經加捐了「過班」的「部照」，這幾天就可以取到。』

『好！從你取到部照那天爲始，我半個月替你辦成。』全庚又說：『你先寫張借據給我！』

這張借據是仿照鄉試買槍手的辦法，舉子在入闈以前，寫張借據給槍手，書明銀數及償還日期，下面的『立筆據人』要寫『新科舉人』某某。如果槍法不佳，徒勞無功，沒有能替人掙到一名『新科舉人』，筆據當然無效。此刻玉銘所立的借據，亦需寫明『新任四川鹽茶道』；如果不是這個頭銜，這張借據便是不值一文的廢紙。

『這個辦法好。不過，』玉銘做生意的算盤亦很精，提出疑問：『倘或我從另外的路子上，得了鹽茶道呢？這張借據，不仍舊管用嗎？』

『這……』全庚想了一下答說：『這也好辦。我先請問，你加捐道員的部照，甚麼時候可以下來？』

『大概還得十天工夫。』

『十天加十五天，一共廿五天。你借據上的日子，扣準了寫第廿五天的那一天。到那時候，如果已經說妥了，可是上諭還得有幾天，我們就再換一張借據。』

玉銘細細想了一遍，認為這樣作法，也很妥當，便點點頭說：『好的，但望在二十五天裡頭成功，借據有用。萬一你那裡行不通，我另外再走路子，補缺的日子不對，這張借據自然就作廢了。』

『正是這麼說。』全庚很鄭重的叮囑一句：『但有一件，「法不傳六耳」，玉掌櫃，咱們倆的心腹話，你可不能跟第三個人說。』

『是，是。我懂！』

懂是懂，做不做又是另一回事。玉銘當天就把這件事跟恩豐說了。事實上也非告訴他不可；不然兩面進行，各自居功，豈不要花雙份的錢！

恩豐心裡自然不舒服。但跟玉銘的交情太深，不能拂袖而去；只埋怨他說：『二哥，你就有路子，也跟我商量商量再說。如今讓我怎麼跟高道士交代？再說，明擺著是撞木鐘的事，只為你有張借據在人家手裡，就不能不擱下來，等他二十五天。不然這筆帳算不清。可是，這一來夜長夢多；萬一這二十五天之中另有變化，讓別人佔了先，你不是白白耽誤了？』

『是啊！』玉銘很不安地，『倒是我太冒失了。』說著，便即變換臉色，陪個笑又說：『做哥哥的錯了！老兄弟，你怎麼想個法子挽回過來吧！』

恩豐緊皺眉頭，思索了好半天，嘆口氣說：『誰教咱們是磕過頭，換過帖的？只好我老著臉去碰釘子了。』

『老兄弟，我知情，我知情。』玉銘連連拱手。

於是恩豐趕到萬福居去訪高峒元。他用的是釜底抽薪的激將法，相當毒辣，一方面警告高峒元，這行『生意』有人來搶了，如果不是上緊巴結，逐漸會沒有人上門請教；一方面又勸高峒元鼓動李蓮英去對付王有，不論軟哄硬壓，反正唯一要堅持的宗旨，就是除卻高、李這條路子以外，不准有任何人做這行『生意』。

『不用理他！他有他的能耐，我有我的神通，大家走著瞧就是。』

高峒元看來處之泰然，其實頗爲擔心。因爲他在宮中的相知也很多，談起來都說珍嬪相當得寵；大概等不到慈禧太后六十萬壽，加恩宮眷，晉位晉封之時，就會封妃，此人果然如恩豐所說，有王有居中牽線策動，向皇帝求官要缺，可眞是一個勁敵。

爲此，特地派人通了個信給李蓮英，鼓動慈禧太后傳懿旨，將他召入宮中去講解修煉的道法；找機會私下見了面，將珍嬪亦在替人打點謀幹；以及全庚向玉銘去兜攬的經過，細細地告訴了李蓮英。

『這可是想不到的事。景仁宮的那位主兒，年紀還輕得很，怕不敢這麼做吧？』

『可是有王有在中間搗鬼，日久天長，難免動心。』高峒元說：『好兄弟，這個消息寧可信其有，不可信其無。尤其是玉銘這件事；我的面子可丟不起。』

『你別忙！我保他不能成功。』李蓮英沉吟了好一會兒；微微笑了，笑得很詭祕，也很得意。

『怎麼？你有甚麼絕招？』

『也不能說是絕招。景仁宮那位，如果是厲害的，就別開口，一開了口，她就輸定了。』

『這話怎麼說？』

『就要她開口，咱們省好多事。』李蓮英附著他的耳朵，道明了其中的奧妙。

『眞是妙！』高峒元撫掌大笑，『能把那王有、全庚甚麼的能氣死。』

從這天以後，李蓮英便特別注意皇帝來請安的時候的行動；更注意由皇帝那裡送來的『黃匣子』——慈禧太后雖已歸政，但重要的章奏，皇帝依然派人裝在黃匣子裡，送給她過目。凡有黃匣子，都由李蓮英親自照管；雖不敢先打開來看，但侍候慈禧太后看奏摺時，只要稍微留點神，便能知道。他特別關心的是吏部的奏摺；因爲官員調補和處分都由吏部議奏。四川鹽茶道的參案，自然亦由吏部處理；所議的處分是革職。

『這個缺可不得了。』慈禧太后自語著：『兩年工夫，摟了三四十萬；哪裡找這麼好的缺去？』

這是在談議革的那鹽茶道被參的緣由；李蓮英裝作不解地問道：『老佛爺說的哪個缺呀？』

『四川鹽茶道。』

『原來就是這個缺！』

聽他語聲有異，慈禧太后便看著他問：『這個缺怎麼樣？』

『奴才也是聽來的，不知道眞不眞。』李蓮英放低了聲音說：『聽說有人在想這個缺，願意出五萬銀子。這個人的名字，奴才不知道；只知道是個木廠掌櫃。如果有這回事；老佛爺可得防著一點兒。』

『那麼，』慈禧太后問道：『等拿了名單來，我該怎麼說呢？』

『請老佛爺交代下去：先擱著，看一看再說。』

慈禧太后默喻於心，不再多說；將吏部的奏摺交了回去。過了兩三天，皇帝攜著一張簡派差缺的單子來請示，四川鹽茶道下面註著兩個字：玉銘。

慈禧太后毫不遲疑地指著這一行字說：『先擱著！四川鹽茶道是個緊要缺分；看一看再說。』

『或者……』皇帝試探著說：『先派這個人署理吧？』

『當然應該由川督就近派人署理。』

皇帝不敢違拗。內心覺得愧對珍嬪——玉銘之由珍嬪舉薦；原是經過一番苦心設計的。珍嬪一再考慮，原已決定不攬這種是非；無奈王有軟求硬逼，最後只要她跟皇帝提一句，成不成都看運氣，珍嬪才勉強答應下來。

這天皇帝駕臨景仁宮，珍嬪故意將一張字條放在妝台上；皇帝見了當然要問；珍嬪便即答道：『有人拿了這張名條來，說這個玉銘挺能幹的；如今四川鹽茶道出缺，倘或將這個人放出去，必能切實整頓。求奴才跟皇上要這個缺。奴才豈能理他？用人是國家大政，奴才不敢干預。就算不知天高地厚，在皇上跟前提了；皇上也絕不能聽奴才胡說。』

皇帝知道珍嬪心思靈巧；明明是替玉銘求缺，卻故意以退爲進，推得一乾二淨。爲的是即或碰了釘子，也不傷顏面；說起來也是用心良苦。

這樣一轉念間，心自然就軟了。將那張名條順手揣了起來，決定給珍嬪一個恩典，誰知在慈禧太后這裡通不過！當時雖未公然允諾；但收起名條的意思，已很明顯。如今在珍嬪面前，倒有些不好交代了。

回宮想了好一會兒，覺得還是說實話爲妙，『妳可別怨我！』他對珍嬪說：『老佛爺交代，這是個緊要缺分，得看看再說。恐怕不成了！』

聽得這話，珍嬪才知道皇帝果然寵信，內心自然感激而感動。但是對慈禧太后自不免怨恨在心；同時也很清楚，這完全是李蓮英在中間搗鬼。此人不除，皇帝就永無親掌大權的可能。

當然，這只是她藏在心底深處的想法；她很了解自己的地位與力量，還遠不到能除李蓮英的時候。

王有空歡喜了一場。到了期限，將『新任鹽茶道玉銘』的那張借據，註銷作廢，退了回去。玉銘倒算是個厚道的人；想想麻煩了人家一場，過意不去，預備送幾百銀子，聊表謝意。但恩豐勸他不可如此；說這麼作法，讓李蓮英知道了，會不高興。

『那就只好對不起他們了。』玉銘問道：『好兄弟，如今該看高老道這面了！你倒去問問看，到底甚麼時候能見上諭？』

『不用問。你出銀票就是；不出三天，準有上諭！』

於是玉銘開出十二萬兩銀子的銀票；十萬是正項，兩萬是高峒元的好處。恩豐將這兩筆款子，存在一家相熟的銀號中，取來兩張打了水印的票子，上面是『四川鹽茶道玉銘』寄存銀若干兩的字樣；隨即轉到了高峒元手裡。

到了第三天一大早，皇帝照例進儲秀宮問安；慈禧太后閒閒問道：『四川鹽茶道放了誰啊？』

『還沒有放。』皇帝答說：『兒子遵慈諭，先讓川督劉秉璋派人署理。』

『噢，』慈禧太后又問：『上次你跟我提的，打算放誰來著？』

『打算放玉銘。』

『好吧！就放玉銘好了。』

皇帝喜出望外。當天召見軍機，便交代了下去。軍機大臣相顧愕然；竟不知這玉銘是何許人？但這兩年的『升官圖』中儘出怪點子，不必問也不能問，唯有遵旨辦理；當天便諮行內閣，明發上諭。

消息傳到景仁宮，王有既驚且喜；而又異常不安，託詞告假出宮，趕到內務府去找全庚。相見之下，十分奇怪；全庚的臉色難看極了，又像死了父母，又像生了一場大病。見了王有，只是扭著頭微微冷笑；然後站起身來走了。

王有會意，悄悄跟了出去；往南一直走到庋藏歷代帝后圖像的南薰殿後面，四顧無人，只有老樹昏鴉。全庚站住了腳，向『呱呱』亂叫的老鴉吐了口唾沫罵道：『他媽的，活見鬼！』

王有已經忍了好半天了；此時見他是如此惡劣的態度，萬脈僨張，無可再忍，出手便是一掌，揍在全庚臉上；跳腳大罵：『姓全的，你甚麼意思？誰挖了你的祖墳，還是怎麼著？』

這一掌，打得全庚自知理屈，捂著臉，連連冷笑：『哼！哼！你跟我逞兇，算甚麼好漢？是好的，找姓李的去拚命；我才服了你！』

『姓李的』三字入耳，將王有的怒火壓了下去，『你說誰？』他問。

『誰？還有誰；你惹不起的那一個。白花花十二萬現銀子，叫人捧了去了。哼，』全庚跺一跺腳，帶著淚聲發恨，『一個子兒沒有撈到，還叫人耍了！我死了都不閉眼。』

『耍了，你說是誰耍了你？我嗎？』

『王老有！』全庚睜大了眼睛問：『你是眞的不知道，還是裝著玩兒？』

『我不明白你的話！來，來，你說給我聽聽。』

等一說經過，王有的氣惱，較之全庚便有過之無不及了。他臉色白得像一張紙，雙唇翕動，渾身哆嗦，好半天才能說出話來。

『明明就是這個主兒，我們這面說了，不行；他說了就行！可又不早說，要等我們這面替他開路，那不明擺著是欺負人嗎？』

『就是這個，能把人肺都氣炸！王老有，這口氣非出不可！』

王有不響，緊閉著嘴想了好半天；才突如其來地說：『我聽你的！』

這一下又讓全庚楞住了：『慢慢兒想，總有辦法！』他靈機一動，脫口說道：『對！「倒翻狗食盆，大家吃不成！」就是這麼辦！』

『怎麼辦？』

『王老有，我先說句不中聽的話，你可別動氣；咱們這是談正經，可不敢瞧不起你們主子。招呼打在前頭，話我可說得不大客氣了，你們主子「成事不足」；「敗事」總「有餘」吧？』

話果然不中聽，但此非爭辯之時；王有只答一句：『你說你的！』

『我只有一句話，讓你們主子怎麼把原先的話收回來；要說玉銘根本不是做官的材料，更別說三品道員啦！』

『這，』王有大爲搖頭：『怕難！』

『你試試！都說你們主子厲害；也許她有一套說詞。』

珍嬪在初聽皇帝告訴她，玉銘外放一事，爲慈禧太后所擱置時，自不免稍有失望；但很快地反有如釋重負的輕快之感。大錯幸未鑄成，眞是可慶幸之事；雖然爲玉銘關說，已留下了一個痕跡，但自覺措詞巧妙，還不致落個把柄，也就不管它了！總之，這是個不愉快的記憶，越早忘掉越好。

因此，死灰復燃的情況，爲她帶來的是極深的憂慮。再聽王有細說內幕時，更覺得事不尋常——顯然的，在慈禧太后與李蓮英必已知道全部的祕密，所以才會有這番始而拒絕；終於同意的變化。李蓮英翻手爲雲覆手雨，自己絕不是他的對手；如果他以爲自己擋了他的財路，在慈禧太后面前告上一狀，眞能有不測之禍。

轉念到此，不寒而慄，實在不敢再得罪李蓮英。然而冷靜地想一想，縱令如此，亦不能免禍。玉銘的出身如此；得官的來歷又如此，一到了任上，遲早會因貪黷而被嚴參。到了那時候，李蓮英不說他自己得了十萬銀子；只慫恿慈禧太后追究，最初是誰向皇帝保薦了玉銘？豈非還是脫不了干係？

一誤不可再誤，補過的時機不可錯失——這又不僅是爲求自己心安，而且也是輔助皇帝；自己一直殷切地期望著，皇帝能默運宸衷，專裁大政，有一番蓬蓬勃勃的作爲。既然如此，眼前便是皇帝振飭綱常，樹立威權的一個機會；倘或放過，一定會懈恨終生。

但是，這樣作法，在李蓮英看，就是公然與慈禧太后爲敵，這一層關係太重，禍福難料；珍嬪實在不能不深切考慮。

徹夜苦思，終無善策；而決於俄頃的時機，卻逼人而來了。

爲了珍嬪替玉銘求缺不成，皇帝一直耿耿於心，覺得對她懷著一份歉意；如今隨著這份歉意的消失，皇帝生出一種欲望，很想看一看珍嬪所願得遂的嬌靨，是如何動人？

因此，這天一大早在儲秀宮問安既畢，臨御乾清宮西暖閣召見臣下以前，特地來到景仁宮；等珍嬪跪迎起身，他隨即攙著她的手笑道：『玉銘的運氣不壞！到底得了那個鹽茶道。』

『這，』珍嬪楞了一下，失聲而言：『奴才的罪孽可大了！』

皇帝愕然。回想一遍，她的話；話中的意思，都是清清楚楚的。於是笑容立即收斂，舉步入殿；同時揮手示意，摒絕所有的侍從，只與珍嬪單獨在一處時，方始問道：『這是怎麼說？』

事到如今，甚麼都無所顧忌了；珍嬪悔恨地答道：『奴才糊塗，不該跟皇上提起這個玉銘。這個人是個市儈，絕不能用！』

皇帝好生惱怒，想責備她幾句，而一眼看到她那惶恐的神色，頓覺於心不忍；反倒安慰她說：『不要緊！人是我用的；跟妳不相干。』

說完，皇帝就走了。在乾清宮西暖閣與軍機大臣見過了面；接下來便是引見與召見——引見是所謂『大起』，京官年資已滿，應該外放；或是考績優異，升官在即，都由吏部安排引見，一見便是一群，每人報一報三代履歷，便算完事。

召見又分兩種，一種是爲了垂詢某事，特地傳諭召見；一種是臣下得蒙恩典，具摺謝恩，尤其是放出京去當外官，照例應該召見，有一番勉勵。玉銘自然也不會例外。

儀注是早就演習過的，趨蹌跪拜，絲毫無錯，行完了禮，皇帝看著手裡的綠頭籤問道：『你一向在哪個衙門當差？』

『奴才一向在廣隆。』

『廣隆？』皇帝詫異，『你說在哪兒？』

『廣隆。』玉銘忽然仰臉說道：『皇上不知道廣隆嗎？廣隆是西城第一家大木廠。奴才一向在那裡管事；頤和園的工程，就是廣隆當的差。』

皇帝又好氣，又好笑，『這樣說，你是木廠的掌櫃。』他說：『木廠的生意很好，你爲甚麼捨了好生意來做官呢？』

『因爲，奴才聽說，四川鹽茶道的出息，比木廠多出好幾倍去。』

皇帝勃然大怒；但強自抑制著問道：『你能不能說滿洲話？』

『奴才不能。』

『那麼，能不能寫漢文呢？』

這一問將玉銘問得大驚失色，囁嚅了好一會兒，才從口中擠出一個能聽得清楚的字來：『能。』

『能』字剛出口，御案上擲下一枝筆，飛下一片紙來，接著聽皇帝說道：『寫你的履歷來看！』

玉銘這一急非同小可；硬著頭皮答應一聲，拾起紙筆，伏在磚地上，不知如何區處？

『到外面去寫！』

『喳！』他這一聲答應得比較響亮，因爲事有轉機；磕過了頭，帶著紙筆，往後退了幾步，由御前侍衛，領出殿外。

乾清宮外，海闊天空，玉銘頓覺心神一暢，先長長舒了一口氣，接著便舉目四顧；領出來的御前侍衛，已經不顧而去，卻有一個太監從殿內走來。認得他是御前小太監，姓金。

『好兄弟！』玉銘迎上去，窘笑著說：『你看，誰想得到引見還帶寫履歷？只有筆，沒有墨跟硯台，可怎麼寫呀？』

『你沒有帶墨盒？』

『沒有。』

小太監雙手一攤：『那可沒有辦法了！』

『好兄弟，你能不能行個方便？』說著，他隨手掏了一張銀票，不看數目就塞了過去。

『好！你等一等。』

很快地，小太監去而復轉，縮在袖子裡的手一伸，遞過來一個銅墨盒。玉銘大失所望，他所說的『行方便』不是要借個墨盒，而是想找個槍手。

事到如今，只有實說了。他將小太監拉到身邊低聲說道：『好兄弟！文墨上頭，我不大在行；你幫我一個忙，隨便找誰替我搪塞一下子。我送一千銀子。喏，錢現成！』

說著又要去掏銀票，小太監將他的手按住，平靜地答道：『一千銀子寫份履歷，誰不想幹這種好差使？可是不成！萬歲爺特地吩咐，讓我來看著你寫。你想我有幾個腦袋，敢用你這一千銀子？再說，萬歲爺也許當殿複試，讓你當著面寫個字樣子看看，那不全抖露了嗎？』

這一來，玉銘才知事態嚴重；面色灰敗，一下子像是老了十年，站在那裡作不得聲。

『快寫吧！萬歲爺在那兒等著呢！等久了！不耐煩，你寫得再好，也給折了！』

『哪裡會寫得好？』玉銘苦笑著，蹲下身去。

於是小太監幫他拔筆鋪紙，打開墨盒；玉銘伏身提筆，筆如鉛重，壓得他的手都發抖了。

『快寫啊！』

『好兄弟，你教教我，我眞不知道該怎麼寫法。』

『好吧，你寫：奴才玉銘……』

玉銘一筆下去，字畫有蚯蚓那樣粗，等這『奴』字寫成，大如茶杯。小太監知道不可救藥了，儘自搖頭。

『奴才玉銘』四個字算是寫完了；這裡多一筆，那裡少一筆，左歪右扭，如果不是知道他寫的是這四個字，就再也無法辨識。

『下面呢？』

『下面，』小太監問：『你是哪一旗的？』

『我是鑲藍旗。』

『那你就寫上吧！』

已經急得汗如雨下的玉銘，央求著說：『好兄弟，請你教給我，「鑲」字怎麼寫？』

那小太監心有不忍，耐著性子指點筆畫，而依樣葫蘆照畫，在玉銘也是件絕大難事，結果成了一團墨豬。接下來，藍字很不好寫；旗字的筆畫也不少。勉強寫到人字，一張紙已經塡滿了。

『交卷吧！』小太監已經替他死了心了；覺得用不著再磨工夫，所以這樣催促著。

『好兄弟，你看，這份履歷行不行？』

根本不成其爲履歷，哪還談得到寫得好壞？不過，小太監知道他此時所需要是甚麼？亦就不吝幾句空言的安慰，『你們當大掌櫃的，能寫這麼幾個字，就很不容易了。』他說：『而且旗下出身的做官，也不在文墨上頭。你放心吧！』

果然，這幾句話說得玉銘愁懷一放，神氣好看得多了；隨即問道：『我還進去不進去？』

『不必了！你就在這兒候旨吧！』

於是小太監捧著他那份履歷，進殿覆命。皇帝已經退歸東暖閣，正在喝茶休息；一見玉銘的筆跡，勃然震怒，『甚麼鬼畫符？眞是給旗人丟險！』他重重地將那張紙摔在几上，大聲吩咐：『傳軍機！』

於是御前侍衛銜命到軍機直廬傳旨。禮王世鐸大爲緊張；他對太監、侍衛，一向另眼看待，此時訝異地低聲問道：『這會兒叫起？是爲了甚麼呀？』

『大概是爲了新放的鹽茶道。皇上生的氣可大了。』

『爲甚麼呢？玉銘說錯了甚麼話？』

『倒不是話說錯了；字寫得不好。』侍衛答道：『皇上叫寫履歷；一張紙八個大字，寫得七顚八倒，皇上說他是「鬼畫符」。』

『是了！辛苦你，我們這就上去。』

進見以前，先得琢磨琢磨皇帝的意思，好做準備；『玉銘那十二萬銀子，扔在汪洋大海裡了。』孫毓汶說：『看樣子，那個缺得另外派人。』

『這得讓吏部開單子啊！』世鐸說道：『咱們先上去吧，等不及了。』

『是的。先給吏部送個信，讓他們預備。』說著，孫毓汶便吩咐蘇拉：『請該班。』

『請該班』是軍機處專用的『行話』；意思是請輪班的軍機章京。照例由達拉密與値日的『班公』進見。這一班的達拉密叫錢應溥，浙江嘉興人，曾是曾國藩很得力的幕友；在軍機多年，深受倚重，遇事常盡獻言之責，不同於一般的軍機章京，此時便說：『單子亦不必吏部現開，原來就送了單子的，因爲特旨放玉銘，單子不曾用，檢出來就是。不過，皇上似乎有借此振飭吏治之意；所以繼任人選，請王爺跟諸位大人倒要好好斟酌。陟黜之間，要見得朝廷用人一秉大公，庶幾廉頑立懦，有益治道。』

『卓見，卓見！』孫毓汶很客氣地說：『請費心，關照哪位將單子開好；隨後送來吧！』

交代完了，全班軍機進見。玉銘還在乾清宮下，苦立候旨；望見世鐸領頭，一行紅頂花翎，顫巍巍地由西面上階，認得是全班軍機大臣。心想『禮多人不怪』，上前請個安；或許能搭上句把話，打聽打聽消息，總是件好事。

念頭轉定，撩起袍褂下襬，直奔台階；只聽有人喝道：『站住！』

站定一看，是個藍翎侍衛，便即陪笑說道：『我給禮王爺去請個安。』

『給誰請安也不管用了！』那侍衛斜睨著他說：『找一邊兒蹲著，涼快去吧！今兒個，你還能回家抱孩子，就算你的造化了。』

一聽這話，玉銘嚇得魂飛魄散。定定神再想找那藍翎侍衛問一問吉凶禍福，人家已經走得老遠了。

『這個玉銘，』皇帝氣已經平了；思前想後，玉銘總是自己交派下去的，誰也不能怪，所以只簡略地說道：『文理不通！根本就不能補缺。』

『是！』世鐸答道：『讓他歸班候選去吧！』

皇帝點點頭問：『他那個缺該誰補呢？』

『這得要看資序。吏部原開了單子的。』

『單子在哪兒？』

世鐸不敢說，已經在檢了。因爲天威莫測，預知召見爲了何事，是犯忌諱的；所以他只這樣答說：『得現檢。不過也很方便；一取就到。』

『那就快檢來！該甚麼人補就歸甚麼人補；你們秉公辦理。』

『是！』世鐸回頭向孫毓汶低聲說了一句：『萊山，你看看去。』

孫毓汶心裡明白，皇帝迫不及待地，要在此刻就補了鹽茶道這個缺，是防著慈禧太后另有人交下來；也許仍是玉銘一流的貨色。那時候既不能違慈命，又不能振紀綱，會形成極大的難題。同時有『秉公辦理』的面諭，可見皇帝的本心正如錢應溥所說的，有借此振飭吏治之意。既然如此，軍機樂得辦漂亮些，也買買人心。

因此等將單子拿到手裡，先細看一遍；其中第五名叫張元普，下面註的簡歷是：『浙江仁和；戊辰進士；刑科掌印給事中；加級五次、紀錄兩次。』戊辰是同治七年；他這一榜中，吳大澂現任漕督；寶廷更是由吏部侍郎外放福建主考，因爲『江山九姓美人麻』而自動被放，早已黃粱夢醒，而此人連個『四品京堂』亦還未巴結上，也太可憐了。

當然，除了科名以外，他還著眼在『加級五次』上面，便即問道：『他這個加級是怎麼來的？』

『是京察上來的。』軍機章京答說。

三年考績——京察得一等才能加級；張元普五次得一等，自然可以不次拔擢，因即吩咐：『你帶著筆沒有?拿單子重新寫一張,第五改成第一。』

於是在孫毓汶一手安排之下,當天就由軍機處承旨發出一道上諭:『新授四川鹽茶道玉銘,文理欠通,不堪任使,著即開缺,歸班候選。該缺著由刑科給事中張元普補授。』

張元普從同治七年中了進士,分發刑部,一直『浮沉部署』,混了十六年才補爲山東道御史,轉刑科給事中,爲人碌碌,一無表現;除了忠厚謹慎以外,別無所長。二十多年的京官苦缺,窮得家無長物;最大的指望是放一任知府,不論缺分好壞,總比借債度日來得強。誰知平地青雲,居然放了四川鹽茶道。這個缺不談陋規『外快』,光是額定的養廉銀,照《縉紳錄》所載,每年就是三千五百兩;只要做上三年,不但所欠的『京債』可以還清,而且還能多幾千兩銀子,回鄉置幾十畝薄田,可免子孫凍餒之虞。

在他自是大喜過望,感激皇恩,至於垂涕。玉銘也曾哭了一場;只是同樣一副眼淚,哀樂各殊。哭完了痛定思痛,實在不能甘心,玉銘逼著恩豐找高峒元去辦交涉,要討回那十二萬銀子。

『十二萬銀子小事,我賠也還賠得起。不過,將來宮裡有甚麼大工,廣隆還想不想承攬?他得琢磨琢磨。』

這是一種威脅;如果玉銘一定要索回原銀,他的廣隆木廠,就再也不用想做內務府的生意。所失孰多?這把算盤當然要打;不過,『善財難捨』。恩豐說道:『平白丟了十二萬銀子,還丟了一回人;高道爺,請你設身處地替他想一想,也嚥不下這口氣吧?』

『丟人是他自己不好。引見是何等大事?怎麼在皇上面前,胡言亂語!再說,煮熟了的鴨子,憑空飛了,其中自然有鬼;而這個『鬼』,照我看;是他自己找的,怨不了誰。這且不去說它;他那十二萬銀子，也不算白丟。』高峒元招招手將恩豐喚近了又說：『頤和園雖花了兩三千萬銀子下去。工程還沒有完。跟當年的圓明園一樣，頤和園是個無底坑，多少銀子都花得下去。他倒不如放漂亮些；李總管反覺得欠了他一個情要補報，將來隨便替他說句話，就十個十二萬兩都不止了。』

『是，是！』恩豐連連點頭，『我回去開導他。』

玉銘一經『開導』，恍然大悟，轉怒為喜，索性又備了幾樣古玩，託高峒元送進宮去，打算著切切實實交一交李蓮英。

『這倒眞是受之有愧了！』李蓮英把玩著玉銘所送的那一個羊脂玉的鼻煙壺說：『總得想個法子，給他弄點兒好處才好。』

『那不忙，有的是機會。』高峒元問道：『我就不明白，怎麼一下子翻了？是不是中間有人搗鬼？』

『當然！』李蓮英向東面努一努嘴，『景仁宮。』

『這可得早早想辦法。』高峒元低聲問說：『老佛爺怎麼樣？』

『還看不出來，彷彿不知道這回事兒似地。』

高峒元想了一下，用低沉緩慢的聲音說：『你得提一提！不然要不了兩三年的工夫，就都是人家的天下了。』

那時候是誰的天下？會是珍嬪的天下嗎？這個疑問似乎是可笑的；而細想一想不然。李蓮英很了解，如果說權勢的相爭如一架天平的兩端，一端是儲秀宮；另一端是景仁宮；而皇帝雖為樞紐，卻無偏倚，那就不足為慮，『水火漫不過橋去』，珍嬪永遠無法蓋得過慈禧太后。

可憂的是，有一天比一天明顯的跡象，皇帝不甘於母子如君臣的情勢；他要做一個自己能做自己的主的皇帝。再撫心說句不必自欺的公道話，慈禧太后確也侵奪了皇帝不少的權力；無形之中就會逼得他傾向景仁宮，變成以二對一。這樣，天平兩端的消長之數，就不問可知了。

這一連串的念頭，風馳電掣般在心頭閃過；李蓮英覺得悚然於高峒元的警告。但在表面上他不願也不便承認高峒元的警告，不可忽視。

『你放心吧！』他說：『成不了氣候。』

『成了氣候就難制了。』

『成氣候也不是一天兩天的事。』李蓮英又說：『一切都跟平常一樣；你就當沒有這回事，該怎麼著怎麼著，內裡都有我！』

事情大致都弄清楚了。景仁宮一個王有；內務府一個全庚，一條線通過珍嬪，直達天聽。玉銘大碰釘子那天，事先珍嬪跟皇帝曾有一番密談；事後，全庚稱心快意地四處揚言：『早就知道玉銘那傢伙非落得個灰頭土臉不可！』這些情形擺在一起來看，內幕就昭然若揭了。

李蓮英覺得栽在珍嬪、王有和全庚手裡，是絕大的屈辱；一記起這件事，胸頭就會作惡。然而他還是忍著；忍著等機會。

這個機會是可以預見的，每隔十天八天，慈禧太后就會問起：『外頭有甚麼新聞吶？』

這天問到，李蓮英平靜地答道：『還不都是談玉銘那件事！』

『到底是怎麼回事呢？』慈禧太后問道：『我聽崔玉貴說，珍嬪想使人的錢，沒有使成；所以攛掇皇帝給了玉銘一個難堪，是這樣子嗎？』

『不是。說珍嬪想使人的錢，是有些人造出來的；崔玉貴就信以爲眞了。』

『那麼，是爲甚麼呢？』

『是，』李蓮英低聲答道：『珍嬪勸萬歲爺要自己拿主意。該用誰就用誰；不用誰就不用誰！讓大家都知道，是萬歲爺當皇上，大權都是皇上自己掌著。』

慈禧太后勃然變色，額上青筋暴起，眼下抽搐得很厲害，盯著李蓮英看了好一會兒，忽又放緩了聲音問：『你不說玉銘原是珍嬪保舉的嗎？可怎麼又自己跟自己過不去呢？』

『是，原是珍嬪保舉，只爲老佛爺……』李蓮英磕個頭說：『奴才不敢再往下說了。』

慈禧太后的手索索地抖著，好半天不言語。淡金色的斜陽照著她半邊臉，明暗之際，勾出極清楚的輪廓，寬廣的額頭，挺直的鼻子，緊閉的嘴唇，是顯得那麼有力，那麼深沉。李蓮英在想：生著這樣一張臉的人，似乎不應該生那一雙受驚生氣了便會發抖的手。

『翅膀長硬了，就該飛走了。飛吧！飛得遠、飛得高，飛個好樣兒我看看。』慈禧太后冷峻地自語著，然後轉臉吩咐：『你記著提醒我，等皇帝來了，我要告訴他，那兩姊妹該晉封了。』

李蓮英不明白她是何用意，只答應一聲：『是！』

『飛吧！飛得高、飛得遠；飛個好樣兒我看！』說著，慈禧太后站起身來走了；沉著地踩著『花盆底』，灑落背上的冉冉斜陽，悄悄沒入陰黯之中。

慈禧全傳【精裝典藏版】

慈禧前傳

清咸豐十一年，文宗在熱河駕崩，長子載淳繼位為同治皇帝。因皇帝年幼，文宗遺命由八位顧命大臣輔佐幼主，而這位幼主的母親就是中國近代史上最具影響力的——慈禧太后！早在初入宮做貴人、後被封為懿貴妃時，她就野心勃勃，時時想效法武則天，如今被奉為『聖母皇太后』的她，當然不會讓大權旁落大臣的手中……

玉座珠簾【上、下】

同治登基後，表面上大清朝似乎國運昌隆，事實上對外割地賠款，對內則爭鬥不斷。憂心忡忡的慈禧除了日理萬機，還得控制想奪回實權的皇帝。天命難測，一心要伸展鴻圖大志的皇帝竟得天花猝死，皇后也跟著香消玉殞，原因不明。宮闈內幕永遠成為秘密，恐怕只有坐在珠簾後的慈禧了然於胸……

清宮外史【上、下】

繼俄國擾境之後，法國也屢屢進逼越南，中法糾紛四起。慈禧面對法國的挑釁，一心主戰，然而軍機要臣恭王卻主張以和為重，兩人從此有了嫌隙。於是慈禧另指派醇王參政，最後更進一步罷黜了恭王。慈安暴崩，恭王被黜，慈禧從此再無忌憚，她要趁皇帝親政前，好好掌握這分大權……

慈禧全傳【精裝典藏版】

母子君臣

光緒十三年，十七歲的光緒皇帝終於親政。雖然他力圖振作朝綱，但是慈禧實際上仍大權在握，皇帝有名無實，母子之間漸生齟齬。光緒大婚後，美貌機敏的珍嬪備受寵愛，卻因此遭忌。慈禧聽信太監李蓮英的讒言，以為珍嬪從中遊說皇上爭權，勃然大怒！在這暗潮洶湧的宮廷內，一場『母子』之間的風暴儼然將至……

胭脂井【上、下】

光緒二十四年，皇帝決議變法維新，一時之間新政展佈，新黨氣勢愈盛。但慈禧怎能容忍自己大權旁落，因此假袁世凱之手先發制人，使得康有為出逃、譚嗣同等人被殺，新政一敗塗地，慈禧重新奪回大權！面對洋人處處進逼，皇帝蠢蠢欲動，慈禧聽信載漪、徐桐建言，縱容義和團進京，卻闖下幾近滅國的大禍！……

瀛臺落日【上、下】

八國聯軍落幕、兩宮回鑾後一年，軍機大臣之首榮祿因病辭世，善用權術的袁世凱順利接掌軍機處，而袁世凱也因此穩操大權。光緒三十年，日俄在中國東北開戰。此時慈禧已年逾七旬，卻仍心繫政權，眼見東北戰事吃緊，且袁世凱聲勢日益壯大，慈禧轉而動念支持立憲，企圖穩定內政，並一舉消除袁氏擁兵自重的危機……

國家圖書館出版品預行編目資料

母子君臣（平裝新版）／高陽 著. -- 三版. -- 臺北市：一皇冠, 2013. 06 面；公分. --
（皇冠叢書；第4318種）（高陽慈禧全傳作品集；6）

ISBN 978-957-33-2998-5(平裝)

857.7 102010029

皇冠叢書第4318種
高陽慈禧全傳作品集 6
母子君臣（平裝新版）

作　　者—高陽
發 行 人—平雲
出版發行—皇冠文化有限公司
台北市敦化北路120巷50號
電話◎02-27168888
郵撥帳號◎15261516號
皇冠出版社(香港)有限公司
香港上環文咸東街50號寶恒商業中心
23樓2301-3室
電話◎2529-1778　傳真◎2527-0904
美術設計—王瓊瑤
著作完成日期—1973年5月
三版一刷日期—2013年6月
三版二刷日期—2020年1月
法律顧問—王惠光律師

讀者服務傳真專線◎02-27150507
電腦編號◎434106
ISBN◎978-957-33-2998-5
Printed in Taiwan
本書定價◎新台幣300元/港幣100元